佐藤大志

六朝楽府文学史研究

溪水社

序文

このたび、佐藤大志君の『六朝楽府文学史研究』が上梓された。六朝文学研究に新進気鋭の書がまた一つ加わったことは、まことに嬉しいかぎりである。本書を繙けば、佐藤君の楽府詩研究に対する情熱が感じられ、魅力的な労作となっている。まずは、本書の内容を簡単に紹介しておこう。

本書は、六朝宋の詩人鮑照を中心に据えて、従来、未解明な部分が残されていた古曲を主題とする擬古楽府の展開を中心に、六朝楽府文学について研究したものである。本論は、総論「六朝楽府文学史考」と各論「六朝楽府文学をめぐる諸問題―鮑照を中心として―」で構成され、附論「中国古典文学に於ける『雪』―東晋・劉宋期を中心として―」と「漢魏晋南北朝楽府関係論著目録」が付されている。

総論編では、漢代以降、六朝期の楽府文学がどのように展開し、唐代へと継承されていったのかということを、擬古楽府の制作方法の変化に注目して、魏・西晋・東晋・宋・斉そして梁・陳の各時代ごとの楽府詩の特徴を論じつつ考察している。その中で、楽府詩の題名（楽府題）と詩の内容の関係が、擬古楽府の制作方法の変化を探る重要な鍵と考えたところが、本論の特筆すべきところである。たとえば、「戦城南」という楽府題には、戦争の悲惨さや兵士の憂いというイメージがあり、李白をはじめとする唐代の詩人たちは擬古楽府制作においては、この楽府題のイメージに沿った内容の楽府詩を制作している。しかし、魏・西晋の楽府では、詩の内容は漢代の楽府題のイメージとは関係なく制作されている。これについて著者は、当時の楽府が楽府本来の制作方法である楽曲のメロディーに新しい歌詞を乗せるという方法で作られていて、楽府題は曲調を示す符号に過ぎなかったからだという。そして、この楽府制作方法の変化について、東晋の楽府断絶に注目する。

第一章では、西晋王朝が崩壊し漢民族が江南に移った東晋時代に楽府詩が制作されていない事実を指摘し、その原因は、政治的混乱状況における楽曲の喪失にあることを明らかにする。そして、東晋末期から宋初にかけて、曲調とは関係なく旧歌辞を踏襲するという方法によって楽府詩が再び制作され始めることを指摘し、その中で、鮑照の楽府には楽府題のイメージをもとにした新しい制作方法によっているものがあることを明らかにしている。更に、その鮑照の楽府制作の方法が、斉・梁の文学集団における文学遊戯の一つとして採用され、楽府制作の一般的な方法となっていく過程を論証している。続けて第二章では、梁・陳の文学集団において楽府題のイメージが形成されていく過程を論証し、第三章では「陌上桑」を取り上げて、李白に至るまでの変遷を検証している。

各論編は、楽府文学の展開に重要な役割を果たした鮑照の楽府の特質を中心に論じたものである。鮑照の楽府には、物語性が濃厚で、表現の独自性を誇示する特徴が見られることを明らかにし、それは六朝門閥貴族の出身ではなかった鮑照が、貴族たちとは違う享受の場を持ち、創作に当たって民間歌謡をも積極的に取り込んでいったことによるものだと指摘している。そして、その創作態度が総論編で指摘した新しい楽府制作の方法を生み出したことにも関係あると論じている。

佐藤君は、「六朝楽府文学史研究～鮑照を中心として～」という論文で、平成十年二月に課程博士の学位を取得した。本書は、それをもとに、その後の論稿を併せてまとめたものである。学位論文には、資料編として鮑照詩の訳注が付されていた。それは、九百頁余に及ぶ、彼の四年余の大学院での弛まぬ研鑽の成果であった。

ある日、佐藤君が「『文選索引』を貸してもらえませんか」と言ってきた。研究室に当然あるはずなので、不思議に思い、「研究室にないのか」と言うと、「もう一部あれば便利なのです」とのこと。聞けば、鮑照の詩語を一つ一つ辞書と『文選索引』で検証しているという。この根気強い地道な「こつこつ」が本書の背後にあることを見過ごしてはならない。

かつて、『文選』李善注を調べて、

○巻三十、鮑照「翫月城西門解中」の「歸華先委露、別葉早辭風」注（胡刻本11a集注本巻五十九上37b）

言歸華先委、爲露所墮、別葉早辭、爲風所隕。華落向本、故曰歸。葉下離枝、故曰別。（集注本、爲露作由、墮作墜。胡刻本「故曰歸」作「故曰歸本」、「故曰別」作「故曰別葉」。「本」「葉」両字疑衍。今従集注本改。）

正文の「歸」と「別」がそれぞれ「華」と「葉」を修飾するという表現は、他に例を見ない鮑照独自の文学言語の創作であり、李善は、その意味を「華は落ちて本に向かふ、故に帰と曰ふ。葉は下ちて枝を離る、故に別と曰ふ」と説明している。

○巻三十、鮑照「翫月城西門解中」の「蜀琴抽白雪」注（胡刻本11a集注本巻五十九上38b）

相如工琴而處蜀、故曰蜀琴。

この「蜀琴」という語も鮑照独自の文学言語の創作であるので、李善は、司馬相如が琴に巧みで蜀の地にいたので、「蜀琴」というのだと説明する。

というようなことを書いた。佐藤君に示し、意見を求めると、「確かに鮑照の詩語には、独特の表現が見られる気がします。また考えてみます。」と答えた。まだ答えはもらっていないが、東晋・劉宋期の「雪」の表現を考察した本書の附論は、その回答への一歩かもしれない。

また、ある時、昭明太子の楽府詩「三婦豔」

大婦舞軽巾　大婦は軽巾を舞はし
中婦拂華裀　中婦は華裀を払ふ
小婦獨無事　小婦は独《ひと》り事無く
紅黛潤芳津　紅黛　芳津を潤す
良人且高臥　良人　且《しばら》く高臥せよ
方欲薦梁塵　方に梁塵を薦めんと欲す

を読んでいて、ふと疑問に感じたことがあった。「三婦豔」は、古楽府「相逢行」（「相逢狭路間行」、「長安有狭斜行」）の末尾六句を取ったもので、『楽府詩集』巻三十五には、劉宋・劉鑠の作をはじめとして、陳後主の十一首を含めて二十一首も収録されている。一体この楽府詩は何を歌ったものなのか、遊戯の作だとしたらどんな楽しみがあって作られたのか、そもそも、もとの「相逢行」についても、風刺の意が込められているとか、いや祝いの歌だとかと諸説あるが、どの説も釈然としない。これも佐藤君から「考えます」という返事をもらっている。

本書の刊行を機に、更なる研鑽を重ねて、より大きな成果を見せてもらえることを楽しみにしている。

二〇〇二年一二月一二日

広島大学大学院文学研究科教授　富永一登

目　次

序　文……広島大学大学院文学研究科教授　富永一登…i

総論　六朝楽府文学史考

第一章　六朝楽府詩の展開と楽府題――東晋楽府断絶後の楽府文学――……5
第一節　楽府題と楽府詩制作　5
第二節　東晋楽府断絶以後の擬古楽府　6
第三節　劉宋中期の楽府詩　14
第四節　鮑照の楽府詩と楽府題　19
第五節　南斉以後の楽府題の作とその制作　24
第六節　結　語　30

第二章　梁陳の文学集団と楽府題……37
第一節　「擬」から唱和・賦得へ　37
第二節　梁陳の文学集団における楽府題のイメージ形成　46

第三節　梁陳における楽府題のイメージの利用　56
第四節　結　語　64
第三章　楽府題変遷考　――楽府題「陌上桑」を中心として――……69
第一節　楽府題の変遷と六朝楽府文学の展開　69
第二節　東晋以前の「羅敷古辞」とその呼称　70
第三節　「日出東南隅行」と「艶歌行」の変遷　75
第四節　「陌上桑」の変遷　84
第五節　李白「陌上桑」　88
第六節　「羅敷古辞」と楽府題「陌上桑」　90
第七節　李白徒詩中の「陌上桑」　――悲愁の曲「陌上桑」――　94
第八節　憂愁する羅敷　――憂愁する採桑女と羅敷――　98
第九節　結　語　108
各論　六朝楽府文学をめぐる諸問題　――鮑照を中心として――
第一章　鮑照楽府詩論……117
第一節　鮑照楽府詩の物語性　117
第二節　魏晋楽府詩の表現様式　133

第三節　劉宋楽府詩の表現様式　145
第四節　鮑照楽府詩の特質　158
第五節　結　　語　170

第二章　鮑照と「俗」文学　——六朝における鮑照評価をめぐって——……178
はじめに　178
第一節　六朝期における鮑照評価とその問題点　179
第二節　楽府文学の展開と鮑照　184
第三節　貴族から寒門へ　——楽府文学の担い手の変化——　190
第四節　結　　語　193

第三章　鮑照の文学とその制作の場……195
第一節　文学と制作の場　195
第二節　王族貴族の文学サロン・讌集　——「競作」「座興」「言志」——　196
一、「競　作」　197
二、「座　興」　200
三、「言　志」　202
第三節　「詠懐」の制作の場　208
第四節　結　　語　215

第四章　何承天「鼓吹鐃歌」について　――その六朝楽府文学史上に占める位置――……220
はじめに　220
第一節　何承天「鼓吹鐃歌」十五曲の制作時期　221
第二節　何承天「鼓吹鐃歌」十五曲の制作意図　227
第三節　東晋期以後の鼓吹曲の現状と何承天「鼓吹鐃歌」　232
第四節　六朝楽府文学史上における何承天「鼓吹鐃歌」十五曲の位置　236
第五章　崔豹『古今注』音楽篇について　――楽府解題書と擬古楽府制作――……242
はじめに　242
第一節　作者崔豹と『古今注』音楽篇について　243
第二節　「崔豹解題」と擬古楽府制作　248
第三節　結　語　257
附論　中国古典文学に於ける「雪」　――東晋・劉宋期を中心として――……261
はじめに　261
第一節　西晋以前の文学における「雪」　262
一、『詩経』における雪　264
二、「害悪・寒苦をもたらすもの」としての「雪」　268

三、「豊穣をもたらすもの」としての「雪」 270
四、「鮮潔な白色を有するもの」としての「雪」 273
五、小　結 275
第二節　東晋期の新しい傾向　――「雪」「雪景色」自体の美を描く作品の登場―― 277
第三節　東晋末・劉宋初期の「雪」 283
第四節　結　語　――東晋期から劉宋初期に至る文学の展開―― 288
後　記 …… 295
初出一覧 …… 297
漢魏晋南北朝楽府関係論著目録《中文篇》 …… (35) 368
漢魏晋南北朝楽府関係論著目録《和文篇》 …… (19) 384
書名・作品名索引 …… (6) 397
人名索引 …… (1) 402

六朝楽府文学史研究

総論　六朝楽府文学史考

第一章　六朝楽府詩の展開と楽府題 ——東晋楽府断絶後の楽府文学——

第一節　楽府題と楽府詩制作

一般的に擬古楽府は、古曲の曲調（以下旧曲調）・古曲の歌辞（以下旧歌辞）・古曲の題名（以下楽府題）の三つの要素のいずれかを踏襲して制作されると言われる。この中で、唐代の擬古楽府制作において、重要な役割を果たしていたのが古曲の題名、すなわち楽府題である。

松浦友久氏は、唐代の擬古楽府においては、特定の「楽府題を採ることによって」、「一定のイメージをもって作者や読者に作用するという表現機能」が成立しており、そのため楽府制作の在り方は、「ある感動を体験した詩人が、それを表現するのに適した楽府題を選択する、という本来的な形態だけでなく」、「当該楽府題によって詩人の感興が触発され、そこに部分的な変化や展開を加えた自己の楽府詩を作」るというものであったと指摘する。(1) このような楽府題観は、楽府詩研究の常識となっているが、この楽府題観が何時生まれたのかという点は、従来曖昧なままであった。(2)

なぜなら従来の六朝楽府詩研究においては、東晋の楽府断絶の時代が重要視されていなかったからである。(3) 近年、ようやく銭志熙氏によって、楽府題を用いた制作方法の起源に対する新たな説が出されたが、まだ十分であるとは言えない(4)。

東晋の時代には、西晋末の大乱によってそれ以前の古曲が失われ、古曲の知識をもつ人物も稀になってしまっていた。また東晋の時代、江南では新たに擬古楽府が制作されることもごく稀であり、現存する資料から判断すれば、東晋王朝百年の間、公的にも私的にも楽府はほとんど断絶の状態にあった。この東晋王朝の楽府断絶の時代に関しては既に先論があるが(5)、この断絶の時代が楽府文学に与えた影響は、これまでほとんど注目されることがなかった。しかし百年間も楽府が断絶し、更に西晋以前の古曲がほとんど亡失してしまったことは、文人たちの擬古楽府に対する認識を変化させ、擬古楽府制作にも影響を与えたことであろう。実際、劉宋以降の擬古楽府作品を見ると、その変化と発展の過程が窺える。そして、その過程の中で重要な役割を果たしたと思われるのが鮑照であり、その流れを受け継いだのが沈約である。

本章では楽府制作と楽府題との関係を軸に、東晋の楽府断絶以後の楽府文学の展開を考察し、楽府題が楽府制作の拠り所となっていった過程を明らかにしたい。

第一節　東晋楽府断絶以後の擬古楽府

東晋の楽府断絶以後の擬古楽府の展開において注目すべきことは、前代の楽府作品（旧歌辞）の内容を踏襲する作品の極端な増加である。そしてこの旧歌辞を踏襲する傾向は、東晋末・劉宋初の擬古楽府において特に著しい。例えば、次の孔甯子「櫂歌行」などは当時の擬古楽府の特徴をよく示している。この作品は、陸機の同題作品を模擬の対象としたものである(6)。

櫂歌行　孔甯子

原文	訓読	櫂歌行　陸機
君子楽和節	君子　和節を楽しみ	1遅遅暮春日 2天気柔且嘉 3元吉降初巳 4濯穢遊黄河
品物待陽時	品物　陽時を待つ	
上祖降繁祉	上祖　繁祉を降し	
元巳命水嬉	元巳　水嬉を命ず	
倉武戒橋梁	倉武　橋梁を戒《ととの》え	
旆人樹羽旗	旆人　羽旗を樹《た》つ	6羽旗垂藻葩
高檣抗飛帆	高檣　飛帆を抗《あ》げ	
羽蓋翳華枝	羽蓋　華枝を翳う	
佽飛激逸響	佽飛　逸響を激しくし	9名謳激清唱 10榜人縦櫂歌
娟娥吐清辞	娟娥　清辞を吐く	
泝洄緬無分	泝洄して　緬《はる》かに分かつ無く	7乗風宣飛景 8逍遥戯中波
欣流愴有思	流れを欣ぶも　愴として思い有り	
仰瞻翳雲繳	仰ぎて瞻る　雲を翳《おお》う繳	11投綸沈洪川 12飛繳入紫霞
俯引沈泉糸	俯して引く　泉に沈めし糸	
委羽漫通渚	委羽は通渚に漫《み》ち	
鮮染中塡坻	鮮染は塡坻に中《あた》る	

鷁鳥感江使　鷁鳥　江使を感ぜしめ
揚波駭馮夷　揚波　馮夷を駭《おどろ》かす
夕影雖已西　夕影　已に西すと雖も
□□終無期　□□終に期無し

5龍舟浮鷁首

櫂歌行　陸機

1遅遅暮春日　遅遅たり　暮春の日
2天気柔且嘉　天気　柔かにして且つ嘉《よ》し
3元吉降初巳　元吉　初巳に降り
4濯穢遊黄河　穢《けがれ》を濯《あら》いて黄河に遊ぶ
5龍舟浮鷁首　龍舟　鷁首を浮かべ
6羽旗垂藻葩　羽旗　藻葩を垂る
7乗風宣飛景　風に乗りて　飛景を宣《のば》し
8逍遥戯中波　逍遥して　中波に戯る
9名謳激清唱　名謳　清唱を激しくし
10榜人縦櫂歌　榜人　櫂歌を縦《ほしいまま》にす
11投綸沈洪川　綸《いと》を投じて　洪川に沈め
12飛繳入紫霞　繳を飛ばして　紫霞に入る

この二作品は主題——上巳の船遊びの楽しみ——が共通するのみならず、構成も共通する。冒頭四句は穏やかな春景と船遊びの始まり、五句目から八句目は船遊びの準備から船が江上に浮かぶまで、と両者共通しており、以後陸機の句数が少なく、散佚の可能性もあるが、いずれも船上の宴楽と遊びの様を描いている。また素材の面でも、陸機が船上の様を、まず女性と舵取りの歌唱から始めるのに対して、孔甯子も同じく歌唱する人物から始め、更に両者とも船上の遊びとして、弓射と魚釣の様を描いている。このように孔甯子の作品は、陸機「櫂歌行」の基本的な枠組みを基に、その主題、素材などを如何に表現するかということを目的とした作品である。

孔甯子は劉宋の武帝・文帝に仕え、元嘉二年（四二五）に病没しており、その活躍時期は東晋末から劉宋初にかけてである。この東晋末から劉宋初——期間を限定すれば文帝の元嘉年間（四二四～四五一）以前——の時期に、擬古楽府は一時集中的に制作されているが、いずれも前代の同題楽府の内容——主題と構成——を踏襲する傾向にある。

今、逯欽立『先秦漢魏晋南北朝詩』に拠り、東晋末から劉宋初にかけて活躍した文人とその擬古楽府作品を抜き出し、その中でどれくらいの作品が、孔甯子「櫂歌行」の如く、旧歌辞の主題と構成を踏襲する作品であるかを示すと、以下のようである。なお、人名の下の数字がその人物の擬古楽府の総数、（　）内の数字が旧歌辞の主題と構成を踏襲する作品の数である。

謝霊運　十八首　（十六首）
謝恵連　十五首　（十首）
孔甯子　二首　（二首）
顔延之　三首　（二首）

孔欣　　三首　（二首）
荀昶　　二首　（二首）
袁淑　　一首　（一首）

右の中で謝霊運と謝恵連の擬古楽府には、旧歌辞を踏襲しない作品が少し多いが、それは彼らの楽府詩の中に、佚文のために全体像がつかめない作品（謝恵連「猛虎行」「隴西行」二首其二【未若篇】）、彼らが模擬対象としてしばしば用いる陸機の同題楽府が現存しない或いは完篇でない作品（謝霊運「隴西行」「善哉行」・謝恵連「却東西門行」）などがあるためであり、それらの作品を除けば、謝霊運・謝恵連両者の擬古楽府もほんの数例（謝霊運「相逢行」・謝恵連「秋胡行」二首「隴西行」二首其一【運有篇】）を除いて、旧歌辞の主題と構成を踏襲する作品である。

このように東晋末・劉宋初の擬古楽府が、旧歌辞を極端に踏襲する傾向にあるのは東晋の楽府断絶と関係があると思われる。楽府制作における旧歌辞の踏襲は、曹植辺りから始まり、それは傅玄、陸機の楽府詩へと受け継がれていき、特に陸機の楽府詩は旧歌辞を踏襲する傾向が強い。この旧歌辞の踏襲は、楽府制作が曲調から離れ、聞く歌詞から読む歌詞へと変化した結果と考えられている。であるならば、東晋末・劉宋初の擬古楽府が旧歌辞を極端に踏襲しているのは、西晋以前の曲調の大半、また古曲の知識をも散佚させた東晋の楽府断絶が招いた必然的な結果だったのであろう。

西晋以前は旧曲調の多くが残っており、まだ擬古楽府制作と旧曲調との関係が保たれていた。そのため、西晋以前の楽府詩は全てが旧歌辞を踏襲する訳ではなく、一部の作品が旧歌辞を踏襲する傾向にあったにすぎなかった。しかし、東晋の楽府断絶によって、擬古楽府制作と旧曲調との関係は断たれてしまった。その結果、東晋末・劉宋初の擬古楽府は極端に旧歌辞を踏襲することとなったのであろう。

そして、この旧歌辞を踏襲する傾向は、劉宋以後も続き、旧歌辞の踏襲の程度には変化があるものの、梁初までの擬古楽府は、この類の作品が主流であったと思われる。この劉宋から梁初に至る擬古楽府の展開も、東晋の楽府断絶によって、擬古楽府制作と曲調との関係が断たれたために起こった必然的な展開であろう。

ところが、梁の時代に至るとこの状況が一変する。梁の時代にも、旧歌辞の内容を踏襲する作品は見られるが、それ以外に唐代の楽府詩に見られるような楽府題を基にする作品が数多く見られるようになる。この梁以降の変化に注目し、楽府題を基にする制作方法が、斉梁の時代より始まるとしたのが、銭志熙氏の論である。

氏は魏以降の擬古楽府制作の変化を、旧曲調に拠る時期（建安詩人の楽府詩）、旧歌辞に拠る時期（黄初から晋宋の擬古楽府）、楽府題に拠る時期（斉梁から唐に至る擬古楽府）の三つの時期に分け、そして楽府題に拠る楽府制作を生み出し、擬古楽府制作の新たな方法を始めたのが、南斉の沈約を中心とした永明年間の文人であるとする。(8)確かに氏の指摘する通り、南斉の楽府題の作には、旧曲調にも旧歌辞にも関係なく、楽府題を基に制作されている作品があり、それ以降の楽府題の作の転機は、ここにあるように見える。

しかし、擬古楽府の変化は南斉に突然始まるものではなく、元嘉年間以降、劉宋中期あたりから、既に始まっていた。例えば鮑照「代櫂歌行」などがそうである。(9)

代櫂歌行　　鮑照

羈客離嬰時　　羈客　嬰を離れし時より
瓢飄無定所　　瓢飄　定まる所無し
昔秋寓江介　　昔秋　江介に寓《やど》り

茲春客河滸　茲《こ》の春　河の滸《ほとり》に客たり
往戢于役身　往《ゆくゆ》く　于役の身を戢《や》め
願言永懐楚　願《おも》いて言《ここ》に永く楚を懐《おも》う
冷冷儵疏潭　冷冷　儵は潭を疏《わた》り
邕邕雁循渚　邕邕　雁は渚に循《したが》う
飂戻長風振　飂戻として　長風　振るい
搖曳高帆挙　搖曳として　高帆　挙がる
驚波無留連　驚波　留連する無く
舟人不躊佇　舟人　躊佇せず

この「櫂歌行」の鮑照以前の作例としては、先の陸機・孔甯子と、魏明帝の作品がある。鮑照「代櫂歌行」は、まずこの三人の作品とは主題が異なる。陸機・孔甯子の両者は春の船遊びの様を詠み、また魏明帝「櫂歌行」は呉蜀討伐の決意を詠んだ作品である。しかし鮑照は、故郷を離れて流浪する人物が、行役に倦み故郷を思う心情を描く。主題が異なるのであるから、もちろん構成も異なるのは当然であり、鮑照「代櫂歌行」は前代の三作品との内容的繋がりが非常に希薄である。

この「代櫂歌行」に限らず、鮑照の擬古楽府を現存する前代作品と比べると、いずれも内容的繋がりが希薄である。「代蒿里行」「代雉朝飛操」のように前代作品と同様のテーマを用いる作品も見られるが、作品の構成は鮑照独自のものとなっている。

この鮑照の擬古楽府に見られる旧歌辞から離れる傾向は元嘉以降の他の文人の擬古楽府にも見ることができる。例えば、劉義恭「艶歌行」もそうである。

艶歌行　　劉義恭

江南遊湘妃　　江南　遊湘の妃
窈窕漢浜女　　窈窕たり漢浜の女
淑問流古今　　淑問　古今に流れ
蘭音媚鄭楚　　蘭音　鄭楚に媚《うるは》し
瑤顔映長川　　瑤顔　長川に映え
善服照通滸　　善服　通滸に照る
求思望襄澨　　求め思いて　襄澨を望み
歎息対衡渚　　歎息して　衡渚に対す
中情未相感　　中情　未だ相感ぜず
搔首増企予　　首を搔きて増《ますま》す企予す
悲鴻失良匹　　悲鴻　良匹を失い
俯仰恋儔侶　　俯仰して儔侶を恋う
徘徊忘寝食　　徘徊して寝食を忘れ
羽翼不能挙　　羽翼　挙ぐる能わず

傾首佇春燕　　首を傾けて佇《たたず》む春燕
為我津辞語　　我が為に辞語を津《つた》えよ

劉義恭以前、「艶歌行」と題する作品は多いが、劉義恭が基づいた旧歌辞は恐らく古辞「艶歌何嘗行」であろうと思われる。古辞「艶歌何嘗行」は西北に旅するつがいの白鵠の離別を詠む作品であり、全体は雌の鵠（妻）が病気となり別離することとなった状況の説明に始まり、以下雌の鵠（妻）と雄の鵠（夫）がそれぞれ相手に対する思いを語るという構成になっている。劉義恭「艶歌行」は第十一句「悲鴻失良匹」以降に、この古辞を踏まえて、つれあいを思う鴻の姿に、神女を恋い慕う自己の姿を重ね合わせているが、作品全体は美しき神女を慕う心情を詠んでおり、古辞とは異なる。この作品などは古辞との関連をある程度保ってはいるが、劉宋初めの擬古楽府に比べれば、かなり前代作品から離れていると言えるであろう[10]。

このように劉宋中期の擬古楽府は旧歌辞と離れる傾向があり、東晋末・劉宋初の擬古楽府とは異なり始めていたのである。では何故劉宋中期の擬古楽府は、旧歌辞から離れ始めたのであろうか。次節ではその原因を考えてみたい。

第三節　劉宋中期の楽府詩

劉宋中期――文帝・元嘉年間～明帝・泰始年間――は、南朝民歌が本格的な流行を見せ始めた時代であった。順帝の昇明二年（四七八）の王僧虔の上表文には次のようにある。

今の清商は、実に銅爵に由る。三祖の風流、遺音は耳に盈《あふ》れ、京洛　相高く、江左　弥《いよいよ》貴ぶ。諒《まこと》に以《すで》に金石干羽、事は私室に絶え、桑濮鄭衛、訓《おしえ》は紳冕に隔たり、中庸和雅は、復た斯に於てする莫し。而して情変じ聴移り、稍く復た銷落す。十数年の間、亡う者は将に半ばならんとす。自頃《このごろ》家々は新哇を競い、人々謡俗を尚び、務むることは噍殺に在り、音紀を顧みず。流宕して崖《はて》無く、未だ極まる所を知らず。正曲を排斥し、煩淫を崇長す。（今之清商、実由銅爵。三祖風流、遺音盈耳、京洛相高、江左弥貴。諒以金石干羽、事絶私室、桑濮鄭衛、訓隔紳冕、中庸和雅、莫復於斯。而情変聴移、稍復銷落、十数年間、亡者将半。自頃家競新哇、人尚謡俗、務在噍殺、不顧音紀。流宕無崖、未知所極。排斥正曲、崇長煩淫。）

（『南斉書』王僧虔伝）

この王僧虔の言う魏の三祖らの曲、所謂清商曲の失われ始めた十数年前とは、孝武帝の大明年間（四五七～四六四）から明帝の泰始年間（四六五～四七二）にかけてのことであり、この時代以降、南朝民歌風の擬作や新題の雑曲が盛んに制作されるようになる。この変化は既に文帝の元嘉年間より始まっていたと思われ[11]、劉宋中期は古曲が廃れ、民歌が勃興し始める分岐点だったのである。

このような民歌の勃興は、擬古楽府にも影響を与えた。劉宋中期以降は擬古楽府の数量が非常に少なくなるが、当時の擬古楽府作家はそのころ流行した南朝民歌と何らかの関連をもつ。

劉宋中期以降、擬古楽府の現存する人物は「劉鑠・鮑照・湯恵休・劉義恭・庾徽之・袁伯文・呉邁遠」である。鮑照・湯恵休が南朝民歌を得手としたことは言うまでもないが、皇族である劉鑠は『宋書』楽志において、西曲「寿陽楽」の作者に擬せられる人物である。そして、同じく皇族である劉義恭は、南朝民歌との直接的関係は見当たらないものの、劉宋の皇族が南朝民歌を愛好したことは周知のことであり、劉義恭も全く関係なかったとは思われない。また呉邁遠は明帝に見出だされた寒族出身の人物で、鮑照・湯恵休の詩風を継承する。残る袁伯文と庾徽之は伝自体が不明であり、彼らと民歌との関係を示す資料は見当たらないが、劉宋中期以降の擬古楽府作家は、概ね南朝民歌との関連がある。したがって、当時の擬古楽府は南朝民歌の影響を受けていたのではないかと予想される。

その南朝民歌は、当時も実際に歌唱されており、その模擬作も曲調或いは形式に合わせて自由に創作されていたと思われる。南朝民歌は概ね五言四句の短句形式であり、その形式に従って、新しい歌辞を制作すれば良かった。その制作の在り方は、古曲の曲調を基に、新たな歌辞を制作していた魏の三祖らの楽府詩と同じ制作方法であり、それは楽曲の歌詞であった楽府詩の本来的な姿である。

また劉宋中期以降には皇族たちが文人に歌曲の新歌辞を制作させるということが実際にあった。例えば、鮑照は始興王濬の命によって「代白紵舞歌詞」という当時も演奏されていたと思われる舞曲の新歌辞を制作しており、また孝武帝は河南から舞馬が献上された時に、謝荘に「舞馬歌」を作らせ、楽府に命じてこれを歌唱させている(12)。先の王僧虔の上表文にも劉宋中期は「自頃《このごろ》家々は新哇を競い、人々謡俗を尚び、務むることは噍殺に在り、音紀を顧みず。流宕して崖《はて》無く、未だ極まる所を知らず」という状態であったと指摘されており、当時はこのような歌曲の新歌辞の制作が盛んに行われるようになっていたようである。

このような南朝民歌の制作の在り方、曲調に拠る新歌辞の制作は、東晋の楽府断絶以後、旧曲調との関係が断たれていた擬古楽府制作にも影響を与えたことであろう。東晋末・劉宋初の擬古楽府は旧歌辞を極端に踏襲し、結果として擬古詩との境界がほとんどなくなっている。それは当時の文人たちに、楽府が歌曲の歌詞であるという意識が薄れていたからではあるまいか。それが劉宋中期以降の南朝民歌の勃興、私邸における宴楽によって、

その本来的性格が呼び覚まされ、既に旧曲調を失った擬古楽府も、歌曲の歌詞として制作されるに至ったのであろう。(13)

そして、この楽府が歌曲の歌詞であるという意識は、鮑照の擬古楽府の表現的特徴によく表れているように思われる。例えば、鮑照の擬古楽府には、ある人物によって歌唱されるという設定を取ることがしばしば見られる。「代東武吟」の「主人且勿諠、賤子歌一言」、「代堂上歌行」の「四坐且莫諠、聴我堂上歌」、「擬行路難」其十八の「諸君莫歎貧、富貴不由人」などの冒頭の歌いだしは、魏晋の文人楽府の中には時折見られる設定であるが、本来漢代の民歌や南朝の民歌など実際に歌唱されていた歌曲の特徴である。また彼の楽府は他にも聴衆に訴えるかのような表現を多用する。例えば「擬行路難」に見られる「君　見ずや」、「代放歌行」「代昇天行」などに見られる第三者への呼びかけなどがそれである。

このような民歌特有の歌いぶりを鮑照が用いているのは、彼が民歌の表現を楽府制作に取り込んだということを示すと同時に、彼が楽府詩は本来歌唱されるものという意識を強く抱いていたことをも示していよう。なお「行路難」は本来北方の民歌であり、当時も歌唱されていた可能性のある作品であるが、「東武吟」「堂上歌行」「放歌行」「昇天行」などは、魏晋期の文人に作例のある古曲である。

また彼の擬古楽府は物語性をその特質とし、その物語性を重視する彼の楽府詩には、物語の象徴的な一シーンを描き出そうとする作品が見られる。(14)いま一例を挙げる。

代夜坐吟　　鮑照

冬夜沈沈夜坐吟　　冬夜　沈沈として夜に坐して吟ず

含情未発已知心　　情を含みて未だ発せざるに已に心を知る
霜入幕　　霜は幕に入り
風度林　　風は林を度《わた》る
朱燈滅　　朱燈　滅《た》し
朱顔尋　　朱顔を尋ぬ
体君歌　　君が歌を体せんとし
逐君音　　君が音を逐《お》う
不貴声　　声を貴ばず
貴意深　　意の深きを貴ぶ

この作品は男性の心情が中心に描かれているが、「冬夜沈沈夜坐吟」から「朱燈滅、朱顔尋」までの状況の設定により、歌う女性とそれを聴く男性との心通う情景が想起される。鮑照の擬古楽府には字句を練り表現を競う作品も見られるが、この「代夜坐吟」のようにより平易な言葉により、読むよりも聴くことによって、その作品の描く物語の印象的な一場面をイメージさせるかのような作品が見られる。この作品などは楽府詩は歌唱される作品であることが意識され、聴くことによる効果を考慮した作品のように思われる。鮑照の作品にこのような作品がしばしば見られることも、鮑照が楽府は歌曲の歌詞であると意識していたことを示す証となりうるであろう。

東晋の楽府断絶によって薄れていた楽府の歌曲の歌詞としての性格は、この劉宋中期に至って再び意識されるようになる。そして、旧歌辞から離れ始めた擬古楽府は、楽府題という新たな拠り所を見いだすのである。

第四節　鮑照の楽府詩と楽府題

前節の如く劉宋中期以降の擬古楽府は旧歌辞から離れていく傾向にあるが、それが擬古楽府である以上、必ず古曲と何らかの結びつきがあるはずである。鮑照の擬古楽府の題名も「代～」或いは「擬～」と、模擬詩の形態をとっており、彼の擬古楽府が古曲と何の関係もなく制作された新作ではないことが分かる。では旧曲調にも旧歌辞にも拠らない擬古楽府は、どうして古曲との繋がりを保っているのか。そこで考えられるのが、楽府題である。

例えば、「代櫂歌行」などは「櫂歌＝舟歌」という題名から、鮑照が出帆する船上の旅人を連想、或いは想定した結果生まれた作品と考えることができよう。そして確かに「代東門行」を除く、鮑照の擬古楽府は題名と歌辞が一定の関係を保っている。もちろん、この題名と歌辞の関係は主観的判断に拠らざるを得ず、牽強付会の誹りを受ける危険性があり、この点のみを論拠として、鮑照の擬古楽府が楽府題を基に制作されたとは言えないであろう。

しかし、次の「代出自薊北門行」のような作品の存在によって、鮑照の擬古楽府制作と楽府題との関係を明確に指摘できる。

代出自薊北門行　　鮑照

羽檄起辺亭　　羽檄　辺亭に起こり

烽火入咸陽　　烽火　咸陽に入る
徴騎屯広武　　騎を徴《め》して　広武に屯《とん》し
分兵救朔方　　兵を分《わか》ちて　朔方を救う
厳秋筋竿勁　　厳秋に筋と竿は勁《つよ》く
虜陣精且彊　　虜陣は精にして且つ彊なり
天子按剣怒　　天子は剣を按じて怒り
使者遙相望　　使者は遙かに相望む
雁行縁石径　　雁行して　石径に縁《よ》り
魚貫度飛梁　　魚貫して　飛梁を度《わた》る
簫鼓流漢思　　簫鼓は漢思を流し
旌甲被胡霜　　旌甲は胡霜を被《こうむ》る
疾風冲塞起　　疾風　塞を冲《つ》きて起こり
沙礫自飄揚　　沙礫　自《おのずか》ら飄揚す
馬毛縮如蝟　　馬毛　縮むこと蝟の如く
角弓不可張　　角弓　張るべからず
時危見臣節　　時　危うくして　臣節を見《あら》わし
世乱識忠良　　世　乱れて　忠良を識《し》る
投軀報明主　　軀を投じて　明主に報い

身死為国殤　　身　死しては国殤と為らん

この作品は、辺境の危急に向かう兵士の苦難とその心情を詠んだ作品であり、前代に同題の作品が見当たらず、鮑照から始まる楽府題と思われる。この「出自薊北門行」の由来について、清・朱乾『楽府正義』は次のように言う。

『楽府正義』巻十二

出自薊北門行は、曹植の艶歌に本づくなり。従軍と渉る無し。宋の鮑照より、借りて燕薊の風物及び征戦の辛苦を言う。（出自薊北門行、本曹植艶歌也。与従軍無渉[15]。自宋鮑照、借言燕薊風物及征戦辛苦。）

ここに指摘されるように「出自薊北門行」は、曹植「艶歌行」の冒頭の一句を切り取って題名としている。曹植「艶歌行」は以下のような作品である。

艶歌行　　曹植

薊の北門より出で、遙かに望む　胡地の桑。枝枝　自ら相値い、葉葉　自ら相当る。（出自薊北門、遙望胡地桑。枝枝自相値、葉葉自相当。）

曹植「艶歌行」は『芸文類聚』巻八十八に引かれた右の四句しか現存しない。後に続く部分が現存しないために断言はできないが、「出自薊北門、遙望胡地桑」とは、女性が辺境にいる男性を思って、北方の地域を眺めている情景であり、恐らく朱乾が指摘するように、直接的に戦事を描いた作品ではなかったと考えられる。ところが、この曹植「艶歌行」の冒頭の句を題名とした鮑照「代出自薊北門行」は全篇戦事を歌っており、逆に女性の姿は全く登場しない。この作品などは、鮑照が題名によって、辺境の薊の地からの出陣、そして北方地域の戦争を連想した結果生まれた作品であろう。

この「代出自薊北門行」によって明らかなように、鮑照は楽府題のみのイメージを用いて楽府詩を制作している。故に「代櫂歌行」をはじめとする楽府題とその歌辞が一定の関係を保つ、鮑照の擬古楽府は、楽府題のイメージによって制作されていると考えることが可能であろう。そして、この「代出自薊北門行」のように、前代の作品の冒頭の句を題名にし、その題名とした句を基に新たな楽府詩を創作することは、鮑照以後、特に梁以降にはしばしば見ることができるが、西晋以前の楽府詩にはこのような手法を用いた楽府詩は見ることはできない(16)。つまり前代作品の一部を題名とし、その題名が生み出すイメージを基に、作品を創作するという手法は鮑照に始まるのである(17)。

ただ鮑照以前にも、楽府題が古曲の由来を示すということは考えられていた。例えば、石崇「楚妃歎」の序文などがそうである。

楚妃歎序　　石崇

楚妃歎は、其の由を知る莫し。楚の賢妃の、能く徳を立て勲を著わし、名を後に垂るるは、唯だ樊妃のみ。故に歎詠の声をして永世　絶えざらしむ、と。疑うらくは必ず爾らん。（楚妃歎、莫知其由。楚之賢妃、能

立徳著勲、垂名於後、唯樊妃焉。故令歎詠声永世不絶。疑必爾也。）

（『文選』巻十八李善注引『歌録』）

この序の中で石崇は「楚妃歎」の由来を知らず、題名の「歎」を感嘆の意と解して、「楚妃歎」は楚の樊妃の功績を称えた曲であったのだろうと推定している。西晋の時代には古曲の由来を探ろうとする傾向があり(18)、この石崇の序はその好例である。

このように楽府題が古曲の由来を示すという考え方の存在した西晋の楽府詩においては、既に楽府題のイメージを用いて擬古楽府を制作するということも行われていたかもしれない(19)。しかし、楽府題によって求められた古曲の由来は、新歌辞制作には必ずしも影響しなかったようである。陸機「鞠歌行」などがそうである。

鞠歌行序　　陸機

按ずるに漢の宮閣に含章鞠室、霊芝鞠室有り。後漢の馬防の第宅は、臨道に卜し、閣に連ね池に通じ、鞠城は街路に弥《わた》る。鞠歌は将に此を謂うならん。又た東阿王の詩「騎を連ねて壌を撃《け》る」は、或いは蹵鞠を謂うか。三言七言。奇宝名器と雖も、知己に遇わざれば、終に重んぜられず。知己に逢うを願いて、以て意を託す。（按漢宮閣有含章鞠室、霊芝鞠室。後漢馬防第宅、卜臨道、連閣通池、鞠城弥於街路。鞠歌将謂此也。又東阿王詩「連騎撃壌」、或謂蹵鞠乎。三言七言。雖奇宝名器、不遇知己、終不見重。願逢知己、以託意。）

（『楽府詩集』郭茂倩「鞠歌行」解題引）

この序文において、陸機は題名「鞠歌」の由来を蹴鞠かポロのことと推測する。しかし彼の「鞠歌行」は知己を求める心情を詠み、蹴鞠やポロとは何ら関係がない(20)。

このように楽府題、或いは楽府題によって求められた古曲の由来が新歌辞制作と無関係であることも、当時はまだ曲調が保存されており、楽府制作と曲調との関係が保たれていたからであろう。そのことは、西晋以前の古曲が失われた東晋の時代に新たに擬古楽府が制作されることがなかったこと(21)、また東晋末・劉宋初の擬古楽府が、楽府題を用いず、旧歌辞を極端に踏襲しているということによって、間接的に証明される。

鮑照の楽府詩は東晋の楽府断絶によって旧曲調に拠る制作方法を用いることが困難となった劉宋の時代に制作されている。そして「代出自薊北門行」のように、彼は旧曲調や旧歌辞とは関係なく、楽府題のみのイメージによって楽府詩を制作している。西晋の楽府詩にも楽府題のイメージを基に制作された作品も一部にはあったかもしれないが、旧曲調と擬古楽府制作との関係が断たれ、旧歌辞に拘束されることなく楽府詩が制作されはじめた劉宋中期に至って、初めて擬古楽府制作における楽府題の占める役割は重要となったと思われる。

そして、この新たな楽府制作の在り方は、沈約ら南斉の文人に採用されることによって、後世に広く伝えられることとなる。

第五節　南斉以後の楽府題の作とその制作

楽府題に拠る制作方法を用いた沈約を中心とする永明の文人たちの活動は、『謝宣城詩集』巻二に収められた「同沈右率諸公賦鼓吹曲名」によって窺い知ることができる。この作品は南斉の永明八年頃、沈約を中心とした文人たちが集団の中で制作した作品であり、管見による限り、楽府題が賦得された最も早い例である。これは前後二回行われたようであり、各文人の作品の内容を簡潔に示すと以下のようである。

　同沈右率諸公賦鼓吹曲名

「芳樹」　沈約　芳樹の衰えを詠む。

「当対酒」范雲　酒を飲み今を楽しむ。

「臨高台」謝朓　高台に登って故郷を詠む。

「巫山高」王融　「高唐賦」を踏まえて、神女への思いを詠む。

「有所思」劉絵　女性の男性への思い。

　同前再賦

「芳樹」　謝朓　芳樹の衰えを詠む。

「芳樹」　王融　芳樹の下にいる美人の姿と徘徊する男性。

「臨高台」沈約　高台に登って遠くにいる男性を思う。

「有所思」王融　女性の男性への思い。

「巫山高」劉絵　「高唐賦」を踏まえて、巫山の様を詠む。

「巫山高」范雲　「高唐賦」を踏まえて、神女への思いを詠む。

ちなみに、彼らと同題の鼓吹曲の古辞は以下のような内容である。

「芳樹」　　君主を芳樹にたとえ、王の施政を非難。

「巫山高」　険難に苦しむ旅人の心情。

「臨高台」　宴会のほめ歌。高台に登って周囲の情景を詠む。

「有所思」　　女性の男性への思い。

この南斉の文人たちの作品と同題の古辞の内容を比較すれば、「有所思」以外の作品は古辞と内容が異なることが分かるであろう。一例として、謝朓と沈約の「臨高台」を挙げると以下のようである。

臨高台　　謝朓

千里常思帰　　千里　常に帰らんことを思い
登台臨綺翼　　台に登りて　綺翼を臨む
纔見孤鳥還　　纔かに孤鳥の還るを見るのみにして
未辨連山極　　未だ連山の極まるを弁ぜず
四面動清風　　四面　清風　動き
朝夜起寒色　　朝に夜に　寒色　起こる
誰知倦遊者　　誰か知らん　倦遊の者の
嗟此故郷憶　　此の故郷の憶いに嗟《なげ》くを

臨高台　　沈約

高台不可望　　高台より　望む可からず
望遠使人愁　　遠きを望めば　人をして愁えしむ
連山無断絶　　連山は断絶する無く

河水復悠悠　河水は復た悠悠たり
所思竟何在　思う所《ひと》は竟に何くにか在る
洛陽南陌頭　洛陽　南陌の頭《ほとり》
可望不可見　望む可くも見る可からず
何用解人憂　何を用てか人が憂《わ》いを解かん

古辞「臨高台」は高台から見える周囲の情景を描き、主人の長寿を祝賀する内容であるが、謝朓は旅人の望郷を詠み、沈約は女性の男性に対する思慕を詠む。古辞・謝朓・沈約の三者の内容はそれぞれ異なっており、謝朓・沈約は古辞の内容（旧歌辞）を踏襲してはいない。彼らは「高台に臨む」という題名を基に、各自新たな内容の作品を制作したのであり、「臨高台」以外の各文人の作品も古辞の内容とはほとんど関係なく、楽府題のイメージを基に制作されているのである。

これら楽府題を用いた南斉の文人の作品は、集団内の競作又は遊戯として制作されており、既に音楽とはほとんど無縁であったと思われる。(22) そのため、彼らはこれらの作品を楽府詩としてではなく、徒詩として制作していたと思われる。けれども、彼らが楽府題のイメージを基に作品を創作したことは、それが楽府詩か、徒詩かということにかかわらず、後世の楽府題観を導いたという点で注目に値する。なぜなら、梁以降の楽府題の作は、楽曲との関係の濃淡に関わらず、楽府題のイメージが作品創作を左右するようになるからである。すなわち、彼らが集団の文学遊戯として楽府題を基にした創作方法を採用したことによって、楽府題は旧曲調や旧歌辞から独立した特別な存在として広く認められるようになるのである。

そして、後世の楽府題観を導いたこの作品の主催者が沈約であることは、楽府文学の展開を考える上で、実に興味深い事実である。なぜなら、沈約は『詩品』中品に「休文の衆製を観るに、五言　最も優る。其の文体を詳らかにし、其の余論を察するに、固より鮑明遠を憲章するを知るなり。（観休文衆製、五言最優。詳其文体、察其余論、固知憲章鮑明遠也。）」と指摘されるように、鮑照の詩風を継承するとされる人物なのである。これまでも沈約と鮑照の関係は既に指摘されており、(23) 沈約が鮑照の影響を少なからず受けていることは間違いないと思われる。

その沈約は『宋書』劉義慶伝附鮑照伝の中で、「鮑照、字は明遠、文辞　贍逸、嘗て古楽府を為るに、文は甚だ遒麗なり。（鮑照、字明遠、文辞贍逸、嘗為古楽府、文甚遒麗。）」と、鮑照の文学の中でも特に「古楽府」を評価している。鮑照の文学の影響を少なからず受け、更に彼の「古楽府」を高く評価していた沈約は、必ず鮑照の制作した擬古楽府（「古楽府」）を熟知し、更にその制作方法も心得ていたに違いない。その彼が鮑照の擬古楽府に試みられた楽府題を基にした制作方法を採用したのは、文学遊戯としての面白さに引かれたという側面と同時に、鮑照の文学への傾倒という側面もあったのであろう。

沈約自身の擬古楽府系の作品を見るに、この「同沈右率諸公賦鼓吹曲名」に収められる以外の作品は、劉宋初めの擬古楽府に近く、旧歌辞の内容と密着する作品ばかりである。例えば、沈約「江蘺生幽渚」「長歌行」（其二）「従軍行」「梁甫吟」は、陸機の同題楽府の模擬であり、更に「日出東南隅行」「飲馬長城窟行」なども、陸機の前半部分を基に改変を加えた作品であり、決して前代作品の内容から離れて、楽府題を基に制作された作品ではない。このように、彼にとっても「同沈右率諸公賦鼓吹曲名」は特別な試みだったのであり、またそれは当時においても特別な制作方法であったと思われる。そしてこの特別な制作方法が試みられたのは、その座の主催者が、鮑照の文学を熟知していた沈約であったからこそ可能であったのであろう。

そしてこの沈約らの活動以後、梁代以降の擬古楽府系の作品には、旧歌辞とは関係なく、楽府題を基にする作品がしばしば見られるようになる。例えば「陌上桑」などがその典型的な例である。

「陌上桑」と題する楽府詩は、魏と梁の時代にまとまった作例があり、その両代の「陌上桑」の内容は大きく異なる。魏には武帝・文帝・曹植の三者の作品が残っており、武帝・曹植の作品は遊仙詩に属する作品、文帝の作品は旅人の望郷を詠む作品であり、いずれも題名とその歌辞内容に必然的な関係は見いだせない。これに対して、梁の呉均「陌上桑」は次のようである。

陌上桑　　呉均

嫋嫋陌上桑　　嫋嫋たり　陌上の桑
蔭陌復垂塘　　陌を蔭いて復た塘に垂る
長條映白日　　長條　白日に映え
細葉隠鸝黄　　細葉　鸝黄を隠す
蚕饑妾復思　　蚕饑えて　妾　復た思い
拭涙且提筐　　涙を拭いて且つ筐を提《ひっさ》ぐ
故人寧知此　　故人　寧ぞ此を知らん
離恨煎人腸　　離恨　人腸を煎《こ》がす

魏以降、「陌上桑」の作例は梁まで見られないが、梁には呉均をはじめとして、王筠・王台卿・蕭子顕らの作品を見ることができる。そして梁の「陌上桑」はいずれも呉均の作品と同じく、桑摘みの女性を詠んだ作品であり、内容が「陌上桑」という題名にふさわしいものとなっている。これなども楽府題のイメージを利用した作品と言えよう[24]。

この他に「度関山」なども、魏武帝が治世の要を詠むのに対して、簡文帝を初めとした梁の文人はいずれも、辺境の軍隊及び兵士の事を詠み、「関山を度る」という題名にふさわしい内容へと変わっている。このように梁代以降は、楽府題を基にする制作方法がしばしば用いられるようになるのである。

もちろん梁代においても、旧歌辞に拠る制作方法も依然として行われており、また楽府題のイメージが旧歌辞の内容に左右されることもあったようであり、すべてが楽府題による制作方法を用いるようになったという訳ではない。しかし梁代以降は、それ以前とは異なって、明らかに旧歌辞とは関係なく、楽府題のイメージに基づく作品が制作されるようになる。劉宋中期の鮑照らに始まり、南斉の沈約らによって採用された楽府題による制作方法は、梁代に至って一般的な制作方法として、広く行われるようになったのである。

第六節　結　語

以上、楽府題と楽府制作との関係を東晋の楽府断絶以後の楽府文学の展開から考察してきた。劉宋初めの擬古楽府は、擬古詩と変わらない状態であり、楽府題を用いた自由な制作方法は行われていなかった。しかし劉宋中期の擬古楽府は、前代作品の内容から離れて比較的自由に制作され、その中で鮑照の楽府詩には楽府題を基にした制作方法が用いられている。この鮑照の楽府詩に現れた楽府題を基にした擬古楽府制作は、楽府題が古曲の由来・内容を示すという西晋以前の考え方を継承し、更にその楽府題の役割を高め、擬古楽府制作において一つの拠り所となることを示したのである。

そしてこの制作方法は、南斉の永明年間に鮑照の文学を熟知していた沈約によって集団の文学遊戯の一つとして採用され、梁代以後、一般的となったのである。

従来、東晋以後の楽府詩研究は民歌の研究が中心とされ、東晋の楽府断絶とそれ以後の楽府文学、特に古曲を主題とする擬古楽府系の作品との関係に目が注がれることはなかった。しかし、東晋の楽府断絶によって擬古楽府の制作は確実に変化していたのであり、この時代以後、楽府題が楽府制作において特別な意味をもち始めたのである。そして、擬古楽府系の作品制作における楽府題の位置を高め、唐代の楽府を導く道を開いたのが、鮑照を中心とした劉宋中期の文人たちであり、その道に足を踏み出し、後世の楽府題観を導いたのが沈約を中心とした南斉の文人であった。彼らの活動により、楽府題は曲調に代わる楽府文学の新たな拠り所として、一般詩の詩題とは異なった特別な意味を持つようになり、唐代の楽府題観を導いたのである。

注

（1）松浦友久氏『李白研究—抒情の構造』（三省堂　一九七六）二八〇・二八一頁。

（2）楽府題を基にした制作は、岡村貞雄氏が夙に指摘されるように傅玄の楽府詩などに既に見ることができる（岡村貞雄氏「楽府題の継承と傅玄」［『支那学研究』三十五　一九七〇、後『古楽府の起源と継承』白帝社　二〇〇〇収録］）。しかし藤井守氏が既に指摘されるように、西晋期は未だ楽府詩と曲調との関係が保たれており、この傅玄の楽府詩が擬古楽府制作に大きな変化をもたらしたとは考えがたい（同氏「西晋時代の楽府詩—陸機を中心として」［『広島大学文学部紀要』三十六　一九七六）。西晋期の擬古楽府制作に於いて、楽府題はさほど重要な役割を果たしておらず、それが特別な意味を持ち始めるのは、後述するように、東晋の楽府断絶以後であると論者は考える。

（3）六朝楽府文学史に関しては、羅根沢氏『楽府文学史』（北京文化学社　一九三一）、蕭滌非氏『漢魏六朝楽府文学史』（中国文化服務社　一九四四、人民文学出版社　一九八四修訂）、増田清秀氏『楽府の歴史的研究』（創文社　一九七五）、王運熙氏・王国安氏『漢魏六朝楽府詩』（上海古籍出版社　一九八六）などを参考とした。

（4）銭志熙氏「斉梁擬楽府詩賦題法初探―兼論楽府詩写作方法之流変」（『北京大学学報（哲学社会科学版）』一九九五年第四期）。この論文は、平成八年度日本中国学会における口頭発表の後に、戸倉英美先生より教示された。銭氏は東晋の楽府断絶と擬古楽府制作との関係に注目されているが、それ以前の楽府題と楽府制作との関係、また劉宋から南斉に至る擬古楽府制作についての説明が十分ではなく、特に鮑照らの擬古楽府の重要性が見落とされている。

（5）東晋の楽府断絶に関しては、増田氏前掲書に詳しい。また東晋の時代、古曲の知識も失われていたことは『宋書』楽志に引く東晋・賀循の言葉より知れる。なお清・王師翰『詩学纂聞』はこの賀循の発言を基に「漢魏之楽府、亡於東晋」と言う。東晋の楽府断絶により、大半の古曲の曲調は失われ、劉宋以降の擬古楽府制作において旧曲調が用いられることは稀であったと考えられる。本章では劉宋以降の擬古楽府は一般的に旧曲調とは関係なく制作されていたという前提の下に以下論を進める。

（6）孔甯子・陸機のテキストは逯欽立『先秦漢魏晋南北朝詩』を用い、諸本により校訂した。

（7）各文人の生卒年或いは活躍の時期は以下のようである。
謝霊運【太元十年（三八五）生～元嘉十年（四三三）卒】・謝恵連【義熙三年（四〇七）生～元嘉十年（四三三）卒】・顔延之【太元九年（三八四）生～孝建三年（四五六）卒】・孔欣【景平二年（四二四）前国子博士孔欣、褚淡之の参軍となる】・荀昶【元嘉初　中書郎に至る】・袁淑【義熙四年（四〇八）生～元嘉三十年（四五三）卒】
このほかに、東晋末に何承天が鼓吹鐃歌を制作しているが、これは宮廷音楽として制作された公的な作品であるので、ここでは取り上げない。またこの鼓吹鐃歌は古曲の曲調に即して制作されたと思われる作品であり、当時においては例外的作品である。

（8）銭氏前掲論文。

（9）鮑照の生年は、通説では東晋末義熙十年（四一四）であるが、彼が文壇に登場するのは臨川王劉義慶に初めて出仕した元嘉十六年（四三九）以降と思われる。なお鮑照の作品に関しては、銭仲聯編『鮑参軍集注』（上海古籍出版社　一九八〇）をテキストとした。

（10）他にも湯恵休「怨詩行」は前半部分は古辞に基づくが、後半部分は彼独自の内容となっている。この時代は旧歌辞を踏襲する作品とそれから離れる作品が混在しており、鮑照の擬古楽府においても「代陸平原君子有所思行」「代陳思王白馬篇」「代悲哉行」などは旧歌辞を踏襲する作品である。

（11）元嘉年間より既に民歌流行の兆しがあったことは元嘉以前に亡くなっている劉義慶・劉鑠などの皇族が南朝民歌の作者に擬せられていること、或いは南朝民歌を得手とした湯恵休が文帝の命によって還俗したことなどによって知れる。

（12）鮑照「代白紵舞歌詞」の制作背景はその啓（『鮑氏集』所収）に示されており、謝荘「舞馬歌」の事は『宋書』謝荘伝に見える。

（13）また劉宋中期、文帝・孝武帝の代は宮廷音楽が新たに整備された時代であった。この時代の宮廷音楽の改革を『宋書』楽志より抜粋すると以下のようである。

元嘉九年（四三二）

太楽令鐘宗之　笛の調律を行う。（同十四年治書令史奚縦が改善）

同十八年（四四一）

郊祀の登歌演奏の建議。（氐族の来寇により実施されず）

同二十二年（四四五）

南郊の祭祀に登歌が奏される。御史中丞顔延之に新歌辞制作を命ず。

孝建二年（四五五）

荀万秋が郊廟の祭祀に舞楽を設けることを建議。顔竣・竟陵王劉誕が論議。（万秋の建議に従い、郊廟祭祀の制度が定められる）

大明年間（四五七～四六四）

尚書左丞殷淡に文帝の章太后の廟の歌辞制作を命じる。

この他にも孝建年間に孝武帝が謝荘に郊廟歌辞・明堂諸楽歌辞の新歌辞を制作させており（『南斉書』楽志・『通典』楽志）、また増田氏は孝武帝の時代に民歌系の舞楽の整備が行われたという（増田氏前掲書第六章）。東晋の時代にも謝尚らの尽力によって宗廟の雅楽は整備されており、また劉宋の開国当初にもある程度の改革が行われているが、本格的な整備がなされ始めたのは、この文帝・孝武帝の代においてと思われる。このような雅楽や舞楽の整備も楽府詩の歌曲の歌詞としての性格を呼び覚ます一因となったのかもしれない。

(14) 各論第一章「鮑照楽府詩論」参照。

(15)「渉」はテキストとした京都大学蔵書本『楽府正義』は「陟」に作るが、今文意に拠り改めた。なお黄節『鮑参軍詩注』（人民文学出版社　一九五七）は、「渉」に作る。

(16) 西晋以前にも、曹植「当」型の作品、傅玄「雲中白子高行」、陸機「日出東南隅行」など、前代作品の冒頭の句を題名にした作品を見出すことはできる。しかし、それらは必ずしも題名と内容が結び付かず、鮑照のように題名のイメージを基に制作された作品ではない。そもそも漢魏の楽府詩は冒頭の一部をとって、それを仮題とする命題の方法が行われており、また六朝の時代には漢魏の古曲を指し示す場合、冒頭の一部を用いる慣習があった。故に曹植、傅玄、陸機などの楽府詩は、冒頭の一部をとって新たに題を設定したのではなく、単に古曲の冒頭を題名にし、古曲の旧曲調或いは旧歌辞を模擬することを示しているに過ぎないと思われる。

(17) 鮑照の楽府詩には他にも『詩経』邶風「北風」の冒頭を題とした「代北風涼行」、また邶風「匏有苦葉」第三章の一部を題名とした「代鳴雁行」などがある。

(18) 琴曲の由来に関しては既に後漢にその由来を解いた書物があるが、西晋の時代には相和歌辞や雑曲歌辞などの漢代に採集された民歌の由来が求められるようになっていたと思われる。崔豹『古今注』中「音楽」の部などはその一例である。この崔豹『古今注』は、古曲の歌辞の内容や題名からその曲の由来を恣意的に解釈したと思われる所があり、その解題の信憑性は疑わしく、また現行本が崔豹が制作した当時の姿をどのくらい留めているかも定かではない。しかし、当時漢代の古楽府の由来を探ろうとする風潮があったことはこれからも窺える。

(19) 魏の楽府制作においては、楽府題に拠る楽府制作は行われていなかった。魏の時代、古曲の題名は後世の詞牌の如く曲調を示す符号にすぎず、また新たに題を設定する時には、その新作の冒頭の一部を用いて題名としていた。曹植の「名都篇」「美女篇」などが後者に属する。特に後者のような安易な命題の仕方には、当時の楽府題がそれほど重要な役割を担ってはいなかったことが表れている。そして、この楽府題に対する認識は、傅玄の楽府の「○○篇○○行」という命題法にも窺うことができ、少なくとも西晋初めまでは、楽府題に拠る楽府制作は広く行われてはいなかった。また張華の楽府には、その歌辞にふさわしい題名がつけれられているが、それは彼が古題とは全く関係なく、新たに設定した新題楽府であり、ここで問題とする古曲を主題とする擬古楽府とは異なる。

（20）陸機「鞠歌行」は以下のようである。

朝雲升、応龍攀。乗風遠遊騰雲端。鼓鐘歇、豈自歓。急弦高張思和弾。時希値、年夙愆。循己雖易人知難。王陽登、貢公歓。罕公既没国子歎。嗟千載、豈虚言。邈矣遠念情慨然。（朝雲　升りて、応龍　攀づ。風に乗りて遠遊し　雲端に騰《あが》る。鼓鐘は歇む、豈に自ら歓しまんや。急弦　高く張り　和やかに弾ぜんことを思う。時は値うこと希にして、年は夙に愆る。己に循うは易しと雖も　人の知ること難し。王陽の登りて、貢公は歓ぶ。罕公の既に没して国子は歎ず。嗟《ああ》　千載、豈に虚言ならんや。邈かなり　遠き念　情は慨然たり。）

（21）東晋の擬古楽府は、張駿「薤露行」「東門行」と梅陶「怨詩行」が現存する。張駿は北西の涼国の当主であり、江南の人ではなく、また『唐会要』巻三十三に「自晋氏播遷、其音分散。不復存於内地、符堅滅涼得之。」とあるように、涼には漢魏の旧曲が伝来しており、彼の擬古楽府は曲調を基に制作された可能性がある。また『晋書』鍾雅伝に拠れば、梅陶は東晋初に明帝の崩後一年に満たない時に、私かに女妓に歌曲を演奏させ、鍾雅に弾劾されたとあり、楽曲を好んだ人物であるらしい。そして『続晋陽秋』（『世説新語』任誕篇裴松之注引）及び『晋書』桓伊伝に拠れば、梅陶が制作した「怨詩行」は、東晋王朝に伝来した西晋以前の数少ない遺曲の一つであったと思われる。東晋の時代の擬古楽府は僅かであり、しかも現存する作品とその作者がいずれも曲調との関係を保持していることは興味深い。

（22）この点に関しては、興膳宏先生よりご指教を頂いた。詳しくは興膳氏「律詩への道—句数と対句の側面から—」（『五十周年記念東方学論集』　一九九七）参照。

（23）沈約と鮑照との関係とその先行研究に関しては向島成美氏「鮑照集の成立について」（『鎌田正博士八十寿記念漢文

学論集』大修館書店　一九九二）に詳しい。

（24）晋・崔豹『古今注』は、「陌上桑」は桑摘みの女性羅敷を主人公とした作品が古辞であるとする。呉均らが「陌上桑」を制作する時に当たっても、題名のイメージと共に、この羅敷の故事も意識されたかもしれない。ただ、この羅敷を主人公とした古辞を、『宋書』楽志は「艶歌羅敷行」、『玉台新詠』は「日出東南隅行」と題し、またその羅敷の古辞の模擬作品である蕭子顕・王褒・徐伯陽らの梁陳の文人の作品も「日出東南隅行」と題されている。梁代以前、羅敷の古辞を「陌上桑」とするのは崔豹『古今注』だけである。

第二章　梁陳の文学集団と楽府題

第一節　「擬」から唱和・賦得へ

前章では、東晋の楽府断絶による旧曲調の散佚、鮑照ら劉宋中期の文人たちによる楽府題を基にした新たな楽府詩制作の試み、そして沈約を中心とする南斉の文人たちが、それを集団の文学遊戯として採用したことなどが、唐代の楽府題観を導いたことを論じた。そこで本章では、南斉以後、唐代の楽府題観がいかにして形成されたのかを明らかにしたい。

斉梁以後、文学集団内で楽府題を唱和・賦得する傾向があったことは既に指摘のあるところであるが、[1]楽府題、ひいては楽府文学の展開を考える上で、斉梁以降、特に梁陳の集団の文学と楽府題との関係は非常に重要な意味を持っていたようである。

劉宋中期以降、鮑照・沈約らの擬古楽府[2]には、楽府題のイメージを基に制作する作品が見られ始める。しかし、それは当時の擬古楽府制作においては一般的な方法ではなかった。劉宋及び南斉の擬古楽府の主流は、前代同題作品の歌辞（以下旧歌辞）の主題と構成を踏襲する作品であった。例えば、次の沈約「従軍行」などはその一例である。[3]

従軍行　陸機　（『文選』巻二十八）

1 苦哉遠征人
2 飄飄窮四遐
3 南陟五嶺巓
4 北戍長城阿　——遠征地（3–4）
5 深谷邈無底
6 崇山鬱嵯峨
7 奮臂攀喬木
8 振迹渉流沙
9 隆暑固已惨
10 涼風厳且苛
11 夏條焦鮮藻
12 寒冰結衝波　——遠征地の様子と辛苦（5–12）
13 胡馬如雲屯
14 越旗亦星羅　——敵軍の様子（13–14）
15 飛鋒無絶影
16 鳴鏑自相和
17 朝食不免冑　——不安な毎日（15–17）

従軍行　沈約　（『文苑栄華』巻一九九）

1 惜哉征夫子
2 憂恨良独多
3 浮天出鯷海
4 束馬渡交河
5 雪縈九折嶝
6 風巻万里波
7 維舟無夕島
8 秣驥乏平莎*1
9 凌濤富驚沫
10 援木闕垂蘿
11 江飀鳴畳嶼
12 流雲照層阿
13 玄埃曖朔馬
14 白日照呉戈
15 寝興動征怨
16 寤寐起還歌
17 晨装豈輟驚

18夕息常負戈）
19苦哉遠征人
20拊心悲如何

1苦しい哉　遠征の人
2飄飄として四遐を窮む
3南のかた　五嶺の巓に陟《のぼ》り
4北のかた　長城の阿を戍《まも》る
5深谷は邈かにして底無く
6崇山は鬱として嵯峨たり
7臂を奮いて喬木を攀じ
8迹を振《あ》げて流沙を渉る
9隆暑は固より已に慘《いた》く
10涼風は厳しく且つ苛《はげ》し
11夏の條は鮮藻を焦がし
12寒《ふゆ》の氷は衝波を結ぶ
13胡馬は雲の如く屯《あつま》り

（18夕壘詎淹和
19苦哉遠征人
20悲矣将如何

＊1「平」本作「年」。今依『詩紀』改

1惜《お》しい哉《かな》　征夫の子
2憂恨　良に独り多し
3天に浮かびて　鯷海を出で
4馬を束《つか》ねて　交河を渡る
5雪は縈《めぐ》る　九折の嶝
6風は巻く　万里の波
7舟を維《つな》ぐに　夕島　無く
8驥を秣《まぐさか》うに　平莎　乏し
9濤を凌《こ》ゆるに　驚沫　富《おお》く
10木を援《ひ》くに　垂蘿　闕《すくな》し
11江飈　畳《かさな》ぬる嶼に鳴き
12流雲　層《かさな》ぬる阿《おか》に照く
13玄埃　朔馬を曖《くら》くし

14越旗も亦た星のごとく羅《つらな》る
15飛鋒は影を絶つこと無く
16鳴鏑は自ら相和す
17朝に食《くら》うに冑を免《ぬ》がず
18夕に息《いこ》うに常に戈を負う
19苦しい哉　遠征の人
20心を拊《う》ちて悲しむこと如何せん

14白日　呉戈を照らす
15寝興に　征怨　動き
16寤寐に　還歌　起く
17晨装　豈に驚きを輟《とど》めんや
18夕壘　詎《なん》ぞ和を淹《とど》めんや
19苦しい哉　遠征の人
20悲しい矣《かな》　将《は》た如何せん

両者は冒頭二句と末二句が同様の表現であり、第三句以降の構成も同じである。陸機は遠征の地の様子及び行軍の困難、過酷な自然、敵軍の様子について述べ、最後に従軍の苦難を言い、沈約の作品もほぼ同じ構成である。また陸機は第三・四句で「南」と「北」、第五・六句では「深谷」と「崇山」、第七・八句では「喬木」と「流沙」というように、第三句から第十八句まで、対句を巧みに利用して、従軍の困難さを表現している。それを承けて、沈約も第三・四句は「鯷海」と「交河」、第五・六句では「九折嶝」と「万里波」と、以下第十八句まで、同じく対句に対比的な語句を用いて、従軍の困難さを表現している。

この「従軍行」に限らず、沈約の楽府作品の大半はこのような前代の同題作品の模擬詩である。そして、この特徴は沈約に限らず、梁武帝・范雲・張率らの擬古楽府にも共通する特徴である。東晋の楽府断絶により、旧曲調の大半を失った擬古楽府は、模擬詩の一種となっていたのである。

この楽府詩が模擬詩化していた状況は、当時の楽府作品[4]の題名の付け方にも窺うことができる。

劉宋の頃より、楽府題に「擬」「代」或いは「效」を冠する作品が現れるが[5]、その傾向は斉梁陳の楽府作品にも見ることができる。

《斉梁陳の「擬」「代」型楽府系作品》

梁武帝　擬青青河辺草・擬長安有狭斜十一韻[6]　（『玉台新詠』巻七）
沈約　擬青青河辺草　（『玉台新詠』巻五）
何遜　擬軽薄篇　（『玉台新詠』巻五）
呉均　擬古四首「陌上桑・秦王巻衣・採蓮・携手」　（『玉台新詠』巻六）
張率　擬楽府長相思二首　（『玉台新詠』巻九）
蕭子顕　代楽府美女篇　（『玉台新詠』巻八）
劉孝威　擬古応教[7]　（『玉台新詠』巻九）
簡文帝　代楽府三首「新成安楽宮・双桐生空井・楚妃歎」　（『玉台新詠』巻七）
　擬沈隠侯夜夜曲　（『玉台新詠』巻七）
王褒　擬飲馬長城窟　（『文苑英華』巻二〇九）
後主　擬飲馬長城窟　（『文苑英華』巻二〇九）
張正見　擬飲馬長城窟　（『文苑英華』巻二〇九）

数は少ないけれども、このように楽府題に「擬」「代」が冠せられているのは、古楽府の擬作が模擬詩と同一の行為であると考えられていたことを示していよう。擬古楽府の模擬詩的傾向は、題名の付け方にも表れているのである。

さて、右の一覧にはもう一つ注目したい点がある。それは、斉梁陳の「擬」「代」型の作品は時代が下っても全く増えていない点である。梁中期以降、楽府作品全体の数量は急激に増加する。楽府作品の作例が増加すれば、相対的に「擬」「代」型の作品も増えるはずである。にも関わらず、「擬」「代」型の作品の数は全く増えていないのである。梁中期以降の楽府作品全体の数量と比較すれば、「擬」「代」型は、逆に減少していると言えよう。

一方、この「擬」「代」とは対称的に、梁中期以降急激に増え始めるのが、唱和・賦得された楽府題である。今、逯欽立『先秦漢魏晋南北朝詩』及び大上正美氏の「六朝〈賦得〉詩篇逯氏注記補遺」（『青山語文』十九号一九八九）を参考として、楽府題を賦得・唱和したと分かる楽府作品を列挙すると以下のようである。(8)

《斉梁陳の「賦得」「唱和」型楽府系作品》＊補注1

王融	同沈右率諸公賦鼓吹曲名「巫山高・芳樹」＊補注2	（『謝宣城詩集』巻二）
謝朓	同王主簿有所思	（『玉台新詠』巻十）
	同沈右率諸公賦鼓吹曲名「臨高台・芳樹」	（『謝宣城詩集』巻二）
	同賦雑曲名「秋竹曲」	（『謝宣城詩集』巻二）
劉絵	同沈右率諸公賦鼓吹曲名「有所思・巫山高」	（『謝宣城詩集』巻二）
檀秀才	同賦雑曲名「陽春曲」	（『謝宣城詩集』巻二）
江朝請	同賦雑曲名「淥水曲」	（『謝宣城詩集』巻二）
陶功曹	同賦雑曲名「採菱曲」	（『謝宣城詩集』巻二）
朱孝廉	同賦雑曲名「白雪曲」	（『謝宣城詩集』巻二）
范雲	同沈右率諸公賦鼓吹曲名「当対酒・巫山高」	（『謝宣城詩集』巻二）

沈約　同沈右率諸公賦鼓吹曲名「芳樹・臨高台」　（『謝宣城詩集』巻二）
　賦得有所思　（『古詩類苑』巻九四）
何思澄　奉和湘東王教班婕妤　（『玉台新詠』巻六）
劉緩　賦得江南可採蓮　（『古詩類苑』巻一二一）
蕭子顕　楽府烏棲曲応令二首　（『玉台新詠』巻九）
劉孝綽　夜聴妓賦得烏夜啼　（『玉台新詠』巻八）
　賦得遺所思　（『玉台新詠』巻八）
劉孝威　和王竟陵愛妾換馬詩　（『芸文類聚』巻九三）
沈君攸　賦得双燕離　（『古詩類苑』巻一二六）
簡文帝　和湘東王横吹曲三首「洛陽道・折楊柳・紫騮馬」　（『玉台新詠』巻七）
　賦楽府得大垂手　（『玉台新詠』巻七）
　賦得鶏鳴高樹巓　（『古詩類苑』巻一二六）
　賦得双燕離　（『古詩類苑』巻一二六）
　賦得双桐生空井詩　（『芸文類聚』巻八八）
　和人愛妾換馬詩　（『芸文類聚』巻九三）
庾肩吾　賦得有所思行　（『六朝声偶集』巻二）
　賦得横吹曲長安道　（『玉台新詠』巻七）
元帝　賦得飛来双白鶴　（『古詩類苑』巻一二六）
　賦得蒲生我池中詩　（『芸文類聚』巻八二）
孔翁帰　奉和湘東王教班婕妤　（『玉台新詠』巻六）
費昶　賦得有所思　（『古詩類苑』巻九四）

庾信　賦得結客少年場行　（『庾開府集』巻二）
　　　昭君辞応詔　（『庾開府集』巻二）
顧野王　賦得有所思　（『古詩類苑』巻九四）
徐伯陽　賦得日出東南隅詩　（『芸文類聚』巻八八）
張正見　賦得晨鶏高樹鳴　（『古詩類苑』巻一二六）
　　　賦得置酒高殿上　（『古詩類苑』巻二六）
　　　賦得有所思　（『古詩類苑』巻九四）
　　　賦得泛舟横大江　（『古詩類苑』巻七六）
陳後主　賦得飛来双白鶴　（『古詩類苑』巻一二六）
　　　賦得有所思三首　（『古詩類苑』巻九四）
李爽　賦得芳樹詩　（『芸文類聚』巻八八）
祖孫登　賦得紫騮馬詩　（『芸文類聚』巻九三）
江総　賦得置酒殿上詩　（『芸文類聚』巻三九）
　　　賦得今日楽相楽　（『古詩類苑』巻五九）
陸系　賦得有所思　（『古詩類苑』巻九四）

＊補注1　この一覧には、漢魏の楽府詩の冒頭句を賦得された作品も含んでいる。六朝期には冒頭句を以て、その楽府詩を示す傾向があるためである。中にはその冒頭句のみを基に制作されている作品もあるようだが、この一覧では例外なく全て挙げた。但し楽府詩の中間句を賦得したものは除外した。

＊補注2　王融には「奉和秋夜長」（『古文苑』巻四）という作品があり、郭茂倩『楽府詩集』巻七十六は、これを「秋夜長」として収録する。しかし『玉台新詠』巻十は、これを雑詩四首の一「秋夜」としているので、これは楽府題を用いた作品ではないと判断した。

右の一覧を少し細かく見れば、斉末から梁初にかけての作品は、『謝宣城詩集』に収められる「同沈右率諸公賦鼓吹曲名」「同賦雑曲名」の諸作、それと謝朓「同王主簿有所思」、沈約「賦得有所思」などの数例だけである。「同沈右率諸公賦鼓吹曲名」は楽府題を基にする制作方法を、集団の文学遊戯として初めて用いた例であり(9)、それ以後、梁初に至るまで楽府題を唱和・賦得した作品はわずかである。数量の上から見れば、楽府題の賦得・唱和が本格的に流行し始めるのは、梁中期以降のようである。

また数量の増加だけでなく、梁初までは唱和・賦得される楽府作品は鼓吹曲が主であったのが、梁中期からは鼓吹曲以外の作品が唱和・賦得され始めている。鼓吹曲は、先の「同沈右率諸公賦鼓吹曲名」以来、特別視されていたようであり、南斉・梁初の擬古楽府作品の大半が模擬詩的である中で、鼓吹曲系の作品だけは、旧歌辞の拘束を受けず、楽府題を基に制作されている。梁初以前の唱和・賦得の作品が鼓吹曲を主とすることも、これと関係しているのであろう。それが、梁中期以降は鼓吹曲以外の作品も賦得・唱和されるようになる。

例えば、劉孝綽の賦得した「烏夜啼」は南朝民歌系の作品であり、簡文帝は湘東王の横吹曲に和している。また少し時代が下って、陳の徐伯陽「賦得日出東南隅詩」は、一般的に「陌上桑」という題名で知られる羅敷の物語を古辞とする伝統的な古曲を賦得したものである(10)。

このように現存する斉梁陳の楽府作品の題名は、「擬」「代」から唱和・賦得へと変化している。そして、この題名の変化は当時、楽府文学が変化しつつあったことの表れと考えられるのである。

第二節　梁陳の文学集団における楽府題のイメージ形成

梁初に至るまでは、擬古楽府作品は前代の同題楽府作品の主題と構成を踏襲する模擬詩的作品であった。ところが梁中期ごろから、旧歌辞の内容から離れる作品が急激に増え始める。そして、次第に同題の楽府作品が、一つの共通したテーマに沿って制作されるようになっていく。例えば、「度関山」はその好例である。

「度関山」は、魏武帝の作品を古辞とする伝統的な古曲の一つである。魏武帝の「度関山」は、「天地の間、人を貴しと為す。君を立て民を牧せしめ、之を軌則と為さしむ。（天地間、人為貴。立君牧民、為之軌則。）」と、天が君主を立てて民を治めさせ、且つ君主を民の模範としたことを冒頭に述べ、次に古の聖賢の治世を讃えた後、「嗟哉《ああ》　後世は、制を改め　律を易《か》え、民を労して君為りて、其の力を役賦す。（嗟哉後世、改制易律、労民為君、役賦其力。）」と、後世、君主が民を使役し苦しめたことに対する嘆きを詠む。そして後半は、舜・堯らが質素であったことを挙げて、「侈は悪の大なり、倹は共徳為り。（侈悪之大、倹為共徳）。」と結んでおり、君主たるべき者、民を慈しみ、倹約を旨とすべきことを詠んだ作品である。

この魏武帝以後、梁の時代に至るまで「度関山」の擬作は残っていないが、梁・陳代には柳惲・王訓・梁簡文帝・戴暠・劉遵・張正見らの作品が現存する。この梁・陳代の六人の作品は、全て魏武帝「度関山」の歌辞とは、全く異なった内容となっている。更にこの六人の中で、柳惲「度関山」だけが、他の五人とは内容が少し異なっている。

度関山　　柳惲

長安倡家女　　長安　倡家の女
出入燕南垂　　燕の南垂に出入す
惟持徳自美　　惟だ徳を持て自《おのずか》ら美なるに
本以容見知　　本《もと》　容《かたち》を以て知らる
旧聞関山遠　　旧《もと》より聞く　関山　遠しと
何事総金羈　　何事ぞ　金羈を総《す》ぶる
妾心日已乱　　妾が心　日に已に乱れ
秋風鳴細枝　　秋風　細枝を鳴らす

このように柳惲「度関山」は、遠く「関山」に遠征した男性を思う「長安倡家女」の心情を詠んでおり、所謂閨怨の情をテーマとした作品である。魏武帝「度関山」の内容との相違は明らかであろう。柳惲以外の梁陳の「度関山」も同じく魏武帝「度関山」の歌辞とは異なった内容になっているが、柳惲のように閨怨の情は詠まず、いずれも辺境に遠征した兵士の情を詠む。一例として、梁簡文帝の作品を挙げよう。

度関山　　梁簡文帝

関山遠可度　　関山　遠《はる》かに度る可し
遠度復難思　　遠かに度りて　復た思い難し

直指遮帰道　　直指　帰道を遮《さえぎ》り
都護総前期　　都護　前期を総《す》ぶ
力農争地利　　農に力《つと》むるは地の利を争い
転戦逐天時　　戦を転ずるは天の時を逐《お》う
材官蹶張皆命中　　材官蹶張　皆な命中し
弘農越騎尽褰旗　　弘農越騎　尽く旗を褰《と》る
褰旗遠不息　　旗を褰ること　遠くして息まず
駆虜何窮極　　虜を駆ること　何ぞ窮極あらん
狼居一封難再覩　　狼居　一たび封じて　再びは覩《み》難し
閼氏永去無容色　　閼氏　永く去りて　容色　無し
鋭気且横行　　鋭気　且つ横行し
朱旗乱日精　　朱旗　日精を乱す
先屠光禄塞　　先に光禄塞を屠《ほふ》り
却破夫人城　　却て夫人城を破る
凱歌還旧里　　凱歌して旧里に還らん
非是衒功名　　是れ功名を衒《てら》うに非ず

簡文帝の作品は第一句から第四句まで、従軍して帰郷できない実状を述べ、第五句から第十句までは戦いが「天時」を重んじること、自軍の強さ、終わり無き戦いへと描写が続く。第十一句は漢の霍去病が匈奴を討ち、狼居山に於いて天を祭った故事を踏まえ、現在はその地は異民族に抑えられていることを言い、第十二句では、王昭君のように匈奴の要求に応じて、単于の妻（閼氏）となった女性が、彼の地で苦しんでいることを言う。そして、第十三句以降、自軍の勢いと勝利の決意を詠み、晴れて郷里に凱旋することを詠む。

王訓・戴暠・劉遵・張正見らの作品も、辺境の兵士の心情——望郷・従軍・立功など——の、どれに重点を置くかということに違いはあるが、いずれもこの簡文帝「度関山」と同じように、辺境の兵士の心情を詠む。このように魏武帝「度関山」と梁陳の「度関山」は内容に大きな隔たりがあり、更に梁陳の「度関山」の中でも柳惲と簡文帝ら五人の内容が異なっているのである。

まず第一点の魏武帝と梁代の作品の相違について考えてみたい。魏武帝の作品は「度関山」という題名と歌辞の内容がほとんど結びつかない。それに対して、柳惲は「関山」に遠征した男性を思う女性を、簡文帝らは「関山を度」って遠征する男性の心情を詠んでおり、女性か男性かという違いはあるにしても、いずれも題名からの連想によって、作品が制作されていることが予想される。

では、柳惲と他の五人の内容の相違はどうか。どうやら、この相違は、柳惲と他の五人が属した文学集団の相違に由来しているようである。

柳惲（四六五～五一七）は初め斉の竟陵王に召され、後に梁武帝に仕えており、以後梁朝においては梁武帝の文学集団に属していた。一方、簡文帝以下五人のうち、伝不詳の戴暠を除く四人は、いずれも簡文帝の文学集団に属していた(11)。このように、伝不詳の戴暠を除く、梁・陳代の「度関山」作家の中で、柳惲だけが簡文帝の下にいた形跡がないのである。であるならば、柳惲「度関山」と他の五人の「度関山」の内容が異なるのは、彼らが属していた文学集団の相違ではないかと考えられよう。

以上のことから「度関山」の変遷は次のように考えることができよう。魏武帝「度関山」は題義と歌辞は無関係であった。それが梁代に至って、題義を考慮して作品が制作されるようになる。まず柳惲が魏武帝の歌辞に拘束されることなく、楽府題のイメージに基づいて、新たな「度関山」＝思婦の心情を詠む作品を作った。その後、更に簡文帝の文学集団に属する文人たちが、再び楽府題のイメージに基づいて、柳惲とは異なる「度関山」＝兵士の心情を詠む作品を作ったのである。

このことを更に突き詰めて考えれば、簡文帝の文学集団以前、「度関山」は固有のイメージを持っていなかったと考えられる。柳惲は武帝の文学集団に属していたが、梁武帝の文学集団に属していた文人には「度関山」の作例がないこと、また梁初の擬古楽府が未だ模擬詩的であることから、「度関山」は武帝の文学集団内において、複数の文人たちが制作したのではないと考えられる。(12) それが、簡文帝の文学集団において、その集団に属する文人たちが、「度関山」を遠征の兵士の心情を詠む作品として制作した結果、以後「度関山」は遠征の兵士の心情を詠む作品となったのである。

唐代の「度関山」の擬作には、李端と馬戴の作品が現存するが、そのいづれも辺境の兵士の心情を詠む。大暦十才子の一人である李端の「度関山」は次のようである。

度関山　　李端

雁塞日初晴　　雁塞　日　初めて晴れ

狐関雪復平　　狐関　雪　復た平らかなり

危楼縁広漠　危楼　広漠に縁り
古竇傍長城　古竇　長城に傍《そ》う
払剣金星出　剣を払えば　金星　出で
彎弧玉羽鳴　弧《ゆみ》を彎《ひ》けば　玉羽　鳴る
誰知係虜者　誰か知らん　虜を係《つな》ぐ者を
賈誼是書生　賈誼は是れ書生なり

末句の「賈誼是書生」は、賈誼が文帝への上疏文の中で、自分に辺境諸国の管理を任せていただければ、匈奴を臣服させてみせますと言ったことを踏まえ、軍人としての自負を言う。全体は辺境の様子から、意気盛んな兵士の心情を詠み、簡文帝以降の「度関山」のイメージを継承している。

このように「度関山」という楽府作品、その楽府題のイメージは、簡文帝の文学集団において、先行する同題作品の内容とは異なった新たなイメージを与えられ、後に固有のイメージとなったのである。

この梁陳の文学集団において与えられたイメージが、後に固有のイメージとなる傾向は、「度関山」に限らず、楽府詩全体に見られる傾向である。例えば、次の漢横吹曲の一つである「梅花落」などもそうである。

横吹曲は漢の時代に李延年が胡曲を基に新たに制作したものと、南北朝時代に北方から梁朝に流伝したものの二つの系統がある。前者は漢横吹曲と呼ばれ、後者は梁鼓角横吹曲と呼ばれる。「梅花落」は漢横吹曲の系統である。李延年は胡曲を基に二十八曲の横吹曲を制作したが、魏晋の時代には既に十曲しか残っていなかった。その後新たに「関山月」「洛陽道」「長安道」など八曲が追加され、十八曲が唐の時代まで伝わっていた（呉兢『楽府古題要解』)。

「梅花落」は、晋代以降に新たに横吹曲の中に加えられた曲であったらしいが、いつこの曲が生まれたのか定かではない(13)。現存する「梅花落」の最も早い作例は鮑照であるが、それ以前に古辞が有ったかどうかは不明である。鮑照「梅花落」は次のようである。

梅花落　　鮑照

中庭雑樹多　　中庭　雑樹多く
偏為梅咨嗟　　偏《ひと》えに梅の為に咨嗟す
問君何独然　　君に問う　何ぞ独り然るや
念其霜中能作花　　念う　其の霜中に能く花を作し
露中能作実　　露中に能く実を作すを
揺蕩春風媚春日　　春風に揺蕩せられ　春日に媚ぶるも
念爾零落逐寒風　　念う　爾の零落して　寒風に逐われ
徒有霜花無霜質　　徒に霜花あるも　霜質無きを

この作品は、冬の厳しさに耐える梅の性質を称えた作品である。全体は、雑樹と作者の会話で成り立っており、第三句の雑樹の問いを受けて、第四句から第八句までに作者が梅を称える理由を述べるという筋立てである(14)。

この鮑照「梅花落」以後、梁陳の時代には、呉均・陳後主・張正見・徐陵・蘇子卿・江総らの作品が残っている。その中で、呉均だけが冬の厳しさに耐える梅の性質を詠み、それ以外の五人の作品はいずれも思婦の情を詠む。例えば、徐陵「梅花落」は次のようである。

梅花落　　徐陵

対戸一株梅　戸に対す　一株の梅
新花落故栽　新花　故栽に落つ
燕拾還蓮井　燕　拾いて　蓮井に還り
風吹上鏡台　風　吹きて　鏡台に上る
娼家怨思妾　娼家　怨思の妾
楼上独徘徊　楼上　独り徘徊す
啼看竹葉錦　啼きて看る　竹葉の錦
笑罷未能裁(15)　笑　罷みて　未だ裁つ能はず

冒頭四句は荒れた庭に落ちた梅の花を、燕が拾って天井に懸けた巣に持ち帰り、それが風に吹かれて鏡台の上に落ちるという情景を詠む。この梅の花びらを見た女性は、男性のことを思いだし、悲しむ。第七句の「竹葉錦」は竹葉の模様をあしらった錦、これを用いて衣帯を作る。末二句は男性がいないので、その竹葉の錦帯を作る必要もなく、また作る気にもなれないということをいうのであろう。

呉均は、柳惲の庇護を受け、建安王蕭偉・梁武帝の文学集団に属したことはあったけれども、その家柄の低さと性格のために、中央の文壇に進出することはできなかった。そして、志を得ないままに生涯を終え、集団の文学から外れた個性的な文人として位置づけられる。(16)彼が鮑照「梅花落」の擬作を制作した動機には、同じく寒門出身者であった鮑照の「梅花落」に強い共感を感じたからであったのかもしれない。

この呉均を除く、徐陵を初めとする五人の「梅花落」の作家はいずれも梁末期から陳にかけて活躍した人物である。徐陵・江総・張正見などは、いずれも若き日に簡文帝の文学集団に属し、後に陳の朝廷に仕えており、梁末から陳にかけてのいずれかの時期において、「梅花落」＝思婦の情を詠むというイメージが与えられたのであろう。

そして、それ以後の詩人はそのイメージを受け継ぎ、唐代へとそのイメージは継承されていく。唐代には盧照鄰・沈佺期・劉方平らが「梅花落」の擬作を制作しているが、いずれも思婦の情を詠む。梁末から陳にかけて形成された「梅花落」＝思婦の情というイメージは、唐代においては既に固有のイメージとなっているのである。

この他にも、沈約らが初めて集団の文学として用いて以来、特別な扱いを受けていたと思われる鼓吹曲や、出自の新しい楽府作品（南朝民歌など）も、同じように梁陳の文学集団において、一定のイメージが与えられ、後世の楽府題のイメージを左右している。もちろん、中には旧歌辞の内容を、梁陳の楽府作品がそのまま踏襲しているものもある。しかし、それらも梁陳の文学集団において、賦得・唱和されることによって、それまで不安定であったイメージが次第に固定化されていったのである。(17)

南朝民歌の一つである「烏夜啼」が、梁陳の時代において楽府題化されていったことは、斎藤功氏が「烏夜啼変遷考」（『学林』一　一九八三）において、既に指摘されるところである。(18)しかし、この梁陳における楽府題化の傾向は、民歌に限られた現象ではなく、楽府文学全体における現象であり、そして、それは集団の文学と深く関わっていたのである。
では、集団の文学において、各楽府作品のイメージは具体的にはどのように形成されたのであろうか。当時の文学集団において楽府作品が唱和されていた実例として、しばしば引用される『周書』王褒伝の記述は、この問題を考える足掛かりとなる。

『周書』王褒伝
褒曽作燕歌行、妙尽関塞寒苦之状、元帝及諸文士並和之、而競為淒切之詞。
（褒　曽て燕歌行を作るに、関塞寒苦の状を妙尽し、元帝及び諸文士　並びに之に和し、而して競いて淒切の詞を為す。）

この逸話では、まず王褒が「燕歌行」を制作し、その作品に元帝及びその文学集団に属する文人たちが唱和している。この逸話のように、ある文学集団において、楽府作品を唱和する場合は、一人の人物が新しい作品を制作し、その人物の作品に皆が唱和するというものであったのだろう。(19) 梁陳の楽府作品が、前代作品の内容を継承したり、改変したりすることからすれば、主唱となる人物の作品は、前代作品の内容を継承する場合と、改変する場合があったのであろう。それを他の文人たちが唱和・賦得するという集団の営為によって、各楽府題のイメージは一定の方向性を与えられたのである。
そして、ある文学集団において、一定の方向性を与えられた楽府作品は、時や場所、或いは集団を異にしても、同じテーマで唱和・賦得され、その繰り返しによって、イメージは次第に固定していったのではあるまいか。

但し、梁陳期において、各楽府作品のイメージが完全に固定化していたわけではない。多くの楽府題のイメージが完全に固定化するのは、隋を経て、唐代に至ってからである。梁陳期は、楽府題のイメージ化の過渡期だったのである。

第三節　梁陳における楽府題のイメージの利用

梁陳の文学集団と楽府題との関係を考える上で、もう一つ興味深い傾向を、梁陳の詩に見ることができる。それは、梁陳の詩人が、楽府題をしばしば詩中に引用するということである。

今、逯欽立『先秦漢魏晋南北朝詩』から、梁陳文人の詩で、楽府題或いは歌曲名を詩中に詠み込んだものを挙げると以下のようである＊補注。

范雲	登城怨詩	「楚妃歌脩竹、漢女奏幽蘭」
江淹	望荊山詩	「一聞苦寒奏、再使艶歌傷」
任昉	落日泛舟東渓詩	「不学梁甫吟、唯識滄浪詠」
虞羲	詠霍将軍北伐詩	「胡笳関下思、羌笛隴頭鳴」
沈約	君子有所思行	「巴姫幽蘭奏、鄭女陽春絃」
	昭君辞	「始作陽春歌、終成苦寒歌」
	楽未央[20]	「詠湛露、歌採蓮」
柳惲	擣衣詩	「思君起清夜、促柱奏幽蘭」

何遜　銅雀妓　「望陵歌対酒、向帳舞空城」
呉均　与柳惲相贈答詩其五　「一為別鶴弄、千里涙沾衣」
王僧孺　詠擣衣詩　「散度広陵音、摻写漁陽曲。別鶴悲不已、離鸞断還続」
昭明太子　詠弾箏人詩　「還作三洲曲、誰念九重泉」
何思澄　擬古詩　「妾有鳳雛曲、非為陌上桑」
劉遵　蒲坂行　「乍作渡瀘怨、何辞上隴歌」
　従頓還城応令曲　「鳴笳芳樹曲、流唱採菱曲」
劉孝綽　秋夜詠琴詩　「幽蘭暫罷曲、積雪更伝声」
劉孝威　怨詩　「歌起蒲生曲、楽奏下山絃」
簡文帝　櫂歌行　「妾家住湘川、菱歌本自便」
　蜀道難其一　「若奏巴渝曲、時当君思中」
　詠舞詩其二　「上客何須起、啼烏曲未終」
　傷離新体　「琴間玉徽調別鶴、別鶴千里別離声」
庾肩吾　送別於建興苑相逢詩　「去馬船難駐、啼烏曲未終」
　詠舞詩　「飛鳧袖始払、啼烏曲未終」
費昶　行路難其二　「笙歌棗下曲、琵琶陌上桑」
戴暠　度関山　「昔聞隴頭吟、平居已流涕」
沈満願　越城曲　「願仮烏棲曲、翻従南向飛」
王褒　長安有狭邪行　「春還御宿園、塗歌楊柳曲」
　燕歌行　「遙聞陌頭採桑曲、猶勝辺地胡笳声」
　日出東南隅行　「調弦大垂手、歌曲鳳将雛」

庾信	渡河北詩	「心悲異方楽、腸断隴頭歌」
	出自薊北門行	「関山連漢月、隴水向秦城」
	烏夜啼	「促柱繁弦非子夜、歌声舞態異前渓」
	楊柳歌	「欲与梅花留一曲、共将長笛管中吹」
	経陳思王墓詩(21)	「隴水哀葭曲、漁陽惨鼓声」
	臥疾窮愁詩	「詎知長抱膝、独為梁甫吟」
	弄琴詩其二	「不見石城楽、惟聞烏噪林」
	奉和趙王詩	「比看中郎酔、堪聞烏夜啼」
沈炯	為我弾鳴琴詩	「空為貞女引、誰為楚妃心」
顧野王	有所思	「還聞雉子斑、非復長征賦」
	艶歌行其二	「蓮花藻井推芰荷、採菱妙曲勝陽阿」
張正見	置酒高殿上	「歌喧桃与李、琴挑鳳将雛」
	門有車馬客行	「琴和朝雉操、酒乏夜光杯」
	与銭玄智汎舟詩	「欲奏江南曲、聊習棹歌行」
	賦得垂柳映斜谿詩	「不分梅花落、還同横笛吹」
	賦得威鳳棲梧詩	「別有将雛曲、翻更合糸桐」
	傷韋侍読詩	「無復華陰市、空余蒿里歌」
謝燮	隴頭水	「試聴鐃歌曲、唯吟君馬黄」
賀循	賦得長笛吐清気詩	「韻切山陽曲、声悲隴上吟」
江総	婦病行	「夫壻府中趨、誰能大垂手」
	横吹曲	「鏜鎝漁陽摻、怨抑胡笳断」

　　　宛転歌　　　　　　　「金樽送曲韓娥起、玉柱調弦楚妃歎」
　　　遇長安使寄裴尚書詩　「太息関山月、風塵客子衣」
　　　侍宴賦得起坐弾鳴琴詩「糸伝園客意、曲奏楚妃歎」
　　　秋日新寵美人応令　　「幽蘭度曲不可終、陽台夢裏自応通」
伏知道　従軍五更転其三　　「彊聴梅花落、誤憶柳園人」

＊補注　右の作品は、明らかに楽府題或いは歌曲名と分かるものに限り、当該楽府作品の題名が詩中に詠まれた作品、例えば、江総「梅花落」の「両両共唱梅花落」のような作品は除外した。

また逯欽立『先秦漢魏晋南北朝詩』及び厳可均『全上古三代秦漢六朝文』から、魏から南斉の文人の作品で、楽府題を用いる詩賦を抜き出すと、以下のようである。

韋誕　景福殿賦　「呉姫櫂歌、越女鼓枻。詠採菱之清謳、奏淥水之繁会」
嵆康　琴賦　「蔡氏五曲、王昭楚妃、千里別鶴」
応璩　百一詩　「自謂識音律、請客鳴笙竽。為作陌上桑、反言鳳将雛」
夏侯湛　夜聴笳賦　「垂幽蘭之遊響、来楚妃之絶歎」
潘岳　笙賦　「子喬軽挙、明君懐帰、荊王喟其長吟、楚妃嘆而増悲」
陸機　挽歌三首其一　「中闈且勿讙、聴我薤露詩」
　　　泰山吟　「梁甫亦有館、蒿里亦有亭」
　　　擬今日良宴会詩　「斉僮梁甫吟、秦娥張女弾」
孫楚　笳賦　「三節白紵、太山長吟。哀及梁父」
謝霊運　傷己賦　「歌白華而絶曲、奏蒲生之促調」

鮑照　彭城宮中直感歳暮詩　「楚艶起行戚、呉趨絶帰歓」
　　　行田登海口盤嶼山詩　「誰知大壑東、依稀採菱歌」
　　　道路憶山中詩　「采菱調易急、江南歌不緩」
　　　紹古辞七首其三　「訪言山海路、別鶴歌千里」
　　　代白紵舞歌詞四首其三　「荆王流歎楚妃泣」
鮑令暉　擬客従遠方来詩　「願作陽春曲、宮商長相尋」
無名氏　子夜警歌二首其一　「誰知苦寒調、共作白雪絃」
　　　上声歌八首其三　「初歌子夜曲、改調促鳴箏」
王融　散曲　「楚調広陵散、瑟柱秋風弦」
　　　陽翟新声　「恥為飛雉曲、好作鶤鶏鳴」
謝朓　奉和随王殿下詩其三　「端坐聞鶴引、静瑟愴復傷」
　　　同詠楽器・琴　「是時操別鶴、淫淫客涙垂」

このように南斉以前は、賦を含めても楽府題を用いる作品は、わずかに二十数例に過ぎない。それに比べて、梁以降は楽府題が詩中に頻繁に引用されている。

また梁以前は、「薤露」「梁甫吟」などの挽歌系の作品、「幽蘭」「王昭君」「楚妃歎」「別鶴操」など琴曲系の古曲が大半である。挽歌系の作品は、葬送曲としてのイメージを喚起しやすく、また琴曲系の作品は伝統的な古曲として、他の歌曲とは異なった扱いを受けており、加えて「幽蘭」「王昭君」「楚妃歎」「別鶴操」などはその題名自体が、ある一定のイメージを喚起しやすい。特に「王昭君」などは王昭君の故事自体がまず喚起されるであろう。他に「採菱歌」や「陽春曲」なども、題名から或る一定のイメージが喚起されやすいものばかりである。

ところが梁以後は、それ以前にあまり引用されることのなかった楽府題或いは歌曲名も用いられるようになり、中にはその歌曲のイメージが喚起されにくいものも含まれている。例えば、劉孝威「怨詩」の「蒲生曲」、簡文帝「詠舞詩」の「啼烏曲」、戴暠「度関山」の「隴頭吟」、顧野王「有所思」の「雉子斑」などが、そうである。

この詩中に楽府の題名を引用する傾向は、楽府作品や歌曲が、当時流行していたということが一つの原因であろう。しかし、梁以後の例には、楽府の題名を詩文中に読み込むことで、その楽府作品のイメージを作品世界に取り込もうとする姿勢が窺える作品を見ることができる。一例として、庾信「出自薊北門行」を挙げよう。

出自薊北門行　　庾信

薊門還北望　　薊門　還《かえ》りて北望すれば
役役尽傷情　　役役　尽《ことごと》く情を傷ましむ
関山連漢月　　関山　漢月に連なり
隴水向秦城　　隴水　秦城に向かう
笳寒蘆葉脆　　笳　寒くして　蘆葉　脆く
弓凍紵絃鳴　　弓　凍りて　紵絃　鳴る
梅林能止渇　　梅林　能く渇きを止め
複姓可防兵　　複姓　兵を防ぐ可し
将軍朝挑戦　　将軍　朝に戦いを挑み
都護夜巡営　　都護　夜に営を巡る

燕山猶有石　　燕山　猶お石有らば
須勒幾人名　　須く幾人の名を勒すべけん

この作品は兵士の苦難を詠んだ作品であり、その第三・四句は、漢横吹曲の「関山月」と「隴頭水」を踏まえている。「関山月」「隴頭水」の現存する六朝以前の作例は、左のようである。

「関山月」　梁元帝・王褒・張正見・江総・陳後主・陸瓊・賀力牧・王瑳
「隴頭水」　古辞・車轂・劉孝威・梁元帝・張正見・江総・徐陵・顧野王・陳後主・謝燮

この「関山月」「隴頭水」の現存する作品は、孰れも兵士の心情を詠む。「関山月」の方は古辞が現存せず、梁元帝「関山月」が最も早い作例である。

関山月　　梁元帝

朝望清波道　　朝に望む　清波の道
夜上白登台　　夜に上る　白登の台
月中含桂樹　　月中　桂樹を含み
流影自徘徊　　流影　自ら徘徊す
寒沙逐風起　　寒《つめた》き沙は風を逐いて起こり
春花犯雪開　　春の花は雪を犯して開く
夜長無与晤　　夜は長きに　与《とも》に晤《むか》う無く

衣単誰為裁　　衣は単《ひとえ》なるも　誰か為に裁たん

元帝の作品は、北方の遠征地の自然の厳しさと、故郷を思う兵士の心情を詠んでおり、元帝以外の「関山月」も皆兵士の辛苦と望郷の心情を詠んでいる。古辞の現存しない、この「関山月」は、もしかすると梁の文学集団において、新たにイメージが与えられた作品かもしれない。

一方の「隴頭水」は古辞が残っており、梁元帝以下の擬作はその古辞が兵士の辛苦と望郷の心情を詠むのを継承している。しかし、車轂と劉孝威の作品は兵士の心情を詠む点は共通するが、彼らは兵士の報恩・立功の心情を詠む。あるいは、梁中期において「隴頭水」は兵士の報恩・立功を歌う作品とされていたのかもしれない。「隴頭水」の題名や古辞の一部は兵士の辛苦と望郷を表現するものとして、しばしば詩文に引用されるが[22]、それは梁末から陳にかけて盛んとなる。車轂の事跡は不明だが、劉孝威は梁簡文帝の文学集団に属していた。張正見・江総・徐陵らも、陳に仕える以前、簡文帝の文学集団に属していたが、「隴頭水」はかつて簡文帝の文学集団では敢えて古辞とは異なったイメージが与えられていたことがあったのかもしれない。

車轂と劉孝威の二人には、もう一例同題の楽府作品＝「驄馬（駆）」が残っているが、これも元帝・徐陵・江総の作が、辺境の兵士の辛苦或いは望郷を詠むのに対して、車轂と劉孝威は報恩或いは立功の心情を詠む。これは文学集団の相違・時代的変遷に拠るのか、或いは車轂・劉孝威二人の個人的特徴であるのか、現段階では判断し難い。

ともかく、「関山月」と「隴頭水」は、辺境の兵士の辛苦と望郷を詠むという認識を、梁末から陳初の文人が共有していたことは間違いない。庾信「出自薊北門行」の第三・四句は、このイメージを詩中に取り込み、兵士の辛苦と望郷の思いを表現し、五句以降の従軍の辛苦へとつなげているのである。

庾信「出自薊北門行」以外にも、顧野王「有所思」は離別する母子の雉の悲しみを歌う「雉子斑」古辞を踏まえて、愛する男性との別れを表現し、謝燮「隴頭水」は、古辞では君主の遠征を愁い、梁陳代の擬作では従軍の辛苦を詠む鼓吹曲「君馬黄」を用いて、従軍の辛さを表現している。

但し、顧野王「有所思」の「雉子斑」がそうであるように、梁陳の詩中に利用される楽府題の用法を見ると、その用い方は楽府題のイメージというよりは、先行作品の歌辞内容を踏まえる作品が多い。このことは、「雉子斑」のような作品が梁陳の時代にはまだイメージが完全に固定化しておらず、楽府題が特定の歌辞内容を想起させる段階に留まっていたからであろう。

しかし、中には庾信「出自薊北門行」の「関山月」「隴頭水」のように、楽府題のみのイメージが独立して機能していると思われる作品も見られる。多くの楽府題が独立して機能し始めるのは、唐代に至ってからであるが、梁陳期の後半には、既に幾つかの楽府題は特定の歌辞から独立して、一定のイメージを持ち、それに伴って楽府題自体も一定のイメージを喚起する存在となりつつあったのであろう。

第四節　結　語

以上、梁陳の文学集団と楽府文学との関係を、楽府題のイメージの形成を中心に考察してきた。

梁以前、挽歌などの特別な作品を除いて、多くの楽府作品は固有のイメージを持ってはいなかった。そのため特定の楽府題が特定のイメージを喚起することもなかったのである。それが、梁陳の文学集団において各楽府作品に一定の方向性が与えられるようになる。

その傾向は梁中期の簡文帝・元帝らの文学集団の辺りから強まり、この頃から楽府題の唱和・賦得が盛んになる。彼らは旧歌辞に拘束されることなく、楽府題のイメージを基に新歌辞を制作し、それを文学集団の中で、唱和・賦得していた。そのように唱和・賦得される中で、各楽府作品に一定の方向が与えられ、唐代に至って楽府題自体が固有のイメージを喚起するようになったのである。

梁陳の楽府作品は、前代の内容をそのまま継承するものと新たな内容に代えるものがある。新たな内容に代わった楽府作品は、梁陳の時代において新たにイメージが与えられたと思われる。また、前代の内容をそのまま踏襲する作品も、梁代以前は不安定であったイメージが、梁陳代において、唱和・賦得されることにより、固定したイメージを持つようになったのであろう。

更に言えば、梁陳に作例のない楽府作品も、梁陳において楽府題の地位が確立したことにより、以後、楽府題の題義が考慮されるようになる。楽府制作における楽府題の重要性は、梁陳の集団の文学によって定着したのである。

従来、楽府題のイメージは、同題の楽府作品が蓄積されることにより、自然に形成されたと考えられていた。しかし実際は、梁陳の集団の文学において意図的に一定の方向性が与えられ、それ以後固定化していったのである。

注

（1）増田清秀氏『楽府の歴史的研究』第十章「南朝人作の横吹曲辞」（創文社　一九七五）

（2）擬古楽府とは、楽府の旧題を題名として用いる作品を指す。当時の楽府系の作品は、擬古楽府以外に、民歌系の作品及び新たに設定された新題楽府があるが、本章では擬古楽府作品を中心に考察を進める。なぜなら、旧題を用いる作品は、前代同題作品との比較により、当時の楽府系の作品の制作状況を把握しやすいからである。

（3）本章で引用する詩は、前章と同様に、逯欽立『先秦漢魏晋南北朝詩』をテキストとし、諸本により校訂を行った。但し、後に引用する鮑照「梅花落」は銭仲聯編『鮑参軍集注』巻四（上海古籍出版社　一九八〇）をテキストとし、李端「度関山」は『全唐詩』巻二百八十五（中華書局校点本）をテキストとした。

（4）曲調との関係が断たれたことにより、当時の楽府詩は徒詩と同一視されていたようである。本章ではそのような状態にあった楽府詩が、徒詩とは異なる要素として、楽府題のイメージに価値を見出す過程を追究する。故に本章では楽府題を用いる作品のことを「楽府作品」と呼ぶ。

（5）例えば劉宋期には、袁淑「效曹子建楽府白馬篇」（『文選』巻三十一）、荀昶「擬青青河辺草」「擬相逢狭路間」（『玉台新詠』巻三）などがあり、また鮑照の楽府作品には概ね「代」「擬」が冠せられている。

（6）梁武帝には、他に曹植「怨詩行」（『楽府詩集』巻四十一）の冒頭句を題名とする「擬明月照高楼」（『玉台新詠』巻七）がある。曹植「怨詩行」は『宋書』楽志に収められているが、『文選』巻二十三ではこれを「七哀詩」、『玉台新詠』巻二では「雑詩」の第一首とし、楽府詩として扱っていないので、梁武帝「擬明月照高楼」は除外した。この他に、何遜「擬青青河辺草転韻体為人作其人識節工歌詩」（『詩記』巻九十三）、昭明太子「擬青青河畔草」（『詩記』巻七十六題下注）も除外した。これらは「飲馬長城窟行」古辞の模擬作か古詩十九首其二の模擬詩なのか、明確ではないからである。

（7）『楽府詩集』巻六十八は劉孝威「東飛伯労歌」に作る。

（8）この一覧には、漢魏楽府詩の冒頭句を賦得された作品も含んでいる。六朝期には冒頭句を以て、その楽府詩を示す傾向があるためである。中にはその冒頭句のみを基に制作されている作品もあるようだが、この一覧では例外なく全て挙げた。但し楽府詩の中間句を賦得したものは除外した。

（9）総論第一章「六朝楽府詩の展開と楽府題―東晋楽府断絶後の楽府文学―」第五節「南斉以後の楽府題の作とその制作」参照。

（10）秦羅敷の物語を描いた漢代の楽府詩は「日出東南隅行」「艶歌羅敷行」「陌上桑」と幾つかの異名を持つ。しかし、梁の時代においては、羅敷の古辞は「日出東南隅行」と呼称されていたようである（総論第三章「楽府題変遷考――楽府題「陌上桑」を中心として――」参照。

（11）各文人と文学集団との関係については、主に森野繁夫氏の『六朝詩の研究』（第一学習社　一九七六）を参考とし、新たに史書の記述及び各詩人の詩文などの資料に拠って、整理を行った。しかし、戴暠は史書に伝がなく、また彼の詩文や当時の詩文中からも彼と梁陳の文学集団との関係を知る記述を未だ見出せない。

（12）このことで興味深い点は、柳惲「度関山」を『玉台新詠』巻五が鼓吹曲二首の一つとしている点である。「同沈右率諸公賦鼓吹曲名」以来、鼓吹曲は楽府題を基に制作される傾向があり、柳惲が「度関山」を題義に即して制作したのも、当時「度関山」が鼓吹曲の一とみなされていたからかもしれない。

（13）「梅花落」の出自及び伝承に関しては、増田氏前掲書に詳考がある。また漢横吹曲と梁鼓角横吹曲については、王運熙氏「梁鼓角横吹曲雑談」（『楽府詩述論』上海古籍出版社　一九九六所載）を参考とした。

（14）第七句の「爾」の解釈には諸説有る。ここでは「爾」は雑樹を指し、第七・八句は寒さに耐える梅に比べて、寒さに耐えられない雑樹を作者が非難していると解釈しておく。ちなみに、鮑照に続く呉均「梅花落」は冬の厳しさに耐える梅を詠む。

（15）「笑」を、テキストは「簪」に作るが、今『文苑栄華』に拠って改めた。

（16）森野繁夫氏前掲書第四章第二節「呉均」

（17）梁陳の楽府作品において、古辞や前代作品を改変し、新たなイメージを与える場合は、旧歌辞とその楽府題の題義の間に関連がないことが多い。これは梁陳の文人が、旧歌辞とは関係なく、楽府題のイメージを基に制作していたからであろう。また旧歌辞の内容と楽府題の題義が一応の関係を保っている場合でも、新たなイメージに変える場合もある。「梅花落」などはそうであるが、梁陳に新たに設定された楽府題のイメージは、閨怨や辺塞の情へとパターン化される傾向がある。これは当時の文学の方向性を示しており興味深い。

（18）斎藤氏は「烏夜啼」及びその傍系の作品と梁の文学集団との関係についても論及されており、本章はこの斉藤論文の指摘に負うところが大きい。

(19) 現存する王褒「燕歌行」は、彼以前の「燕歌行」と同じく辺境に従軍した兵士を思う思婦の情を詠んでおり、旧歌辞のテーマを踏襲している。
(20)『文苑英華』巻百九十三は張正見「神仙篇」に作る。
(21)『文苑英華』巻三百六は庾肩吾の作とする。
(22) 増田氏前掲書第十章各論「一隴頭水」及び前掲一覧参照。

第三章　楽府題変遷考 ——楽府題「陌上桑」を中心として——

第一節　楽府題の変遷と六朝楽府文学の展開

本章では、「陌上桑」という漢代の古曲と、その模擬作の変遷を通して、特定の楽府作品が六朝期にどのように変化し、またそれが後代にどのように継承されていったかを検討する。

「陌上桑」の古辞（複数の異名が有るので、以下本章では古辞を「羅敷古辞」と呼ぶ）は、漢代楽府詩の中でも名の知れた作品であり、「陌上桑」以外に、「艶歌羅敷行」「日出東南隅行」とも呼ばれる。今、「羅敷古辞」を収録する六朝から初唐の資料と、そこでの呼称を掲げると以下のようである。

斉末・梁初期	「羅敷　艶歌羅敷行」	『宋書』楽志
梁中期	「日出東南隅行」	『玉台新詠』巻一
唐初期	「古陌上桑羅敷行」	『芸文類聚』楽府
〃	「古楽府陌上桑行」	『初学記』美婦人
〃	「古楽府陌上採桑」	〃　裙

現在、我々は一般的に「羅敷古辞」を「陌上桑」と呼称するが、右のように、六朝から初唐にかけて「羅敷古

辞」の呼称は一定していなかったようである。

このように「羅敷古辞」に複数の異名が存在したことは、六朝期の模擬作品の変遷にも影響を及ぼしたと思われる。特に梁代以降に楽府題のイメージが形成される過程に於いて、それぞれの異名は独自の機能を果たすようになる。またそれに伴って、「羅敷古辞」の主人公羅敷に新たな形象が加わり、それが次代の羅敷物語を形成していったようである。

では、以下にまず東晋以前の「羅敷古辞」をめぐる状況について検討を加えよう。

第二節　東晋以前の「羅敷古辞」とその呼称

「羅敷古辞」は、秦羅敷の美しさとその貞節を描く作品であり、全五十三句、三解からなる。

1日出東南隅　2照我秦氏楼　3秦氏有好女　4自名為羅敷
5羅敷善蚕桑　6采桑城南隅　7青糸為籠係　8桂枝為籠鉤
9頭上倭墮髻　10耳中明月珠　11緗綺為下裙　12紫綺為上襦
13行者見羅敷　14下擔捋髭鬚　15少年見羅敷　16脱帽著帩頭
17耕者忘其犂　18鋤者忘其鋤　19来帰相怨怒　20但坐観羅敷一解
21使君従南来　22五馬立踟蹰　23使君遣吏往　24問此誰家姝
25秦氏有好女　26自名為羅敷　27羅敷年幾何　28二十尚不足

29十五頗有余　30使君謝羅敷　31寧可共載不　32羅敷前致辞
33使君一何愚　34使君自有婦　35羅敷自有夫二解
36東方千余騎　37夫壻居上頭　38何用識夫壻　39白馬従驪駒
40青糸繋馬尾　41黄金絡馬頭　42腰中鹿盧剣　43可直千万余
44十五府小吏　45二十朝大夫　46三十侍中郎　47四十専城居
48為人潔白皙　49鬑鬑頗有鬚　50盈盈公府歩　51冉冉府中趨
52坐中数千人　53皆言夫壻殊三解

日は東南の隅《ほとり》より出で、我が秦氏の楼を照らす
秦氏には好き女有り、自ら名づけて羅敷と為す
羅敷は蚕桑を善くし、桑を采る　城南の隅
青き糸を籠の係《ひも》と為し、桂の枝を籠の鉤《とって》と為す
頭上には倭墮たる髻、耳中には明月の珠
緗の綺を下裙と為し、紫綺を上襦と為す
行く者　羅敷を見れば、擔を下して髭鬚を捋《と》る
少年　羅敷を見れば、帽を脱いで帩頭を著わす
耕す者は其の犂を忘れ、鋤く者は其の鋤を忘る
来たり帰りて相怨怒するは、但だ羅敷を観しに坐《よ》る一解
使君は南より来る、五馬は立ちて踟蹰す

使君は吏をして往かしむ、問う　此れ誰が家の姝《みめよ》きものぞと
秦氏に好き女有り、自ら名づけて羅敷と為す
羅敷は年幾何ぞ、二十には尚お足らず
十五には頗《や》や余り有り、使君　羅敷に謝《つ》ぐるには
寧ろ共に載る可きや不《いな》や、羅敷は前《すす》みて辞を致す
使君は一に何ぞ愚なる、使君には自ら婦有り
羅敷には自ら夫有り二解
東方に千余騎、夫壻は上頭に居る
何を用てか夫壻を識る、白馬に驪駒を従え
青糸もて馬尾に繋ぎ、黄金もて馬頭に絡う
腰中に鹿盧の剣、千万余に直すべし
十五にして府の小吏、二十にして朝の大夫
三十にして侍中郎、四十にして城を専らにして居る
人と為りは潔くして白皙、鬑鬑として頗鬚有り
盈盈として公府に歩み、冉冉として府中に趨る
坐中の数千人、皆な言う　夫壻は殊なれりと三解

一解は秦羅敷の紹介とその美しさの描写、そしてその美しさに魅了される人々を描き、二解は「使君」の誘い

と羅敷の拒絶、三解は羅敷が自らの夫を自慢するという内容であり、①「羅敷の美しさ」、②「使君の求愛と羅敷の拒絶」、③「羅敷の夫誉め」の三つの要素によって構成されている。

この「羅敷古辞」の解題として、現存する最古の資料が、西晋・崔豹『古今注』音楽に見える次の記述である(1)。

陌上桑は秦氏の女に出づ。秦氏は邯鄲の人、女の羅敷と名づくる有り、嫁して邑人千乗の王仁の妻と為る。王仁　後に越王の家令と為り、羅敷出でて桑を陌上に採るに、趙王　台に登り、見て之を悦び、飲酒に因りて焉を奪わんと欲す。羅敷は巧みに箏を弾《ひ》き、乃ち陌上の歌を作り、以て自ら明らかにす。

(陌上桑者出秦氏女也。秦氏邯鄲人、有女名羅敷、嫁為邑人千乗王仁妻。王仁後為越王家令、羅敷出採桑於陌上、趙王登台、見而悦之、因飲酒欲奪焉。羅敷巧弾箏、乃作陌上之歌、以自明焉。)

邯鄲の秦氏に羅敷という娘がおり、彼女は王仁という人物の妻となる。後に王仁は趙王に仕え、羅敷が道のほとりで桑を採っているのを見た趙王は、彼女を自分のものにしようとした。その時、羅敷が箏を弾きつつ、自らの思いを歌ったのが、「陌上桑」である、と『古今注』は説明する。

崔豹『古今注』の解題と現存する古辞は、幾つかの点に於いて食い違いがあるが、秦羅敷をめぐる歌辞は、本来「陌上桑」と呼ばれていたようである。しかし、この「羅敷古辞」を『宋書』楽志では、「羅敷　艶歌羅敷行」と呼称し、「陌上桑」とは呼んでいない。では何故『宋書』は「羅敷古辞」を「羅敷　艶歌羅敷行」と呼んだのであろうか。この問題は本章の主旨からは少し離れるが、その後の「羅敷古辞」とその模擬作の変遷及び「艶歌羅敷行」という題名の性格にも関わってくるので、ここでその要因に関して私見を提示しておきたい。

崔豹『古今注』に拠れば、秦羅敷の物語に基づく作品は、漢以前の古曲であり、本来は「陌上桑」と呼ばれていたと推測される。この「陌上桑」は、魏の宮廷音楽では、相和歌に属していた。『宋書』楽志は、魏の時代には本来漢代の旧歌である相和歌が十七曲あったが、それが魏明帝の時に十三曲に複合されたという(2)。そして、劉宋・張永『元嘉正声技録』及び陳・釈智匠『古今楽録』に拠れば、本来魏の宮廷に有った十七曲の中に「陌上桑」は含まれていた(3)。

その「陌上桑」は西晋宮廷では、新たに大曲に編入される。増田清秀氏に拠れば(4)、大曲とは西晋の宮廷において「新たに漢・魏の歌曲から十五曲を選ん」だ楽曲であり、『宋書』楽志が大曲として収録する作品が、これに相当する。そして「羅敷古辞」も『宋書』楽志では大曲の一つとして収録されているのである。故に「羅敷古辞」は、西晋宮廷に於いて大曲に編入された時には、「羅敷　艶歌羅敷行」と呼称されるようになっていたようである。そのことは、西晋の宮廷音楽の整備を行った荀勗の『荀氏録』に於いても、「羅敷古辞」が「艶歌羅敷行日出東南隅篇」として収録されていたことから窺える(5)。

では、何故西晋の宮廷では、「羅敷古辞」を「陌上桑」ではなく、「羅敷　艶歌羅敷行」或いは「艶歌羅敷行日出東南隅篇」と呼称したのであろうか。その点に関する有力な資料は見当たらないが、論者は「艶歌羅敷行」とは、宮中に於ける演奏形態に従った呼称ではないかと考える。

「艶歌〇〇行」の「艶歌」とは前奏曲の意であり、「艶歌羅敷行」は前奏曲付きの「羅敷（行）」を指す(6)。前奏曲付きと言う以上、これは宮廷で演奏する時の演奏形態を前提とした呼称だったのであろう。「陌上桑」は本来民間歌謡であったのが、後に宮廷音楽として整備された。その整備の過程に於いて、「陌上桑」は前奏曲付きとなり、それに伴って、「艶歌羅敷行」という別称が生まれたのではなかろうか。
その別称が西晋の時代に付けられたものか、或いはそれ以前から既に存在したのかは定かでないが、[7]ともかく、「羅敷古辞」は西晋宮廷では「羅敷　艶歌羅敷行」或いは「艶歌羅敷行　日出東南隅篇」と呼ばれていた。そのため、西晋の「羅敷古辞」の模擬作も、この呼称を題名とする。
西晋には、傅玄と陸機に「羅敷古辞」の模擬作が現存する。[8]傅玄の模擬作は「艶歌行」（『楽府詩集』巻二十八）、陸機は「日出東南隅行　或羅敷艶歌」（『文選』巻二十八）「艶歌行」（『玉台新詠』巻三）と題されており、西晋宮廷での「羅敷古辞」の呼称と一致する。[9]
この西晋の模擬作の題名に示されているように、「艶歌羅敷行」或いは「艶歌行」「日出東南隅（行・篇）」という題名は、「陌上桑」と同じく「羅敷古辞」の異名に過ぎなかった。しかし、劉宋以降、特に梁代になると、本来「羅敷古辞」の異名であった各題名が、互いに関連しながら展開し、個々の題名が特定のイメージを帯び始めるのである。

第三節　「日出東南隅行」と「艶歌行」の変遷

「羅敷古辞」に基づく楽府題には、「陌上桑」「日出東南隅行」「艶歌行」「羅敷行」があり、それぞれの楽府題に対して劉宋以降の文人による模擬作が現存する。[10]その中で東晋の楽府断絶の時代を経て、初めに登場するのが謝霊運「日出東南隅行」である。

「日出東南隅行」と題する模擬作は陸機に始まる。陸機「日出東南隅行」は、冒頭こそ「羅敷古辞」の構成要素①「羅敷の美しさ」に基づくが、「羅敷古辞」の構成要素②と③は取らず、麗しい美女の姿態を描き、春遊の楽しみを述べた作品である。「羅敷古辞」の模擬作というよりは、それを発展させた新作と考えた方が良いようである。(11)謝霊運「日出東南隅行」はこの陸機を模擬する。

陸機「日出東南隅行」

1扶桑升朝暉
2照此高台端
3高台多妖麗
4濬房出清顔
5淑貌耀皎日
6恵心清且閑

…

扶桑　朝暉　升り
此の高台の端を照らす
高台に妖麗　多く
濬房に清顔　出づ
淑貌は皎き日に耀き

謝霊運「日出東南隅行」

1柏梁冠南山
2桂宮燿北泉
3晨風払幨幌
4朝日照閨軒
5美人臥屏席
6懐蘭秀瑤璠
7皎潔秋松気
8淑徳春景暄

柏梁は南山に冠たりて
桂宮は北泉に燿く
晨風は幨幌を払ひ
朝日は閨軒を照らす
美人　屏席に臥し

恵心は清く且つ閑かなり
…
蘭を懐きて瑤璠より秀づ
皎潔にして秋松の気あり
淑徳ありて春の景の暄かなるがごとし
陸機「日出東南隅行」は「羅敷古辞」の冒頭「日出東南隅、照我秦氏楼」を踏まえ、朝日が高台を照らす様を一・二句目に描き、三・四句目は高台の美女、五・六句目は女性の容貌と麗しい心を称える。謝霊運「日出東南隅行」はそれに少し手を加え、一句目から四句目まで女性のいる宮殿の様を描き、五句目から八句目までに美女の美しさとその徳を称える。

また張率「日出東南隅行」も陸機の作品を模擬した擬古詩的楽府作品であり(12)、沈約「日出東南隅行」も陸機の作品と同じく「羅敷古辞」の冒頭を踏まえて女性の姿態を描く。但し、沈約「日出東南隅行」は、陸機の作品とは少し異なり、女性の美しさを描いた後、女性の愛する男性の姿を描く。この沈約の作品は後に検討する。

結局のところ、陸機も含めた「日出東南隅行」の作例は、「羅敷古辞」の冒頭部分を踏まえつつ、それを発展させた作品なのである。ところが、蕭子顕「日出東南隅行」に至って、その内容は大きく変化する。

日出東南隅行　　蕭子顕

1大明上迢迢　2陽城射淩霄　3光照窓中婦　4絶世同阿嬌
5明鏡盤龍刻　6簪羽鳳凰雕　7透迤梁家髻　8冉弱楚宮腰
9軽紈雑重錦　10薄縠間飛綃　11三六前年暮　12四五今年朝

13蚕園拾芳繭　14桑陌采柔條　15出入東城里　16上下洛西橋」
17忽逢車馬客　18飛蓋動襜軺　19単衣鼠毛織　20宝剣羊頭銷
21丈夫疲応対　22御者輟銜鑣　23柱間徒脉脉　24垣上幾翹翹」
25女本西家宿　26君自上宮要　27漢馬三万疋　28夫壻仕嫖姚
29鞶嚢虎頭綬　30左珥凫盧貂　31横吹龍鐘管　32奏鼓象牙簫
33十五張内侍　34十八賈登朝　35皆笑顔郎老　36尽訝董公超」

大明　上に迢迢たり、陽城　凌霄を射る
光照す　窓中の婦、絶世は阿嬌に同じ
明鏡　盤龍の刻、簪羽　鳳凰の雕
透迤たり　梁家の髻、冉弱たり　楚宮の腰
軽紈は重錦を雑え、薄縠は飛綃を間《まじ》う
三六　前年の暮、四五　今年の朝
蚕園に芳繭を拾い、桑陌に柔條を采る
出入す　東城の里、上下す　洛西の橋
忽ち逢う　車馬の客、飛蓋　襜軺を動かす
単衣　鼠毛の織、宝剣　羊頭の銷
丈夫　応対に疲れ、御者　銜鑣を輟む
柱間　徒らに脉脉、垣上　幾《いく》たびか翹翹

女は本《もと》西家に宿し、君は上宮より要《もと》む
漢馬　三万疋、夫壻　嫖姚に仕う
鞶嚢　虎頭の綬、左珥　梟盧の貂
横吹　龍鐘の管、奏鼓す　象牙の簫
十五　張内侍、十八　賈登朝
皆笑う　顔郎老ゆるを、尽《ことごと》く訝《いぶか》る　董公の超ゆるを

蕭子顕（四八九～五三七）は、沈約（四四一～五一三）とは四十八歳、張率（四七五～五二七）とは十四歳の年齢差があり、彼らが斉から梁初にかけて活躍したのに対して、活躍時期が少し遅れる。

その蕭子顕「日出東南隅行」は、「羅敷古辞」の三つの構成要素を全て備えている。冒頭から十六句目までが①「羅敷の美しさ」に相当し、十七句目から二十四句目までは「車馬の客」が羅敷に誘いをかける様を描き、羅敷の拒絶は明確に述べられてはいないが、②「使君の誘いと羅敷の拒絶」に相当する。そして、二十五句目以降が③「羅敷の夫誉め」である。彼以前の「日出東南隅行」が、「羅敷古辞」を発展させた作品であったのに対して、蕭子顕は「羅敷古辞」を模擬する擬古詩的楽府作品を制作しているのである。

そして蕭子顕「日出東南隅行」以後、陳後主「日出東南隅行」が美女南威を詠む以外、王褒（?～五七七）・徐伯陽（?～五八一）・盧思道（五三一?～五八二?）の「日出東南隅行」はいずれも「羅敷古辞」の模擬作となる。(13)更にその中で徐伯陽「日出東南隅行」が『芸文類聚』巻八十八・桑に於いて「賦得日出東南隅詩」とされる点が注目される。この題名から判断するに、徐伯陽はある時サロンか宴会か何かの席上で、「日出東南隅」という題

を与えられたのであろう。その時に彼は「羅敷古辞」の模擬作を制作した。それは徐伯陽及びその場に列席していた人々の間に、「日出東南隅行」＝「羅敷古辞」（「羅敷古辞」の模擬作）という共通の認識があったということを示していよう。

　このようにその作例から、「日出東南隅行」は、蕭子顕以前は「羅敷古辞」の発展型であったが、彼以後「羅敷古辞」の模擬作へと変化したことが分かる。そして、この「日出東南隅行」の変化を、「羅敷古辞」系の作品の一つである「艶歌行」の作例と比べると、面白い結果が得られる。

　「艶歌」は宮廷音楽に於いては前奏曲の意であったが、斉梁期では男女の情愛や女性の姿態を詠む「つややかな歌」という意味で用いられるようになる。[14] その斉梁以降の「艶歌～」という題名の作品の中に、「羅敷古辞」に基づく作品が二例あり、梁簡文帝（五〇三～五五一）の「艶歌篇十八韻」が最も早い作品である。

　この梁簡文帝「艶歌篇十八韻」は、沈約「日出東南隅行」を強く意識した作品で、両者の構成はほぼ同じである。

梁簡文帝「艶歌篇十八韻」

1凌晨光景麗　2倡女鳳楼中
3前瞻削成小　4傍望巻旌空
5分妝間浅靨　6繞臉傅斜紅
7張琴未調軫　8飲吹不全終
9自知心所愛　10出入仕秦宮
11誰言連尹屈　12更是莫敖通

沈約「日出東南隅行」

1朝日出邯鄲　2照我叢台端
3中有傾城艶　4顧景織羅紈
5延軀似織約　6遺視若回瀾
7瑶装映層綺　8金服炫彫欒
9幸有同匡好　10西仕服秦官
11宝剣垂玉貝　12汗馬飾金鞍

13軽軺綴皀蓋　14飛轡轢雲驄
15金鞍随繋尾　16銜璅映纏騣

…

凌晨　光景　麗かなり
倡女　鳳楼の中
前より瞻《み》れば削成小に
傍らより望めば巻旌空し
妝を分かちて浅靨を間し
臉を繞りて斜紅を傅《つ》く
琴を張るに未だ軫を調えず
飲吹　全くは終らず
自ら知る　心の愛する所
出入　秦宮に仕う
誰か言う　連尹に屈すと
更に是れ　莫敖と通ず
軽軺　皀蓋　綴る
轡を飛ばして　雲驄轢《れき》す
金鞍　繋尾に随い

13縈場類転雪　14逸控写騰鸞
15羅衣夕解帯　16玉釵暮垂冠

朝日　邯鄲に出で
我を叢台の端に照らす
中に傾城の艶有り
景を顧みて羅紈を織る
軀を延ばせば　織約の似く
視《め》を遣《や》れば　回瀾の若し
瑶装　層綺に映え
金服　彫欒に炫《かがや》く
幸いに匡を同じくする好《よしみ》有り
西のかた仕えて　秦官に服す
宝剣　玉貝を垂れ
汗馬　金鞍を飾る
場を縈《めぐ》ること　転ずる雪の類し
控を逸《ほしいまま》にすること　騰がる鸞の写《ごと》し
羅衣　夕に帯を解き

衒璅　纏騣に映ず　　宝釵　冪に冠に垂る
…

両者共に、「羅敷古辞」の冒頭を踏まえた句で始まり、女性の姿態を描いた後、九句目から相手の男性を描く。沈約「日出東南隅行」は全十六句であり、十四句目までが男性について、十五・十六句目は夕時に男性を迎える女性のなまめかしい姿を描く。一方の梁簡文帝は省略した十五句目以降、男性の描写の後、夕暮れの男性の帰宅、邸宅の様子を描き、「女蘿　松際に托し、甘瓜　井東に蔓す。拳拳と　君が愛を恃み、歳暮　望み窮まり無し。（女蘿托松際、甘瓜蔓井東。拳拳恃君愛、歳暮望無窮。）」と、いつまでも男性の愛を望む女性の思いで、作品は結ばれている。この構成上の共通点に加えて、その男性が秦に仕えているとする設定も、沈約以前の「羅敷古辞」系の作品にはなく、梁簡文帝「艶歌篇十八韻」が、沈約「日出東南隅行」を模擬していることは明らかである。

そして「羅敷古辞」に基づく「艶歌行」系のもう一つの作例である張正見「艶歌行」も、梁簡文帝と同じ構成を取る。作例は二例しかないが、「羅敷古辞」系の「艶歌行」は、沈約「日出東南隅行」の模擬から生まれた「羅敷古辞」の発展型と見ることができるのである。

先に「日出東南隅行」が、蕭子顕「日出東南隅行」以前は「羅敷古辞」の発展型であったが、これ以後「羅敷古辞」の模擬作へと変化することを示した。その「日出東南隅行」が変化したのと同じ時期、梁初期から中期にかけて、本来「日出東南隅行」の作例に見られた「羅敷古辞」の発展型という性格は、「羅敷古辞」系の「艶歌行」に受け継がれるようになっているのである。

そして、この「日出東南隅行」と「羅敷古辞」系の「艶歌行」の作例に窺える変化は、中大通六年（五三四）

頃に成立したとされる徐陵『玉台新詠』(15)に於ける「羅敷古辞」の呼称、及び陸機「日出東南隅行」の呼称変化と適合する。

すなわち、「日出東南隅行」は、蕭子顕以前は「羅敷古辞」の発展的作品であったが、蕭子顕以後は羅敷古辞の模擬作となる。それと応ずるように、『宋書』楽志では「羅敷　艶歌羅敷行」であった「羅敷古辞」が、『玉台新詠』では「日出東南隅行」と呼ばれている。また梁簡文帝「艶歌篇十八韻」と張正見「艶歌行」は、沈約「日出東南隅行」の模擬作であり、「羅敷古辞」の発展型という「日出東南隅行」の性格を受け継ぐ。そして、これに呼応するかのように、『文選』では「日出東南隅行　或艶歌羅敷」だった陸機の作品が『玉台新詠』では「艶歌行」となっているのである。

この「日出東南隅行」と「羅敷古辞」系の「艶歌行」の作例、及び『玉台新詠』での「羅敷古辞」と陸機の作品の呼称変化は単なる偶然ではあるまい。以上の結果から、「日出東南隅行」と「羅敷古辞」系の「艶歌行」の変遷と各題名のイメージ形成を、論者は次のように推測する。

美女の姿態を描く陸機「日出東南隅行」の異名を、『文選』が「羅敷の艶歌」とするように、梁初の『文選』編纂時期から、男女の情愛を描いた「羅敷古辞」の発展型が、その内容から「艶歌」＝「艶《つや》やかな歌」と結びつき始め、梁簡文帝の「艶歌篇十八韻」のような作品が制作される。そして、これと区別するために、女性の美しさや、その女性と男性の情愛を描く作品であった「日出東南隅行」が、「羅敷古辞」或いはその模擬作の呼称に変化する。

或いはその過程は逆であったかもしれないが、この各題名のイメージは『玉台新詠』成立以前には形成されていたのであろう、『玉台新詠』では「羅敷古辞」が「日出東南隅行」、陸機の作品が「艶歌行」となる。そして、

『玉台新詠』が「羅敷古辞」を「日出東南隅行」としたこともあり、徐伯陽は「日出東南隅行」という題名を与えられて、「羅敷古辞」の模擬作を制作したのである。

以上のように考えれば、「日出東南隅行」と「羅敷古辞」系の「艶歌行」の作例と『玉台新詠』に於ける呼称変化の理由を説明できるのではあるまいか。梁代の「日出東南隅行」と「羅敷古辞」系の「艶歌行」は相互に関連しつつ変化していったのである。

では、「羅敷古辞」のもともとの呼称であった「陌上桑」は、どうであろうか。

第四節　「陌上桑」の変遷

劉宋以前、「陌上桑」の作例は、楚辞鈔と魏武帝、魏文帝、曹植の作品がある。これらは孰も新しい曲調に基づいて制作されたと考えられ、「羅敷古辞」とは形式も内容も異なる。

この劉宋以前の作例が「羅敷古辞」と異なり、加えて「羅敷古辞」が、西晋宮廷では「羅敷　艶歌羅敷行」或いは「艶歌羅敷行　日出東南隅篇」と呼ばれていたことを考えると、果たして劉宋以降の文人たちが「陌上桑」を「羅敷古辞」の異名の一つであると考えていたのか、疑問に思える。しかし、劉宋以降の文人が「陌上桑」を「羅敷古辞」の異名と考えていたであろうことは、梁代の詩中に引用された「陌上桑」の例より、窺い知ることができる。例えば、費昶「擬行路難」二首第二首の例は、次のようである。(16)

柏梁昼夜香　錦帳自飄颻　　柏梁　昼夜に香り、錦帳　自ら飄颻す

笙歌棗下曲　琵琶陌上桑　　笙歌す　棗下曲、琵琶す　陌上桑
過蒙恩所賜　余光曲霑被　　過《あやま》りて恩の賜う所を蒙り、余光曲《つぶ》さに霑被す

この作品は寵愛を失った宮女が宮中での良き日々を回顧して、寵愛は一時のものであることを詠む作品であり、引用したのは美貌を誇る女性が宮中での生活を描く箇所である。ここで「陌上桑」は宮中での生活を謳歌する女性が演奏する曲として用いられており、秦羅敷の美貌を描く「羅敷古辞」を踏まえると考えて良いであろう。

また梁・王筠「陌上桑」も、前半四句に陌上に生える桑の様を描いた後、後半四句に次のように述べる。

秋胡始倚馬　　秋胡　始めて馬に倚るに
羅敷未満筐　　羅敷　未だ筐を満たさず
春蚕朝已老　　春蚕　朝に已に老う
安得久彷徨　　安ぞ得ん　久しく彷徨するを

王筠「陌上桑」は、この後半四句で、「秋胡」[17]が馬を留めて誘いをかけようとするが、羅敷はその誘いを断り、蚕の為に桑の葉を摘み続けることを詠む。これは、「羅敷古辞」の構成要素②を継承し、「羅敷古辞」との影響関係を窺わせる。[18]

このように梁代に於いても「陌上桑」は「羅敷古辞」を想起させる題名であった。ところが、王筠以外の梁代「陌上桑」の作例は、いずれも「羅敷古辞」との関係が希薄である。例えば、呉均（四六九～五二〇）の「陌上桑」

は次のようである。

陌上桑　　呉均
嫋嫋陌上桑　　嫋嫋たり　陌上の桑
蔭陌復垂塘　　陌を蔭いて復た塘に垂る
長條映白日　　長條　白日に映え
細葉隠鸝黄　　細葉　鸝黄を隠す
蚕饑妾復思　　蚕饑えて　妾　復た思い
拭涙且提筐　　涙を拭いて且つ筐を提《ひっさ》ぐ
故人寧知此　　故人　寧ぞ此を知らん
離恨煎人腸　　離恨　人腸を煎《こ》がす

この作品で注目されるのは、この作品には「羅敷古辞」を構成する三つの要素、①「羅敷の美しさ」、②「求愛と拒絶」、③「羅敷の夫誉め」が全くない点である。

「日出東南隅行」「艶歌行」の作例では、「羅敷古辞」の発展形であっても、冒頭は古辞を踏まえていた。それが呉均「陌上桑」は、前半四句に繁茂する陌上の桑の様子を描き、「羅敷古辞」を踏まえない。また後半では、蚕が饑え、女性が男性を思いつつ、涙を払って桑の葉を摘みに行くことを描く。これも「羅敷古辞」にはなかった要素である。

この呉均に限らず、王筠「陌上桑」を除く、現存する梁代「陌上桑」の作例はいずれも同様の傾向にある。例えば、王台卿「陌上桑」四首は、――この作品は『楽府詩集』に収録されず、『古詩類苑』のみに見える為に注意を要するが――、第一首が男性との別れ、第二首が別れた後の二人、第三首が別れた後の女性の状況、第四首が男性の帰りを待つ女性の心情と、四首共に「羅敷古辞」との関係は非常に希薄であり、採桑女とその相手の男性との別離を描くことに終始する。梁代「陌上桑」は、「日出東南隅行」や「艶歌行」とは異なり、「羅敷古辞」から離れた新たな内容となっているのである。[19]

劉宋以降、「羅敷古辞」の流れは、「日出東南隅行」「艶歌行」及び「羅敷行」[20]に受け継がれる。その中で「日出東南隅行」「艶歌行」は梁初期から梁中期にかけて、その役割を変え、「日出東南隅行」が「羅敷古辞」及びその模擬作の呼称となり、「羅敷古辞」の発展型が「艶歌行」系の作品に継承される。それに対して、「羅敷古辞」のもともとの呼称であった「陌上桑」は、「羅敷古辞」及び他の「羅敷古辞」系の作品とは袂を分かち、新たな採桑の物語を形成していくのである。

このように、本来「羅敷古辞」の異名に過ぎなかった三つの題名は、梁初期から中期にかけて、それぞれ異なった内容となる。それは当時の文人たちが、古辞或いは前代作品の拘束を離れ、比較的自由に新しい歌詞を制作していたことを示していよう。そして、その時期以後、それぞれの題名の作例は大体において、同様のテーマを継承していくのである。

東晋の楽府断絶以来、劉宋初から梁初までは擬古詩的楽府作品が主流であったが、梁中期頃から楽府題を基にした比較的自由な制作方法が普遍的となる。そして、これ以後各楽府題のイメージが次第に定着していく。「羅敷古辞」系の作品の変遷は、この六朝後期の楽府制作の在り方を端的に示す好例と言えよう。

第五節　李白「陌上桑」

梁以後盛んに制作されていた「羅敷古辞」系の作品――「陌上桑」「日出東南隅行」「艶歌行」「羅敷行」――は、隋・盧思道「日出東南隅行」を最後として、李白「陌上桑」まで作例が現存しない。その李白「陌上桑」は、「羅敷古辞」を模擬する作品であり、「羅敷古辞」の語句を用いつつ、男性の誘惑を拒絶する採桑の女性を描く。

陌上桑　　李白

美女渭橋東　　美女　渭橋の東
春還事蚕作　　春還りて　蚕作を事とす
五馬如飛龍　　五馬　飛龍の如く
青糸結金絡　　青糸　金絡を結ぶ
不知誰家子　　知らず　誰が家の子なるかを
調笑来相謔　　調笑　来りて相謔る
妾本秦羅敷　　妾　本と秦の羅敷
玉顔艶名都　　玉顔　名都に艶なり
緑條映素手　　緑條　素手に映じ

採桑向城隅　　採桑　城隅に向かう
使君且不顧　　使君すら且つ顧みず
況復論秋胡　　況んや　復た秋胡を論ぜん
寒螿愛碧草　　寒螿　碧草を愛し
鳴鳳棲青梧　　鳴鳳　青梧に棲む
託心自有処　　心を託すは自ら処有り
但怪傍人愚　　但だ怪しむ　傍人の愚
徒令白日暮　　徒らに白日をして暮れしめ
高駕空踟躕　　高駕　空しく踟躕す

この作品は「羅敷古辞」の構成要素、①「羅敷の美しさ」、②「使君の求愛と羅敷の拒絶」、③「羅敷の夫誉め」の中で、特に②「使君の求愛と羅敷の拒絶」の部分を中心とする。冒頭六句は採桑の美女とその美女に戯れる高貴な男性の登場、七句目以降に男性の誘惑を斥ける採桑の美女の思いが述べられる。詩中には「五馬如飛龍、青糸結金絡」「妾本秦羅敷」「採桑向城隅」「使君且不顧」など、「羅敷古辞」との関連を想起させる詩句が用いられ、この作品が「羅敷古辞」を意識していることが知れる。

呉均以後の「陌上桑」は別離を嘆く女性を描き、「羅敷古辞」から離れた内容であった（前節参照）。或いは、『詩紀』が隋の無名氏作とする「陌上桑」などは、「日出でて　秦楼は明るく、條垂れて　露は尚お盈つ。蚕饑えて心は自ら急《あせ》り、奩を開くも妝成さず。（日出秦楼明、條垂露尚盈。蚕饑心自急、開奩妝不成。）」と、朝に蚕が飢え、慌てて装いを整える女性の姿を描き、女性の憂愁とは無関係だとも考えられるかもしれない。しかし呉均「陌上桑」に「蚕饑妾復思、拭涙且提筐」と、女性が「蚕饑」を契機に涙を拭って採桑に向かう姿が描かれており、この無名氏「陌上桑」も、悲嘆にくれる女性が採桑に向かおうとする場面を描いたと解釈できよう。

一方、梁以後に「羅敷古辞」と密接な関係にあったのは、「日出東南隅行」或いは「羅敷行」であった。陳・殷謀と隋・盧思道「日出東南隅行」は「羅敷古辞」の完全な模擬作ではなくなるけれども、いずれも「羅敷古辞」に基く点は変わりなく、六朝末まで「日出東南隅行」と「羅敷古辞」との結びつきは絶えなかった。(21)

以上のように、現存する作品から判断する限り、「羅敷古辞」を模擬する李白「陌上桑」は、「羅敷古辞」系の楽府題が、六朝期にそれぞれのイメージを形成しつつあった流れにそのまま位置付けることができない。唐代の擬古楽府系の作品に於いては、各楽府題が特定のイメージを喚起し、詩人はそのイメージを用いて新歌辞を制作していたとされる。(22)であるならば、李白が「陌上桑」を「羅敷古辞」の模擬作として制作した背景には、それを保証する当時の文人間に於ける共通認識、すなわち「陌上桑」＝「羅敷古辞」という共通のイメージがあったはずである。そこで、この共通認識が、唐代の文人間に存在したのかどうかをまず確認しておきたい。

第六節　「羅敷古辞」と楽府題「陌上桑」

「陌上桑」が羅敷の物語に基づく作品であることは、西晋・崔豹の『古今注』音楽篇に既に指摘されていた（本章第二節既引）。しかし、崔豹『古今注』に言う羅敷の物語は、現行の「羅敷古辞」（以下現「羅敷古辞」）とは異なる。(23)また梁代までの文献に現「羅敷古辞」を「陌上桑」と呼称する資料は、管見の限り見当たらない。梁代以前、現「羅敷古辞」は「艶歌　艶歌羅敷行」「日出東南隅行」と呼称されており、それが六朝期の「羅敷古辞」系の模擬作品にも影響していたことは、既に述べてきた通りである。(24)

ところが陳代に至り、現「羅敷古辞」と「陌上桑」を結びつける有力な資料が現れる。それが陳・釈智匠『古今楽録』である。『玉海』芸文・音楽・楽三に引く『中興書目』に拠れば、『古今楽録』は陳光大二年（五六八）の作という。本来この書は十二巻（『隋書』経籍志二）または十三巻（『旧唐書』経籍志上）だったようだが、現在その原書は散佚しており、『楽府詩集』や類書などにその佚文を見ることができる。

この釈智匠『古今楽録』は「陌上桑」について次のように言う。

釈智匠『古今楽録』（『楽府詩集』巻二十八「陌上桑」郭茂倩解題引）
陌上桑歌瑟調。古辞艶歌羅敷行、日出東南隅篇。

ここで言う「陌上桑」古辞が、『宋書』楽志では「艶歌　艶歌羅敷行」、『玉台新詠』では「日出東南隅行」と呼称される現「羅敷古辞」を指すことは間違いない。ここに初めて「陌上桑」の古辞を現「羅敷古辞」と結びつける資料を見いだすことできるのである。

智匠については、『古今楽録』の作者であり、陳の僧侶であったこと以外、詳しいことは分からず、『古今楽録』がどのような意図で編纂されたのかは不明である。ただ、その佚文から判断するに、この書は西晋以後の楽書を広く参閲しており、六朝楽府を集大成した書であったようである。(25)この「陌上桑」古辞＝現「羅敷古辞」説が、当時の一般的な見解を反映したものか、それとも崔豹『古今注』の説と、『宋書』楽志及び『玉台新詠』の記述とを、智匠が勘案して結びつけたのかは不明である。六朝期の各楽府題の作例から考えれば、後者の可能性が高いと論者は推測するが、断定はできない。

そして、『古今楽録』以後、『芸文類聚』は現「羅敷古辞」の本文を挙げ、それを「古陌上桑羅敷行」とし、続いて『初学記』も『芸文類聚』を踏襲し、現「羅敷古辞」を「陌上桑行」「古楽府陌上採桑」とする。『芸文類聚』と『初学記』はまだ表記に揺れは有るものの、「陌上桑」＝現「羅敷古辞」の関係は、この二つの類書によってより確実なものとなったのであろう。

『古今楽録』が『芸文類聚』や『初学記』の編纂作業にどの程度の影響を与えたかは確かめ難いが、玄宗の開元年間前後に編纂された楽府解題書[26]には、『古今楽録』の影響が窺える。またこの楽府解題書の記述から盛唐期から中唐期にかけて「陌上桑」＝現「羅敷古辞」とする共通認識はほぼ定着していたであろうことが確認できる。

玄宗の開元年間前後に編纂された楽府解題書は、呉兢『楽府古題要解』一巻、郗昂『楽府古今題解』三巻（一作王昌齢）、劉餗『楽府古題解』一巻の三書であり、この中で、呉兢『楽府古題要解』は「陌上桑」について次のように説明する。

『楽府題解』　（『説郛』巻四十三所載王叡「炙轂子雑録」引）

陌上桑　一曰日出東南隅行、亦曰艶歌羅敷行。

『楽府解題』　（『楽府詩集』巻二十八「陌上桑」郭茂倩解題引）

古辞言羅敷採桑、為使君所邀、盛誇其夫為侍中郎以拒之。

増田氏の考証[27]に拠れば、前者が呉兢『楽府古題要解』の原本に近いものであり、後者は中唐・王叡の手になる補注本に拠ると言う。前者の『楽府題解』は『古今楽録』の記述を踏襲し、「陌上桑」の異名として「艶歌羅敷行」「日出東南隅行」を挙げる。そして後者では、「古辞に言う」として現「羅敷古辞」の要約を挙げており、「陌上桑」の古辞が現「羅敷古辞」であることが明確に示されている。もし増田氏の言うように、後者が中唐・王叡の手に成るものであれば、中唐期には「陌上桑」＝現「羅敷古辞」の関係は、もはや動かしがたいものとなっていたのであろう。

六朝期の作例から判断するに、呉均以後の「陌上桑」は、現「羅敷古辞」とは離れた内容であった。しかし、陳・釈智匠『古今楽録』の「陌上桑」古辞＝現「羅敷古辞」の認定、唐代の類書の追認により、「陌上桑」古辞＝現「羅敷古辞」の関係が成立し、その一方で「日出東南隅行」「艶歌羅敷行」は、「陌上桑」の単なる異名に過ぎなくなる。郭茂倩『楽府詩集』は、李白と李賀の「日出行」を「日出東南隅行」の系列に入れるが、それは羅敷の物語とは無関係であり、隋・盧思道以後、「陌上桑」以外の「羅敷古辞」系の作品が現存しない。これも「羅敷古辞」系の作品が「陌上桑」に統一されてしまったからであろう。

このように六朝期の「羅敷古辞」系の作品と唐代「陌上桑」との間には、イメージの断絶がある。六朝期の擬古楽府は、各文学集団内で各楽府題のイメージが形成され、そのイメージを文学集団に属する文人たちは共有していた。しかし、そのイメージはその集団が解消されれば、後世に継承され難いものであった。それは口承文芸が持続的に継承され難いことに似る。羅敷の物語を背景にイメージを拡散しつつあった「羅敷古辞」系の各楽府題のイメージは、『古今楽録』や『芸文類聚』などの文献によって、「陌上桑」と現「羅敷古辞」との関係が記録されたことにより、解消してしまったようである。

第七節　李白徒詩中の「陌上桑」　――悲愁の曲「陌上桑」――

前節で見てきた通り、「羅敷古辞」系の各楽府題の個々のイメージは唐代には継承されなかった。しかし、「陌上桑」＝現「羅敷古辞」という共通認識が定着していた唐代に於いて、李白は徒詩中に於いて、「陌上桑」を「羅敷古辞」とは異なった雰囲気の曲として用いている。そこには唐代「陌上桑」のもう一つの側面が窺えそうである。

李白は楽府「陌上桑」の他に、「子夜呉歌・春歌」にも羅敷の物語を用いており、また徒詩中にも「陌上桑」を用いた作品が二例ある。「子夜呉歌・春歌」は「羅敷古辞」を下敷きにした作品であり、「陌上桑」と同じである。ところが、徒詩中に登場する「陌上桑」は、二例共に「羅敷古辞」の内容とは、そぐわない雰囲気の曲として用いられている。

擬古十二首　第二首　李白

高楼入青天　高楼　青天に入り
下有白玉堂　下に白玉の堂有り
明月看欲堕　明月　看《みすみ》す堕ちんと欲し
当窗懸清光　窗に当たりて　清光を懸く
遙夜一美人　遙夜　一たる美人

羅衣霑秋霜　　羅衣　秋霜に霑う
含情弄柔瑟　　情を含みて柔瑟を弄し
弾作陌上桑　　弾きて陌上桑を作す
弦声何激烈　　弦声　何ぞ激烈たる
風捲遶飛梁　　風捲きて　飛梁を遶る
行人皆躑躅　　行人　皆　躑躅し
栖鳥起迴翔　　栖鳥　起ちて迴翔す
但写妾意苦　　但だ写す　妾が意の苦しみを
莫辞此曲傷　　辞する莫かれ　此の曲の傷みを
願逢同心者　　願わくは同心の者に逢い
飛作紫鴛鴦　　飛びて紫鴛鴦と作らん

この作品は、『文選』巻二十九所収の古詩十九首第五首「青青高楼上」の模擬作である。古詩は、知己を求める女性の心情を読んだ作品であり、李白も「願逢同心者、飛作紫鴛鴦」と言う如く、知己を求める女性の心情を詠む。そこで高楼の女性が演奏する曲が「陌上桑」である。

古詩は女性が演奏する曲名は記していないが、その知己を求める女性を「杞梁妻」に比す。杞梁の妻は戦国斉の人。蔡邕『琴操』に拠れば、彼女は戦争で夫を失い、父も子もなく節を立てる相手が無くなったことを嘆き、淄水に身を投じた潔婦である。そして彼女が身を投ずる前に演奏した曲が「杞梁妻嘆」であると言う。李白「擬古」が、女性の演奏する曲として「陌上桑」を選んだのは、夫への貞節を守って使君の誘いを拒絶する「羅敷」の貞節を、「杞梁妻」の貞節と重ねたからであろう。

しかし李白「擬古」で女性が演奏する「陌上桑」を、現「羅敷古辞」とするのは躊躇される。この高楼の女性が演奏する曲は、女性の悲愁を込めた曲である。その激烈な悲しみの曲は風にのり、その余韻は梁に止まりめぐり、行く人の足を留めさせ、鳥をも感じさせる。「但写妾意苦、莫辞此曲傷」とも言うように、女性の演奏する「陌上桑」は彼女の苦悶が託された、哀調に満ちた曲なのである。

これは「陌上桑」を用いるもう一つの作品、「夜別張五」に於いても同じである。

夜別張五　李白

吾多張公子　吾は多《おも》んず　張公子
別酌酣高堂　別酌　高堂に酣なり
聴歌舞銀燭　歌を聴いて銀燭に舞わしめ
把酒軽羅裳　酒を把りて羅裳を軽ろんず
横笛弄秋月　横笛　秋月を弄し
琵琶弾陌桑　琵琶　陌桑を弾ず
龍泉解錦帯　龍泉　錦帯を解き
為爾傾千觴　爾が為に千觴を傾く

この作品に於いて「陌上桑」（「陌桑」）は、別宴に於いて歌妓が琵琶で演奏する曲として登場する。「陌桑」の句の対となる「横笛弄秋月」の「横笛」は本来北方に由来する楽器であり、それが奏でる曲は悲愁を誘発するものであったようである。

例えば、梁鼓吹歌（『旧唐書』音楽志二）に「馬に上るに鞭を須いず、反て楊柳の枝を挿す。馬を下りて横笛を吹き、愁殺す路傍の児。（上馬不須鞭、反挿楊柳枝。下馬吹横笛、愁殺路傍児。）」[28]とあり、また江総「梅花落」に「横笛短簫　凄しく復た切に、誰か知らむ　栢梁の声　絶えざるを。（横笛短簫凄復切、誰知栢梁声不絶。）」とあるように、いずれも悲愁を誘発する曲として用いられている。

唐詩においても、例えば王昌齢「江上聞笛」では、「横笛　江月に怨み、扁舟　何くの処をか尋ぬる。声は長し　楚山の外、曲は繞る　胡関の深きに。相去ること万余里、遙かに此の夜の心を伝う。（横笛怨江月、扁舟何処尋。声長楚山外、曲繞胡関深。相去万余里、遙伝此夜心。）」と、旅の悲愁を「横笛」の音に託して遠く離れた人に伝えんとし、また劉長卿「聴笛歌　留別鄭協立」では、「旧遊は我が長沙の謫を憐れみ、酒を載せて沙頭に遷客を送る。天涯　月を望みて自ら衣を霑す、江上何れの人ぞ笛を吹くや。横笛　能く孤客をして愁えしめ、淥波淡淡として流れざるが如し。（旧遊憐我長沙謫、載酒沙頭送遷客。天涯望月自霑衣、江上何人吹笛。横笛能令孤客愁、淥波淡淡如不流。）」と、江上から聞こえる「横笛」が、今まさに旧友と別れて旅立とうとする孤客（＝我）の愁いを誘発するとある。

右の例から分かるように、「横笛」が奏でる曲は哀調を誘発するものである。李白「夜別張五」の「横笛弄秋月」も、秋月の下で、歌妓が別離の悲哀を託して「横笛」を奏でることを言うのであろう。故にこの句の対である「琵琶弾陌桑」の「陌桑」も同じく悲哀を帯びた曲とすべきであろう。

「陌上桑」の古辞である現「羅敷古辞」は哀調を帯びた曲ではない。美しき羅敷が、使君の愚を笑い、自らの夫を高らかに誇る、その作品の響きは明朗である。それは、「擬古」十二首第二首では、知己を求める女性の苦悶が託された曲として用いられ、「夜別張五」では別れの宴で奏でられる哀調を帯びた曲として用いられる「陌上桑」とは異質のものである。つまり、ここで李白がイメージする「陌上桑」は、現「羅敷古辞」そのものではないのである。ではこの李白の「陌上桑」に対するイメージは何に由来するのであろうか。

第八節　憂愁する羅敷　――憂愁する採桑女と羅敷――

李白が「陌上桑」を哀調を帯びた曲として用いる原因として、まず思い当たるのは、六朝期の「陌上桑」が、男性との別離を嘆く採桑女を描いた作品であったということである。李白の擬古楽府は、漢魏の古辞のみならず、六朝期の擬古楽府作品にも多くを学んでおり、また「伝統楽府は古辞あるいは先行する擬古歌辞の意識的継承を前提として成り立つ文学様式である」(29)という立場に立てば、六朝期の「陌上桑」が唐代「陌上桑」のイメージ形成に一定の役割を果たしたと考えられよう。但し、「陌上桑」の場合は、六朝期の「陌上桑」と唐代「陌上桑」との影響関係を客観的に証明することはできない(30)。故にここでは、その可能性を指摘するに留めておきたい。

しかし、右の楽府題のイメージの継承とは別に、六朝期の「陌上桑」が採桑女の憂愁を描くという点は注目に価する。六朝期には憂愁する採桑女が好んで詩に詠まれ、憂愁する採桑女が詩の素材として一般化していた。例えば王微「雑詩」二首第二首、鮑照「採桑」、呉均「和蕭先馬子顕古意」六首第一首などは、いずれも男性との別離を嘆く採桑女を描き、また「秋胡妻」系の作品は不在の夫を思いつつ桑を採る秋胡の妻の姿を描く。更に南朝民歌の「採桑度」「作蚕糸」なども、憂愁する採桑女を描く。六朝期の「陌上桑」が憂愁する採桑女を描くのも、この憂愁する採桑女のイメージに拠るのであろう。

その呉均をはじめとする六朝期の「陌上桑」が、羅敷本人を描いた作品がどうかは定めがたいが、そもそも羅敷の物語自体に、貞節な女性羅敷の憂愁を生み出す下地があった。「陌上桑」の古辞＝「羅敷古辞」に描かれる羅敷は美しく、誘惑する使君に対して夫を誇る明朗快活な女性である。しかし、この羅敷の物語は羅敷とその夫の別離を前提とした作品であり、そこに夫の不在を憂える羅敷の姿が生み出す下地がある。事実、羅敷の物語と同じ説話に根ざす「秋胡妻」(31)に取材する傅玄「和班氏詩」は、本来「秋胡妻」の故事には無かった、秋胡の妻が夫を思って憂える姿を描く。

和班氏詩　　傅玄

秋胡納令室、三日宦他郷。皎皎潔婦姿、冷冷守空房。燕婉不終夕、別如参与商。憂来猶四海、易感難可防。人言生日短、愁者苦夜長。（下略）

（秋胡　令室を納れ、三日にして他郷に宦す。皎皎たり潔婦の姿、冷冷と　空房を守る。燕婉　夕を終えず、別るることは参と商の如く。憂の来たることは猶お四海のごとし、感じ易く防ぐ可きこと難し。人は言う生日短かしと、愁える者は夜の長きに苦しむ。）

右は傅玄「和班氏詩」の冒頭部分であり、ここに秋胡の妻が独り空房を守り、夫のことを思い憂愁する姿が描かれている。秋胡妻の故事は、劉向『列女伝』に見えるが、そこには夫秋胡の帰りを待つ妻の憂愁は描かれてはいない。傅玄は夫の帰りを待つ妻の憂愁を付け加えることにより、後の悲劇をより悲しいものへと仕立てあげているのである。

鈴木修次氏は「思う人にこの花を贈りたいが、思う人（所思）は遠くに離れていてその望みもかなわないという発想は、楚辞から源を発し、古詩の世界においてやや定型化されていた」[32]と言う。採桑女が男性の不在を嘆く作品は、漢代以前の詩賦には管見の及ぶ限り見当たらないけれども、[33]遠くにいる男性を思う草摘みの女性のイメージと、夫の不在を前提とする羅敷や秋胡妻の物語とを結びつけることは、容易であったろう。

羅敷の物語と憂愁の女性は、早くも曹植「美女篇」によって結びつく。曹植「美女篇」は、「羅敷古辞」の表現を用いつつ、採桑女の美貌を前半に描く。しかし、後半部分、「羅敷古辞」では、②「使君の誘惑と羅敷の拒絶」、③「羅敷の夫誉め」に当たる部分を、曹植は改変し、未婚の美女が理想の男性を求めて憂愁する姿を描く。今、その後半部分を挙げれば以下のようである。

美女篇　　曹植

借問女安居、乃在城南端。青楼臨大路、高門結重関。容華耀朝日、誰不希令顔。媒氏何所営、玉帛不時安。佳人慕高義、求賢良独難。衆人何嗷嗷、安知彼所観。盛年処房室、中夜起長歎。

（借問す　女は安くにか居ると、乃ち城南の端に在り。青楼は大路に臨み、高門は重関を結べり。容華は朝日に耀き、誰か令顔を希わざらん。媒氏　何をか営む所ぞ、玉帛は時に安ぜず。佳人は高義を慕えども、賢を求むるは良に独り難し。衆人　何ぞ嗷嗷たる、安ぞ彼の観る所を知らん。盛年に房室に処り、中夜に起ちて長歎す。）

「羅敷古辞」の羅敷は夫への貞節を守る女性であった。曹植はその貞節な羅敷のイメージを利用しつつ、自ら理想とする男性を思い求める未婚の女性を描く。青楼の美女を求める男性は多いが、美女が求める高義ある男性は現れない。美女の心中を知る者は居らず、彼女は夜独り眠れずに思い煩う。この曹植「美女篇」が描く美女は、李白「擬古」十二首第二首に登場する女性――同心の人を求めて「陌上桑」を奏でる女性のイメージに近く、「陌上桑」の哀調は、この曹植「美女篇」にその源を求めることができるかもしれない。

ところが、曹植以後の「羅敷古辞」系の作品は、呉均「陌上桑」のように憂愁する採桑女を描く作品はあるものの、羅敷の憂愁を直接描く作品はなかなか現れない。それは「秋胡妻」系の作品が、傅玄以後も秋胡の妻の憂愁を描き続けるのとは対照的である。梁以後は「羅敷古辞」に基づく作品が増えるが[34]、それらはおおむね「羅敷古辞」の構図を下敷きにし、羅敷の美しき姿態とその貞節さを描くことに終始している[35]。また「美女篇」は、曹植以後、西晋・傅玄、梁・簡文帝、梁・蕭子顕に同題の作品があるけれども、それらは専ら美女の事を詠み、曹植「美女篇」の憂愁する美女を継承していない。

先の呉均「陌上桑」などは、「羅敷古辞」を下敷きとして羅敷の憂愁を描いたと考えられるかもしれない。もしそうであれば、羅敷の憂愁を直接描く早期の作品として注目すべきである。けれども呉均「陌上桑」は、採桑女を描く点は共通するものの、作品中に羅敷との関連を窺わせる語は用いられておらず、羅敷との関係は希薄である。また、その他の「羅敷古辞」系の作品が、羅敷の憂愁を直接描くことがないことを考えれば、呉均「陌上桑」のみが羅敷の憂愁を描くとすることは躊躇される。

このように「秋胡妻」系の作品に比べて、羅敷の憂愁を描く作品は六朝期にはなかなか登場しない。それは「秋胡妻」と「羅敷古辞」の説話としての性格の相違に要因があろう。「秋胡妻」の結末は悲劇であり、秋胡の妻の憂愁を描くことにより、その悲劇性は増す。しかし「羅敷古辞」は喜劇であり、羅敷の憂愁はそぐわない。羅敷の憂愁を描くことが定着しなかったのは、梁代以後の「羅敷古辞」系の作品が、古辞の焼き直しに終始することと同時に、「羅敷古辞」の喜劇性が、羅敷の憂愁へとイメージを広げることを妨げたからではなかろうか。

そして、それは唐代に於いても同じである。例えば、初唐・杜審言「戯贈趙使君美人」は「羅敷は独り東方に向いて去り、謾に他家に学びて　使君と作す（羅敷独向東方去、謾学他家作使君）」と、他の採桑女とは異なり、独り東方より帰り来る夫を待つ羅敷を描く。また岑参「玉門関蓋将軍歌」では、「憐む可し　秦羅敷に絶勝《まさ》り、使君の五馬　謾りに踟蹰す（可憐絶勝秦羅敷、使君五馬謾踟蹰）」と、美貌の歌妓を羅敷に比する。唐詩中の羅敷の多くは、「羅敷古辞」の羅敷であり、その美貌と貞節がイメージの中核を成していたようである。

このように憂愁する採桑の女性のイメージと羅敷は、なかなか結びつくことはなかった。しかし曹植「美女篇」、呉均「陌上桑」以外にも、憂愁する採桑の女性と羅敷と結びつきを予感させる作品は、六朝期の「羅敷古辞」系の作品に見いだすことができる。

例えば張正見「艶歌行」などがそうである。この作品は、梁・簡文帝「艶歌篇十八韻」（本章第三節既引）の流れを承ける「羅敷古辞」系の作品の一つであり、その冒頭句は「城隅上朝日、斜暉照杏梁」と「羅敷古辞」の冒頭を踏まえ、また「二八秦楼婦、三十侍中郎」と、主人公の採桑女と羅敷を重ね合わせている。主人公の採桑女は蕩子の妻であり、作品の前半は美しきその女性の姿態を描き、後半に蕩子の遊興するさまを描いた後、「学《し》らず　幽閨の妾の、生き離れ　恨みて桑を採るを（不学幽閨妾、生離恨採桑）」と帰らぬ蕩子を恨む女性の思いを述べて、作品は結ばれている。これは羅敷の憂愁を直接描いてはいないが、憂愁する採桑女と羅敷とが結びついた例と言えよう。

また、「羅敷古辞」を模擬する徐伯陽「日出東南隅行」では、羅敷の姿を描写する部分に「蚕飢日晩暫生愁」と羅敷の憂愁を描く。これは呉均「陌上桑」の「蚕饑妾復思、拭淚且提筐」を踏まえるようであり、その愁いは単に養蚕の苦しみを言うだけでなく、不在の夫を思う故の愁いも含まれよう。

このように憂愁する採桑の女性と羅敷との結びつきを示す作品は、六朝期の「羅敷古辞」系の作品に見いだすことができる。そして初唐に至って、羅敷の憂愁を正面から取り上げる作品も現れる。

採桑　劉希夷

楊柳送行人　楊柳もて　行人を送り
青青西入秦　青青　西のかた秦に入る
秦家采桑女　秦家　采桑の女
楼上不勝春　楼上　春に勝へず
盈盈灞水曲　盈盈たり　灞水の曲
歩歩春芳緑　歩歩　春芳　緑なり
紅臉耀明珠　紅臉　明珠を耀かすがごとく
絳脣含白玉　絳脣　白玉を含むがごとし
回首渭橋東　首を回らす　渭橋の東
遥憐樹色同　遥かに憐む　樹色の同じきを
青糸嬌落日　青糸　落日に嬌《あでや》かにして

細綺弄春風　　細綺　春風を弄ぶ
携籠長歎息　　籠を携えて　長く歎息し
透迤恋春色　　透迤として春色を恋う
看花若有情　　花を看れば　情の有るが若し
倚樹疑無力　　樹に倚れば　力無きかと疑う
薄暮思悠悠　　薄暮　思うこと悠悠たり
使君南陌頭　　使君　南陌の頭
相逢不相識　　相逢うも相識らず
帰去夢青楼　　帰り去りて青楼に夢む

郭茂倩『楽府詩集』は、「採桑」を「羅敷古辞」系の作品に位置付ける。(36)「採桑」と羅敷との結びつきは梁簡文帝「採桑」に始まり、その後陳代の「採桑」は羅敷の物語を踏まえる。特に張正見、賀徹、陳後主、傅縡の「採桑」は、その構成を同じくし、採桑の作業に勤しむ女性たちの姿を描き、末尾に「羅敷古辞」を踏まえて男性の誘惑に対する女性の言葉を置く。ここから考えるに、六朝期の「採桑」は採桑女を描くことを主題とする作品に、「羅敷古辞」の要素が付け加わった作品だったようである。

さて、その「採桑」を題名とする劉希夷の作品は、六朝期の「採桑」よりも更に「羅敷古辞」との結びつきが明確となっている。三句目の「秦家采桑女、楼上不勝春」は、「羅敷古辞」の「日出東南隅、照我秦氏楼、秦氏有好女、自名為羅敷」を踏まえ、また十一・十二句目の「青糸嬌落日、細綺弄春風」も「羅敷古辞」に基づく。

更に十八句に「使君」を登場させることから、この作品が「羅敷古辞」に基づく作品であり、且つ羅敷を主人公とする作品であることが分かる。

前半は「行人」との別れ、秦家の採桑女の美しき姿を描き、後半は「行人」を思いつつ桑を採る採桑女の姿を描く。末句の「青楼」は、曹植「美女篇」の憂える美女が居る所であり、ここでも女性の住まいを言う。結び四句は、「夕暮れ時に女性は男性への思いを募らせ、その姿は使君の目に留まる。しかし、互いに相手のことを知らぬままに、女性は青楼に帰り、遠くの夫のことを夢見る。」ということであろう。

唐代に於いても、羅敷のイメージは美貌と貞節を中核とするが、その羅敷はもはや憂いを知らぬ女性ではなくなる。唐代の羅敷は、劉希夷「採桑」の如く、時に「羅敷古辞」には描かれなかった憂愁の姿を見せるようになるのである。次の中唐・李彦遠「採桑」は、劉希夷「採桑」を受けて、堅く節を守る採桑女の憂愁する姿を詠み込む。

採桑　　李彦遠

採桑畏日高　　採桑　日の高きを畏れ
不待春眠足　　春眠の足るを待たず
攀條有余愁　　條を攀ぢて　余愁有り
那矜貌如玉　　那《なん》ぞ矜《ほこ》らん　貌の玉の如きを
千金豈不贈　　千金　豈に贈らざらんや
五馬空躑躅　　五馬　空しく躑躅す

何以変真性　何を以てか　真性を変ぜん
幽篁雪中緑　幽篁　雪中に緑なり

劉希夷は羅敷の憂愁が作品の中心であったが、李彦遠は女性の何時までも変わらぬ「真性」を主題とする。六句目の「五馬空躑躅」は「羅敷古辞」に基づく句であるが、李彦遠「採桑」の採桑女は「羅敷古辞」の羅敷と同じではない。女性が桑の葉を採りつつ起こす「余愁」は、不在の男性を思う憂愁であり、「真性」を守るが故に、彼女は独り苦しむのである。

また貞節な羅敷のイメージを用いる場合でも、そこに男性を慕う女性の憂愁が託されることもある。例えば、薛濤「送鄭眉州」は別離の悲しみを、貞節な羅敷に託して次のように表現する。

送鄭眉州　薛濤
雨暗眉山江水流　雨は暗し　眉山　江水流る
離人掩袂立高楼　離人　袂を掩いて高楼に立つ
双旌千騎駢東陌　双旌千騎　東陌に駢ばば
独有羅敷望上頭　独り羅敷の上頭を望む有り

冒頭は、周囲を暗くする雨と、眉山の下を流れ下る江水を描く。それは作者の心中を映す景物であり、次句以降では抑えきれぬ涙を袂で拭い、高楼に登って旅立つ鄭眉州を見送る自らの姿が描かれている。

これは貞節を守る羅敷のイメージを用いており、直接的に羅敷の憂愁を描いた作品ではない。しかし、男性との別離を悲しむ作者は、節を守るが故に、これから独り男性を待たなければならないのであり、羅敷の貞節の影には、別離を悲しむ作者の憂愁が秘められているのである。節を堅く守る彼女は、節を守るが故に苦しむ女性のイメージと結びつきやすい存在であったのである。

李白「擬古」十二首の「陌上桑」、女性が「意の苦しみ」を写した「陌上桑」は、同心の者を求める女性の悲しみが託された悲愁の曲であった。それは美女羅敷が高らかに夫を誇る「羅敷古辞」そのものではない。この「陌上桑」は貞節を守るが故に苦しむ羅敷の憂愁が込められた曲こそふさわしいであろう。また李白「夜別張五」の「陌上桑」、別離の宴で女性が奏でる「陌上桑」は、羅敷の貞節に基づき、変わらぬ節を訴えた曲であったかもしれない。しかしその訴えには、別離の悲哀が託されて、哀調を帯びた曲となるのである。唐代の羅敷はもはや憂いを知らぬ女性ではなく、彼女の貞節な姿は、節を守る女性の憂愁を喚起するようになっていた。故に李白は、その羅敷を主人公とする「陌上桑」を、女性の憂愁が詠まれた曲、また女性の憂愁を喚起する曲として用いたのではなかろうか。

李白の後、晩唐・陸亀蒙「陌上桑」は、長篇の「羅敷古辞」を四句に集約し、綺麗に着飾る隣娃を尻目に独り黙々と採桑に励む羅敷の姿を描き出す。

陌上桑　　陸亀蒙

皓歯還如貝色含　　皓歯　還お貝色の含むが如し
長眉亦似煙華貼　　長眉　亦た煙華の貼るが似し

鄰娃尽著繍襠襦　　鄰娃　尽く繍襠襦を著くるも
独自提筐採蚕葉　　独り自ら筐を提げて蚕葉を採る

これもまた他の採桑女とは異なる羅敷の貞節を言う。しかし、ここに描き出された羅敷の姿は哀愁を感じさせるであろう。彼女が独り籠を携えて採桑に励む姿には、貞節な彼女の孤独、彼女の憂愁が看取できる。「羅敷古辞」の羅敷の憂愁をいち早く見出し、理想の男性を求める未婚の女性を描いたのは、曹植「美女篇」であった。その後、羅敷の憂愁に目を向ける作品はなかなか現れなかったが、遠くの男性を思う草摘みの女性のイメージを承けて形成された、憂愁する採桑女のイメージは、次第に羅敷と結びつき、本来憂えを知らぬはずの羅敷も憂え始める。唐代の羅敷は強さの裏面に弱さをも併せ持った女性となり、「陌上桑」にも哀しき響きを与えるようになったのである。

第九節　結　語

本章では、李白「陌上桑」を中心に、唐代の「陌上桑」について気づくところを述べてきた。では結局の所、六朝期の「羅敷古辞」系の作品と唐代「陌上桑」との関係はどのようであったのか。唐代の「陌上桑」は、六朝から初唐の「羅敷古辞」に基づく作品を中心に、羅敷の憂愁に目が向けられたことにより、「羅敷古辞」とは異なった一面を持つようになっていた。但し、それは羅敷の物語また主人公である羅敷をどのように捉えるかという問題であり、楽府題の継承という問題とは異なる。楽府題「陌上桑」のイメージの変遷という点から言えば、六朝期と唐代との間にはイメージの断絶があり、決して連続してはいない。しかし、六朝期に拡散された各楽府題のイメージは、古辞の内容に拘束されない新たな発想や素材を提供する役割を果たしていたとは言えるであろう。憂愁する採桑女を描く呉均以後の「陌上桑」、採桑女とその男性との情話を詠む張正見「艶歌行」、また羅敷の憂愁を描く劉希夷「採桑」など、六朝期から初唐期にかけての羅敷の物語から派生した作品が、古辞には無い羅敷の新たな形象を生み出していく。このようなイメージの広がりが、唐代「陌上桑」が古辞とはひと味違った作品となる要因となったのであろう。

注

（1）本文は、『文選』陸機「日出東南隅行」李善注の引用に拠る。
（2）『宋書』楽志「相和、漢旧歌也。糸竹更相和、執節者歌。一部、魏明帝分為二、更遞夜宿。本十七曲、朱生、宋識、列和等複合之為十三曲。」
（3）『古今楽録』「張永『元嘉技録』相和曲有十五曲、…十五曰陌上桑。…陌上桑歌瑟調、古辞艶歌羅敷行日出東南隅篇。」（『楽府詩集』巻二十六相和曲郭茂倩注引）とある。この張永『元嘉技録』に云う相和曲十五曲に「武陵」「鵾鶏」を加えた十七曲が本来魏の宮廷にあった相和曲である（鈴木修次氏『漢魏詩の研究』［大修館書店　一九六七］一六五頁・増田清秀氏『楽府の歴史的研究』［創文社　一九七五］八十三頁参照。）
（4）増田氏前掲書八十九頁。
（5）陳・釈智匠『古今楽録』「王僧虔『技録』云、…艶歌羅敷行日出東南隅篇、荀録所載。」（『楽府詩集』巻三十九艶歌行郭茂倩題下注引）。また「○○行　○○篇」とは「○○行」が曲調を、「○○篇」がその歌辞の冒頭を指す。『宋書』楽志に収録される楽府歌辞は、概ねこの型の題名であり、これは宮廷音楽の一般的な呼称である。
（6）岡村貞雄氏「艶歌考―附趨」（『支那学研究』二十四・二十五　一九六〇）参照。
（7）鈴木修次氏「艶歌という民間歌謡について」（『漢文学会会報』十七　一九五七）では、漢代の「艶歌」を人情を詠む歌とした上で、三つのグループに分類し、「羅敷古辞」を「ものがたりうたとしてほぼ完成したもの、ないしはものがたりうたに発展し得たものの種になっているもの」とするCグループに属する。そして氏はCグループは歌謡の発展段階にあって、少しく高次の段階に属するとする。もし鈴木氏の説を指示するならば、本来「陌上桑」と呼ばれていた曲があり、それがものがたりうたとして整備されたものを「艶歌羅敷行」と呼んだとも考えられるかもしれない。いずれにしても、西晋宮廷に於いて「羅敷古辞」が「艶歌羅敷行」と呼ばれていたことには変わりはない。

（8）西晋以前では、曹植「美女篇」が「羅敷古辞」の模擬作である。これは自作品の冒頭句「美女妖且閑」を題名としており、題名に特別な意は払われていない。

（9）北魏の高允（三九〇～四八七）に「羅敷行」があり、これも「羅敷古辞」の模擬作である。

（10）以下に三国・六朝期の各楽府題の作例を掲げる。猶お本章では各作品の題名が時代によって変化することを考慮し、各作品の初出文献を挙げ、異名が有るものに関しては一々それを示した。また考察に当たっては六朝及び初唐の文献に収録される作品を一次資料とし、それ以降の文献の収録作品は二次資料として副次的に取り扱った。

陌上桑　楚辞鈔【『宋書』楽志】・魏武帝【『宋書』楽志】・魏文帝【『宋書』楽志】・曹植【『太平御覧』作陌上桑】・呉均【『玉台新詠』／『芸文類聚』作陌上桑詩】・王筠【『文苑英華』】・王台卿【『古詩類苑』】・王台卿【『楽府詩集』／『芸文類聚』作詠陌上桑詩】・亡名氏【『楽府詩集』】

日出東南隅行　陸機【『文選』作日出東南隅行　或曰羅婦艶歌／『玉台新詠』作艶歌行】・謝霊運【『芸文類聚』】・沈約【『芸文類聚』】張率【『楽府詩集』】・蕭子顕【『玉台新詠』】・王褒【『楽府詩集』】・徐伯陽【『芸文類聚』作「賦得日出東南隅詩」】・陳後主【『楽府詩集』】・殷謀【『文苑英華』作李白】

艶歌行　傅玄【『楽府詩集』】・劉義恭【『楽府詩集』】・簡文帝二首【第一首『玉台新詠』作艶歌篇十八韻・第二首『玉台新詠』作艶歌曲】・顧野王【『楽府詩集』】・張正見【『楽府詩集』】

羅敷行　高允【『楽府詩集』】・蕭子範【『楽府詩集』】・顧野王【『楽府詩集』】

この他に、郭茂倩『楽府詩集』は「採桑」も「羅敷古辞」系の作品に位置づける。しかし、「採桑」は本来は「羅敷古辞」には関係なく、次第に「羅敷古辞」との関係を深めていったと考えられる。

(11) 石川忠久氏は、陸機「日出東南隅行」を「羅敷古辞」の模擬ではなく、曹植「雑詩」の系統を引き、それを発展、集成したものとする（「六朝詩に表れた女性美」『中国文学の女性像』汲古書院　一九八二）。
(12) 前代作品の主題と構成を踏襲する作品を、本章では「擬古詩的楽府作品」と呼ぶ。
(13) 『楽府詩集』はこの他に殷謀「日出東南隅行」を収録するが、これは李白の作とされるので考察から除外した。
(14) 鈴木修次氏前掲論文、岡村貞雄氏前掲論文及び小尾郊一氏「艶歌と艶」（『広島大学文学部紀要』二十五（一）一九六五）参照。小尾氏は、梁簡文帝の作品及び『玉台新詠』の収録作品を仔細に検討され、「艶歌」とは男女の情愛や女性の姿態を描く作品ばかりでなく、女性に関係したことが詠まれた歌も、そうであったとする。
(15) 興膳宏氏「玉台新詠成立考」（『中国の文学理論』筑摩書房　一九八八）。
(16) 費昶の他に何思澄「擬古」も詩中に「陌上桑」を引用する。しかし何思澄「擬古」は、魏・応璩「百一詩」に基いており、引用される「陌上桑」は歌辞内容が考慮されていない可能性もある。
(17) 「秋胡」は劉向『列女伝』「秋胡妻」に見え、長年家を留守にし、久しぶりに自宅に帰らんとする道中に採桑の美女に出会い、その女性が妻とは知らず、誘いをかけて拒絶された男性のこと。
(18) 他に亡名氏「陌上桑」の冒頭に「日出秦楼明」と、羅敷古辞の冒頭と似た句が見える。但し、その内容は呉均「陌上桑」に近い。
(19) 「陌上桑」が「羅敷古辞」から離れた原因はよく分からない。或いは、「羅敷古辞」が、西晋以来宮廷に於いて、「羅敷　艶歌羅敷行」或いは「艶歌羅敷行　日出東南隅篇」と呼称されていたことに原因があったのかもしれない。
(20) 「羅敷行」も「羅敷古辞」の流れを受けるが、それはその題名が直ぐに羅敷を喚起したからであろう。
(21) 『芸文類聚』楽部二・楽府は「羅敷古辞」の後に陸機以下の「日出東南隅行」の作例を載せる。『芸文類聚』楽部二・楽府は「秋胡行」の辺りに乱れがあるものの、それ以外は歴代の楽府歌辞を同題の作品ごとに列挙している。「羅敷古辞」の後に、呉均らの「陌上桑」ではなく、「日出東南隅行」の作例が列挙されているのも、『芸文類聚』編纂時にはまだ「日出東南隅行」と「羅敷古辞」との結びつきが強かったことを示しているのではなかろうか。
(22) 松浦友久氏『李白研究―抒情の構造』（三省堂　一九七六）。
(23) 藤野岩友氏「楽府『陌上桑』の源委」（『大東文化大学漢学会誌』十四　一九七五）は、現「羅敷古辞」とは別に古

「陌上桑」が存在していたとする。

(24) また六朝期の擬古楽府制作では、崔豹『古今注』音楽篇の解題はさほど重視されておらず、それが重要視され始めるのは盛唐期以後である。詳細は、各論第五章「崔豹『古今注』音楽篇について」参照。

(25)『古今楽録』については、中津浜渉氏『楽府詩集の研究』（汲古書院　一九七〇）、増田清秀氏『楽府の歴史的研究』（創文社　一九七五）論文篇第六章五「呉歌西曲と古今楽録」・資料篇第一章「郭茂倩の楽府詩集編纂」、王運熙氏「漢魏六朝楽府詩研究書目提要」（『楽府詩述論』所載［上海古籍出版社　一九九六増訂］）参照。

(26) 玄宗開元年間の楽府解題書の流行に関しては、増田氏前掲書資料篇第三章「呉兢の楽府古題要解」（原文と考証）参照。

(27) 増田氏前掲書資料篇第三章「呉兢の楽府古題要解」（原文と考証）参照。

(28) 但し『楽府詩集』は「蹀座吹長笛、愁殺行客児」に作る。

(29) 松原朗氏「李白『梁甫吟』考（上）―楽府梁甫吟の系譜への位置付け―」（『中国詩文論叢』十六　一九九八）。

(30) 郭茂倩『楽府詩集』は李白の後に常建「陌上桑」を収録する。この常建「陌上桑」は、呉均「陌上桑」と酷似し、憂愁する採桑の女性を描く。しかし殷璠『河岳英霊集』は、これを「春詞」二首の一とし、この作品は本来「陌上桑」と題されていなかった可能性がある。故にこのたびの考察からは除外した。

(31)「陌上桑」の故事を「秋胡妻」とする説もあるが、両者は採桑の女性と男性の関係より生じる「採桑伝説」の一類型であり、この二つの継承関係を強調する必要はないと論者は考える。以上のような立場から、本章では古「秋胡行」と古「陌上桑」との関係については、特に言及しない。「採桑伝説」については鈴木虎雄氏「採桑伝説」（『支那学』一―七・一九二一）及び劉懐栄氏「〝採桑〟主題的文化淵源与歴史演変」（『文史哲』一九九五年二期）を参照。また「羅敷古辞」と「秋胡行」との関係については、松家裕子氏「陌上桑をめぐって」（『中国文学報』三十九　一九八八）などを参照。

(32) 鈴木修次氏『漢魏詩の研究』四四八頁。

(33) 漢代以前の詩賦にも採桑女の憂愁を詠む作品はある。『毛詩』では、例えば春気に感じて悲愁し、養蚕の苦難の為に公子と共に嫁ぐことを願う採桑女を描く豳風「七月」、漢代の古詩では、宋子侯の作とされる「董嬌饒詩」などが、時の推移と歓愛の衰えを怖れる採桑の女性を描く。しかし、男性の不在を嘆く採桑の女性は見当たらないようである。断定はできないが、男性の不在を嘆く採桑女のイメージは、漢代以前ではまだ普遍的ではなく、劉宋期以降、特に梁代以後に一般的となったようである。

(34) 劉宋・顔延之「秋胡詩」、南斉・王融「和南海王殿下詠秋胡妻詩」など。

(35) 興膳宏氏は、艶詩の発想のパターン化を示す例として、「日出東南隅行」「相逢狭路間」の構図を下敷きにする焼き直しの多さを指摘し、それが梁の沈約以降の詩人に集中すると言う。同氏「艶詩の形成と沈約」(『日本中国学会報』二十四 一九七二) 参照。

(36) 郭茂倩『楽府詩集』が収録する六朝期の「採桑」の中で、呉均(『玉台新詠』巻六作呉均「和蕭先馬子顕古意詩」六首其一・『芸文類聚』人部閨情作呉均「古意詩」)、劉邈(『玉台新詠』巻八及『芸文類聚』木部桑作劉邈「万山見採桑人」)、姚翻(『玉台新詠』巻六作姚翻「同郭侍朗採桑詩」)の三者の作品は、( )内に示したようにそれぞれ別に題名があり、本来楽府詩「採桑」ではなかった可能性がある。

各論　六朝楽府文学をめぐる諸問題

——鮑照を中心として——

第一章　鮑照楽府詩論

第一節　鮑照楽府詩の物語性

鮑照の楽府詩には作品中に作中人物が設定される虚構的作品が多い。ここで言う作中人物とは、作品の中に設定された作者以外の人物（動物や植物も含む）のことである。鮑照の楽府詩には、このような作中人物が登場し、或るときはその人物の嘆く姿が描き出され、或るときは彼ら自身が自らの人生や現在の苦悩を語る。そして、それらは単にその作中人物の心情を描くだけではなく、作品の中に一つのストーリーが見られ、ある意味で、作者鮑照はその物語の語り手となっている。鮑照の楽府詩には、このような作品が多く見られ、彼の楽府詩はこの物語性を特徴としている。

例えば、「擬行路難」其十三では従軍する兵士の物語が語られている。

擬行路難十八首　其十三　　鮑照

春禽喈喈旦暮鳴　　春禽　喈喈　旦暮に鳴く

最傷君子憂思情　　最も君子が憂思の情を傷ましむ

我初辞家従軍僑
栄志溢気干雲霄
流浪漸冉経三齢
忽有白髪素髭生
今暮臨水抜已尽
明日対鏡復已盈
但恐羈死為鬼客
客思寄滅生空精
毎懐旧郷野
念我旧人多悲声
忽見過客問何我
寧知我家在南城
答云我曽居君郷
知君遊宦在此城
我行離邑已万里
今方羈役去遠征
来時聞君婦
閨中孀居独宿有貞名

我　初め家を辞し　軍僑に従うに
栄志溢気は雲霄を干《おか》す
流浪漸冉として　三齢を経
忽ち白髪有りて　素髭生ず
今暮　水に臨みて　抜きて已《すで》に尽くすも
明日　鏡に対すれば復た已に盈つ
但だ恐る　羈死して鬼客と為り
客思　寄滅して　空精を生ずるを
毎に旧郷の野を懐い
我が旧人の悲声多きを念う
忽ち過客を見る　我に何をか問う
寧《なん》ぞ我が家の南城に在るを知るや
答えて云う　我曽《かつ》て君が郷に居す
君の遊宦して　此の城に在るを知る
我　行きて邑を離れること　已に万里
今　方に羈役し　去りて遠く征《ゆ》かんとす
来る時　君が婦の
閨中に孀居して　独り宿し貞名有るを聞く

亦云朝悲泣閑房　　亦た云う　朝に悲しみ　閑房に泣くと
又聞暮思涙沾裳　　又た聞く　暮に思いて　涙は裳を沾《うるお》すと
形容憔悴非昔悦　　形容憔悴して　昔の悦《よろこ》びあるに非ず
蓬鬢衰顔不復妝　　蓬鬢　衰顔　復た妝せず
見此令人有余悲　　此を見れば　人をして余悲有らしむ
当願君懐不暫忘　　当に君の懐い暫《しば》しも忘れざるを願うべしと

前半は兵士の独話体によって、遠征の苦しみが語られ、後半はその兵士と突如現れた旅人(1)の会話形式によって、旅人の苦しみと兵士の妻の様子が語られている。

まず冒頭の二句は場面設定の役目をなす。時節は麗らかな春であり、朝夕に鳥の和やかな声がする。そんな和やかな時節とは裏腹な状態にいる主人公は憂い悲しむ。このような設定の後に、三句目からは兵士の独り語りが始まる。家を出たころは、雲をおかすほどの高い志をもっていたが、流浪して三年経る間に、苦労のため髪や髭に白いものが、目立つようになった。一日、その白髪を抜いてみても、次の日にはまた髪は白くなっている。このように前半では、出征から現在までの兵士の様子が彼の言葉によって語られている。ここには時間軸に沿った話の展開があり、また具体的な叙述によって、登場人物の兵士の人物像が形成されている。

そして、異境の地での死に対する恐れ、故郷に残してきた家族のことを兵士が考えていると、突如旅人が現れて、兵士に何かを問いかける。以下は、兵士と旅人の会話形式であるが、ほとんど旅人の台詞である。旅人が兵士の故郷の家を知っているというので、兵士は不思議に思い、旅人になぜ知っているのかを尋ねる。旅人はその理由を説明し、また自分も故郷を離れて、遠く征《ゆ》かねばならないということを語る。更に旅人は、兵士が故郷に残してきた妻の様子を、兵士に告げる。妻の描写は十九句目「来時聞君婦」から二十四句目「蓬鬢衰顔不復妝」まで六句が費やされており、妻の貞節、泣き悲しむ様、そのために衰えた容貌と、兵士の帰りを待つ妻の姿が描き出されている。そして最後に、旅人の兵士に対する忠告が述べられて、この物語は締めくくられるのである。

鮑照の楽府詩は、全てがこのような叙事的楽府である訳ではないが[2]、大半の作品は、この「擬行路難」其十三と同じように作品中に一つの物語が形成されている。もう一例、「代結客少年場行」を挙げておこう。

代結客少年場行　鮑照

驄馬金絡頭　驄馬　金の絡頭
錦帯佩呉鉤　錦帯　呉鉤を佩《お》ぶ
失意杯酒間　意を失う　杯酒の間
白刃起相讎　白刃もて　起ちて相讎《もと》む
追兵一旦至　追兵　一旦に至り
負剣遠行遊　剣を負いて　遠く行遊す
去郷三十載　郷を去りて　三十載
復得還旧丘　復た旧丘に還るを得たり
升高臨四関　高きに升りて　四関に臨み
表裏望皇州　表裏に皇州を望む

九衢平若水　九衢　平なること水の若く
双関似雲浮　双関　雲の浮きたるに似たり
扶宮羅将相　宮を扶《たす》けて　将相を羅《つら》ね
夾道列王侯　道を夾《はさ》みて　王侯を列ぬ
日中市朝満　日中　市朝　満ち
車馬若川流　車馬は川の流るるが若し
撃鐘陳鼎食　鐘を撃《う》ちて　鼎を陳《つら》ねて食い
方駕自相求　駕を方《なら》べて　自ら相求む
今我独何為　今我独り何為《なんす》れぞ
埳壈懐百憂　埳壈として　百憂を懐く

この作品は、若き日の非行によって、故郷を離れた人物が、久しぶりに見た故郷の町をみて、自己の現在の落ちぶれた姿を嘆く作品である。この作品では、前半にこの男の前半生が説明されている。まず冒頭には、きらびやかな飾りをつけた駿馬に乗って、錦の帯を纏い、呉の名剣を腰にさした若き日の彼の様子が描き出され、意気揚々と町を闊歩する一人の遊侠児の姿が設定される。そんな彼が、ある日酒の席の争いで刃傷ざたを起こしてしまい、この血気にはやった愚かな行動が、彼の人生を大きく狂わしてしてしまう。捕吏の手が身に迫り、やむを得ず男は故郷の町を捨てて、ついに遠く放浪する身となるのである。そして、月日は流れて三十年後、ようやく男は故郷の丘陵に戻って故郷の町を眺めやる。そこに広がるのは、華やかで活気溢れる町の姿、男はその町の姿を見て、自己の愚かな半生を後悔し、嘆くのである。

この作品も一人の遊侠者を登場させ、彼の半生を描き出した物語的作品である。この他にも、「代東武吟」では、かつて軍に従い、功を認められることなく、帰ってきた老兵士の半生が語られ、「代空城雀」では日々苦しみ、且つ恐れながら暮らす雀の物語が描かれている。

鮑照の楽府詩の大半は、このように作品中に作中人物を設定し、作品中に一つのストーリーが展開する叙事的楽府である。そして、この鮑照の叙事的楽府には二つの特性がある。一つは叙事性、もう一つは、作中人物に自己の心情を託すということである。

叙事性とは、事柄の具体的な叙述を中心にすることであり、鮑照の叙事的楽府を支えているのは、作中人物の身の上、現在の状況などの具体的な事柄の叙述である。先の「擬行路難」其十三においても、前半部分に従軍した頃の様子、現在の状況が描かれ、後半部分においては、旅人の訪れ、その旅人の語る妻の様子と、兵士や妻の様子が具体的に述べられており、単に作中人物の心情を述べるに留まらない。このように鮑照の叙事的楽府は、事柄の具体的な叙述によって、ストーリーが展開している。

一方の作中人物に自己の心情を託すとは、作中人物の姿と作者鮑照の姿が重なり合い、作中人物に作者鮑照の心情が仮託されるということである。

代東武吟　　鮑照

主人且勿諠　　主人　且《しばら》く諠《かまびす》しくする勿《なか》れ

賤子歌一言　　賤子　一言を歌わん

僕本寒郷士　　僕は本と寒郷の士
出身蒙漢恩　　身を出して　漢恩を蒙《こうむ》れり
始随張校尉　　始め張校尉に随い
占募到河源　　占募して　河源に到《いた》る
後逐李軽車　　後には李軽車を逐《を》い
追虜窮塞垣　　虜を追いて　塞垣を窮む
密塗亘万里　　密《ちか》き塗も万里に亘《わた》り
寧歳猶七奔　　寧《やす》き歳も猶お七奔す
肌力尽鞍甲　　肌力　鞍甲に尽き
心思歴涼温　　心思　涼温を歴たり
将軍既下世　　将軍は既に世を下り
部曲亦罕存　　部曲も亦た存するもの罕《まれ》なり
時事一朝異　　時事　一朝に異なり
孤績誰復論　　孤績　誰か復た論ぜん
少壮辞家去　　少壮にして　家を辞して去り
窮老還入門　　窮老にして　還りて門に入る
腰鎌刈葵藿　　鎌を腰にして　葵藿を刈り
倚杖収鶏豘　　杖に倚りて　鶏豘を収む

昔如韝上鷹　昔は韝上の鷹の如きも
今似檻中猿　今は檻中の猿に似る
徒結千載恨　徒らに千載の恨みを結びて
空負百年怨　空しく百年の怨みを負う
棄席思君幄　棄席は君の幄を思い
疲馬恋君軒　疲馬は君の軒を恋《おも》う
願垂晋主恵　願わくは晋主の恵みを垂れ
不愧田子魂　田子の魂に愧ぢざらんことを

これは、或る人物が宴会か何かの席上で、自己の半生を歌うという設定の作品である。彼はもともと貧賤の出身で、若き日に辺境征伐に従軍していた。五句目の「張校尉」は、黄河の源まで行ったことで有名な漢の張騫のこと。また七句目の「李軽車」は漢武帝の時、匈奴の右賢王を破った軽車将軍李蔡のこと。彼はこの二将軍のような勇猛な武将に従い、憩う暇もなく、心力尽きるまで匈奴の兵と戦った。しかし、それまで付き従っていた将軍は亡くなり、共に戦った部隊の人数も減り、状況は一変し、兵士のこれまでの苦労は全く報われなくなってしまった。そして己の功績を知る者も無く、報われることのなくなった兵士は、老いて郷里に帰り、空しく農作業に従事する。二十一句目の「韝上鷹」の「韝」は肘に付ける革具のこと。昔は主人の命を待つ鷹のようであったのに、今は檻の中の猿のよう。そんな現在の境遇を思い、兵士は生きている間もそして死後も続く深い恨みを述べ、末四句に戦国晋の文王と田子方の故事を用いて、君主への願いを述べる。晋文王は長い流浪の旅を終え、晋国に帰ってきたとき、これまで労苦を共にしてきた臣下の言葉によって、古くなった席を棄てるのを思い留まり、旧臣の労苦に報いることを誓った。また田子方は道ばたで疲れた馬を見て、それを哀れんで買い取り、そのために天下の人士は田子方に従ったという。兵士はこの二つの故事を用いて、君主の恩愛を望む自己の心情を述べているのである。

以上のように、この作品は或る人物の独唱の形で、辺境の従軍の苦難を述べた物語的作品である。そして、この物語に登場する兵士の人生は、作者鮑照の人生と重なり合う。例えば、三句目の「僕本寒郷士」という元兵士の出自は、寒門出身の作者鮑照と同じであり、功績がいつまでも報われることのない元兵士の不遇な一生も、鮑照の人生が反映しているようである。元兵士は将軍の死によって、功績を認めてくれる人物がいなくなり、評価されることがなかった。そのことは鮑照も同じである。彼はその前半生に於いて、臨川王、晋安王、始興王と三人の皇族に仕えたが、この三人は孰れも彼が仕えて、程なくして亡くなっている。このような鮑照の体験が、兵士の物語の根底にあると考えることは十分考えられよう。このように見れば、最後に述べられる「願わくは晋主の恵みを垂れ、田子の魂に愧ぢざらんことを」という元兵士の君主への願いも、その裏には作者鮑照自身の思いが反映していると考えられる。

鮑照の楽府詩に登場する作中人物は、「代東武吟」のように、しばしば作者鮑照と重なり合い、作者の心情は作中人物に託されて吐露される。そして、それは人間だけに止まらない。鮑照の楽府詩には、動物の姿に自己の姿を投影させる作品もある。例えば「代空城雀」などは、雀の貧しく惨めな暮らしぶりに、作者鮑照自身の苦しみを窺うことができる。

代空城雀　鮑照
雀乳四鷇　雀は四鷇に乳す
空城之阿　空城の阿
朝食野粟　朝《あした》に野粟を食《くら》い
夕飲冰河　夕《ゆうべ》に冰河に飲む
高飛畏鴟鳶　高く飛んでは　鴟鳶を畏れ
下飛畏網羅　下《ひく》く飛んでは　網羅を畏る
辛傷伊何言　辛傷　伊《こ》れ何ぞ言《い》わん
怵迫良已多　怵迫　良《まこと》に已に多し
誠不及青鳥　誠に青鳥の
遠食玉山禾　遠く玉山の禾を食らうに及ばず
猶勝呉宮燕　猶お呉宮の燕の
無罪得焚巣　罪無くして　焚巣を得たるに勝る
賦命有厚薄　賦命　厚薄有り
長歎欲如何　長歎　如何せんと欲す

荒れ果てた城に棲む雀の生活は貧しく、日々の糧を得ることさえ困難であり、それに加えて、雀は行動もままならない弱い存在であり、鴟鳶などの猛禽を恐れて高く飛ぶことはできず、かといって低く飛び過ぎると、人間の仕掛けた網にかかってしまう。この雀の貧困生活は、終生貧困であった鮑照自身と通うものがある。また上は「鴟鳶」に脅え、下は「網羅」に脅える雀の姿も、鮑照自身の実人生を反映している。例えば、孝武帝の下で中書舎人となった時の彼の状態は、まさにこの雀と同じだったのではなかろうか。孝武帝の自尊心を傷つけることを虞れて、「鄙言累句」を多く用いなければならなかった苦労(3)、更にまた寒門出身であるために、讒言などによって何時左遷されるか分からないという不安を、彼はいつも抱いていたであろう。それは、別に中書舎人の時代に限られたことではない。権門勢族に頼ることしか官界に参与する手段のなかった鮑照は、常に肩身の狭い思いをしていたはずである。行動もままならない空城の雀には、鮑照自身の姿が反映しているのである。

更に「誠不及青鳥」以下の雀の立場も、まさに鮑照自身の立場を指している。雀は青鳥のような世俗を超越した神鳥には及ばない。しかし、呉宮に巣を作ったがために巣を焼かれた燕よりは勝っている。それは、鮑照自身が世俗を超越することもできず、また寒士であるために、権力の中枢に携わることもないことを暗に示しているのであろう。

このように鮑照の叙事的楽府は、作中人物と作者鮑照がしばしば重なりあい、作中人物の背後に鮑照の姿を見ることができる。つまり彼は自己の心情を、作中人物に仮託して述べようとしているのであり、それは換言すれば、物語の中で自己の現実を語ろうとしているということなのである。

従来、鮑照は楽府体の詩に、自己の心情を詠み込む詩人とされてきた(4)。しかし彼は楽府詩において、自己の心情を直接的に吐露することはほとんどなく、虚構の作中人物に仮託するという間接的な表現を用いて、自己の心情を表明しているのである。

では、この鮑照の叙事的楽府の二特性は全く彼独自のものであるかというと、そうではない。第一の特性である叙事性は漢代楽府詩の特徴であり、第二の特性である作中人物に自己の心情を託すというのは魏・曹植の楽府詩の特徴なのである。

漢代の楽府詩が、作品中に作中人物を登場させ、その身の上や状況などの具体的な事柄の叙述によって、作品の中に一つの物語を構築することは、小西昇氏が「漢代楽府の敍事性」(『熊本大学教育学部(人文)紀要』十四　一九六〇)において既に指摘するところである。(5) 今、一例として「孤児行」を挙げておく。「孤児行」は孤児の悲劇を、彼の身の上や現在の状況の具体的な説明、描写によって語る作品である。

孤児行　古辞

(第一段)

孤児生　　孤児　生まれ
孤子遇生　　孤子として遇《たま》ま生まる
命独当苦　　命　独《た》だ当に苦しむべし
父母在時　　父母の在《あ》りし時は
乗堅車駕駟馬　　堅車に乗り　駟馬を駕せり
父母已去　　父母は已に去りぬ
兄嫂令我行賈　　兄嫂は我をして行賈《あきない》せしむ
南到九江　　南のかた九江に到り
東到斉与魯　　東のかた斉と魯とに到る

臘月来帰　臘月に来り帰れども
不敢自言苦　敢て自《みず》から苦しと言わず
頭多蟣虱　頭には蟣虱多く
面目多塵　面目には塵多し
大兄言辦飯　大兄は飯を辦《しつら》へよと言い
大嫂言視馬　大嫂は馬を視よと言う
上高堂　高堂に上り
行取殿下堂　行《ま》た殿下の堂に取る
孤児涙下如雨　孤児は涙下《くだ》ること雨の如し

（第二段）

使我朝行汲　我をして朝に行きて汲ましめ
暮得水来帰　暮に水を得て来り帰る
手為錯　手は為に錯《あか》ぎれ
足下無菲　足下には菲《くつ》無し
愴愴履霜　愴愴として霜を履めば
中多蒺藜　中には蒺藜多し
抜断蒺藜腸肉中　蒺藜を抜き断つ　腸肉《はらわた》の中
愴欲悲　愴《かな》しみて悲しまんと欲し

涙下渫渫　　涙下りて渫渫たり
清涕纍纍　　清き涕は纍纍たり
冬無複襦　　冬には複襦無く
夏無単衣　　夏には単衣無し
居生不楽　　生に居るは楽しからず
不如早去　　如かず　早く去りて
下従地下黄泉　　下りて地下の黄泉に従わんには

（第三段）

春気動草萌芽　　春気　動けば　草も萌芽す
三月蚕桑　　三月には蚕桑し
六月収瓜　　六月には瓜を収む
将是瓜車　　是の瓜車を将《ひき》いて
来到還家　　来到《いた》りて家に還らんとす
瓜車反覆　　瓜車　反覆するに
助我者少　　我を助くる者は少なく
啗瓜者多　　瓜を啗《くら》う者は多し
願還我蒂　　願わくは我に蒂《へた》を還せ
兄与嫂厳　　兄と嫂とは厳しきなり

独且急帰　　　独だ《た》且《しばら》く急ぎ帰らん
当興校計　　　当に校計を興すならん

この「孤児行」は、両親と死別した孤児の悲劇を描いた作品である。内容的には、大きく三段に分かれており、第一段は両親が死んで兄夫婦に預けられ、酷使されていること、第二段は労働の困難な様子、第三段は瓜を載せた車の転覆事件となっている。

第一段では、孤児の現在までの身の上が具体的に述べられる。父母が生きていた時、彼は「堅車に乗り　駟馬を駕せり」という優雅な生活をしていたが、両親がなくなってからは兄夫婦に預けられ、彼らに酷使されるようになる。ここまでが彼の身の上であり、幸福から不幸への過程が表れている。そして、九句目から十五句目にかけて、兄夫婦に酷使される悲惨な孤児の姿が描かれる。兄嫁に命じられ、南は九江、東は斉魯の地まで行商に行き、ようやく年の暮れ十二月に帰ってきても、彼は苦しいとも言わない。頭には蟣や虱がたかり、顔は真っ黒であるというのに、兄は飯を作れと言い、兄嫁は馬の世話をしろという。我慢強い孤児もついに耐えられずに思わず涙を流してしまう。このように第一段では、彼の悲惨な状況を非常に具体的に描き出す。そしてこの具体的な事柄の叙述が、漢代楽府の叙事詩の特徴の一つであり、鮑照の叙事的楽府は、漢代楽府詩の一特徴を継承しているのである。

しかし、鮑照の叙事的楽府の第二の特性、作者の心情が作中人物に仮託されるという表現様式は、漢代の叙事的楽府詩には見られない。漢代楽府詩の作者は、第三者として作中人物と対しており、そこに作中人物に対する共感意識が窺えることはあっても、作者自身が個人的な感慨を述べることはないとされる(6)。

作中人物に自己の心情を託すという表現様式は、文人が楽府詩制作に積極的に取り組み始めた魏の時代、曹植の楽府詩に用いられる。曹植の楽府詩も、鮑照と同じように自己の心情を作中人物に仮託して語ろうとする。例えば、理想の男性の到来を求める未婚の女性を詠んだ「美女篇」がそうである。この美女篇以外にも曹植の楽府詩には、他にも「吁嗟篇」のように、本根を離れて飄揚する転蓬に、自己の姿を投影する作品も見られ、虚構の中に自己の心情を盛り込むという特徴は、曹植の楽府詩の特徴である。(7)

ただし、曹植と鮑照は全く同じという訳ではない。「代東武吟」などがそうであったように、鮑照の楽府詩は、具体的な事柄の叙述によって作品の中に一つのストーリーを形成しようとする特徴があり、それは漢代の叙事的楽府を継承する面であった。しかし、「美女篇」のような曹植の楽府詩は、ある一点に留まって、一つの限られた場面において、その心情を述べようとしている。強いて区別すれば、鮑照の楽府詩は物語的であり、曹植の楽府詩は虚構的ではあるが、物語を形成するに至っていないのである。その点において、鮑照の楽府詩はより叙事的であり、曹植の楽府詩はより抒情的であると言えよう。(8)

鮑照の楽府詩は、曹植の楽府詩の「虚構の中で自己の現実を語る」という表現様式を用いているが、具体的な事柄の叙述によって作品中に物語を形成しようとする点において、曹植よりも漢代の叙事的楽府に近いのである。

以上のように、鮑照の楽府詩は、具体的な事柄の叙述を、漢代の叙事的楽府より継承し、更に虚構の中に自己の現実を語るという表現様式を、曹植の楽府詩から借りている。すなわち、鮑照は漢代の叙事的楽府と曹植の虚構的楽府の表現様式を融合し、具体的な事柄の叙述によって作品の中に物語を形成し、その物語の中で自己の現実を語るという彼独自の楽府詩を生み出しているのである。

このような特徴をもつ楽府詩は、劉宋の楽府詩には他に例を見ない。更に時代を魏まで遡ってみても、曹植以外に鮑照の作品に近い楽府詩を見ることはできない。では一体、魏より鮑照に至るまでの文人たちは、どのような楽府詩を制作していたのであろうか。

第二節　魏晋楽府詩の表現様式

漢代の民間の歌謡であった楽府に積極的に取り組み、楽府が文学作品として高められていく端緒を開いた人物は、魏の武帝であった。現存する彼の詩はすべて楽府であり、そのことは彼が如何に楽府を重視していたかということを物語っている。その武帝は、「自己の強烈な個人的思想や情念を吐露し」ており、「民歌の擬作を自己の言志様式として採用」した最初の文人であったとされる(9)。楽府体の詩には作者の個人的心情や体験が反映されることは一般的にないとされるが(10)、彼の楽府はそれに反し、作者自身の個人的心情が作品に反映されている。それは、文帝、明帝そして曹植の楽府においても同じであり、彼らの楽府には、作者自身の個人的心情が反映されているのである。

ところが、同じく楽府を自己の言志様式として用いた曹氏父子の中でも、武帝を初めとする文帝、明帝の三皇帝の楽府と、曹植の楽府とは、自己の心情を表現する方法が異なっている。曹植は先に述べたように、虚構の世界の中で自己の現実を語るという間接的な表現様式を用いていた。しかし魏三皇帝の楽府は、そのような間接的な表現を用いず、自己の心情を直接的に表現している。例えば、魏武帝の「短歌行」などは、人生の短促を言い、その短い人生の中で賢良な臣下を得て、太平の世を築きたいという一政治家としての彼の思いが表明されており、そこには、曹植の作品のように作中人物が設定されることはなく、作品の中に物語が形成されることもないのである(11)。武帝の楽府は、大半がこのように直接的に自己の心情を表明する言志的作品なのである。そして、文帝、明帝らの楽府も同様の特徴を有しているのである。(12) 武帝を初めとする魏の三皇帝は、自己の政治的意欲や個人的感慨を楽府に託しているが、その託し方は曹植の「美女篇」のような楽府とは異なっているのである。つまり、曹植も含めた曹氏父子は、いずれも楽府を自己の言志様式として用いており、作品には作者自身の個人的な思想や心情が盛り込まれているのではあるが、その心情の表現の仕方には、魏の三皇帝に特徴的な自己の心情を直接的に吐露する表現様式と、曹植に特徴的な虚構の中に自己の心情を仮託するという間接的な表現様式がある。(13)

このような曹氏父子の楽府を受けた西晋の楽府はどのようなものであったか。結論から言えば、陸機を除く西晋の詩人の楽府は、作者の個人的な心情や体験が反映されることはないようである。もちろん、作品中に彼ら作者の心情が表れることはあるが、それは第三者的視点から述べられるのであって、曹氏父子のように個人的な体験や心情が発露されることはないのである。(14) その中にあって、陸機は楽府に自己の個人的な感慨を述べている。陸機の楽府詩が、彼自身の個人的心情が吐露した詠懐的作品であることは既に指摘されるところであるので、(15) ここではまず「長歌行」を例にとって、彼の詠懐的楽府とは、どのようなものか簡単に触れておこう。

長歌行　　陸機

逝矣経天日　　逝《ゆ》けり　天を経る日
悲哉帯地川　　悲しき哉　地を帯《めぐ》る川
寸陰無停晷　　寸陰　晷《かげ》を停むる無く
尺波豈徒旋　　尺波　豈に徒らに旋《かえ》らんや
年往迅勁矢　　年の往くこと　勁矢より迅《はや》く

時来亮急絃　　時の来たること　亮《まこと》に急絃のごとし
遠期鮮克及　　遠期　克《よ》く及ぶこと鮮《まれ》にして
盈数固希全　　盈数　固《もと》より全《まった》きこと希《まれ》なり
容華夙夜零　　容華　夙夜に零《お》ち
体沢坐自捐　　体沢　坐《そぞ》ろに自ら捐《す》つ
茲物苟難停　　茲《こ》の物　苟《まこと》に停め難し
吾寿安得延　　吾が寿　安くんぞ延ぶるを得んや
俛仰逝将過　　俛仰に逝《ゆ》きて将に過ぎんとし
倏忽幾何間　　倏忽にして　幾何の間ぞ
慷慨亦焉訴　　慷慨するも　亦た焉《いづく》にか訴えん
天道良自然　　天道　良《まこと》に自ら然り
但恨功名薄　　但だ恨むらくは功名の薄くして
竹帛無所宣　　竹帛　宣《の》ぶる所無きを
迨及歳未暮　　歳の未だ暮れざるに迨及《およ》びて
長歌承我閑　　長歌して　我が閑を承けん

この作品は時の推移を悼み、しばらくはこの時を楽しもうとすることを詠んだ作品である。この作品は専ら作者の心情を詠むことを主眼としており、叙事的要素は全くない。まず冒頭四句において、太陽の進行と川の流れが押し止めることができないことを言い、年月の経過の迅速なことを言う。七句目の「遠期」は命の限りを長くすること、八句目の「盈数」は命数を満たすことで、孰れも人生百年の寿命を指し、七・八句目は天寿を全うすることは滅多にないことを言う。以後十六句目まで衰えゆく容貌、寿命を延ばすことができず、人生が過ぎ去ることを止めることはできないことを述べている。

このように、陸機「長歌行」は時の推移と年の衰えに対する嘆きを詠むことに終始している。そして、十七・十八句目に表明された功名を挙げることへのこだわりは、彼の楽府詩にしばしば表明される心情である。この功名の志のごとく、陸機の楽府詩には彼自身の個人的心情が吐露され、その心情は直接的に吐露されており、それは魏武帝の表現様式に同じである。文人楽府の歴史において、陸機は曹植を継ぐ楽府詩人とされるが、心情の表現様式という面からすれば、陸機は魏三祖のそれを継ぐ詩人なのである。

この詠懐的作品を特徴とする陸機の楽府詩にも、虚構的な作品が数例見られる。例えば、次の「燕歌行」などがそうである。

燕歌行　　陸機

四時代序逝不追　　四時代序して　逝《ゆ》きて追はず
寒風習習落葉飛　　寒風習習として　落葉飛ぶ
蟋蟀在堂露盈墀　　蟋蟀は堂に在り　露　墀《にわ》に盈ち
念君遠遊常苦悲　　君が遠遊を念いて常に苦しみ悲しむ
君何緬然久不帰　　君　何ぞ緬然として久しく帰らざる

賤妾悠悠心無違　　賤妾　悠悠として　心　違う無し
白日既没明燈輝　　白日　既に没して　明燈　輝き
寒禽赴林匹鳥棲　　寒禽　林に赴《おもむ》きて　匹鳥　棲《いこ》う
双鳴関関宿河湄　　双鳴　関関として　河湄に宿り
憂来感物涙不晞＊　　憂い来りて　物に感じ　涙は晞《かわ》かず
非君之念思為誰　　君を之れ念うに非ずして　思うこと　誰が為ならん
別日何早会何遅　　別るる日の何ぞ早く　会うことの何ぞ遅き

＊「涙」本作「睇」。今拠『楽府詩集』巻三十二改。

冒頭四句は時節の移り変わりから女性の帰らぬ男性への思いを導き、以下、男性への変わらぬ女性の思いが語られ、仲睦まじい鳥の姿を見て憂いを深め、男性の帰還が遅いことを嘆く女性の心情が詠まれている。先に挙げた魏文帝「燕歌行」を模擬した作品であり、女性の心情を描く虚構的な作品に属する。この類の虚構的な作品では、作者自身の心情は表明されない。陸機が楽府詩において吐露する心情は「望郷」の思いと「立功」の志とされるが[16]、この類の虚構的作品の中にそのような陸機の個人的心情は託されていない。

但し、陸機には次のような作品がある。

上留田行　　陸機
嗟行人之藹藹　　嗟《ああ》　行人の藹藹たる

駿馬陟原風馳　駿馬は原を陟《わた》りて風のごとく馳せ
軽舟泛川雷邁　軽舟は川に泛びて雷のごとく邁《ゆ》く
寒往暑来相尋　寒さは往き暑さは来たりて相尋《つ》ぐ
零雪霏霏集宇　零《ふ》る雪は霏霏として宇に集まり
悲風徘徊入襟　悲風は徘徊して襟に入る
歳華冉冉方除　歳華は冉冉として方に除《のぞ》かるるも
我思纏綿未紓　我が思いは纏綿として未だ紓《の》びず
感時悼逝悽如(17)　時に感じて逝《ゆ》くを悼むこと悽如たり

「行人」は馬に乗り舟に乗って遙かな旅を続け、その間に時はあっという間に過ぎていく。古い年は新しい年に変わるけれども、彼の思いはいつまでも伸びやかになることはないと彼は推移する時を悼むのである。

この作品は「行人」の嘆きを歌った作品であるが、この「行人」は陸機自身の姿を反映していると考えることもできる。また、この末二句の「我が思ひは纏綿として未だ紓《の》びず、時に感じて逝《ゆ》くを悼むこと悽如たり」は、陸機自身の心情が作中人物の「行人」に託されていると考えることができる。しかし、曹植や鮑照の楽府詩に比べて、陸機「上留田行」は物語の形成が不十分である。冒頭に虚構の世界を設定しているようではあるが、その設定が不十分なまま、三句目以降に異郷の地で不遇のまま時が過ぎていく嘆きが述べられている。そこには作中人物を設定するという意識が乏しく、作中に作中人物を設定するというよりも、初めから作者自身が作中人物として登場している感がある。曹植や鮑照の楽府詩は、作中人物の身の上を設定することによって、作品中に自分以外の作中人物を設定していることを明らかにしていたが、この陸機の作品は、そのような設定がなされておらず、虚構の世界の形成が不十分なのである。

陸機の虚構的作品は概して虚構の世界の形成が不十分であり、そのことは陸機の楽府詩の中では珍しく叙事的要素の強い「門有車馬客行」にも現れている。陸機「門有車馬客行」は、曹植「門有万里客」を踏まえた作品であり、曹植「門有万里客」は以下のようである。

門有万里客　　曹植

門有万里客　門に万里の客有り
問君何郷人　君に問う　何れの郷の人
褰裳起従之　裳《もすそ》を褰《かか》げて起ちて之に従うに
果得心所親　果して心の親しき所を得
挽裳対我泣　裳を挽《ひ》きて　我に対《むか》いて泣き
太息前自陳　太息して前《すす》んで自ら陳《の》ぶ
本是朔方士　本は是れ朔方の士
今為呉越民　今は呉越の民と為る
行行将復行　行き行きて　将に復た行き
去去適西秦　去り去りて　西秦に適《ゆ》く

曹植「門有万里客」は、『芸文類聚』巻二十九（人部・別）が収めるこの十句しか残っていないが、本来はもう少し長く、後半部分が散佚しているのであろう。この作品は門前に客が訪れてくることから始まり、客と主人とが邂逅を喜び、客が自らの半生を語るという筋立てとなっている。

この曹植「門有万里客」を基に作られたと思われる陸機「門有車馬客行」は、以下のようである。

門有車馬客行　　陸機

門有車馬客　　門に車馬の客有り
駕言発故郷　　駕して言《ここ》に故郷を発《た》つ
念君久不帰　　君が久しく帰らざるを念《おも》いて
濡迹渉江湘　　迹を濡らして　江湘を渉《わた》りりと
投袂赴門塗　　袂を投《ふる》いて　門塗に赴《おもむ》き
攬衣不及裳　　衣を攬《と》るも　裳に及ばず
拊膺携客泣　　膺《むね》を拊《う》ちて　客と携《たづさ》えて泣き
掩涙叙温涼　　涙を掩いて　温涼を叙《の》ぶ
借問邦族間　　借問す　邦族の間
惻愴論存亡　　惻愴として　存亡を論ず
親友多零落　　親友は多く零落し
旧歯皆彫喪　　旧歯は皆彫喪す

市朝互遷易　市朝は互《たがい》に遷易し
城闕或丘荒　城闕は或は丘荒となれり
墳壟日月多　墳壟　日に月に多し
松柏鬱芒芒　松柏　鬱として芒芒たり
天道信崇替　天道　信に崇替あり
人生安得長　人生のみ安くんぞ長なるを得ん
慷慨惟平生　慷慨して　平生を惟《おも》い
俛仰独悲傷　俛仰して　独り悲傷す

陸機「門有車馬客行」は、一句目から十句目までは、突如門前に現れた客と、そのやりとりを描いており、曹植「門有万里客」の設定を借りている。そして、曹植の設定を借りた五～八句目、主人の客を出迎える姿と互いに出会いを喜ぶ姿などはかなり叙事的である。そして、十一句目以降は故郷の人や町の様子が昔日とは大きく変化してしまった、という客の話に触発され、主人の時の推移に対する嘆きが詠まれて作品は結ばれている。この推移の悲哀も、陸機が楽府詩の中で繰り返し吐露する心情であり、この作品の主人とは陸機自身と考えることができる。

しかし、前半部分はほとんど曹植の設定を借りて作られており、虚構の世界の形成は陸機自身によるものではない。また曹植の後半部分は残っていないが、陸機の後半部分は、前半に設定された客と主人との対話という物語的要素が薄れている。後半十一句目以降は客の存在はほとんど消えており、主人の心情を述べることが中心となっており、叙事的な前半に比べて、後半はかなり抒情的となっている。

このように陸機「門有車馬客行」は、初めこそ曹植「門有万里客」に基づき、突然訪れた同郷の旧友と、それを迎えた主人という虚構の世界の形成を行っているが、後半は望郷の思いと推移の悲哀に重点が置かれ、叙事から抒情へと作品の重点が変化しているのである。

そして、陸機の後半部分が物語的要素を払拭して抒情的になっているということは、物語性を特徴とする鮑照の「門有車馬客行」と比べると、非常に対照的である。

鮑照も「門有車馬客行」の擬作を制作しているが、その作品は最後まで主人と門前に現れた客との交流を描きだそうとしている。

代門有車馬客行　　鮑照

門有車馬客　　門に車馬の客有り
問客何郷士　　客に問う　何れの郷の士か
捷歩往相訊　　捷歩して往きて相い訊《たづ》ぬれば
果得旧隣里　　果して旧《ふる》き隣里を得たり
悽悽声中情　　悽悽として　中情を声《の》べ
慊慊増下俚　　慊慊として　下俚を増す
語昔有故悲　　昔を語りては　故き悲しみ有り
論今無新喜　　今を論じては　新しき喜び無し

清晨相訪慰　　清晨　相い訪ねて慰む
日暮不能已　　日暮　已《や》む能わず
歓戚競尋緒　　歓戚　競《なら》びに緒を尋ね
談調何終止　　談調　何ぞ終止せん
辞端竟未究　　端を辞して竟《つい》に未だ究《つ》きざるに
忽唱分塗始　　忽として分塗始めんと唱す
前悲尚未弭　　前の悲しみ　尚お未だ弭《わす》れざるに
後感方復起　　後の感《おも》い　方に復た起こる
嘶声盈我口　　嘶声　我が口に盈ち
談言在君耳　　談言　君が耳に在り
手跡可伝心　　手跡もて心を伝うべし
願爾篤行李　　願わくは　爾《なんじ》　行李を篤《あつ》くせん

冒頭は先行する二作品と同じく、突然の客の到来より始まる。門前に客が到来し、急いで出迎えに行くと、故郷の旧友であった。二人は互いの胸の内を語り、また故郷の話をする。このように出会いに続いて、主人と旧友との交流を描きだす。以後、鮑照「代門有車馬客行」は、陸機のように主人と客の交流から離れることはない。客の突然の暇乞い（十三・十四句目）から、末句の旧友の身を案ずる主人の別れの言葉まで、主人と客の交流を描き続けている。

このように鮑照は、旧友と主人の出会いからその別れまでを、時間軸にそって語っており、終始、客と主人との交流を描いている。陸機が、心情を吐露することを目的とするのに対して、鮑照は門前に訪れた客と主人との物語を描くことを目的としているかのようである。

曹植「門有万里客」の後半部分がどのような展開になっていたかは分からないが、鮑照の作品と比べれば、陸機「門有車馬客行」は物語性に乏しいことが分かる。陸機「門有車馬客行」の後半以降に物語の要素がなくなるのは、陸機「門有車馬客行」の眼目が客の話によって引き起こされる「天道　信に崇替あり、人生のみ安くんぞ長なるを得ん。慷慨して　平生を惟《おも》い、俛仰して　独り悲傷す」という、人生の短促に対する感慨にあり、前半は曹植から借りた道具立てに過ぎないからではないだろうか。

陸機の虚構的と思われる作品は、概して虚構の世界の形成が不十分である。そして「上留田行」のような作品では、作者と作中人物とが未分化のまま提示されている。それは、彼の楽府詩が虚構の世界の形成よりも心情を述べることに中心があるために、そのようになったのであろう。陸機の虚構的作品は、虚構の世界の設定が不十分であり、作中人物に自己の心情を託すという間接的な表現は、不完全な形で提示されているのである。

結局のところ、陸機は虚構の人物を設定し、その人物に自己の心情を仮託する、といった間接的な表現を好まなかったようである。彼の楽府詩は自己の感慨を直接的に述べる詠懐的作品を特徴としており、それは魏武帝らの言志的楽府を継承するものと言えよう。

そして、この陸機の楽府詩が劉宋以降の楽府詩に多大な影響を与えた。劉宋以降の楽府詩は、東晋の楽府断絶によって模擬詩化してしまうが、彼らが模擬の対象としたのが、陸機の楽府詩なのである（総論第一章「六朝楽府詩の展開と楽府題」参照）。

陸機の楽府詩が劉宋以後重んじられたことは、それが模擬の対象として選ばれたということからだけでなく、『文選』が陸機の楽府詩を十三首も収録していることからも窺える。傅玄や石崇は、漢代の楽府詩を継承する叙事的楽府詩を制作しているが、陸機にはそのような作品は見られない。そして、この陸機の楽府詩を模擬の対象とする劉宋以降の楽府詩にも叙事的楽府詩はほとんど見られなくなるのである。

第三節　劉宋楽府詩の表現様式

東晋の時代に楽府は一時断絶し、劉宋の時代に至って楽府詩は再び文壇に回帰する。しかし、古曲の大半が失われてしまった為に、劉宋以降の楽府制作は旧歌辞の主題と構成を踏襲する模擬詩と変わらない存在となってしまっていた（総論第一章参照）。そのため、劉宋の楽府詩は作者個人の心情が吐露されることがほとんどなくなってしまい、遊戯的、余技的傾向が強くなり、旧歌辞を踏まえつつ、如何に表現するかということに重点がある擬古的作品や、作者が作品中に或る人物を設定して、その人物の心情を代弁したり、その人物になりきって歌う虚構的作品ばかりとなる。

例えば、次の荀昶「擬相逢狭路間」は、漢代楽府の「相逢行」を模擬した作品である。(18)

擬相逢狭路間　　荀昶

朝発邯鄲邑　　朝に発す　邯鄲の邑

暮宿井陘間　　暮に宿る　井陘の間

井陘一何狭　　井陘　一に何ぞ狭き
車馬不得旋　　車馬　旋るを得ず
邂逅相逢値　　邂逅　相逢値《あ》いて
崎嶇交一言　　崎嶇として一言を交《かわ》す
一言不容多　　一言　多くを容《い》れず
伏軾問君家　　軾に伏して君が家を問う
君家誠難知　　君が家は誠に知り難く
難知復易博　　知り難きも復た博まり易し
南面平原居　　南面には平原の居
北趣相如閣　　北趣には相如の閣
飛楼臨夕都　　飛楼は夕都に臨み
通門枕華郭　　通門は華郭に枕《まくら》す
入門無所見　　門を入るも見る所無く
但見双栖鶴　　但だ双の栖鶴を見る
栖鶴数十双　　栖鶴は数十双
鴛鴦群相追　　鴛鴦は群れて相追う
大兄珥金璫　　大兄は金璫を珥《みみだま》にし
中兄振纓緌　　中兄は纓緌を振るう

伏臘一来帰　　伏臘　一たび来たり帰れば
隣里生光輝　　隣里は光輝を生ず
小弟無所為　　小弟は為す所無く
闘鶏東陌逵　　鶏を東の陌逵《みち》に闘わす
大婦織紈綺　　大婦は紈綺を織り
中婦縫羅衣　　中婦は羅衣を縫う
小婦無所作　　小婦は作《な》す所無く
挟瑟弄音徽　　瑟を挟みて音徽を弄《かな》づ
丈人且却坐　　丈人　且《しばら》く却坐せよ
梁塵将欲飛　　梁塵　将に飛ばんと欲す

この荀昶「擬相逢狭路間」のもとうたである漢代楽府の「相逢行」古辞は次のようである。

相逢行　古辞

相逢狭路間　　相逢う　狭路の間
道隘不容車　　道　隘《せま》くして　車を容《い》れず
不知何年少　　知らず　何れの年少なるかを
挟轂問君家　　轂を挟んで　君が家を問う

君家誠易知　君が家は誠に知り易し
易知復難忘　知り易くして　復た忘れ難し
黄金為君門　黄金もて　君が門を為《つく》り
白玉為君堂　白玉もて　君が堂を為《つく》り
堂上置樽酒　堂上に樽酒を置き
作使邯鄲倡　邯鄲の倡を作使《つか》う
中庭生桂樹　中庭には　桂樹を生じ
華燈何煌煌　華燈は　何ぞ煌煌たる
兄弟両三人　兄弟　両三人
中子為侍郎　中子は　侍郎為《た》り
五日一来帰　五日に一たび来帰すれば
道上自生光　道上には　自ら光を生ず
黄金絡馬頭　黄金もて　馬頭に絡《まと》い
観者盈道傍　観る者は道の傍に盈つ
入門時左顧　門を入りて時に左顧すれば
但見双鴛鴦　但だ見る　双の鴛鴦
鴛鴦七十二　鴛鴦　七十二
羅列自成行　羅列して自ら行を成す

音声何㗭㗭　　音声　何ぞ㗭㗭たる
鶴鳴東西廂　　鶴は鳴く　東西の廂に
大婦織綺羅　　大婦は綺羅を織り
中婦織流黄　　中婦は流黄を織る
小婦無所為　　小婦は為す所無く
挟瑟上高堂　　瑟を挟みて高堂に上る
丈人且安坐　　丈人　且《しばら》く安坐せよ
調糸方未央　　糸を調《しら》ぶること方に未だ央《つ》きず

古辞は①都の小路での邂逅と問答（一～四句目）、②相手の豪邸の様子（五～十二句目）、③相手の兄弟の様子（十三～十六句目）、④再び相手の豪邸の様子（十七～二十四句目）、⑤相手の兄弟の妻の様子（二十五～三十句目）と、豪邸の様子が重複するが、全体は五つの要素で構成されている。荀昶「擬相逢狭路間」は、古辞では重複している「④相手の豪邸の様子」を削除している以外は、ほとんど古辞の構成をそのまま踏襲している(19)。

このような旧歌辞の主題と構成を継承する作品は、作者の心情が作品中に反映されにくい。それは、前代の作品によって規定された枠組みの中で、自己の心情を述べなければならなくなるからであり、そのため、作者個人の心情や体験が作品に直接反映されにくくなるのである。荀昶「擬相逢狭路間」も、模擬をすることに目的があり、作者自身の心情は全く表れていない。このように模擬詩化した劉宋以降の擬古楽府には、作者の心情が託されることはほとんどなくなるのである。

但し、その中で謝霊運の楽府詩には、彼の心情が託されている作品が幾つか見られる。謝霊運は、陸機の楽府を模擬の対象としており、そのため陸機の楽府詩の詠懐的性格をそのまま継承している。

鞠歌行　謝霊運

徳不孤兮必有隣　　徳は孤ならず　必ず隣有り
唱和之契冥相因　　唱和の契《あ》うは　冥《ひそ》かに相因る
譬如虬虎兮来風雲　　譬えば虬虎の風雲を来《きた》らしむるが如し
亦如形声影響陳　　亦た形と声に影と響の陳《よ》るが如し
心歓賞兮歳易淪　　心に賞を歓ぶも　歳は淪《す》ぎ易し
隠玉蔵彩疇識真　　玉を隠し彩を蔵したれば　疇《だれ》か真を識らん
叔牙顕　　叔牙の顕かにして
夷吾親　　夷吾　親しまる
郢既殁　　郢の既に殁して
匠寝斤　　匠は斤を寝《や》む
覧古籍　　古籍を覧るに
信伊人　　信《まこと》に伊《こ》の人あり
永言知己感良辰　　知己を永言し　良辰に感ず

冒頭「徳不孤兮必有隣、唱和之契冥相因」は『論語』を踏まえ、徳有る者には必ず親しい友が有り、歌を歌えば自然と相手が唱和するということで、知己は自ずから通じ合うことを言う。そして三・四句目に龍虎と風雲との関係、形と影、声と響きの関係を例としてあげ、五・六句目に短い人生の中で、知己に巡り会うことを願う心情を詠む。七句目から十二句目までは一句三字となり、十句目までに古の知己について語り、末三句において、それらの人物が居た、かつての良き時代に思いを寄せる作者の心情が述べられる。

この「鞠歌行」のように、謝霊運の楽府詩には彼の心情が吐露されている作品がある。彼の楽府詩は、当時の楽府詩と同じように陸機の楽府詩を基に創作されているが、中には単に陸機の作品の模擬作品を制作しているのではなく、個人的な体験や心情を楽府詩に反映させている作品もある。(20) 謝霊運もまた楽府詩に自己の心情を託した詩人として位置付けることができ、また彼の従弟の謝恵連の楽府詩も同様の特徴をもつ。そして彼ら二人は、魏三祖・陸機の流れを承けた直接的な表現様式を用いている。しかし、当時の楽府詩において、それは例外的であり、謝霊運・謝恵連の楽府詩においても、心情を吐露する詠懐的作品は少ない。劉宋以降、楽府詩に自己の心情を託すことは非常に珍しいこととなっていたのである。

また、劉宋中期以降、楽府詩は旧歌辞の内容から離れ始め、比較的自由に制作されはじめていたが（総論第一章第三節「劉宋中期の楽府詩」）、しかしその劉宋中期の楽府詩においても、鮑照のように自己の心情を託す作品はほとんど見られない。例えば、次の劉鑠「白紵曲」は舞う女性の姿を客観的に描きだす作品であり、作者の心情は表明されていない。

白紵曲　　劉鑠

仙仙徐動何盈盈　　仙仙として　徐《おもむ》ろに動くこと　何ぞ盈盈たる
玉腕倶凝若雲行　　玉腕　倶に凝《こら》して　雲の行くが若し
佳人挙袖耀青蛾　　佳人　袖を挙げて　青蛾を耀《かがや》かし
摻摻摺手映鮮羅　　摻摻として　手を摺《たた》み　鮮羅に映ゆ
状似明月泛雲河　　状は明月の雲河に泛ぶに似
体如軽風動流波　　体は軽き風の流波を動かすが如し

この作品は、女性が舞う姿の美しさを表現した作品であり、初めから最後まで客観的な視点によって、女性の姿が描かれており、作者の心情は全く表れていない。

また次の湯恵休「楊花曲」は、女性の心情を詠む虚構的な作品であり、ここでも作者自身の心情は表明されていない。

楊花曲　　湯恵休

葳蕤華結情　　葳蕤たり　華　情を結び
宛転風含思　　宛転たり　風　思いを含む
掩涕守春心　　涕を掩いて　春心を守り
折蘭還自遺　　蘭を折りて　還《ま》た自ら遺《おく》る

江南相思引　　江南　相思の引
多歎不成音　　歎き多くして　音を成さず
黄鶴西北去　　黄鶴　西北に去り
銜我千里心　　我が千里の心を銜《ふく》む
深堤下生草　　深堤は下に草を生じ
高城上入雲　　高城は上に雲に入る
春人心生思　　春人　心　思いを生じ
思心長為君　　思心　長《とこし》えに君が為なり

女性は男性を思って蘭を折り、男性への愛情を詠んだ江南の恋歌を歌うけれども、嘆きの為に歌うことができない。彼女は春景の中で千里の彼方に居る男性をいつまでも思い続ける。

湯恵休は、閨怨の楽府詩を得意としており、現存する楽府作品は全てこの類の作品である。そして彼の閨怨の楽府詩は、男性を思う女性の嘆きを詠むばかりで、彼の個人的感慨が述べられることはない。このような女性の心情を詠む虚構的楽府詩は、魏文帝「燕歌行」と同じ系統に属し、魏、西晋、劉宋と楽府詩の一つのパターンとなっていた。そしてこの系統に属する虚構的作品は、女性の心情を如何に表現するかということに目的があり、作者自身の心情は表明されないのである。

但し、湯恵休の閨怨の楽府詩は、魏文帝「燕歌行」以来の女性の心情を詠む虚構的作品の流れとは別に、東晋以後、北朝人士たちの好尚を得ていた南朝民歌の影響が考えられる。そして、この南朝民歌の流行が、魏以後次第に強まっていった楽府詩の抒情性を一層強めたと思われる。

劉宋中期の楽府詩の変化と南朝民歌の流行との関係は、総論第一章第三節「劉宋中期の楽府詩」において述べた通りであり、湯恵休自身、南朝民歌を得手としたことが当時の資料からも窺える。例えば、顔延之は「恵休の制作《つく》りしは、委巷中の歌謡なる耳《のみ》（恵休制作、委巷中歌謡耳）」と評しており（『南史』顔延之伝）、文中の「委巷中の歌謡」とは、民間歌謡、俗謡の意味であり、南朝民歌風の歌を指す。また湯恵休「楊花曲」の五・六句目「江南　相思の引、歎き多くして　音を成さず」は明らかに南朝民歌を意識した言葉である。

南朝民歌は漢代楽府と同じく民歌であるのだが、その性質は異なっていた。呉歌の代表作とされる子夜歌は、男女の情交を詠む五言四句の作品であり、短詩型の抒情詩である。そこには民歌の素朴さは見られるが、漢代楽府に見られた叙事性は見られない。一例として、「丁督護」六首を挙げる。

丁督護六首

其一

督護北征去　督護　北征して去り

前鋒無不平　前鋒　平らかならざる無し

朱門垂高蓋　朱門に高蓋を垂れ

永世揚功名　永世に功名を揚げん

其二

洛陽数千里　洛陽　数千里

孟津流無極　　孟津　流れ極まり無し
辛苦戎馬間　　戎馬の間に辛苦す
別易会難得　　別るるは易く　会うことは得難し

其三

督護北征去　　督護　北征して去り
相送落星墟　　相送る　落星の墟
帆檣如芒檉　　帆檣　芒檉の如し
督護今何渠　　督護　今何《いづ》くの渠ぞ

其四

聞歓去北征　　聞く　歓《きみ》　去りて北征するを
相送直瀆浦　　相送る　直瀆の浦
只有涙可出　　只だ涙の出づべき有るのみにして
無復情可吐　　復た情の吐くべき無し

其五

督護初征時　　督護　初め征きし時
儂亦悪聞許　　儂《われ》も亦た許《これ》を聞くを悪《にく》む
願作石尤風　　願わくは石尤の風と作り
四面断行旅　　四面に行旅を断たん

其六

黄河流無極　黄河　流れて極まり無く
洛陽数千里　洛陽　数千里
坎軻戎旅間　戎旅の間に坎軻す
何由見歓子　何に由りてか歓子《きみ》を見ん

そもそも呉歌西曲は、形式が四句と短篇であり、構成は前半二句に簡単な状況の説明や情景を置き、後半二句において心情を述べる形を取るのが普通である。「丁督護」の構成もそうであり、作品の中心は去りゆく男性に対する女性の心情で、叙事的要素はほとんどない。同じく民間歌謡でありながら、江南土着の南朝民歌は漢代の民歌とは異なり、抒情を中心とする。(21) 南朝民歌は南朝の文人に好まれ、また彼らはその擬作も制作している。このような抒情的な南朝民歌の流行も、楽府詩の抒情化を押し進めたのであろう。

謝霊運、謝恵連には、陸機的な詠懐的楽府の流れを受け、楽府詩において直接的に自己の心情を吐露する作品が見られるが、しかし劉宋の楽府詩全体からすれば、そのように自己の心情を楽府詩に託すという行為は特異な行為であった。劉宋初の楽府詩は、模擬することを目的としており、そのような作品には作者の心情が現れることはなく、また劉宋中期以降、模擬を離れて自由に制作された作品にも、既に作者の心情が込められることはなくなっていたのである。劉宋の楽府詩は、遊戯的・余技的性格が強く、楽府体の詩に自己の心情を託すこと自体、変わった行為だったのである。

また彼の楽府詩のもう一つの特性である叙事性も、劉宋の楽府詩にはほとんど顧みられることはなくなっていた。荀昶「擬相逢狭路間」のように、叙事的作品が模擬詩として制作されることはあっても、それは遊戯的・余技的であり、それ以外に物語的楽府が制作されることはなかった。当時の楽府詩は既に叙事性を失い、抒情が中心となっていたのである。

鮑照の物語的楽府詩が継承した漢代楽府詩の叙事性は、魏の時代より既に失われ始めていた特徴であった。中国詩歌の伝統は抒情詩を主流とし、漢代の叙事的楽府は、その傍流に過ぎなかった。魏の時代の抒情的五言詩の成立によって、抒情詩の地位が確立したときより、漢代楽府の叙事性が失われていくのは、必然の結果だったのである。魏の楽府はいまだ叙事性をとどめており、それは傅玄の楽府詩までは継承されるものの、彼らの作品全体は漢代楽府よりも抒情性を強めており、そして、その傾向は潘岳と共に修辞主義を主張した西晋の陸機に至って、より鮮明となり、叙事的作品はほとんど消滅してしまうこととなるのである。

特に劉宋以降は、抒情的な陸機の楽府詩が模擬の対象とされたこと、また抒情的な江南の民間歌謡の流行によって、楽府詩の抒情化の傾向は更に強まり、叙事的楽府は模擬詩として制作されるだけであった。

また、劉宋以降は楽府体の詩に作者の心情が託されるということも行われなくなっていた。東晋の楽府断絶により、旧曲調の大半が失われ、模擬詩化した楽府詩は遊戯や余技として制作されるようになり、楽府詩に自己の個人的な心情が反映する作品は稀になっていたのである。

そのような状況の中で、鮑照の楽府詩は具体的な叙述によって物語を形成し、自己の心情を託している。劉宋の楽府詩の中で、鮑照の楽府詩はかなり異質な存在だったのである。更に言えば、鮑照の物語的楽府は、魏の時代に楽府詩が文人の手に委ねられた時より失われつつあった叙事性を用い、更に曹植以外の詩人が用いることのなかった作中人物に自己の心情を託すという間接的な表現様式を用いているという点において、魏以降の楽府文学の流れに逆らう、異質な存在だったのである。

そして更に、作中人物に自己の心情を託し、物語の中でその心情を語ろうとする鮑照の物語的楽府には、漢代楽府にも、曹植の楽府詩にもない、前代の楽府詩には全く見られなかった新たな試みが見られるのである。

第四節　鮑照楽府詩の特質

鮑照の楽府詩における新たな試みとは、ある物語の一場面を切り取ったかのような印象的な場面が提示されるという特徴である。そして、この前代には見られない彼独自の作品も、作品の中に物語を形成し、作中人物に自己の心情を託そうとする彼の楽府詩の特徴から生み出されていると考えることができる。例を挙げて、そのことを説明しよう。

代東門行　　鮑照

傷禽悪弦驚　　傷禽は弦の驚かすを悪《にく》み
倦客悪離声　　倦客は離声を悪《にく》む
離声断客情　　離声　客情を断ち
賓御皆涕零　　賓御　皆涕零す
涕零心断絶　　涕零して　心断絶し

将去復還訣　将に去《ゆ》かんとして復た還りて訣《わか》る
一息不相知　一息だにも相知らず
何況異郷別　何ぞ況んや異郷に別るるをや
遙遙征駕遠　遙遙として　征駕遠く
杳杳白日晩　杳杳として　白日晩《く》る
居人掩閨臥　居人　閨を掩《おお》いて臥《ふ》し
行子夜中飯　行子　夜中に飯《くら》う
野風吹草木　野風　草木を吹き
行子心腸断　行子　心腸　断たる
食梅常苦酸　梅を食《くら》いては　常に酸《す》きに苦しみ
衣葛常苦寒　葛を衣《き》ては　常に寒きに苦しむ
糸竹徒満坐　糸竹　徒《いたづら》に坐に満つるも
憂人不解顔　憂人　顔を解《と》かず
長歌欲自慰　長歌して自ら慰めんと欲するも
弥起長恨端　弥《いよい》よ長恨の端を起こす

この「代東門行」は、時間の経過に即して、別れ・道中・現在の三つの場面を描くことによって、故郷を離れて辛苦する旅人の苦難の物語を形成している。一～八句目までが別れの場面であり、冒頭二句は『戦国策』に見える更嬴の故事を踏まえ、傷を負った鳥が弓弦の音に怯えるように、旅人も別れを告げる声に心傷むことを言う。このようにして家族と別れて旅立った旅人の道中は辛く、夜中にようやく食事をとり、風の吹きすさぶ場所に野宿しなければならない。喉を癒そうと梅を食べれば、その酸味に苦しみ、薄い葛の衣では寒さに耐えることができない。辛い別れを経て、九～十六句目には旅の道中の辛さが描かれるのである。そして、末四句には現在、酒宴に於いて憂いを抱く旅人の姿が描かれ、作品は結ばれている。

作品中に物語があることは、これまでの例と同じであるが、この「代東門行」は、先の「代東武吟」や「代空城雀」などとは異なっている点がある。それは、最後が華やか宴の中でひとり憂いを抱いて楽しまない、旅人の現在の様子を描くことで終わっていることである。

「代東武吟」にしても、「代空城雀」にしても、最後は作中人物の心情が述べられて終わっていた。「代東武吟」では「願わくは晋主の恵みを垂れ、田子の魂に愧《は》ぢざらんことを」と、「代空城雀」では「賦命　厚薄有り、長歎　如何せんと欲す」と、その作品を通して作者が伝えたいことや、作中人物の嘆きが表明されていた。(22)ところが、この「代東門行」の最後にはそのような言葉は表明されてはいない。「糸竹　徒《いたづら》に坐に満つるも、憂人　顔を解《と》かず。長歌して自ら慰めんと欲するも、弥《いよい》よ長恨の端を起こす」と、宴席においてひとり悶々として楽しまない旅人の姿が描かれているだけなのである。

しかしこの最後の場面は、旅人の苦難をそこに凝縮しているかのように思える。つまり、最後に描かれる現在の宴席における旅人の姿は、旅の困難を象徴するものであり、旅人の苛酷な物語を印象づける一つの場面なのである。それは、旅人の言葉ではなく、旅人の苦悩する姿によって、旅人の辛苦がどれほど激しいものなのかを、読み手に推し量らせようとしているかのようであり、字句には表れない余情が、この最後の場面には込められている。

鮑照の楽府詩には、物語の象徴的、印象的な場面を最後に置くことによって、間接的に心情を伝えようとするかのような作品が他にも幾つか存在する。

代春日行　　鮑照

献歳発、吾将行　　献歳　発《はじ》まり、吾　将に行かんとす
春山茂、春日明　　春山は茂り、春日は明らかなり
園中鳥、多嘉声　　園中の鳥、嘉声　多し
梅始発、柳始青　　梅　始めて発《ひら》き、柳　始めて青し
泛舟艪、斉櫂驚　　泛舟の艪、斉櫂　驚く
奏采菱、歌鹿鳴　　采菱を奏し、鹿鳴を歌う
風微起、波微生　　風　微かに起こり、波　微かに生ず
絃亦発、酒亦傾　　絃　亦た発《はじ》まり、酒　亦た傾く
入蓮池、折桂枝　　蓮池に入り、桂枝を折《たお》る
芳袖動、芬葉披　　芳袖　動きて、芬葉　披《ひら》く
両相思、両不知　　両つながら相思うも、両つながら知らず

この「代春日行」は、春の船遊びの楽しみを詠む作品であり、船遊びの始まり、周囲の春めいた様子、船及び

船の周りの様子、そして舟中の様子へと船遊びの様を、次々と描き、「芳袖　動きて、芬葉　披《ひら》く。両つながら相思うも、両つながら知らず」の四句を以て締めくくられている。

この末四句は、岸辺に現れた女性と船上の男性とが互いに引かれあう情景を描いている。普通ならば、この最後には船遊びの楽しいことや女性への思いなどが述べられるべきなのだが、この作品は女性と男性が出会う一つの場面を描いて終わっている。しかし、この最後の女性と男性が思い合う一つの場面は、春の船遊びを締めくくるのに相応しい、美しい一シーンなのである。

また、次の「代櫂歌行」も一つの場面を描くことによって、作品が締めくくられている。

代櫂歌行　鮑照

羇客離嬰時　羇客　嬰と離れし時より
瓢颻無定所　瓢颻　定まる所無し
昔秋寓江介　昔秋　江介に寓《やど》り
茲春客河滸　茲《こ》の春　河の滸《ほとり》に客たり
往戢于役身　往《ゆくゆ》く　于役の身を戢《や》め
願言永懐楚　願《おも》いて言《ここ》に永く楚を懐《おも》う
冷冷鯈疏潭　冷冷　鯈は潭を疏《わた》り
邕邕雁循渚　邕邕　雁は渚に循《したが》う
飂戻長風振　飂戻として　長風　振るい

搖曳高帆挙　　搖曳として　高帆　挙がる
驚波無留連　　驚波　留連する無く
舟人不躊佇　　舟人　躊佇せず

男は故郷を離れてから定まることなく、放浪の旅を続けている。昨秋は長江のほとりにいたが、今年の春は北方へと旅して黄河の辺りに仮の宿りを定めた。そんな旅を続ける彼は、「願《おも》いて言《ここ》に永く楚を懐う」と望郷の思いに駆られる。七・八句目には、旅人の旅の憂いと望郷の思いを増させる景物が描かれ、「飇戾として　長風振るい、搖曳として　高帆　挙がる。驚波　留連する無く、舟人　躊佇せず」という四句を以て作品が締めくくられる。びゅうびゅうと激しく風が吹き、揺れたなびきて、高き帆が挙がって、船は再び新たな土地を目指して、出発しようとする。波はとどまる事なく船をおしすすめ、船人は躊躇する事なく船を出発させる。旅人の気持ちは故郷に向いているのに、そんな彼の心情にはまるで無頓着な周囲の様子が、この末四句には描かれているのである。

この最後の場面は、前の二作品のように、物語を象徴するような場面ではないが、旅人の悲しみを一層浮き立たせる一場面であり、これも「代東門行」などと同じく、一つの場面を最後に置くことによって、そこに余情を込める特徴が表れている。

このような作品は、一つの印象的なシーンを最後に置くことによって、作中人物の心情や物語の結末を間接的に読み手に読み取らせようとしているのであり、それは物語の中で心情を伝えるという間接的な表現が、更に徹底されて現れた結果として生まれた作品なのである。前代の楽府詩にも、曹植「名都篇」のように都の少年たちの様子を、初めから最後まで描写し続ける風俗絵巻のような作品がある。しかし鮑照のように、物語やその人物の心情を象徴するような場面を切り取って、最後に置く楽府詩は見当たらない。

そして物語の象徴的、印象的な場面を最後に置くという特徴は、連作の構成においても生かされている。鮑照の連作楽府は一つのテーマやストーリーに沿って、一連の流れを持つ。例えば、その彼の連作楽府詩の一つである「幽蘭」五首は、〈其四〉までに女性の心情を中心として男女の物語が語られており、そこには女性の深い愛情、男性の心変わりという一つのテーマが見られる。

幽蘭　其一　　鮑照

傾輝引暮色　　傾輝　暮色を引き
孤景留思顔　　孤景　思顔を留《とど》む
梅歇春欲罷　　梅　歇《つ》き　春　罷《や》まんと欲す
期渡往不還　　期《とき》　渡るも　往きて還らず

まず〈其一〉では、夕暮れに一人憂いに沈んだ顔をして佇む女性が描かれる。そして三・四句目に春が終わろうとしているのに、帰るはずの期日が過ぎても男性は帰って来ないという、女性の憂いの原因が語られる。そして、〈其二〉では現在の女性の心情が語られる。

幽蘭　其二　　鮑照

簾委蘭蕙露　簾は蘭蕙の露を委《つ》み
帳含桃李風　帳は桃李の風を含む
攬帯昔何道　帯を攬《と》りて　昔　何をか道《い》わん
坐令芳節終　坐《そぞ》ろに芳節をして　終わらしむ

三句目の「帯を攬りて」は昔はちょうどよかった帯にあまりができ、自分が悲しみの為に痩せ細ったことを認識するという意味である。女性は帯を見て、かつての男性との思い出を思い起こし、現在の身を振り返って、過ぎ去った日々はもう戻ってこないと嘆く。そして、四句目では男性が帰ってこないままに、この芳しい季節も自分の容貌の華やかな時期も過ぎていくという女性の歎きが語られる。自分の容貌は衰えるのみで、男性は再び自分のもとに帰ってこないだろうという思いが、女性を嘆かせるのである。そして、〈其三〉〈其四〉では、男性との「昔」の思い出が語られる。

幽蘭　其三　　鮑照

結佩徒分明　佩を結びて　徒《いたづ》らに分明し
抱梁輒乖忤　梁を抱くも　輒《すなわ》ち乖忤す
華落不知終　華の落つるも　終わりを知らず
空坐愁相誤　空しく坐して　相誤れるを愁う

まず〈其三〉では、その女性が慕う男性との間に結んだ約束が、しばしば履行されなかったことが述べられる。佩を結ぶとは約束の印とすることであり、『楚辞』離騒を出典とする。また「梁を抱く」は梁の下で女性と会う約束をし、そこに水が寄せてきても、梁を抱いて女性の到来を待ち、遂に水死した尾生の故事に基づく。ここでは、尾生の故事とは逆に女性が男性を待つことを言う。女性は男性と「佩を結ん」で婚姻の約束を明らかに結び、「梁を抱い」て、いつまでも信じて待っていたのに、その約束はたちまち破られてしまった。そして、女性は花が落ちるように、自分の容貌が衰えても、まだその男性のことが忘れられず、自分が選択を誤ったことを愁えている。また〈其二〉の「坐《そぞ》ろに芳節をして　終わらしむ」と、〈其三〉の「華の落つるも　終りを知らず」はともに、春の終わりに女性の容貌が衰えることをなぞらえていることから、〈其二〉と〈其三〉の関連を見ることができる。続く〈其四〉では、〈其三〉の男性の約束不履行が原因となって、男性と再び約束を結ばなかったことを後悔する女性の思いが語られる。

幽蘭　其四　　鮑照

眇眇蛸掛網　　眇眇と　蛸《くも》　網を掛け
漠漠蚕弄糸　　漠漠と　蚕　糸を弄す
空慙不自信　　空しく慙《は》づ　自ら信ぜずして
怯與君画期　　君と期を画《はか》るを怯《おそ》るるを

一句目に見られる「蛸」は蜘蛛のことであり、荊州の辺りでは「喜母」と呼ばれ、この蜘蛛が衣服に着くと、親しい人がきて喜ぶべきことが至る前兆とされていた。また二句目の「絲」は「思」に通じる。つまり、一・二句目では、小さな蜘蛛が網を張るという良い前兆があり、さらに長く連なる蚕の糸のように、私の愛情は深かったということを言っているのである。このように男性との間はうまくいきそうであったのに、以前の男性の約束不履行・心変わりを恐れて、結局女性は、男性と再び約束を結ぶことはなかった。そして、それを現在深く後悔しているのである。

このように、〈其一〉から〈其四〉までに女性の心情が語られる。そこには女性の深い愛情、男性の心変わりが描かれている。そして、これまでの四首を承けて〈其五〉には一つの印象的な場面が描かれる。

幽蘭　其五　　鮑照

陳国鄭東門　　陳国　鄭の東門
古今共所知　　古今　共に知る所
長袖暫徘徊　　長袖　暫《しばら》く徘徊し
駟馬停路岐　　駟馬　路の岐に停まる

一句目にある「陳」と「鄭」の「東門」は、女性と男性が密かに待ち合わせをする場所。その東門において、いままさに待ち合わせする一組の男女の姿が三・四句目に描かれている。三句目の「長袖」は、女性の服の長い袖のことであり、待つ女性を示す。また、四句目の「駟馬」は、男性の乗る四頭立ての馬車であり、男性のことを示している。二人は密かに出会って、かけおちでもしようとしているのであろう。東門のあたりで、女性は男性が来るのを待って徘徊し、男性は行くべきか、行かざるべきかを迷って、別れ道〈＝「路岐」〉でたちもとおっている。この「幽蘭」五首を締めくくる〈其五〉で描かれている、待つ女性と迷う男性の姿は、〈其四〉までに語られた女性の深い愛情と男性の心変わりの物語を象徴する印象的な一場面であり、鮑照は、この五首の連作を、女性と男性の物語を最も象徴的に示す一つの場面で締めくくっているのである。

そして、ある物語の一場面を取り出し、印象的な一シーンを描くことによって、作品中に甘美な世界を生み出しているのが、「代夜坐吟」である。

代夜坐吟　　鮑照

冬夜沈沈夜坐吟　　冬夜　沈沈として夜に坐して吟ず
含情未発已知心　　情を含みて未だ発せざるに已に心を知る
霜入幕　　霜は幕に入り
風度林　　風は林を度《わた》る
朱燈滅　　朱燈　滅し
朱顔尋　　朱顔を尋《たづ》ぬ
体君歌　　君が歌を体せんとし
逐君音　　君が音を逐《お》う
不貴声　　声を貴ばず
貴意深　　意の深きを貴ぶ

女性は歌を歌い、男性はそれを聞いている。季節は冬、時は夜、霜が部屋に入ってくるようで、寒風は近くの林を駆け巡る。その風が、部屋の中に入って来たのか、部屋の灯火が消えてしまう。愛する女性の顔は見えなくなり、ただ歌声のみが聞こえてくる。男性は女性の歌に耳を澄まし、その歌声から女性の自分への深い思いを聞き取ろうとするのである。

この作品は男女の愛情物語の一場面を切り取ったかのような趣があり、その場面には、言葉には表れない余情が込められている。そして、一つの甘美な世界が作品の中に構築されているのである。この「代夜坐吟」は、先の「代東門行」とは異なり、物語の展開はない。「代東門行」などは、最後に一つの場面を置くことによって、その場面を通して物語の結末を予想させていたが、前半には物語の展開があった。しかし、この「代夜坐吟」は前半の物語の展開も、物語の結末もないのであり、ただ物語の中の一つの印象的な場面だけが描かれている。しかし、その印象的な一場面は、一つの男女の愛情物語を予想させる。

更に、この愛情物語の一場面には、作者鮑照の知己を求める心情が託されている。例えば、二句目の「情を含みて未だ発せざるに已に心を知る」とは、心中の思いを言葉として発することもないのに、その思いを感じてくれるということであり、更に末二句の「声を貴ばず、意の深きを貴ぶ」とは、女性を思う作中人物の男性の言葉でもあり、作者鮑照自身の言葉でもある。このように「代夜坐吟」には、知己を求める作者鮑照の心情が作中人物に仮託されており、自己の才能を認めてくれる知己を得たいと思う彼の心情が、男女が愛を交わす一つの場面を通して語られているのである。

この「代夜坐吟」のような作品は、後の宮体詩に強く影響を与えると思われる作品であり、そこには「代東武吟」のような鮑照自身の感情の激しいほとばしりは見られない。そのため、内容的に見ればこの二作品は両極にあるように思えるのだが、両者はいずれも物語の中で心情を語ろうとする間接的な表現様式を共有しているのである。

第五節　結　語

本章では、鮑照の楽府詩を表現の面から論じてきた。彼の楽府詩は当時の楽府詩においては異質な作品であり、それは、漢代の叙事的楽府の具体的叙述と、曹植の虚構の中で自己の現実を語るという表現様式を融合した作品であったのである。

そして、彼の物語の中で心情を語るというその表現様式は、前代には全く見られない楽府詩を生み出している。それが「代東門行」のような作品であり、そこでは作品の最後に、心情を表明する言葉ではなく、作品全体に語られる物語を象徴するような印象的な場面を置くことによって余情を残し、間接的にその場面に込められた心情を伝えようとしている。そして、その表現が最も完成された作品が「代夜坐吟」である。「代夜坐吟」は、男女の愛情物語の一つの場面、その物語の印象的な場面を切り取ってきたかのような趣があり、一つの甘美な世界が構築されているのである。

鮑照の楽府詩は、物語を通して作中人物の心情が、またその裏に込められた作者自身の心情が発露され表現されている。そこには物語性を重視する彼の楽府詩における創作態度を見ることができるのである。

では、なぜ鮑照は当時異質であった楽府詩を敢えて制作したのだろうか。そのことを述べることで、この章の結びとしたい。

まず、なぜ当時の楽府詩に失われていた叙事的な楽府詩を、鮑照は制作したのかということについて考えてみたい。結論から言えば、それは自己の独自性を誇示する為であったと考えられる。当時の貴族門閥社会の中で、頼られるもののなかった寒士鮑照は、文才をもって貴族に認められるしか手立てがなかった。鮑照が初めて劉義慶の国侍郎として出仕したとき、他人が制止するのも聞かず、劉義慶に詩を献じたという逸話（『南史』本伝）は、寒門出身の彼が文才を以て官界に進出しようとしたことを示す一例である。

自己の文才を示すために、貴族たちと全く同じことをするよりは、彼らには無いことをしたほうが自らの独自性を誇示することができたであろう。鮑照の作品には、奇抜な発想や造語が多く見られ、そこにも自らの独自性を誇示しようとする彼の姿を見ることができる。鍾嶸は『詩品』において、鮑照が西晋の詩人張協の「俶詭」を学び得ていると評す。「俶詭」は常識を越えた型破りな発想を指すとされ(23)、鮑照詩の奇抜さ、斬新さを鍾嶸は指摘する。また清の沈徳潜は、「明遠の楽府は、五丁の山を鑿《うが》つが如く、人世の未だ有らざる所を開く。（明遠楽府、如五丁鑿山、開人世所未有。）」（『古詩源』）と評し、鮑照の楽府詩には、新たな道を切り開こうとする要素が見られることを指摘している。このように鮑照に奇抜な発想や造語が多いことも、自己の独自性を発揮しようとする彼の態度の表れである。

具体的な叙述によって、作品中に物語を形成する物語的楽府は、当時の貴族にとって、明らかに異質に写ったであろう。当時異質であった物語的楽府を鮑照が制作したことも、貴族文学の中で独自性を発揮しようとする彼の文学の性格に由来するのであろう。

また、東晋の楽府断絶の時代を経て、宋代には再び楽府作品が文壇に回帰したが、劉宋初めの楽府詩は模擬詩のように制作され、自由な制作はおこなわれていなかった。そのような状況の中で、鮑照は旧歌辞に拘束されることなく、楽府題を基に新たな楽府詩を制作している（総論第一章第四節「鮑照の楽府詩と楽府題」参照）。そして、この制作方法は曲調を失った楽府文学に新たな方向性を与え、唐代の楽府文学の先駆けとなったのである。この楽府制作の新たな試みも、自己の独自性を楽府詩において発揮しようとする彼の態度から生まれたものかも知れない。

更に鮑照が仕えた劉宋の皇族たちは、孰れも南朝民歌風の民間歌謡の愛好者であり、修辞を競う貴族趣味の文学とは異なった面に興味を持っていた。劉宋の孝武帝は南朝民歌風の作品を得手とした恵休上人（湯恵休）を還俗させ、自分自身も南朝民歌の作者に擬せられており、また少帝も南朝民歌の作者に擬せられている。鮑照自身も南朝民歌風の作品を制作しているが、それは皇族たちの意を受けて作られたのかも知れない。

しかし、鮑照は南朝民歌風の作品よりも、遙かに多くの漢代楽府を継承する物語的楽府を制作している。それも独自性を発揮しようとする彼の態度がそうさせたのであろう。南朝民歌の擬作は湯恵休を初めとして、他の文人たちも制作している。それは他者と同じく南朝民歌風の抒情的な作品を作るのではなく、当時の人々にとっては、「古」と感じられた漢代の楽府詩に近い物語的作品を作ることで、自己の独自性を示そうとしたからではなかろうか(24)。

貴族文学に対する、寒人鮑照の独自性の誇示、それが他の詩人たちとは異なった叙事的な物語的楽府を、彼が作った理由の一つであろう。では、なぜ物語の中で自己の現実を間接的に語ろうとしているのか。

その答えとしては、阮籍「詠懐詩」のように、保身の為に虚構の中に自己の心情を隠蔽したのだということが考えられる。彼の楽府詩に託された心情には、貴族社会に対する憤懣があり、彼の内面で激しく燃え上がる憤りが楽府詩に託されている。これらの憤懣は貴族社会に対する攻撃であり、寒人の鮑照にとっては、自己の立場を不利にしかねない要素である。そのような憤懣、貴族社会に対する攻撃を、表面的に示すことは寒人の彼には出来なかった。そこで直接的にそのような憤懣を表明することを避け、虚構の世界の中に託すことによって、貴族社会に対する鋭い批判を隠蔽したのである。このように彼が虚構の中で自己の心情を語ろうとしたのは、保身のためであったと考えるのが、穏当な結論のように思える。

しかし、これには少々疑問が残る。なぜなら、彼が虚構の中に託す心情は、貴族に対する攻撃ばかりではないからである。例えば「代東武吟」の元兵士に託した彼の心情は、どちらかと言えば、君主或いは貴族達に、寒人の不遇を知ってほしいという強い思いが込められているようであり、このような作品では彼の心情は虚構の中に託すことによって隠蔽されるというよりは、虚構の中に託すことによって、外に強く表明しようとしているようである。つまり、「代東武吟」においては、虚構の世界に託すことによって、彼は広く人々に自己の不遇を自己の思いを訴えようとしているのである。であるならば、「代東武吟」のような作品には、保身の為に隠蔽したという結論は適当ではないだろう。では、どう考えたらいいのだろうか。

論者はその答えを、表現の効果ということに求めることができるのではないかと考える。

個人の内面に生じた心情を他人に伝達する場合、ただその心情を述べるよりも、その心情の生まれる背景となる事柄を具体的に形成した方が、その心情はより具体的なものとして、またより切実なものとして、読み手に伝えることができるであろう。

「代東武吟」においては、冒頭から具体的に語られる元兵士の不遇の人生によって、最終二句の元兵士の君主への願いは、より具体的な心情として、より切実な心情として受け止めることができる。このように、その人物の悲しみ、嘆き、怒り、喜びを伝えるのに、それらの感情が生まれる背景が与えられれば、その人物の心情は、より切実に読み手へと迫ってくる。これは伝達の機能としては有効な手段であり、それは漢代の叙事的楽府の特徴でもあった[25]。

例えば、孤児の悲劇を描く「孤児行」は、孤児の置かれた状況、また彼の苦しむ姿を具体的に描くことによって、彼の辛苦を伝達しようとしていた。第一段では、孤児の悲劇が彼の身の上、現在の状況の具体的な説明、描写が行われていた。そして、その彼の哀れな運命、苛酷な現実の具体的な叙述によって、「孤児は涙下ること雨の如し」という孤児の独り泣く姿が、読み手に切実に伝わってくる。鮑照の楽府詩は、このような漢代楽府の特徴を継承し、作中人物の心情を、またその裏に込められた自己の心情を切実なものとして読み手に伝えようとしているのである。

詩は、詩人の心を表現し、相手に伝達するためのものであり、そして如何に伝えるか、どのように表現するかということに、その詩人の才能が発揮される。詩人に課せられたその命題に対して、鮑照は当時の楽府詩には失われていた表現様式を選択したのである。

鮑照は、自己の独自性をアピールし、自己の心情を吐露するために、当時異質であった具体的な叙述によって、物語を形成し、その物語の中で自己の現実を語るという楽府詩を制作した。それは、「如何に表現するか」という詩人に課せられた命題に対する鮑照の答えだったのではなかろうか。

注

（1）この旅人も兵士ではあるが、主人公の兵士と区別するために、ここでは旅人と称す。

（2）鮑照の楽府詩において叙事性に乏しい作品は、「松柏篇」「代挽歌」「代蒿里行」「代陽春登荆山行」「代貧賤苦愁行」「代邽街行」「代辺居行」などである。
(3)『宋書』及び『南史』鮑照伝に、孝武帝の自尊心を傷つけることを恐れて、彼が「鄙言累句」を用いた駄作を作ったという逸話が残されている。
(4)鮑照が楽府体の詩に自己の心情を託す詩人であることは、鈴木修次氏他編『中国文化叢書5文学史』(大修館書店一九八六　五十七頁)の「楽府」(執筆担当高木正一)などに、夙に指摘されるところである。
(5)鮑照「擬行路難」其十三の後半部分のように、会話形式が物語を展開させているところも漢代の叙事的楽府の特徴である。他にも鮑照「代空城雀」「梅花落」などが、動植物の物語を描くことも、漢代楽府詩の特徴を継承している。
(6)小西昇氏前掲論文参照。
(7)余冠英氏「建安詩人代表曹植」(『漢魏六朝詩論叢』棠棣出版社　一九五二)・蕭滌非氏『漢魏六朝楽府文学史』・王運熙・王国安両氏『漢魏六朝楽府詩』など。
(8)余冠英氏前掲論文(注(7))や王運熙・王国安両氏前掲書(同注)などに、曹植の楽府詩は、建安の楽府詩の中でも最も抒情的であり、彼は叙事性を重視する楽府詩を、専ら個人の心情を表明するものへ大きく変化させたと指摘されている。
(9)植木久行氏「曹操楽府論考」(『目加田誠博士古稀記念中国文学論集』所収　龍渓書舎　一九七四)一〇七頁。
(10)これは、松浦友久氏『中国詩歌原論—比較文学の主題に即して』(大修館書店　一九八六)に、楽府の表現機能として指摘されるところである。
(11)魏武帝にも「秋胡行」其一のように叙事的作品があるが、彼の楽府の大半は自己の思いを直接的に述べる作品であり、彼の楽府は曹植のような間接的な表現様式を特徴としてはいないのである。
(12)武帝の楽府で語られる心情は公的立場から述べられる場合が多いが、文帝、明帝の楽府は、より私的な心情が詠まれるようになるという特徴がある。例えば明帝「長歌行」などは内容的にはほとんど徒詩との境がなく、詠懐詩に近い作品である。
(13)曹植の楽府にも自己の思いを直接的に表明する作品があるが、その数は少ない。数量の面から見ても、彼の楽府を特徴づけるのは、そのような作品にないと思われる。

(14) 陸機以外に西晋の代表的な楽府詩人として、傅玄、張華がいるが、彼らの楽府においては、作者の心情は作中人物に対する第三者としての共感意識という形で表れるだけであって、曹氏父子や陸機のように個人的な心情を語ることはないようである。

(15) 岡村貞雄氏「楽府題の継承と傅玄」(『支那学研究』三十五　一九七〇)。また柳川順子氏「陸機楽府詩私論」(『中国文学研究』八十六　一九八九)にも、陸機は自己の心情を楽府詩において直接的に述べると指摘する。

(16) 柳川氏前掲論文

(17) 『芸文類聚』巻四十四は、陸機「上留田行」として九句のみを採録する。

(18) 『玉台新詠』はこの作品を楽府詩二首の一つとして収める。

(19) 荀昶は、元嘉の初めに中書郎となった人物で、鮑照より少し先輩にあたる。彼にはもう一例「擬青青河畔草」という楽府詩があるが、それも漢代楽府詩を模擬した作品であり、漢代楽府の模擬を得意とした人物だったようである。

(20) 森野繁夫氏「謝霊運の楽府(上)・『上留田行』を中心に」(『中国学論集』九　一九九五)に、謝霊運「上留田行」が、彼の人生のある時期を下敷きにして、自身の心情を詠んでいるという指摘がある。

(21) この漢代民歌と南朝民歌の相違は時代的相違というよりは、地域性によって生じたと思われる。漢代民歌は主に北方の中原地帯・黄河流域の民間歌謡であり、南朝民歌は、江南地帯・長江流域の民間歌謡である。六朝に至っても、北方異民族が支配していた黄河流域には「木蘭詩」のような叙事的作品が依然として制作されていた。また漢代楽府には「江南」という唯一長江流域の民間歌謡と思われる作品があるが、これは抒情的な作品である。このように漢代民歌の叙事性と南朝民歌の抒情性は、南と北という地域性による差異と考えられる。

(22) 作品の最後に作者或いは作中人物の言葉が置かれるのは、鮑照の楽府詩に限らず、魏晋の楽府詩にも一般的に見られる特徴である。

(23) 高木正一氏『鍾嶸詩品』(東洋大学出版会　一九七八)二七三頁。

(24) 彼が当時の楽府詩には見られなかった叙事的作品を制作することができたのは、北朝民歌の影響もあったようである。鮑照が北方民歌の影響を受けていることは、曹道衡氏「論鮑照詩歌幾個的問題」（『社会科学戦綫』一九八一—二　一九八二）に指摘がある。南朝の民歌が都会的な恋情詩であり、漢代楽府詩の叙事性を継承する作品は見られないのに対して、北朝では「木蘭詩」のような漢代楽府詩の流れを汲む叙事的楽府が民間で歌われていた。彼が物語的作品を制作できたのは、北方の叙事的な民歌の影響もあるかもしれない。

(25)　小西昇氏は前掲論文において、漢代楽府詩が物語を具体的、平易に描こうとしたのは、作者たちの事実重視の態度によるとされる。そして氏は、その事実重視の態度の原因を、当時の社会背景に求めているが、この具体的かつ平易な叙述は、作者の意識の有無に関わらず、結果として作中人物の心情をより具体的に切実に伝えるという表現効果を生んでいるのである。

第二章　鮑照と「俗」文学

――六朝における鮑照評価をめぐって――

はじめに

その時代に特徴的な文学の傾向或いは文学思潮を掲げ、その代表となる人物或いは作品をその時代を象徴するものとして紹介するという形で、中国文学史を語るならば、その時代の傾向から外れた作品や人物は、孤立した存在として扱われたり、或いは見落とされがちになる。例えば、本章で取り扱う六朝・劉宋の詩人鮑照はそのような人物の一人である。

その鮑照の文学は、当時の貴族文学とは異なった特色を持つ。そのような特色が見られるのは、彼の個性とは別に、彼が貴族とは異なった階層の出身者であったことが、一つの原因として考えられる。当時は貴族の担う文学とは別に、鮑照と同じような下層階級によって担われていた文学があったと考えられる。そして、それは貴族文学からは「俗」と称され、蔑視されていた文学であった。

この「俗」と称される文学は、貴族文学よりも、むしろ民間の文学に近いものと考えることができる。六朝の貴族や著名な文人の作品は、別集や総集或いは類書などに収録・伝承されて、後世に比較的伝わり易い。それに比べて、ほとんど無名であった下層階級の人々の作品や事跡は記録に残りがたい[1]。そのため、現在では華やかな貴族文学の影に埋没してしまっている。寒門出身者である鮑照の文学も、貴族文学と対置される「俗」に属す。

但し、鮑照の文学は全く「俗」であったというわけではない。貴族趣味の文学が盛行していた世にあって、文学によって立身を試みた鮑照は貴族文学の側面をも自分のものにしなければならなかったであろう。鮑照の詩文を見るに、鮑照はむしろ貴族文学を積極的に取り入れようとしたようである。そのため、鮑照の文学は、貴族文学とそれとは異なる特色が混在している。それは、鮑照の文学が貴族文学とそれに対置される「俗」との間、文壇の主流と、その底に流れていた伏流との間に位置することを意味する。

故に、鮑照の文学の「俗」の部分を明らかにすることは、貴族文学の下に埋没した「俗」と称される文学に迫ることになり、またそこから逆に「俗」と対置される貴族文学の性格も明らかになるであろう。そして、そのことによって、従来の文学史では見落とされていた点が見えてくるのではあるまいか。

以上の仮説を論証する過程として、本章では、鮑照の文学が「俗」と評されていた原因を、楽府文学との関係に於いて論じる。鮑照は六朝期の楽府文学の展開に重要な役割を果たし、李白のみならず、唐代の楽府文学に深刻な影響を及ぼしたと考えられる。この六朝楽府文学の展開に於ける鮑照の役割は、従来の文学史では論及されていなかった。しかし、鮑照の文学が「俗」と評されていた原因の一端は、この楽府文学の展開と深い関係がある。

第一節　六朝期における鮑照評価とその問題点

先に鮑照の文学は「俗」に属すと述べた。このことはつとに指摘される所であり、近年塚本信也氏が、鮑照の文学が「俗」に属し、それは当時において批判痛罵されるものであったことを示す資料を整理されている。(2)故に詳細は塚本論文に譲ることにして、ここでは、鮑照の文学が「俗」に属し、それが当時貴族文学と対置される、世「俗」に受け入れられていたことを、鍾嶸『詩品』の次の一文を挙げて示しておく。

『詩品』下品・謝超宗

余が従祖の正員　嘗《かつ》て云う、大明泰始中、鮑休の美文、殊《こと》に已《すで》に俗を動かす。（余従祖正員嘗云、大明泰始中、鮑休美文、殊已動俗。）

文中の「従祖正員」とは、『詩品』の作者鍾嶸の従祖鍾憲のことであり、「大明」は劉宋の孝武帝の年号、「泰始」は明帝の年号で、劉宋王朝の中期に当たる。また「鮑休」とは鮑照と湯恵休のことであり、湯恵休はもと僧侶であったが、その文才を孝武帝に認められて、還俗させられた人物である。この一文から鮑照の文学が、湯恵休のそれと共に、「俗」受けする性格を持ち、劉宋中期以降、彼らの美文が世俗にもてはやされていたことが分かるであろう。

このように「俗」に属する鮑照・湯恵休の作品は、当時の貴族文学にそぐわず、排斥されるべき存在であった。貴族文学の担い手であり、謝霊運と共に劉宋文壇前期の主導者であった顔延之は、鮑照・湯恵休に対して、次のように手厳しい批判を与えている。

『詩品』下品・恵休上人

羊曜璠云う、「是れ顔公は照の文を忌み、故に休鮑の論を立つ」と。（羊曜璠云、是顔公忌照之文、故立休鮑之論。）

「羊曜璠」とは、劉宋の詩人謝霊運の四友に数えられる羊璿之のことであり、「顔公」とは顔延之のことである。顔延之は鮑照の文章を忌み嫌い、それで湯恵休と鮑照の文章に対する論を立てたのだと羊璿之は言う。当時の貴族文学を代表する顔延之からすれば、「俗」受けする鮑照・湯恵休の作品が排斥すべき存在だったろうことは容易に推測される。また、顔延之がこのような発言をした背景には、当時の文壇において、鮑照・湯恵休が台頭してきつつあったという事実があった。『南斉書』文学伝論に次のように言う。

『南斉書』文学伝論

顔謝　竝《ならび》に起こり、乃ち各《おのおの》　奇を擅《ほしいまま》にし、休鮑　後に出で、咸《み》な　亦た世に標《ぬき》んづ。（顔謝竝起、乃各擅奇、休鮑後出、咸亦標世。）

右の文は劉宋文壇の趨勢について述べた一文である。謝霊運は太元十年（三八五）に生まれ、元嘉十年（四三三）に卒しており、顔延之は太元九年（三八四）に生まれ、孝建三年（四五六）に卒している。早命の人物が多い六朝期の文人の中にあって、顔延之は珍しく長命で、劉宋中期まで世に留まっていたことになるが、両人の活躍時期は、東晋末から劉宋の初めにかけてである。それに対して、湯恵休はその生卒年がはっきりしないが、元嘉二十四年（四四七）頃、時の実力者であった徐湛之に厚遇され、孝武帝の命により還俗しており、その活躍の時期は劉宋中期以降と考えられる。鮑照は義熙十年（四一四）に生まれたとされ、泰始二年（四六六）に卒しており、謝霊運や顔延之よりは後輩である。また彼の事跡が辿れるのは、臨川王劉義慶の国侍郎として抜擢された元嘉十六年（四三九）、彼が二十六歳の頃であり、彼が活躍した時は、湯恵休と同じく劉宋中期以降である。

このように、鮑照・湯恵休は、謝霊運・顔延之の後、劉宋中期ごろから活躍し始め、既引の『詩品』に「大明泰始中、鮑休の美文、殊に已に俗を動かす。」とあったように、劉宋中期ごろから鮑照・湯恵休の作品は世にもてはやされ始めたのである。そして、その鮑照・湯恵休の台頭を、長命であった顔延之は実際に目の辺りにしたと思われる。劉宋前期に謝霊運と共に貴族文学を担ってきた顔延之は、「俗」受けする鮑照・湯恵休らの台頭を、黙認することはできず、「休鮑之論」を立て、彼らの排斥を計ったのであろう。

では、鮑照の文学はどの点が「俗」であったのか。そのことを考える上で従来問題とされてきたのが、次の顔延之の発言である。

『南史』顔延之伝

延之　毎に湯恵休の詩を薄《うと》んじ、人に謂いて曰く、恵休の制作《つく》りしは、委巷中の歌謡なる耳《のみ》、方当《まさ》に後生を誤まつべしと。（延之毎薄湯恵休詩、謂人曰、恵休制作、委巷中歌謡耳、方当誤後生。）

顔延之は常々湯恵休の詩を軽んじ、人々に湯恵休の作品は「委巷中の歌謡」であると批評していた。この「委巷中の歌謡」とは、民間歌謡、俗謡の意味であり、この時代は特に東晋の頃から文人の好尚を得始めていた江南地域の民間歌謡、すなわち南朝民歌のことを指す。そして、湯恵休の俗謡のような作品がもてはやされれば、きっと後世の人々を誤った方向へと導くであろうと顔延之は言うのである。

この顔延之の批判は、専ら湯恵休に対して向けられたものであるが、湯恵休と鮑照は六朝期において「休鮑」と併称され、また「休鮑の論」を立てた顔延之は両者を同一視していた。故に、この批判は鮑照にも当然向けられていたであろう。現存する湯恵休の詩歌は楽府詩のみ、その大半は南朝民歌風の作品であり、彼の作品が顔延之に「委巷中歌謡」と評されることは了解される。ところが、鮑照の場合はこれとは異なっている。鮑照の現存する詩は約二百首、その中で楽府詩が八十六首で、数量からすれば詩の方が多い。しかし、南斉から梁初にかけて、沈約によって編纂された『宋書』の鮑照伝に「鮑照　字は明遠。文辞は贍逸、嘗て古楽府を為るに、文は甚だ遒麗なり。」とあり、鮑照の文学に於いて、楽府詩は当時から特別視されていた。その鮑照の現存する楽府詩八十六首の中で、南朝民歌風の作品は「呉歌」三首「採菱歌」七首「幽蘭」五首「中興歌」十首であり、四題二十五首にすぎない。もしかすると、本来はもっと多くの作品があったのかもしれないが、湯恵休の現存する楽府詩が、南朝民歌風の作品ばかりであるのに比べて、鮑照の楽府詩はそれと性格を異にする。

また鮑照の楽府作品の半分（四十三首）は、郭茂倩『楽府詩集』の分類に従えば、伝統的な古曲に属する相和歌辞や漢魏西晋以来の雑曲歌辞などである。先の『宋書』鮑照伝に「古楽府」と、わざわざ「古」の文字を冠していることも、現存する鮑照の楽府詩の傾向と一致する。結局の所、鮑照の作品を、湯恵休の作品と同じく「委巷中の歌謡」と見なすことは躊躇されるのである。

従来の鮑照研究でも、この点が疑問視されていた。そして、この六朝期の鮑照評価を、その当時の時代状況に即して解釈し、一つの明確な答えを出されたのが、曹道衡氏「論鮑照詩歌幾個問題」（『中古文学史論文集』所収　中華書局　一九八六・初出「社会科学戦線」一九八一年二期　一九八一）である。

氏は右に挙げた鮑照評の問題点を挙げ、六朝期の鮑照評には、それなりの背景があるに違いないとされた上で、鮑照の楽府詩が北朝民歌の影響を受けていることを指摘し、それが「俗」と評価された原因ではないかと結論づけている。そして、更に塚本氏は、この曹説を踏まえて、人物評価の側面から、鮑照の「俗」とは、寒人であること、南朝民歌及び北朝民歌に通暁していること、北朝人に近いことが重層的に構成されていると指摘する。(3)

両氏の説は十分に首肯できるものであり、論者もこれに異論を唱えるつもりはない。但し、鮑照の楽府詩の中で、北朝民歌の直接的な影響があると明確に指摘できるのは「擬行路難」十八首のみである。これと先の南朝民歌風の作品二十五首以外に、伝統的な古曲を主題にする楽府詩四十三首が、現存する鮑照の楽府詩にはある。そして、『宋書』に指摘されるように、六朝当時から、鮑照は「古楽府」すなわち古曲を主題にする楽府詩を得意としたと認められていた。では、この「古楽府」は当時の貴族から、どのように見られていたのであろうか。

第二節　楽府文学の展開と鮑照

作品としての「楽府」は、漢代の民間歌謡に始まり、後漢末には文人によって模擬作が制作され始め、三国魏の曹操が積極的に、楽府体の詩に取り組んだことにより、文人の手に委ねられるようになる。

その楽府詩、特に古曲を主題とする擬古楽府の特色として挙げられるのが、「楽府題」である。「楽府題」とは楽府詩の題名のことであるが、通常の詩題とは異なり、それは特定のイメージを詩人に喚起する。例えば、「子夜呉歌」は、「子夜歌」という男性に対する女性の愛情を呼んだ民間歌謡から派生した楽府題であり、「子夜歌」或いは「子夜〇〇歌」を題名とする作品は、男性に対する女性の愛情を詠むというテーマに沿って制作される。

このように特定の「楽府題」は特定のイメージを帯び、どの楽府題を選ぶかによって、その作品の主題は或る程度限定されるのである。

このような楽府題の用い方は、李白らの活躍した唐代において、一般化してくるようになるが、少なくとも三国時代にはそのような楽府題観は無かった。三国時代には曹操・曹丕・曹植らが擬古楽府を制作しているが、彼らの作品は、唐代の詩人のように、楽府題のイメージを基に作品を制作してはいない。三国の詩人は、楽府題ではなく、曲調即ちメロディーに即して、新たな歌詞を制作していたのである。楽府詩が本来民間の歌謡であり、楽曲の歌詞であったことからすれば、これは当然のことであり、現代においても、メロディーを基に、替え歌を制作することはしばしば行われる。そして、魏の擬古楽府において、楽府の題名とは、曲調を示す符号であり、唐代のように何らかのイメージを想起させるものではなかったのである。

ところが、魏から唐にかけて、即ち六朝の時代において、曲調を示す符号であった楽府題は、擬古楽府制作の拠り所として、特定のイメージを喚起するように変化する。詳細は既に総論に論じているので、ここではその概略のみを以下に述べることとする。

三国の時代、曲調を基に制作されていた擬古楽府は、「聞く歌詞」から「見る歌詞」へと変わってゆき、西晋・陸機の擬古楽府などは、既に曲調との関係が薄れ始めていた。しかし、楽府制作と曲調との関係が大きく変化したのは、東晋の楽府断絶の時代である。西晋末の大乱と、異民族に拠る侵攻により、西晋王朝が保有していた古曲や宮廷音楽、それを演奏する楽人たちは、或いは北方の地に散り散りとなり、或いは異民族に奪われて、江南に建国された東晋王朝には、古曲も含めた宮廷音楽が伝わらなかった。この曲調の散佚によって、楽府制作と曲調との関係は断たれ、楽府文学は大きな転機を迎えたのである。

そして、東晋末、劉宋の開祖劉裕が長安を回復した折りに、漢魏の古曲が江南にもたらされ、それと期を同じくして、擬古楽府が再び文壇に返り咲く。しかし、楽府制作と曲調との関係は既に断たれており、東晋末から劉宋初めの楽府詩は、前代作品の主題と構成を踏襲する模擬詩と化していた。劉宋初期に活躍した孔甯子「櫂歌行」などがそうである。

櫂歌行　孔甯子		櫂歌行　陸機(4)
君子楽和節	君子　和節を楽しみ	1 遅遅暮春日 2 天気柔且嘉 3 元吉降初巳 4 濯穢遊黄河
品物待陽時	品物　陽時を待つ	
上祖降繁祉	上祖　繁祉を降し	
元巳命水嬉	元巳　水嬉を命ず	
倉武戒橋梁	倉武　橋梁を戒《ととの》え	
旄人樹羽旗	旄人　羽旗を樹《た》つ	6 羽旗垂藻葩
高檣抗飛帆	高檣　飛帆を抗《あ》げ	
羽蓋翳華枝	羽蓋　華枝を翳う	
佽飛激逸響	佽飛　逸響を激しくし	9 名謳激清唱 10 榜人縦櫂歌
娟娥吐清辞	娟娥　清辞を吐く	
泝洄緬無分	泝洄して　緬《はる》かに分かつ無く	7 乗風宣飛景 8 逍遥戯中波
欣流愴有思	流れを欣ぶも　愴として思い有り	

仰瞻翳雲繳　仰ぎて瞻る　雲を翳《おお》う繳
俯引沈泉糸　俯して引く　泉に沈めし糸
（11投綸沈洪川　12飛繳入紫霞）
委羽漫通渚　委羽は通渚に漫《み》ち
鮮染中塡坻　鮮染は塡坻に中《あた》る
鷁鳥感江使　鷁鳥　江使を感ぜしめ
揚波駭馮夷　揚波　馮夷を駭《おどろ》かす
（5龍舟浮鷁首）
夕影雖已西　夕影　已に西すと雖も
□□終無期　□□終に期無し

孔甯子は、西晋の文人陸機の同題作品を模擬の対象としており、両者の作品は「上巳の船遊びの楽しみ」という主題が共通するのみならず、右に図示したように構成も共通する。例えば、陸機が九・十句目に「名謳　清唱を激しくし、榜人　櫂歌を縦にす」と船上で歌の上手な女性が美しい歌声を披露し、舟人が船縁を叩いて高らかに歌うさまを描くのを、孔甯子も同じく船上の様子として、九・十句目に「佽飛　逸響を激しくし、娟娥　清辞を吐く」と佽飛のような勇者が優れた歌を歌い、娟娥のような美女が美しい歌を披露するとしている。両者で素材の配列が多少異なってはいるが、孔甯子の作品は、陸機「櫂歌行」の基本的な枠組みを基に、その主題、構成、素材などを用い、如何に表現するかということを目的とした作品である。

　ところが、劉宋中期になると、擬古楽府に変化が起こる。この時期の擬古楽府は、前代作品の主題や構成を踏襲せず、比較的自由に制作され始めるのである。そして、更に鮑照の擬古楽府には、楽府題を自ら設定し、その楽府題のイメージのみを用いて制作されたと思われる作品も現れる。

代出自薊北門行　鮑照

羽檄起辺亭　羽檄　辺亭に起こり
烽火入咸陽　烽火　咸陽に入る
徴騎屯広武　騎を徴《め》して　広武に屯《とん》し
分兵救朔方　兵を分《わか》ちて　朔方を救う
厳秋筋竿勁　厳秋に筋と竿は勁《つよ》く
虜陣精且彊　虜陣は精にして且つ彊なり
天子按剣怒　天子は剣を按じて怒り
使者遙相望　使者は遙かに相望む
雁行縁石径　雁行して　石径に縁《よ》り
魚貫度飛梁　魚貫して　飛梁を度《わた》る
簫鼓流漢思　簫鼓は漢思を流し
旌甲被胡霜　旌甲は胡霜を被《こうむ》る
疾風沖塞起　疾風　塞を沖《つ》きて起こり
沙礫自飄揚　沙礫　自《おのづ》から飄揚す
馬毛縮如蝟　馬毛　縮むこと蝟の如く

角弓不可張　角弓　張るべからず
時危見臣節　時　危うくして　臣節を見《あら》わし
世乱識忠良　世　乱れて　忠良を識《し》る
投軀報明主　軀を投じて　明主に報い
身死為国殤　身　死しては国殤と為らん

この作品は、辺境の危急に向かう兵士の苦難とその心情を詠んだ作品であり、前代に同題の作品が見当たらず、鮑照から始まる楽府題と考えられる。この「出自薊北門行」は、曹植「艶歌行」の冒頭の一句を切り取って題名としている。

その曹植「艶歌行」の冒頭は、「薊の北門より出で、遥かに望む　胡地の桑。（出自薊北門、遥望胡地桑。）」から始まり、女性が辺境にいる男性を思って、北方の地域を眺めみている情景を描いた作品であり、直接的に戦事を描いた作品ではなかった。ところが、曹植「艶歌行」の冒頭の句を題名とした鮑照「代出自薊北門行」は全篇戦事を詠んでおり、逆に女性の姿は全く登場しない。この作品などは、鮑照が題名によって、辺境の薊の地からの出陣、そして北方地域の戦争を連想した結果生まれた作品であろう。

この「代出自薊北門行」のように、鮑照は楽府題のみのイメージを用いて擬古楽府を制作している。それは鮑照の擬古楽府四十三首にほぼ共通した特徴である。そして、この「代出自薊北門行」のように、前代の作品の冒頭の句を題名にし、その題名とした句を基に新たな擬古楽府を創作することは、鮑照より後にはしばしば見ることができるようになるのである。

第三節　貴族から寒門へ　――楽府文学の担い手の変化――

さて、前節に述べた東晋末・劉宋初期と劉宋中期の擬古楽府の変化の原因は、幾つか考えられる。(5) ただ、この変化は単なる時代的変遷ではなく、楽府文学の担い手が変化したことと関係している。その担い手の変化とは、貴族から寒士・寒人への変化である。

東晋末・劉宋初の擬古楽府作家は、「謝霊運・謝恵連・顔延之・孔欣・荀昶・袁淑」である。この中で荀昶・孔欣を除く、文人たちは、いずれも貴族であり、先に鮑照と湯恵休を批判した顔延之も名を列ねている。数が少ないので、これだけでははっきりしたことは言えないけれども、これと劉宋中期以降の擬古楽府作家を比較するとその差が少しはっきりしてくる。

劉宋中期の擬古楽府作家は「鮑照・湯恵休・呉邁遠・袁伯文・劉鑠・劉義恭・庾徽之」である。鮑照・湯恵休が寒門出身であることは先に述べた。呉邁遠は明帝に見出されて仕官した寒士であり、袁伯文は『隋書』経籍志に「宋中書郎袁伯文集十一巻」とあるのが、彼の経歴を知ることのできる唯一の資料であり、また中書郎が寒門出身者の就く官職であったことからすれば、彼も間違いなく寒士だったのであろう。劉鑠・劉義恭は共に皇族であるが、劉宋の皇族は貴族とは異なっていた。劉宋の開祖劉裕はもと軍人であり、劉氏は当時の貴族から見れば、かなり卑しい氏族であった。

残る庾徽之は庾姓であり、御史中丞を務めたこともある人物で、この中で唯一の貴族と言えるが、東晋末・劉宋初の楽府作家には貴族が多いことと比べると、劉宋中期以降の擬古楽府の担い手は、貴族から寒士・寒人へと変化していると言えよう。

また擬古楽府の内容から見ても、この二つの時期の変化は、貴族から寒士・寒人への変化ととらえることができる。先の孔甯子「櫂歌行」のように、東晋末・劉宋初の擬古楽府は、旧歌辞の主題・構成・素材を踏襲し、その字句を練り、表現を磨く模擬詩的作品であった(6)。それは、西晋の陸機・潘岳による修辞主義の文学を受け継ぐものであり、当時の貴族文学が目指した方向性であった。彼らの擬古楽府の大半は陸機を模擬の対象としているが、それもこれと無関係ではあるまい。即ち、主な担い手が貴族であった東晋末・劉宋初の模擬詩的楽府詩は、修辞を重んじる貴族文学の性格と合致するのである。

一方、劉宋中期以降の楽府詩は旧歌辞から離れようとし、特に楽府題のイメージを基にする鮑照の楽府詩の中には、平易な表現を用いる作品も見られる。これは、東晋末・劉宋初の模擬詩的楽府詩とは異なった方向へと向かっている。つまり、劉宋の当時においては、旧歌辞を踏襲する擬古楽府が貴族に受け入れられる作品であり、旧歌辞から離れる劉宋中期の楽府、更に楽府題を基に制作した鮑照の楽府詩は、貴族からは排斥されるべき「俗」だったのである。

このように劉宋文壇における楽府文学の趨勢を追ってみれば、顔延之の言葉も、鮑照と湯恵休の文学を同列に扱う六朝期の論評も自然に了解できよう。現在から見れば、伝統的な古曲を主題とする鮑照の楽府四十三首は、民間歌謡とは異なるように思えるが、当時の貴族からすれば、湯恵休の南朝民歌風の作品と共に、「俗」として排斥されるものだったのである(7)。

そしてその後、前代作品から離れ、楽府題を基にした比較的自由な新たな擬古楽府制作は、南斉の詩人である沈約や謝朓ら数名の文人が、文学サロンなどにおける集団の文学遊戯として用いたことによって、一般的な楽府詩の制作方法となっていく。梁・陳の時代には、文人集団の文学遊戯として、多くの文人が、楽府題を基にした擬古楽府を制作し、唐代の楽府詩を導く。

しかし、沈約や謝朓らが、集団の文学遊戯として採用するまで、楽府題を基にする制作方法は、擬古楽府の制作方法として用いられていない。南斉から梁初にかけての擬古楽府を見ると、それらは未だ東晋末・劉宋初期のそれと同じく、旧歌辞の主題と構成、及び素材をも踏襲する模擬詩的楽府なのである。つまり、劉宋中期の寒門出身者鮑照によって、見出された楽府題を基にする比較的自由な制作方法は、すぐには定着しなかったのである。これは、楽府題を基にする鮑照らの擬古楽府が、「俗」として貴族文学に排斥されていたであろうことを、間接的に証明している。

劉宋中期以降、寒門出身者の鮑照・湯恵休らの文学は、世俗に歓迎されたとはいえ、やはり当時の文学において正統とみなされていたのは、謝霊運や顔延之ら貴族たちの文学であった。そのため、「俗」とされる鮑照らの擬古楽府は、なかなか貴族たちに受け入れられなかったのであろう。それが、貴族たちに受け入れられるにはきっかけが必要であった。そして、そのきっかけを作ったのが沈約・謝朓らであった。彼らは、貴族文学に受け入れられなかった楽府題を基にする制作方法を、一つの「遊び」として貴族文学の中に取り込んだのである。そして、「遊び」として、貴族文学に受け入れられた楽府題を基にする制作方法は、楽府文学の性格を方向づけ、唐代に至って李白のような楽府作家を生み、更にその反動として、楽府題の拘束から離れようとした元稹・白居易らの新楽府運動を導くのである。

第四節　結　語

六朝期において、鮑照の文学は「俗」と評される。その理由は塚本氏の指摘するように、複数の要因が重層的に構成されているのであろう。そして、その理由の一つとして、本章で指摘した六朝当時に於ける楽府文学の趨勢との関係が挙げられる。貴族による文学が、六朝文学、特に詩を語る上では注目を浴びてきたが、その背後には下層階級による文学があり、鮑照の擬古楽府もまた、貴族から「俗」と排斥される存在だったのである。

［付記］
本研究の前提となる六朝楽府文学の展開に関する私見は、広島大学漢文研究会に於いて、森野繁夫先生、長谷川滋成先生の指導の下、諸先輩方と共に行った『李白楽府詩研究』を基に考察を進めたものである。

注

（1）鮑照も出自が寒微であった為に、『宋書』及び『南史』では、彼の伝記は皇族の臨川王義慶の伝記の後に附されている。そこには簡潔な記述が有るだけで、そのため鮑照の生涯には不明な点が多い。

（2）塚本信也氏「鮑照の楽府について—周縁者の悲哀—」（『集刊東洋学』七十一　一九九四）。

（3）塚本氏前掲論文。

（4）陸機「櫂歌行」の書き下し文「1遅遅たり　暮春の日、2天気　柔かにして且つ嘉し。3元吉　初巳に降り、4穢を濯ひて黄河に遊ぶ。5龍舟　鷁首を浮べ、6羽旗　藻葩を垂る。7風に乗りて　飛景を宣し、8逍遥して　中波に戯る。9名謳　清唱を激しくし、10榜人　櫂歌を縦にす。11綸を投じて　洪川に沈め、12晛を飛ばして　紫霞に入る。」

（5）総論第一章第三節「劉宋中期の楽府詩」

（6）鮑照・湯恵休を批判した顔延之には「従軍行」「挽歌」の二首の擬古楽府が現存する。その二首はいずれも孔甯子と同じく陸機の楽府を模擬した模擬詩的楽府詩である。また『楽府詩集』は、顔延之「秋胡行」も楽府詩とするが、これは『文選』では詠史の部に配されており、本来楽府詩ではなかったと考えられる。

（7）但し、鮑照の擬古楽府四十三首には、「代陸平原君子有所思行」のように、陸機の作品の構成・主題・素材をそのまま踏襲する作品もある。それは、冒頭に述べたように、鮑照の文学が貴族文学と「俗」とされる文学の狭間に位置するからである。

第三章　鮑照の文学とその制作の場

第一節　文学と制作の場

六朝の文学には、宴会での詩や贈答詩など他者との交流の中で生まれた社交の詩と、阮籍の「詠懐詩」のように個人が己の胸中を詠じた孤独の詩があり、その両者が混在する(1)。但し制作状況を直接示す資料の乏しい六朝の文学においては、それぞれの作品が、社交の詩であるか、孤独の詩であるかを逐一分析考察することは、困難なことである。しかしながら、制作の場の相違は、作品の性格にも影響するであろうし、もしそれが社交的な場で制作された作品であるならば、その場の状況、またその場を構成する人物によって、作品の性格が異なってくるはずである。

このように考えるならば、彼の生涯、当時の文壇の状況や周辺資料に拠りつつ、ある人物の作品を分類整理することによって、その人物の文学とその制作の場との関係を知ることができるのであるまいか。そして、その関係を知ることによって、その人物の文学の理解に新たな視点から迫ることができるのではなかろうか。

鮑照の文学は楽府詩を以て頂点とされ、その漢魏の風骨を継承する雄健な気概が高く評価される。しかし彼の楽府詩の内容は、全てがそのような内容ではない。右のような作品が有る一方で、当時流行した呉歌西曲風の作品や閨怨の情を詠む作品など、後の斉梁の詩風の先駆けとなるような作品が見られる。また表現の面においても同じである。極度に字句を練り、奇抜な発想によって表現を凝らすような作品がある一方で、まるで俗謡のような平易な表現を用いた作品がある。このように鮑照の楽府詩には、内容と表現において両極に位置する作品が見られ、さらにまたその両極の作品の中間に位置する作品が、それぞれ存在するのである。

このように同一の作者に二極の相反する作品が存在するのは、そこに何らかの原因があるはずである。そしてその原因を、上述した六朝詩の社交性、他者との交流の中での制作に求めることはできないであろうか。つまり、鮑照の楽府詩は、他者との交流の中で、社交的な場において制作され、彼がその場に応じた作品を制作したが為に、多面的な性格を有するようになったと考えるのである。

本章では、当時の文壇の状況及び鮑照の生涯と作品から、鮑照の楽府詩が制作された状況を考え、鮑照の文学と制作の場との関係について論ずる。

第二節　王族貴族の文学サロン・讌集　――「競作」「座興」「言志」――

六朝時代における他者との交流の場として、まず想定できるのは王族、貴族を中心とした文学サロンである。[2]鮑照の活躍した劉宋の時代において、特に有名なのは劉義慶を中心とする文学サロンである。劉義慶は好文の君主であり、江州刺史であったときには、当時の文壇の領袖的存在であった袁淑を中心に、陸展、何長瑜、そして鮑照を含めた文人たちが彼の下に集って文学サロンを形成していた。このような劉義慶の文学サロン以外にも、劉宋には幾つかの文学サロンがあり、その実態は斉梁の文学サロンに近いものであったようである。[3]

また文学サロン以外にも、他者との交流の場として、皇族や貴族などの開く讌集という場も想定できよう。鮑照は生涯の大半を皇族や皇帝の陪臣として過ごした人物であり、そして彼らの為に詩文を制作する一文人にすぎなかった。故に、仕えていた皇族たちの開く宴席や行遊の席などの社交的な場に陪席して、詩文を制作するということが度々あったであろう。

例えば「侍宴覆舟山」二首は、題名が示すように、覆舟山での讌集における作であり、「蒜山被始興王命作」も題名が示す如く、始興王濬と共に蒜山に行遊した折の作品である。また賦においては「野鵝賦」がその序文から臨川王劉義慶の命による制作と分かる。他にも鮑照の詩文には、讌集などで皇族の命を受けて制作された作品がしばしば見られる。

以上の二つの場が、まず鮑照の文学の制作の場として想定される。そしてこの二つの場における享受者は、いずれも皇族（皇帝も含む）や貴族など、権勢と結び付く人物が考えられよう。また文学サロンの方には、権勢者としての皇族や貴族に、更に優れた文人たちがその構成員として含まれると思われる。

このような文学サロンや讌集など、皇族、貴族などを享受者とする場において、鮑照の楽府詩が制作されたと考えると、彼の楽府詩は「競作」「座興」「言志」という三つの性格の作品に分類可能である。

一、「競　作」

これは他者との「競作」を目的とした作品である。「代＋作者名＋作品名（楽府題）」という題の作品がこれに当たる。この作品は、字句を練り、表現や技巧を凝らすことを主眼とした作品であり、模擬の対象となる作品を如何に表現するかということに重点が置かれている。『文選』に収録される「代陸平原君子有所思行」などがこれである。

この作品は、西晋・陸機の楽府詩「君子有所思行」を模擬の対象としている。この作品において、鮑照が、陸機の作品を如何に模擬しているかということについては、先論があるので、(4) ここで具体的な句を挙げて論じないが、鮑照の作品は、主題・構成・措辞が、陸機のそれと同じである。この旧歌辞を踏襲する楽府作品は、東晋の楽府断絶以降、梁初に至るまでの楽府題を用いる作品の主流であった（総論第一章参照）。鮑照「代陸平原君子有所思行」も、『文選』は楽府の部ではなく、雑擬の部に分類しており、それが当時模擬詩と見られていたことが分かる。

では、この作品が模擬を目的とする作品であるとして、なぜそれを集団における競作と判断しうるのか。それは当時の楽府詩が詠物詩と同じように、サロンにおいて文人の才能を測るジャンルとして見られていたと思われるからである。

例えば、文帝が謝霊運と顔延之に、曹操「北上篇」を模擬せしめたという有名な逸話（『南史』顔延之伝）は、楽府詩が模擬詩的性格を有していた一端を示す例でもあり、また楽府詩が詩人の才能を測るものとして用いられていたことを窺わせる。この逸話に示されるように、当時の楽府詩には、模擬詩的側面が多分にあったようである。

そのことは鮑照の楽府詩自体にも窺うことができる。鮑照に「代陳思王白馬篇」という曹植の「白馬篇」を模擬した作品があるが、鮑照と同時代の袁淑にも「效曹子建白馬篇」なる作品がある。両者はいずれも曹植の「白馬篇」を模擬の対象としており、同時の競作の可能性を窺わせる。曹植と袁淑、鮑照の歌いだしは以下のようである。

曹植「白馬篇」　　　白馬飾金羈　連翩西北馳
袁淑「效曹子建白馬篇」　剣騎何翩翩　長安五陵間
鮑照「代陳思王白馬篇」　白馬騂角弓　鳴鞭乗北風

措辞は鮑照の方が曹植に近く、一句目に白馬に跨がる勇者の姿を描き、二句目には馬を北方へ向けて駆る人物の姿を描いている。一方の袁淑は、一句目に馬を駆る人物の姿を描き、二句目では場面を都長安の付近と設定する。三者とも馬上の人物の姿を描くことに変わりはないが、場面を長安に設定する袁淑は鮑照らと異なっている。そして、この冒頭の設定の差異は、袁淑と鮑照の作品の相違を示しており、鮑照は冒頭に続き、辺境の危機的状況、辺境の自然、そしてその辺境に向かう冒頭の兵士の壮絶な決意へと続き、一方の袁淑は長安の遊侠たちの都での姿、次いで辺境に使いする遊侠の心意気を描く。

このように両者の人物の設定は異なるが、最後に辺境に向かう人物の心意気を詠むことは三者に共通している。設定の相違も、鮑照は曹植「白馬篇」の辺境の遊侠児の勇ましい姿を削除して、辺境の守備に向かう人物の悲壮な思いを強調し、袁淑は人物の設定を辺境の勇者から都長安の遊侠へと変えていると考えられ、共に曹植「白馬篇」をアレンジした作品と言える。

袁叔と鮑照は、劉義慶の文学サロンにおいて、席を同じくした人物であり、両者がサロンの中で競作しあう可能性は十分にありうる。この「白馬篇」の二篇の模擬作はそのようなサロン内での競作の産物ではないだろうか。例えば、劉義慶の命令で、二人が他の文人たちと共に、曹植の「白馬篇」の模擬作を競作しあい、現在残ったのが袁淑の作品と、鮑照の作品であるのかもしれない。

斉梁の時代、特に梁の時代になると、皇族を中心として、一つの楽府題を各詩人たちが競作しあっていたことがはっきりと分かる（総論第二章「梁陳の文学集団と楽府題」参照）。宋代の楽府詩も、詠物詩などと同じように、サロンなどの集団の中で制作されていたということは、十分に予想されることである。

以上のように当時の文壇において、楽府詩が模擬詩の一つとして、集団において競作されており、その性格は鮑照の楽府詩にも窺うことができる。そして、このような作品では、他者との競作意識によって表現や構成などを凝らすことに重点がおかれ、表現の面で極度の彫琢を施した作品が生まれるのである。

二、「座　興」

この類の作品は、讌集や園遊などにおいて、坐に興を添えたり、貴族の趣味に沿うような艶麗な雰囲気を表現したりすることを主眼とした作品である。「代春日行」などがその例であり、全篇三言のこの作品は、春遊の様を描く。

代春日行　　鮑照

1献歳発　2吾将行　　献歳　発《はじ》まり、吾　将に行かんとす
3春山茂　4春日明　　春山は茂り、春日は明らかなり
5園中鳥　6多嘉声　　園中の鳥、嘉声　多し
7梅始発　8柳始青　　梅　始めて発《ひら》き、柳　始めて青し
9汎舟艫　10斉櫂驚　　汎舟の艫、斉櫂　驚く

11奏採菱　12歌鹿鳴　採菱を奏し、鹿鳴を歌う
13風微起　14波微生　風　微かに起こり、波　微かに生ず
15紘亦発　16酒亦傾　紘　亦た発《はじ》まり、酒　亦た傾く
17入蓮池　18折桂枝　蓮池に入り、桂枝を折《たお》る
19芳袖動　20芬葉披　芳袖　動きて、芬葉　披《ひら》く
21両相思　22両不知　両つながら相思うも、両つながら知らず

この「代春日行」は、春の船遊びの様を描き、その船遊びの楽しみ、そして麗らかな春の雰囲気を映し出そうとしている。「献歳」は新年、春の始まりを示し、初春の舟遊びの始まりから、「春山」以下、春景の穏やかな雰囲気が描かれ、継いで船上での宴の様子が描かれる。「風　微かに起こり、波　微かに生ず」などは、平易な表現ながら、春風が水上を心地よく流れる様を見事に描出している。そして、十七句目以下に船上の男性と対岸に現れた女性とが心通わせる美しい一シーンを描出して、一篇は結ばれる。春の船遊びを美しく描く一幅の絵画を見るような作品であり、鮑照の楽府詩の艶麗な一面を示している。

この「座興」に分類される作品には、「代春日行」のように行遊や宴席の様を描く作品の他に、女性の艶麗な姿や恋情を詠むものも含まれる。例えば、桑摘みの女性が男性を思慕する「採桑」、舞女の舞う姿を詠む「代白紵曲」二首などがそうである。また、香草を摘む女性が愛する人を思慕する「採菱歌」七首、男性の心変わりを嘆く「幽蘭」五首などの呉歌西曲風の作品も、同じく「座興」の作品に分類できよう。

春遊の様や女性の恋情を詠む作品が「座興」であると思われるのは、第一に内容的に宴会の場にふさわしいと

思われるからであるが、それだけではない。皇族の命を受けて制作された鮑照の楽府詩に、讌集の様や女性の恋情を詠む作品が見られるということがそのことを示している。鮑照「代白紵舞歌詞」四首がそれである。「代白紵舞歌詞」四首は、作品制作の状況が書かれた啓文が残っており、そこから当時の鮑照のパトロンであった始興王の命によって制作されたと知れる。

代白紵舞歌詞啓

侍郎臣鮑照啓す。教を被りて白紵舞歌詞を作る。謹んで庸陋を竭《つく》し、裁《た》ちて四曲を為す。啓を附して上呈す。

（侍郎臣鮑照啓。被教作白紵舞歌詞。謹竭庸陋、裁為四曲。附啓上呈。）

この連作には宴会の盛会さを詠む作品や女性の恋情を詠む作品が見られ、始興王濬の命令によって制作された連作に、そのような作品が見られるのは、宴会の盛会さを詠む作品や女性の恋情を詠む作品が皇族であり、パトロンであった始興王の意に適う内容だったからであろう。故に、この種の作品は皇族や貴族で構成される讌集などにおいて制作された「座興」の作品と想定することができよう(5)。

以上のように、「座興」は、宴会の様を描く作品や女性の姿や恋情を詠む艶麗な作品を指し、表現面においては、技巧を凝らす部分も見られるが、中には「代春日行」のように、平易な表現を用いた作品もある。

三、「言　志」

「言志」の作品は、作者鮑照の心情が表明される作品である。ここでいう鮑照の心情とは、先にその発表の場をサロン或いは讌集とし、享受者を皇族や貴族と設定したため、一応の限定をする必要があろう。そこで甚だ曖昧ながら、貴族や皇族など権勢をもつ人物に対する忠誠心、報恩、出世の願望などを「言志」の作品で示される心情とした。例えば「代出自薊北門行」などがそうである。

代出自薊北門行　鮑照

羽檄起辺亭　羽檄　辺亭に起こり
烽火入咸陽　烽火　咸陽に入る
徴騎屯広武　騎を徴《め》して　広武に屯《とん》し
分兵救朔方　兵を分《わか》ちて　朔方を救う
厳秋筋竿勁　厳秋に筋と竿は勁《つよ》く
虜陣精且彊　虜陣は精にして且つ彊なり
天子按剣怒　天子は剣を按じて怒り
使者遥相望　使者は遥かに相望む
雁行縁石径　雁行して　石径に縁《よ》り
魚貫度飛梁　魚貫して　飛梁を度《わた》る
簫鼓流漢思　簫鼓は漢思を流し
旌甲被胡霜　旌甲は胡霜を被《こうむ》る
疾風冲塞起　疾風　塞に冲《つ》きて起こり

沙礫自飄揚　沙礫　自《おのづ》から飄揚す
馬毛縮如蝟　馬毛　縮むこと蝟の如く
角弓不可張　角弓　張るべからず
時危見臣節　時　危うくして　臣節を見《あら》わし
世乱識忠良　世　乱れて　忠良を識《し》る
投軀報明主　軀を投じて　明主に報い
身死為国殤　身死しては国殤と為らん

この作品は、唐の辺塞詩の先駆けとされ、後世高い評価を受けており、「雁行縁石径、魚貫度飛梁」「馬毛縮如蝟、角弓不可張」といった句の表現の巧みさ、辺域の異変から軍隊の行軍に至る場面展開など鮑照の優れた詩才を見ることができる。そして末四句の「時節の危ういときにこそ、臣下の節義が明らかになり、世が乱れたときに忠義且つ有能な人物が評価されるものだ。我は己の身を投じて明君の恩に報い、もし死すれば、国を守る霊魂になろう」という兵士の言葉を借りて、君主に対する真摯な忠誠心と勇健な志が表明されている。「国殤」は『楚辞』九歌・国殤を典故とする語。国を守る霊魂の意。

題名の「出自薊北門行」は、曹植「艶歌行」の冒頭の句を用いて題としたもので、前代の作品とのつながりがなく、「代陸平原君子有所思行」のように、模擬詩の要素が薄く、自由な発想によって成立している（総論第一章「六朝楽府詩の展開と楽府題」参照）。「競作」に分類されない所以である。しかし「座興」との相違はどうであろうか。

鮑照のパトロンであった皇族たちは辺境の守備を勤めた人物が多い。これは宴会の「座興」か或いは兵士の鼓舞の為に制作された作品であったかもしれない。そうすると、鮑照の心情が表明される「言志」と「座興」のような作品は区別することができなくなる。

ところが、この「座興」と「言志」の未分化こそが、鮑照の「言志」に当たる楽府詩が、享受者を皇族や貴族とする讌集やサロンという場で制作されたことを予想させる。すなわち、「座興」と「言志」の作品は同じような場において制作されたと考えるのである。

そのことを説明する作品が、「座興」の項でも紹介した「代白紵舞歌詞」四首である。この「代白紵舞歌詞」は、第一首から第三首までの三作品は、宴会の盛会さや女性の恋情を詠んでいる。しかし「代白紵舞歌詞」四首の第四首は、始興王に対する鮑照自身の忠誠を詠んでおり、「言志」に属する作品なのである。

代白紵舞歌詞四首　其四　鮑照

池中赤鯉庖所捐　池中の赤鯉は庖の捐《す》つる所なるも
琴高乗去騰上天　琴高は乗りて去り　上天に騰《のぼ》る
命逢福世丁溢恩　命として福世に逢いて　溢恩に丁《あた》る
簪金藉綺升曲筵　金を簪にし　綺を藉《し》きて　曲筵に升る
思君厚徳委如山　君の厚徳の委《つ》むこと山の如きを思う
潔誠洗志期暮年　誠を潔し　志を洗いて　暮年を期す
烏白馬角寧足言　烏白く馬の角あるも　寧《なん》ぞ言うに足らん

この作品は、自己を価値のない「赤鯉」に、始興王を「赤鯉」の価値を認め、共に昇天した「琴高」にたとえて、王の恩愛に謝する意を述べ、その恩に必ず報いんとする決意を述べた作品である。このような自己の志を詠んだ作品が、「座興」と思われる第一首から第三首の作品と同じ連作の結篇であることは示唆的である。なぜなら、鮑照が始興王という享受者に対して、「座興」の作品を示しつつ、同時に「言志」の作品をも提示しているのは、「座興」と「言志」の作品が同じ種類の発表の場で制作されたことを示しているからである。

そのことは、鮑照が女性の恋情を詠む愛情詩において、女性の言葉を借りて、自身の心情を表明するということにもつながる。鮑照の愛情詩は、艶麗さを追い求めるだけの作品ではなく、運命に対する憤りや男性に対する真摯且つ激しい思いといった力強い意志を窺うことができる。(6) このように鮑照の愛情詩が、ただ艶麗さを表現するだけの作品ではないことは、やはり鮑照が讌集やサロンにおいて、自己の心情を表明しようとしたことの表れではなかろうか。

更に鮑照の心情を表明する楽府詩が、讌集やサロンにおいて制作されたということは、楽府詩以外のジャンルの作品の傾向にも窺うことができる。例えば、詠物詩がそうである。鮑照は詠物詩においても詠じる対象に自己の心情を託して表明しようとしている。

詠双燕二首　其二　　鮑照

可憐雲中燕　　憐れむ可し　雲中の燕
旦去暮来帰　　旦に去りて　暮に来り帰る
自知羽翅弱　　自ら羽翅の弱きを知れば

不与鵠争飛　鵠と争い飛ばず
寄声謝飛鵠　声を寄せて　飛鵠に謝し
往事子毛衣　往きて子が毛衣に事《つか》う
瑣心誠貧薄　瑣心　誠に貧薄にして
叵吝節栄衰　節の栄衰を吝《を》しむこと叵《かた》し
陰山饒苦霧　陰山は苦霧を饒《ゆた》かにして
危節多勁威　危節は勁威多し
豈但避霜雪　豈に但だ霜雪を避くるのみならんや
当儆野人機　当に野人の機を儆《つつ》しむ

この作品は単に燕の姿を詠じた作品ではない。ここに描かれる燕の姿には鮑照自身の姿を見ることができる。例えば、三・四句目は、微賤な出身ゆえに何の力も持たず、大門貴族に付き従うよりなかった鮑照自身の姿を反映したものと思える。表明される心情は「言志」のそれとは異なるが、鮑照自身の心情が反映されており、単に物を詠じた作品ではない(7)。

更に鮑照の詠物詩には「座興」的作品も見られる。このように社交詩と考えられる詠物詩にも、楽府詩と同じように「座興」の作品と心情を託す作品が混在していることは、鮑照が社交的な場において、自己の心情を何かに託して表明しようとしていたことを窺わせる。

「言志」の作品に表明される心情、「言志」と「座興」の作品の未分化、楽府詩以外の社交詩と楽府詩との共通点という三つの点から、「言志」の作品も孤独の詩ではなく、社交的な場で制作された詩であると考えられるのではなかろうか。

第三節　「詠懐」の制作の場

前節に説明したように、享受する層を貴族や皇族と考え、その発表の場としてサロンや讌集を想定すると、鮑照の作品は「競作」「座興」「言志」の三つに大きく分類される。しかし、この三つに分類される作品は、鮑照の楽府詩の約半分である。残りの半分の作品は、「競作」「座興」に分類できる要素に乏しい。どの作品も自己の心情を述べることを主眼とし、その点では「言志」と類似するが、心情の種類という点で「言志」とも相違する。

「言志」の作品は、発表の場と享受者とを考慮して、忠誠心、報恩、出世の願望といった心情に限った。そのため、それ以外の心情、例えば望郷・旅愁・不遇・悔恨・別離などの心情を詠ずる作品はすべて、残りの作品——「言志」と区別するため、以後便宜上一括して「詠懐」と称する——に分類される。次の旅人の愁いを描く「代東門行」のような作品が、「詠懐」に分類される。

代東門行　　鮑照

傷禽悪弦驚　　傷禽は弦の驚かすを悪《にく》み
倦客悪離声　　倦客は離声を悪《にく》む
離声断客情　　離声　客情を断ち

賓御皆涕零　　賓御　皆涕零す
涕零心断絶　　涕零して　心断絶し
将去復還訣　　将に去《ゆ》かんとして復た還りて訣《わか》る
一息不相知　　一息だにも相知らず
何況異郷別」　何ぞ況んや異郷の別れをや
遙遙征駕遠　　遙遙として　征駕遠く
杳杳白日晩　　杳杳として　白日晩《く》る
居人掩閨臥　　居人　閨を掩《おお》いて臥《ふ》し
行子夜中飯　　行子　夜中に飯《くら》う
野風吹草木　　野風　草木を吹き
行子心腸断　　行子　心腸　断たる
食梅常苦酸　　梅を食《くら》いては　常に酸《す》きに苦しみ
衣葛常苦寒」　葛を衣《き》ては　常に寒きに苦しむ
糸竹徒満坐　　糸竹　徒《いたづ》らに坐に満つるも
憂人不解顔　　憂人　顔を解《と》かず
長歌欲自慰　　長歌して自ら慰めんと欲するも
弥起長恨端　　弥《いよい》よ長恨の端を起こす

この作品は三つの場面から成り立っている。一句目から八句目までの別れの場面、九句目から十六句目までの旅中の苦しみ、そして十七句目から二十句目までの現在の旅人の様子である。設定として、旅を憂える人の姿を客観的に描写しているようであるが、「一息だにも相知らず、何ぞ況んや異郷の別れをや」などは旅人の言葉を借りた鮑照の心情の吐露であり、全体として旅人の姿を通して、家族と別れて苦しむ作者鮑照自身の心情が表明されている。

「代出自薊北門行」のように君主に対する忠誠心を表明するのではなく、自身の胸中の思い、ここでは憂旅の思いが漏らされている。このように「詠懐」の作品は、他者に対する訴えや直接的な働きかけを感じさせず、吐露される心情は自己の胸中の思いの発露なのである。

しかし、この「詠懐」の作品が制作された場を判断することは難しい。「競作」「座興」「言志」の作品の中で、「競作」「座興」の作品に関しては、当時の文壇の状況、鮑照の生涯、楽府詩以外の詩文の特徴から、社交的な場における制作を想定することも可能であろう。この「競作」「座興」の作品は、宋代の他の詩人の楽府詩に見られる特徴でもあり、当時の楽府詩の一般的特徴なのである。

ところが「言志」と「詠懐」のような自己の心情を述べることを主眼とする作品は、鮑照以外の宋代の現存する楽府詩には全くと言っていい程見られない。現存する作品に限って言えば、宋代の楽府詩の中で、鮑照の楽府詩に特有な特徴なのである（各論第一章「鮑照楽府詩論」参照）。故に当時楽府詩に同様の特徴をもつ作品がない以上、当時の他の詩人の楽府詩とは切り離して、鮑照の楽府詩の内在する性質から考えるしかないようである。

結論から先に言えば、全てという訳ではないが、「詠懐」の作品も、その大半は社交的な場で制作された作品であろう。なぜなら鮑照が楽府詩において、自己の心情を吐露する場合、直接的に表明されることは少なく、間接的な表現が好んで用いられているからである（各論第一章第一節「鮑照楽府詩の物語性」参照）。「言志」の作品のように、享受する者が皇族や貴族であり、またその場が文学サロンや讌集であるならば、直接的に自分の不遇を嘆いたり、明らさまに自らの思いを述べることは無粋なこととされるであろう。そこで、鮑照は間接的な表現を用いて、自己の願いや心情を表現した。このように考えるならば、「言志」の作品において間接的な表現を用いることは説明がつく。

「詠懐」の作品においても同じである。社交的な場であるが故に、鮑照は直接的な表現を避け、自己の胸中の思いを他者に伝達しようとした。そうして、用いられた間接的な表現は、具体的な叙述によって心情の背景となる事柄をも描き、物語的にすること、或いは「擬行路難」の「君不見」型のように具体的な例を提示することによって、その心情に、より具体的な形象を与えようとしている。

個人の内面に生じた心情を他者に伝達する場合、ただその心情を述べるよりも、その心情の生まれる背景となる事柄を、具体的に形成した方が、その心情はより切実なものとして、読み手に伝えることが可能であろう。故に鮑照は自己の現実を相手に効果的に伝える為に、敢えて間接的な表現を用いた。そして、物語や具体例を用いて心情を具象化することによって、鮑照は直接的な吐露に勝るほどの表現効果を生みだし、他者に示そうとしたのではあるまいか。

間接的な表現を用いて、自己の心情を表現しようとするのは、鮑照の楽府詩の特性であり、宋代の他の詩人の楽府詩には見られない特徴である。「言志」「詠懐」の作品も同時代には見られない鮑照の楽府詩に特有の作品であり、表現様式における特質と内容における特質との接点として、制作の場が社交的な場であったということが考えられるのではなかろうか。

以上の推論を補足すべき客観的資料は未だ得られていない。楽府詩の制作の場に関する資料として、文人が民歌の替え歌に自己の心情を託す逸話はいくつか見られる。例えば、『世説新語』排調篇の、亡国の君主呉の孫皓が酒宴において、呉の民歌「爾汝歌」の替え歌を作り、晋武帝の侮辱に報いたという逸話や、『南史』王敬則伝の敬則の子仲雄が斉明帝の御前で、自己の心情を呉歌「懊儂歌」に託して歌ったという逸話がそれである。しかし鮑照の楽府詩のような、南朝民歌風の作品は別として、古曲を主題とした楽府詩がどのような場で制作されていたかを示す資料は見つかっていない。

また鮑照の「詠懐」の作品の中には、間接的な表現を用いない作品も存在する。鮑照の楽府詩において間接的な表現が不明瞭であり、社交の詩ではないと思われるのは、「松柏篇」「代挽歌」「代蒿里行」「代陽春登荆山行」「代貧賤苦愁行」「代邽街行」「代辺居行」「代悲哉行」である。この中で「代悲哉行」（『楽府詩集』作謝恵連）は旅人の代言体、「代挽歌」「代蒿里行」は死者の代言体とも考えられるので、間接的な表現を用いるとも考えられる。それに対して、「松柏篇」はその序文から病床においての作品と分かり、所謂孤独の詩である。内容は、自分の死後を想定する虚構の要素も見られるが、独白の形式をとっており、直接的に心情を吐露している。「代陽春登荆山行」「代貧賤苦愁行」「代邽街行」「代辺居行」の四作品は、郭茂倩の『楽府詩集』にも収められておらず、古辞も後代の擬作もない作品である。鮑照の楽府詩の中で例外的な存在であり、その原因はいまだよく分からない。

このように例外的な作品も存在するが、彼の作品は概ね間接的表現を好んで用いると言える。そして、少なくとも間接的に心情の表明をする鮑照の楽府詩に内在する表現的特徴から、「詠懐」の作品も、「競作」「座興」「言志」の作品と同じように、社交的な場で制作されたのではないかと思われる。

では、「詠懐」の作品は社交的な場で制作されたとすれば、その制作の場、そして享受する人物はどのようであったのだろうか。先の「競作」「座興」「言志」の場合と同じく、讌集やサロンにおいて、貴族や皇族などの権勢者の前で制作されたと考えることもできよう。そのような人物に自己の苦しい立場を理解してもらう為に制作したということもあったかもしれない。しかし「詠懐」の作品を見ると、それ以外の状況も考えることができるように思える。それは、鮑照と同輩の人物たちを享受者とした場での制作である。

鮑照の詩文を見ると、彼には貴族や皇族との交流以外に、無名の人士との交流を窺わせる作品が数多く見られる。例えば、「与伍侍郎別」「送盛侍郎餞候亭」の「伍侍郎」「盛侍郎」のように、彼は字も経歴も全く分からないような人物たちとの別れを惜しむ作品を残している。寒門出身であり、官位もあまり高くなかった鮑照は、貴族以外の人物たちとの交際があったであろうし、むしろそのような人物の方が貴族よりも、彼にとっては良き友だったであろう。とするならば、彼の楽府詩の享受者として、そのような無名の友人たちを想定することはできないだろうか。旅愁・不遇・望郷の心情を詠む「詠懐」の作品の中には、そのような友人たちに向けて制作された作品があったのではなかろうか。例えば荒城の悲惨な雀の生活を描いた「代空城雀」などは、そのような場での制作を考えることができるかもしれない。

「代空城雀」は、荒城の雀の惨めな生活に自己の立場を託した作品であり、その結びに次のように言う。

賦命有厚薄　　賦命　厚薄有り
長歎欲如何　　長歎　如何せんと欲す

この末句には、運命の抗し難いことを悟った諦観が見られる。もしかすると、この作品は自己と同じように不遇な運命にある人物たちを前にして、自分たちの上にのしかかる苛酷な運命への嘆きを歌った作品であったかもしれない。

また、自己の運命に対する楽観的な思想を高らかに宣言する「擬行路難」十八首の第十八首なども同輩との酒宴の場を予想させる。またこの「擬行路難」については、『続晋陽秋』に袁山松という東晋末の人物が、北方の民歌であった「行路難」の替え歌を作り、酒宴酣の時にそれを歌ったという逸話がある。袁山松は孫恩の乱で死亡しており、その死から鮑照の誕生まで十数年しか離れておらず、鮑照が実際に北方の民歌であった「行路難」を知っていた可能性がある。その鮑照「擬行路難」十八首は、宴会における朗詠という設定を取っており、他にも同様の設定を取る作品が、鮑照の楽府詩にはしばしば見られる。同様の設定を取る作品は、魏においては曹植、晋においては陸機などに見られるが、宋代においては、謝霊運に数篇見られるに過ぎない。鮑照の楽府詩の特徴であり、社交的な場における制作と何か関係があるのかもしれない。

鮑照は寒人であり、その交友は貴族のそれとは異なっていたに違いない。そうであるならば、制作の場も、貴族たちとは異なった場を想定できるのではなかろうか。

そして、そのような場の相違、享受する層の相違によって、鮑照の作品に表明される心情も異なるのではなかろうか。貴族や皇族など権勢者の前では、自己の出世につながるような心情、忠誠心・報恩の思い（「言志」）を表明し、また自己の立場に対する理解を求める心情（「詠懐」）を述べる。そして権勢とは無関係の友人たちの前では、自己の苦衷や真摯な心情を託した作品（「詠懐」）を制作したのではなかろうか。

「詠懐」、また「言志」の作品の制作状況は、あくまでも推測に過ぎない。けれども、冒頭に仮定した制作の場と文学の関係という視点から見れば、鮑照の楽府詩の心情の多面性も、作品それぞれに異なった制作背景があったからではなかろうか。

第四節　結　語

鮑照の楽府詩をその制作の状況を想定して分類すると、「競作」「座興」「言志」「詠懐」の四つを設定することができる。「言志」「詠懐」の作品に関しては、それが社交的な詩であるとする論拠に乏しいことは否めない。しかし、鮑照の楽府詩が社交的な詩であったと考えることによって、鮑照の楽府詩の内容・表現の面の多面性が次のように説明できると思われる。

表現の面の多面性は主に「競作」と「座興」の相違と関係する。「競作」の作品においては、極度に表現が凝らされた作品が生まれ、「座興」の作品では「競作」の作品ほど極端な表現の錬成はみられないが、その場の状況において表現の錬成の度合いを調整する。そのため自己の才能を誇示することよりも、その場の雰囲気を描くことを目的にしたとき、「代春日行」のような平易な表現を用いた作品が生まれる。

内容の面の多面性は、状況と場を享受する層によって変化する。例えば「座興」の作品に、艶麗さのみを表現する作品と、艶麗さの中に自己の志を託す作品が混在するのは、制作状況の差異、享受する人達と鮑照との関係によるのであろうし、そのことは前節の末尾にまとめたように、「言志」「詠懐」の作品においても同じである。

右のように、鮑照の楽府詩が内容・表現の面において、多様な様相を示すのは、それぞれの作品の制作状況に応じて、鮑照が作品の性格を変えたために起こった結果ではないだろうか。

また、鮑照の楽府詩が制作された場を想定することによって、これまであまり注目されていなかった鮑照の文学の一側面をも窺うことができるように思う。これまで鮑照の文学は、不遇感を基調としていることが強調され、作品の理解も、貴族社会に対する側面ばかりが強調されがちであった。しかし、鮑照の楽府詩に込められる心情は、そのような一面的理解で済まされるものではないように思う。例えば、次の「代昇天行」がそうである。

代昇天行

家世宅関輔　家は世《よよ》　関輔に宅りて
勝帯宦王城　帯に勝《た》うるころ　王城に宦《つか》う
備聞十帝事　備《つぶさ》に十帝の事を聞き
委曲両都情　両都の情を委曲す
倦見物興衰　倦《あ》くまで物の興衰を見
驟観俗屯平　驟《しばし》ば俗の屯平を観《み》る
翩翻若迴掌　翩翻たること　掌を迴らすが若く
恍惚似朝栄　恍惚たること　朝栄に似たり
窮途悔短計　窮途に短計を悔い
晩志重長生　晩志に長生を重んず
従師入遠獄　師に従いて　遠獄に入り
結友事仙霊　友と結んで　仙霊に事《つか》う

五図発金記　五図に金記を発《ひら》き
九籥隠丹経　九籥もて　丹経を隠す
風餐委松宿　風に餐《くら》いて　松宿に委《ゆだ》ね
雲臥恣天行　雲に臥して　天行を恣《ほしいまま》にす
冠霞登綵閣　霞を冠して　綵閣に登り
解玉飲椒庭　玉を解《と》きて　椒庭に飲む
蹔遊越万里　蹔《しばら》く遊びて万里を越え
少別数千齢　少《しばら》く別れて　千齢を数う
鳳台無還駕　鳳台に還る駕無く
簫管有遺声　簫管に遺声有り
何当與汝曹　何《いつ》か当に汝が曹と
啄腐共呑腥　腐れるを啄《ついば》み　共に腥を呑《くら》うべけん

この「代昇天行」は末二句に注目すれば、世俗に対する批判と考えられる。けれども、この作品の良さは、若い頃から都で生活してきた人物が、俗世の栄枯を悟り、突然長生を求めて山獄に入り、仙霊に仕えて修行を行い、遂には仙人として仙術と長生を得るというストーリーの展開にある。この作品などは、その制作の場の享受者に対する戯れとして制作されたとも考えられよう。

この見方を敷延すれば、鮑照の作品の多くが戯れの作と考えることもできる。徒に鮑照の作品を戯れの作とするつもりはないが、鮑照の文学を総体としてとらえるとき、貴族と対置することによって理解する在り方だけでなく、この戯れの文学としての側面を考慮に入れておく必要はあろう。

鮑照の文学には、例えば一聯の首字に一から十までの数字を順次配列して作品を構成する「数詩」があり、また一文字を分解して、詩の中で説明する「字迷」という作品も三首現存している。このような戯れの文学としての鮑照の側面は、これまでに注目されることはあまりなかった。しかしこの戯れの文学の面を考えることによって、新たな鮑照像に迫ることもできるのではなかろうか。

鮑照の楽府詩が社交的な場において、他者の存在を強く意識しつつ制作されたと考えることによって、鮑照の楽府詩の多面性という特徴も、説明が可能であり、また鮑照の楽府詩が自己の心情を述べる時において、間接的な表現を好んで用いるということも、説明できる。更に鮑照の楽府詩の制作の場を想定することによって、これまで貴族門閥社会に対する憤懣とか抵抗といった面のみが強調されがちであった鮑照の文学に、異なった方向から迫ることが可能なのである。

注

（1）鈴木修次氏『唐詩—その伝達の場』（日本放送出版会　一九八一）九頁参照。

（2）「文学サロン」を、本章では文人が集団の中で詩歌を制作する場、詩歌の集団制作の場という意味に限って用いる。

（3）網祐次氏の『中国中世文学研究』（新樹社　一九六〇　九頁）には、劉義慶以外にも、武帝の子廬陵王劉義真、義真と親しかった謝霊運、武帝の孫孝武帝、武帝の曽孫建平王劉景素などを宋代の中でも代表的な文学サロンの領袖として挙げている。また宋代の文壇が魏晋の文壇に比べて、斉梁のそれに近かったということは、森野繁夫氏の『六朝詩の研究』（第一学習社　一九七六）に指摘がある。
（4）藤井守氏「鮑照の楽府（一）」（『中国中世文学研究』4　一九六五）。
（5）また、南朝民歌風の作品にも同様のことが言える。そのことは、向島成美氏「鮑照と南朝楽府民歌」（『加賀博士退官記念中国文史哲学論集』講談社　一九七九）に詳しい。
（6）鮑照の愛情詩に鮑照自身の心情が託されていることは、朱思信氏「鮑照愛情詩初探」（『中国古典文学論叢』七　一九八九）などに先論がある。
（7）詠物詩において、物に心情が託されることは、宋代においては鮑照に限ったことではないようであり、例えば顔延之「帰鴻詩」などにも作者の情が込められる。しかし、鮑照の詠物詩には、殊に彼自身の心情が強く反映しているようである。網祐次氏は、鮑照の「詠白雪」や「白雲」には、自身の不遇に対する嘆きが見られ、「屈原の橘頌を、髣髴せしむるものが有る。故に、此の詠白雪や白雲で物を詠ずることも、当時の他の雪詩とは、聊か趣を異にする」（網氏前掲書二四二頁）と言われる。魏以後の詠物の詩において、物に自己の心情を託すことはそれほど特筆すべきこととも思われないが、網氏が当時の詠物詩の中で、鮑照の「詠白雪」「白雲」などが趣を異にすると指摘することは興味深い。

第四章　何承天「鼓吹鐃歌」について
――その六朝楽府文学史上に占める位置――

はじめに

劉宋・何承天は、元嘉暦の制定、また宋書の編纂など、劉宋王朝開国時の重要な事業を任された学者であった。その何承天に「鼓吹鐃歌」十五曲という作品がある。この作品は、従来の楽府文学研究に於いて、ほとんど注目されることはなく、ごく平凡な作品として扱われてきたようである。しかし、この作品にはそれ以前の鼓吹曲とは異なる幾個かの際立った特徴を持っている。

「鼓吹鐃歌」とは、本来は短簫鐃歌と呼ばれていた漢代の軍楽であり(1)。魏、呉、そして晋の各王朝は、この漢代の鼓吹鐃歌を基に王朝建国以来の歴史を宣揚した新歌辞を制定している。『宋書』楽志では、これら魏、晋、呉の各王朝が勅撰した鼓吹曲と劉宋王朝で演奏されていた「今鼓吹鐃歌」の後に、何承天の「鼓吹鐃歌」十五曲を配しており、恰も何承天の「鼓吹鐃歌」が、歴代王朝の鼓吹曲と同一の意図の下に制作されたかのような印象を与える(2)。

しかし、『宋書』楽志に「何承天義熙中私造」と記述があるように、何承天の「鼓吹鐃歌」は、宋王朝開国以前、東晋末の義熙年間に何承天が個人的に制作した作品であり、前王朝の鼓吹曲のように、開国後の国家事業として制作されたものではない。また何承天の「鼓吹鐃歌」は、その内容も形式も、そしてその制作方法も、前王朝の鼓吹曲とは性格を異にしており、鼓吹曲の歴史からも、また六朝期の楽府文学の展開から考えても、看過できない作品である。

そこで本章では、この何承天「鼓吹鐃歌」十五曲の特徴を明らかにし、本作品が楽府文学史上に占める位置について、私見を述べたい。

第一節　何承天「鼓吹鐃歌」十五曲の制作時期

何承天「鼓吹鐃歌」十五曲の特徴を検討する前に、まず何承天「鼓吹鐃歌」十五曲が制作された時期について明らかにしておきたい。この作品の性格を考える上で、その制作時期が重要な意味を持つと考えるからである。

『宋書』楽志に拠れば、この作品は東晋安帝の義熙中（四〇五～四一八）の作と言う。また『楽府詩集』は「義熙末」の作と言い、時期をやや限定している。何承天「鼓吹鐃歌」十五曲の中には、義熙年間に起こった事件を踏まえた作品が有り、この作品がこの時期に制作されたことは間違いない。そしてそれらの作品の内容から考えれば、何承天「鼓吹鐃歌」の制作時期は、更に絞り込むことができそうである。

何承天「鼓吹鐃歌」十五曲の中で、東晋期の事件を踏まえて制作されたと分かる作品は、第三曲「雍離篇」、第四曲「戦城南篇」、第五曲「巫山高篇」の三曲である。まず第五曲の「巫山高篇」は、巫山の険に始まり、次いで蜀国の反乱について詠んだ作品であるが、その中間部に次のような箇所がある。

在昔陽九皇綱微　　在昔　陽九　皇綱　微なり
李氏竊命　　李氏　命を竊《ぬす》み
宣武燿霊威　　宣武　霊威を燿かす
蠢爾逆縦　　蠢爾　逆縦して
復践乱機　　復た乱機を践む
王旅薄伐　　王旅　薄か伐ち
伝首来至京師　　首を伝え来りて京師に至る

「在昔陽九皇綱微」とは、西晋末に中原が混乱に陥り、晋王朝の支配力が衰えたことを言う。この時、氐族の酋長李雄が蜀の地を手中に収め、西晋の光熙元年（三〇六）に大成国を建国する（「李氏竊命」）。そして東晋期に至り、桓温が蜀を征討し、大成国は滅び、蜀は東晋王朝の支配下に入ったが（「宣武燿霊威」）、その後も蜀の地にはしばしば反乱が起きた。そして義熙八年（四一二）劉毅の征討を終えた劉裕は、西陽太守朱齢石を益州刺史とし、彼に蜀攻略の策略を授けて、蜀征討へと赴かせた。そして翌九年（四一三）七月、朱齢石は蜀を平定し、蜀王譙縦の首を京師に送ってくる。(3) 何承天「巫山高篇」の「王旅薄伐、伝首来至京師」とは、この朱齢石の蜀征討を指すのであろう。

そして、第三曲の「雍離篇」は、義熙十一年（四一五）に劉裕が荆州刺史司馬休之と雍州刺史魯宗之の反乱を征討したことに取材した作品である。

雍離篇　　何承天

雍士多離心　雍士　離心多く
荆民懐怨情　荆民　怨情を懐く
二凶不量徳　二凶　徳を量らず
構難称其兵　難を構《かま》えて其の兵を称《あ》ぐ
王人銜朝命　王人　朝命を銜み
正辞糾不庭　辞を正して　不庭を糾《ただ》す
上宰宣九伐　上宰　九伐を宣べ
万里挙長旌　万里　長旌を挙ぐ
楼船掩江濆　楼船　江濆を掩い
駟介飛重英　駟介　重英を飛ばす
帰徳戒後夫　帰徳　後夫を戒め
賈勇尚先鳴　賈勇　先鳴を尚ぶ
逆徒既不済　逆徒　既に済《さだま》らず
愚智亦相傾　愚智　亦た相傾く
霜鋒未及染　霜鋒　未だ染むるに及ばざるに
鄢郢忽已清　鄢郢　忽ち已に清し
西川無潜鱗　西川には　潜鱗無く

北渚有奔鯨　北渚には　奔鯨有り
凌威致天府　凌威　天府に致り
一戦夷三城　一たび戦えば三城を夷らぐ
江漢被美化　江漢　美化に被われ
宇宙歌太平　宇宙　太平を歌う
惟我東郡民　惟れ我が東郡民
曾是深推誠　曾ち是れ深く推誠す

荊州刺史の司馬休之は、晋王室の重鎮であり、江漢の人士の心を得ていた。劉毅、諸葛長民と不穏分子を次々と誅殺した劉裕は、次に司馬氏の勢力を削ぐべく、司馬休之に異心有りとして、義熙十一年正月に司馬休之征討の軍を西に進めた。時に、雍州刺史魯宗之も劉裕の信任を得ることができないことを憂慮しており、休之と結託し、劉裕軍と対峙した。詩中に「二凶」と言うは、荊州刺史司馬休之、雍州刺史魯宗之を指すのであろう。

この荊州と雍州の反乱は、初めこそ二州連合軍の激しい抵抗に遭い、劉裕軍は江夏太守劉虔之、また劉裕の女婿彭城内史徐逵之を失う。しかし、劉裕自身が先頭に立って軍を率いるや、反乱軍はあっという間に平定され、その年の四月には劉裕軍は襄陽に至り、司馬休之と魯宗之は北方に遁走してしまう。詩中の「北渚有奔鯨」とは、彼らの遁走を指すのであろう。

また東晋期の史実に取材するもう一つの作品、第四曲の「戦城南篇」は、桓玄征討の義挙に取材した作品と考えられ、以上の三曲はいずれも義熙年間前後の史実に取材しているのである。そして、この三曲の中では「雍離篇」が取材する荆雍の反乱が最も新しい事件である。故に、何承天「鼓吹鐃歌」の制作時期は、この荆雍の反乱平定以後、すなわち義熙十一年以後と考えることができ、それは「義熙末」の作とする『楽府詩集』の記述にも適合する。

さて、荆雍の反乱を平定した後、劉裕は義熙十二年（四一六）八月に念願の北伐を開始する。この北伐軍は順調に勝ち進み、十月には洛陽を奪回し、翌年義熙十三年（四一七）の八月には長安をも陥れる。劉裕以前にも、東晋王朝は何度か北伐を敢行しており、中でも桓温は長安の東、灞上にまで達したが、結局長安を奪回することはできなかった。東晋王朝にとっても、また劉裕自身にとっても、この北伐の成功は最大の快事であった。

ところが何承天「鼓吹鐃歌」は、この北伐成功に全く触れていないのである。これは何故であろうか。義熙年間には、蜀の平定、荆雍の平定以外にも、劉裕軍による劉毅征討なども有り、何承天「鼓吹鐃歌」が義熙年間に起こった事件全てを網羅している訳ではない。しかし、もし何承天「鼓吹鐃歌」が、北伐以後に制作されたのであれば、東晋王朝最大の快事である北伐の成功について全く触れてないのは、あまりに不自然である。因って、この何承天「鼓吹鐃歌」は、劉裕の北伐以前、義熙十一年から義熙十二年の間に制作されたと考えるべきであろう。

では何故、何承天はこの時期に「鼓吹鐃歌」十五曲を制作したのだろうか。

何承天は初め、隆安四年（四〇〇）に南蛮校尉桓偉の参軍となったが、殷仲堪と桓玄が挙兵したときに職を辞し、後に劉裕が対桓玄の義兵を起こしたときに長沙公陶延寿の輔国参軍、ついで瀏陽令となったが、再び辞職して都に帰っている。その後、劉毅の行参軍、宛陵令、趙惔の司馬に求められたが、これまた程なく辞職している。そして義熙七年（四一一）頃、劉裕の幕下に入り、太尉行参軍となり(4)、義熙八年の劉毅の反乱後、太学博士となる。そして、義熙十一年には、世子征虜参軍となっている。

このように、何承天は義熙七年頃に劉裕の幕下に入り、「鼓吹鐃歌」制作時期と考えられる義熙十一年頃には、劉裕の世子に仕えていたのである。先の三曲が共に劉裕軍の活躍した事件に取材しているのは、この鼓吹曲制作時に何承天が劉裕の幕下に居たからであろう。そして、何承天が劉裕の幕下に居た時、劉裕の功績を表彰するために、朝廷から数度にわたって鼓吹が下賜されているのである。

功臣を表彰する為に鼓吹曲が下賜されることは、既に後漢時代から行われていたが、生前に於いて表彰の為に、鼓吹曲が下賜される伝統は、西晋の武帝に始まるとされる。(5)その後、鼓吹が安易に下賜されるようになり、その価値は下がったようであるが、「羽葆」と「鼓吹」(6)が同時に下賜されるのは、特に功績の高い人物に限られていたようである。今、東晋期に「羽葆」と「鼓吹」を同時に授けられた人物を『晋書』から抽出すれば、晋の王族以外でこれを下賜された人物は、王導、陶侃、王敦、桓温、桓玄の五名だけである。

劉裕が初めて「羽葆」と「鼓吹」を下賜されたのは、義熙八年十一月に劉毅征討の功績に対してである。劉裕はこれを受けず、義熙九年九月に再び下賜された時に、将吏の勧めに従う形で、これを受けている。その後、義熙十一年四月、司馬休之征討の功績に対して、今度は「前部羽葆鼓吹」(7)が下賜された。劉裕はこれも初め固辞して受けなかったが、翌十二年五月、北伐開始前に再び下賜されている。

このように義熙八年から十二年にかけて、劉裕は数度にわたって鼓吹を下賜されており、そして「前部羽葆鼓吹」が下賜された時期は、先ほど推定した何承天「鼓吹鐃歌」の制作時期と適合するのである。時代は下るが、南斉の謝脁も、当時彼が仕えていた随郡王子隆に鼓吹が下賜された時に、随郡王の為に鼓吹曲の新歌辞を作成している。(8)これは何承天よりも後の時代であるが、何承天の場合も、劉裕が朝廷から鼓吹を下賜されたという出来事が、彼の「鼓吹鐃歌」の新歌辞制作と深い関係にあることは間違いあるまい。では、何承天は、この「鼓吹鐃歌」十五曲を何の為に制作したのであろうか。

第二節　何承天「鼓吹鐃歌」十五曲の制作意図

何承天「鼓吹鐃歌」十五曲の制作意図として、まず考えられるのは、劉裕の功績を宣揚する為であったということである。前述の如く、何承天「鼓吹鐃歌」の制作時期が、劉裕に鼓吹が下賜された時期と重なり、当時彼が劉裕の幕下に居たこと、また前引の「雍離篇」「戦城南篇」「巫山高篇」の三篇がいずれも劉裕軍が活躍した事件に取材していること(9)、更に魏、呉、晋の各王朝の鼓吹曲が開祖の功績を宣揚する為に制作されたことから考えれば、これは十分に考え得ることであろう。しかし、何承天「鼓吹鐃歌」十五曲の中には、右の理由では説明できない作品が多数存在する。

そもそも明らかに史実に取材して制作されたと考えられる作品は、十五曲中、先の三曲のみである。第一曲「朱路篇」は華やかな行列で演奏される鼓吹の様を詠み、十五曲の序のような役割を果たし(10)、第二曲の「思悲公篇」は、周王朝になぞらえて東晋の天子を讃えており、第三曲以下の「戦城南篇」「巫山高篇」「雍離篇」と共に軍楽的性格を有する。しかし第六曲以後は軍楽との関連は薄く、また劉裕や東晋王室との直接的な関係も見出しがたい。

例えば、第六曲「上陵篇」では陵墓の参詣から、斉景公が牛山で死を愁えた故事を想い、死に対する憂愁について詠み、第七曲「将進酒篇」では、正月元会の嘉宴の様子から始まり、最後は飲酒の戒めが述べられている(11)。

また第九曲「芳樹篇」は君主の寵愛を失った宮中の女性を描いた抒情的な作品であり、第十一曲の「雉子游原沢篇」に至っては、功名を立てることの空しさを説き、遁世を潔しとする内容である。
そして、次の第十曲「有所思篇」は、最後に作者自身の慈母に対する思いが読み込まれており、作者個人の体験、詠懐を吐露した作品のようである。

有所思篇　　何承天

有所思　　思う所有《ひと》り
思昔人　　昔人を思う
曾閔二子善養親　　曾閔の二子　善く親を養う
和顔色　　顔色を和らげ
奉晨昏　　晨昏に奉ず
至誠烝烝通明神　　至誠　烝烝として明神に通ず
鄒孟軻　　鄒の孟軻は
為斉卿　　斉卿と為るも
称身受禄不貪栄　　身を称《はか》りて禄を受け栄を貪らず
道不用　　道　用られずして
独擁楹　　独り楹《はしら》を擁《いだ》く
三徙既諄礼義明　　三たび徙《うつ》りて既に諄め　礼義　明かなり

飛鳥集　　　　　　　飛鳥　集まり
猛獣附　　　　　　　猛獣　附《つ》き
功成事畢乃更娶　　　功成り事畢《おわ》りて　乃ち更めて娶《めと》る
哀我生　　　　　　　我が生の
遘凶旻　　　　　　　凶旻に遘《あ》うを哀しむ
幼罹荼毒備艱辛　　　幼くして荼毒に罹《かか》り　艱辛を備さにす
慈顔絶　　　　　　　慈顔絶えて
見無因　　　　　　　見るに因る無し
長懐永思託丘墳　　　長懐　永思　丘墳に託す

この作品は、まず孝子曾子と閔子騫を挙げ、次に孟子とその母の話を挙げている。孟子の母は、孟子を厳しく教育した賢女であったが、実は何承天自身も五歳の時に父を失い、その後、母の薫陶によって、学業を修め、大成することができた人物なのである。[12] 孟子とその母の話を中心に据えたのは、作者が孟母を自らの母と重ねたからであろう。そして、この作品は「哀我生、遘凶旻、幼罹荼毒備艱辛。慈顔絶、見無因、長懐永思託丘墳」と結ばれており、ここに何承天自身の亡母に対する思いが述べられている。

この「有所思篇」のような作品が存在することから考えて、何承天「鼓吹鐃歌」十五曲が、劉裕の功績又は東晋の治世を宣揚するといった公的な目的によって制作されたとは考え難い。

更に何承天「鼓吹鐃歌」十五曲は、その制作方法に大きな特徴がある。それは、十、五曲全て、が漢鼓吹鐃歌の「題名」を冒頭に配し、それに続けるように、以下の歌辞が制作されているということである。これまでに引用した作品も全てそうであるが、例えば第十二曲「上邪篇」は、題名の「上邪」を「上位の者が邪悪である」と解釈し、そこから歌辞を展開して、治世の要を述べる。

上邪篇　何承天

上邪下難正　上邪なれば　下は正なること難し
衆枉不可矯　衆の枉《ま》ぐるは　矯《ただ》す可からず
音和響必清　音　和すれば　響は必ず清く
端影縁直表　端影は直表に縁《よ》る
大化揚仁風　大化　仁風を揚ぐれば
斉人猶偃草　斉人　猶お偃《ふ》す草のごとし
聖王既已没　聖王　既已《すで》に没す
誰能弘至道　誰か能く至道を弘めん

（中略）

譬彼針与石　譬えば彼の針と石と
效疾故称良　疾に效あるが故に良と称せらる
行輦非不厚　行輦　厚からざるに非ず
悠悠何詎央　悠悠　何詎《なん》ぞ央《つ》きん

琴瑟時未調　　琴瑟　時に未だ調せざれば
改弦当更張　　弦を改めて当に更に張るべし
矧乃治天下　　矧んや乃ち天下を治むるをや
此要安可忘　　此の要　安ぞ忘る可けんや

漢鼓吹鐃歌は冒頭句の一部を仮の題名としており、「上邪」も冒頭の句を題名としたものである。魏以後の各王朝の鼓吹曲は、漢鼓吹鐃歌の曲調を改めた新曲調を用い、その題名には新歌辞の冒頭句を用いていた。例えば、漢鼓吹曲の第一曲「朱鷺」を基にした魏鼓吹曲の第一曲「初之平」は、冒頭「初之平、義兵征」の初句を仮に題名としているのである(13)。

これに対して、この「上邪篇」と同じく、何承天の十五曲は全て漢鼓吹鐃歌の題名を冒頭に配し、その冒頭句に続けてゆく形で歌辞が制作されている。第一曲の「朱路篇」は、「朱路」（天子の車駕）が進む様から、鼓吹の演奏へ、第二曲の「思悲公篇」では、西帰する周公を慕う東人の思いから周公の事跡へ、第四曲の「戦城南篇」では、城南での激しい戦闘から凱旋へ、第五曲「巫山高篇」では、巫山の険から蜀の反乱征討へ、第六曲「上陵篇」では、陵墓の参拝から死への恐れへ、第七曲「将進酒篇」では、元会の宴から飲酒の戒めへ、と十五曲全てが、その題名を冒頭に配し、それに続けるように歌辞が制作されているのである。

更には漢鼓吹鐃歌の題名の一部を変更し、その変更した題名を基に制作している作品もある。例えば、先に引用した「雍離篇」は、漢鼓吹鐃歌「擁離」（別名「翁離」）の、「擁」（或いは「翁」）を「雍」に変更している。そして、冒頭の二句を「雍士多離心、荆民懐怨情」と始め、雍州と荆州の反乱鎮圧の事を詠んでいる(14)。

このように何承天「鼓吹鐃歌」十五曲は、漢鼓吹鐃歌の題名、或いはそれを変更した題名を冒頭に用い、その題名に基づいて全ての作品が制作されている。このような制作方法を用いながら、全十五曲全てを予め定められた目的、すなわち劉裕の功績や東晋王室の治世の宣揚などに沿って、制作することは困難であろう。或いは「雍離篇」のように、旧題を変更すれば、全曲を特定の目的に即した内容にすることも可能であったかもしれない。しかし、第六曲の「上陵篇」以下は、或る特定の目的に即して制作されているのではなく、むしろ冒頭句を基に、自由に発想されているようである。

以上述べてきたように、何承天「鼓吹鐃歌」は、魏、呉、晋の各王朝の鼓吹曲のように、開祖の功績や王朝建国の歴史を宣揚する為や、また劉裕個人の功績を宣揚する為に制作されたのではなかったと考えられる。それでは、何承天は一体何の為に「鼓吹鐃歌」を制作したのだろうか。それは、どうやらこの時期の鼓吹曲の現状と関係が有るようである。

第三節　東晋期以後の鼓吹曲の現状と何承天「鼓吹鐃歌」

西晋王朝末期、北方の中原地域は異民族に支配され、晋王朝の楽人たちの、或る者は逃亡し、或る者は異民族に捉えられた為に、東晋王朝には初め歴代王朝の宮廷音楽がほとんど伝わっていなかった。その後、兵難をさけていた楽人たちが江南に渡来し、また異民族王朝から楽人たちを取り戻すことによって、次第に東晋の宮廷音楽は整理され始める。その中にあって、鼓吹曲の一部は早くから江南の地にもたらされていたようである(15)。

ところが、楽人たちによって伝唱された鼓吹曲の中には、曲調と歌辞は伝承されていても、その歌辞内容はほとんど理解できない作品もあったようである。『宋書』楽志には次のように言う。

『宋書』楽志

又案今鼓吹鐃歌、雖有章曲、楽人伝習、口相師祖、所務者声、不先訓以義。今楽府鐃歌、校漢魏旧曲、曲名時同、文字永異、尋文求義、無一可了。不知今之鐃章、何代曲也。

「今鼓吹鐃歌」とは劉宋期に演奏されていた鼓吹曲であり、『宋書』楽志には「上邪曲」四解、「晩芝曲」九解、「艾張曲」三解が採録されている。しかしこれらの歌辞内容は当時から既に全く解し得ないものであった。それは楽人たちが曲調の伝習に努めるばかりで、その歌辞内容に対する理解を先決としなかったからであった。そしてこの「今鼓吹鐃歌」は、漢・魏の旧曲に比べて、曲名は同じでも、歌辞が異なっており、その歌辞内容は全く解し得ないばかりか、何時の時代の歌辞なのかも分からなくなっていたのである。[16]

これは「今鼓吹鐃歌」についての言及であり、漢鼓吹鐃歌がそのような状態であった訳ではない。しかし、漢鼓吹鐃歌の歌辞内容も、古来難解を以て知られている。[17]『楽府詩集』に引く陳・釈智匠『古今楽録』にも「漢鼓吹鐃歌十八曲、字多訛誤」と有るように、既に六朝期からその歌辞は混乱していたようである。

「今鼓吹鐃歌」ほどではなかったにしても、六朝期の人々にとって、漢鼓吹鐃歌の歌辞は、既に難解なものとなっていたであろう。そして、何承天はこの難解な漢鼓吹鐃歌に代わる新しい歌辞を制作しようとしたのではあるまいか。前述の如く、何承天「鼓吹鐃歌」は、漢鼓吹鐃歌の題名を冒頭句に配し、その冒頭句に続ける形で、新歌辞が制作されている。それは、彼が漢鼓吹鐃歌に基づきながら、漢鼓吹鐃歌に代わる新歌辞を制作しようとしたからであろう。つまり彼の鼓吹鐃歌は、劉裕の功績を宣揚や、国家の宣揚というような具体的な目的の為に制作されたのではなく、鼓吹曲の新しい歌辞を制作するという、その行為自体に目的があったのである。

今、何承天の「鼓吹鐃歌」制作の状況を推測すれば、以下のようではなかったか。

度重なる劉裕の功績を表彰するために、朝廷から劉裕に対して鼓吹が下賜された。当時劉裕の幕下にあった何承天は、それに刺激を受けて、或いは劉裕に命じられて、その該博な知識を活かして、当時から既に意味不明瞭であった漢鼓吹鐃歌に代わる新歌辞制作を企図した。そして、漢鼓吹鐃歌の題名が本来冒頭句の一部であったので、彼はそれに倣ってその題名を冒頭句に用い、その冒頭句に続くように新歌辞を制作したのである。

何承天の「鼓吹鐃歌」は歌辞ばかりではなく、その体裁にも彼独自の工夫が窺える。魏、呉、晋の各王朝の鼓吹曲は、漢鼓吹鐃歌の同曲を用いる場合、ほぼ同じ句形を用いており、新歌辞作成に於いては、メロディーに合わせて、歌辞を塡めていくという方法が採られていたと考えられる。例えば、漢鼓吹鐃歌の第一曲「朱鷺」に基づいた各王朝の鼓吹曲、魏の「初之平」、呉の「炎精缺」、晋の「霊之祥」は、いずれも三言三十句である。これは第二曲以下に於いてもほぼ同じであり、曲によっては、三王朝で若干の相違も見られるが、これら三王朝の鼓吹曲が同じ曲調を基に、その曲調に拠りつつ新歌辞を塡めていったことは疑いようがない。これに対して、何承天「鼓吹鐃歌」の第一曲「朱路篇」は、五言二十句とそれ以前の鼓吹曲とは大きく懸け離れている。

更に漢鼓吹鐃歌も含めた前代の鼓吹曲は、一部整った句形の作品はあるものの、その多くは、三言、四言、五言などが入り交じった雑言体である。これに対して、何承天には斉言体の作品が多く、また雑言体の作品にも一定の規則性が窺える。

「朱路篇」　　五言二十句

「思悲公篇」	〔三言×2　＋　七言（又は四言＋三言）〕×7
「雍離篇」	五言二十四句
「戦城南篇」	〔三言×2　＋　七言（又は四言＋三言）〕×8
「巫山高篇」	三言・四言・五言の雑言体　（不規則）
「上陵者篇」	〔三言×2　＋　七言（又は四言＋三言）〕×8
「将進酒篇」	三言三十二句
「君馬篇」	五言二十六句
「芳樹篇」	五言二十句
「有所思篇」	〔三言×2　＋　七言（又は四言＋三言）〕×7
「雉子游原沢篇」	五言二十句
「上邪篇」	五言二十六句
「臨高台篇」	〔三言×2　＋　七言（又は四言＋三言）〕×8
「遠期篇」	五言二十句
「石流篇」	四言二十四句

右に示したように、何承天の作品は、五言の斉言体が多く、更に四言や三言の斉言体も有る。また三言と七言（又は三言と四言）の雑言体は、同じ句形を繰り返し、全体として一定の規則性が有る。唯一、「巫山高篇」のみは、他の作品に比べて、長短句が入り交じり、明確な規則性は窺えないが、それ以外の作品は整然としており、前代の作品とは、その形式が全く異なっている。

何承天「鼓吹鐃歌」十五曲が楽曲を伴って演奏されたかどうかは不明である。(18) しかし、彼が敢えて三言、四言などを交えた雑言体を用いていること、また「巫山高篇」のように規則性の見出せない作品があることから考えて、彼が曲調、すなわちメロディーを意識して制作したことは間違いあるまい。そして、その形式が前代の鼓吹曲とは異なっていることから考えれば、彼の鼓吹曲は新しい曲調を想定して制作されたのであろう。

何承天は該博な知識を持つ東晋末・劉宋初期を代表する学者であり、また宮廷音楽に関しても一見識を有していた。(19) その彼がその学識を活かし、当時から既に不明な部分の多かった漢鼓吹鐃歌に代わるべく、独自の工夫を加えて制作した作品が、この「鼓吹鐃歌」十五曲だったのである。

第四節　六朝楽府文学史上における何承天「鼓吹鐃歌」十五曲の位置

以上、前代の鼓吹曲と比較しつつ、何承天「鼓吹鐃歌」の特徴とその制作背景について考えてきた。では、このような特徴を持つ何承天「鼓吹鐃歌」十五曲は、楽府文学史上、どのように位置付けることができるのか。

まず鼓吹曲の歴史からみれば、何承天「鼓吹鐃歌」は、南斉・謝朓「鼓吹曲」に先立ち、鼓吹曲の新たな方向性を示した作品であったと言える。増田氏は、南斉謝朓が随郡王子隆の為に制作した鼓吹曲が、歴代の鼓吹曲と異なる特徴として、次の三つを挙げておられる。一つは、一王子のためにつくられた鼓吹曲であること。その為に、その作品は、漢鼓吹鐃歌を除いて、歴代の鼓吹曲の多くが、歴戦を経て開国した天子の武功を讃えているのに対して、「従戎曲」の一曲を除いて、素材を他に求めていること。第二に謝朓は伝統を無視して、体裁、題名共に新工夫を試みたこと。そして第三に作詩的立場から、制作したために、詩趣に富んだ作品が多いということである。この増田氏が指摘する歴代の鼓吹曲とは異なる謝朓「鼓吹曲」の特徴は、何承天「鼓吹鐃歌」のそれとほぼ合致する。

まず何承天の作品は、特に劉裕個人の為に制作されたかどうかは不明だが、その内容は、謝朓のそれと同じく、歴代の鼓吹曲とは異なる。前半には歴代の鼓吹曲に倣って、軍隊の功績を表彰する作品も見られるが、それ以外は軍隊とは無関係である。

第二に、謝朓の鼓吹曲は全て五言に統一されており、その点では何承天は謝朓と全く同じではない。何承天の作品は、いまだ雑言体を用いており、漢鼓吹鐃歌の遺声との協和を考慮しているようである。しかし歴代の鼓吹曲に比べれば、何承天の形式はたいへん整っており、また斉言体の作品も多く、そこには彼独自の工夫が窺える。但し、題名に関しては、漢鼓吹鐃歌の題名を冒頭句に配し、そこから新歌辞を制作するという何承天の用いた手法は、既に傅玄の「晋鼓吹曲」の一部にも窺え、何承天の独創ではない[20]。またそれは謝朓がその歌辞内容にふさわしい新題を付しているのとは異なっている。

第三に、何承天の作品は、謝朓とは比較にならないにしても、「芳樹篇」「有所思篇」など、その作品の多くは、一つの文学作品としても堪えうる内容である。

このように何承天「鼓吹鐃歌」は、歴代の鼓吹曲の伝統を継承しつつ、彼独自の工夫を加えて、新しい鼓吹曲の方向を示した作品と言えるであろう。謝朓が随郡王の為に新しい鼓吹曲を制作しようとしたのも、何承天の鼓吹曲という先例が有ったからではなかろうか。

また擬古楽府制作の変遷という面から考えても、何承天「鼓吹鐃歌」の存在は看過できない。随郡王子隆に鼓吹曲が下賜された時、謝朓は彼の為に「鼓吹曲」十曲を制作したが、同じくこの随郡王に鼓吹曲が下賜された事に触発されて制作されたと考えられるのが、「同沈右率諸公賦鼓吹曲名」である。

この「同沈右率諸公賦鼓吹曲名」は、擬古楽府制作の変遷過程に於いて、重要な役割を果たした作品である。西晋以前、擬古楽府制作は、主として曲調、そして歌辞内容を基に制作されていた[21]。それが東晋の楽府断絶の時代を経、東晋の楽府断絶を経て、擬古楽府制作は次第に変化し始める。そして劉宋中期、鮑照らの擬古楽府辺りから、楽府題が擬古楽府制作に於いて特別な意味を持ちはじめる。そして、この擬古楽府制作の新たな方法を、文学遊戯の一つとして採用し、新しい擬古楽府制作の在り方として定着させる契機となったのが、この「同沈右率諸公賦鼓吹曲名」なのである[22]。

この「同沈右率諸公賦鼓吹曲名」は、その題名に示されるように、沈約を中心とする永明の文人たちが、鼓吹曲の名前を基に制作した作品である。そもそも歴代王朝の鼓吹曲と並べて何承天の作品を採録する『宋書』楽志を編纂したのは、沈約である。その沈約は何承天「鼓吹鐃歌」制作の事情とその作品の性格を必ずや知っていたはずである[23]。

随郡王に鼓吹曲が下賜された出来事に触発されて、沈約らがこの新しい制作方法を、「鼓吹曲名」に初めて用いようと考えたのも、歴代王朝の鼓吹曲とは異なった新しい鼓吹曲の方向を模索した何承天「鼓吹鐃歌」十五曲という先例が有ったからではなかろうか。

その何承天「鼓吹鐃歌」十五曲は、前述の如く漢鼓吹鐃歌の題名を冒頭句に配し、その冒頭句に続くような新歌辞を制作している。一方の沈約らの作品は、漢鼓吹鐃歌の題名を用いてはいるものの、それを冒頭句に配するのではなく、その題名のイメージを基に、その作品のテーマを設定しており、その制作方法には隔たりが有る。楽府題のみのイメージによって、新しい作品を制作する方法は、劉宋中期の鮑照らによって本格的に行われ、沈約らの作品に直接的な影響を与えたのは、この劉宋中期の鮑照らの擬古楽府制作だったと考えられる。しかし、開祖の功績を表彰するという歴代王朝の鼓吹曲の伝統に従わず、冒頭句に配した漢鼓吹鐃歌の題名から、自由に新歌辞を制作し、更に多く五言の斉言体を用いた何承天「鼓吹鐃歌」は、沈約や謝朓に限らず、劉宋中期の鮑照らの擬古楽府にも少なからず影響を与えたのかもしれない。

何承天「鼓吹鐃歌」は、現存する作品の中では、東晋期の楽府断絶以後、初めて本格的に制作された擬古楽府作品であると考えられる。そして、その作品は、鼓吹曲の伝統を継承しつつも、そこに作者自身の独創が加えられている。これから始まろうとする新しい動きの息吹が、そこに感じられるのである。

注

（1）漢の短簫鐃歌と鼓吹との関係は、鈴木修次氏『漢魏詩の研究』第二章第二項「短簫鐃歌考」（大修館書店　一九六七）に詳しい。

（2）『楽府詩集』は何承天の作品を「宋鼓吹鐃歌」とする。また増田清秀氏は何承天の「鼓吹鐃歌」が劉宋の朝廷に採択されなかったのは、彼の新辞が魏・晋の鼓吹曲を模倣し、王者の功徳を称揚する点に意を注いではいるものの、一言も劉宋の天子の業績に触れていない為であるとする（同氏『楽府の歴史的研究』［創文社　一九七五］第十一章「南北朝における鼓吹下賜の実状」三〇八頁）。

（3）『宋書』武帝紀中に「（義熙九年）七月、朱齢石平蜀、斬偽蜀王譙縦、伝首京師」とある。

（4）劉裕が太尉の位を正式に受けたのは義熙七年である。『宋書』の本伝に拠れば、何承天が義熙八年の劉毅征討の時には既に劉裕の幕下にいたことが分かり、彼が太尉行参軍として、劉裕の幕下に入ったのは義熙七年から八年の間であろう。

（5）増田氏前掲書　二九八頁。

（6）「羽葆鼓吹」は、「羽葆」（鳥の羽で綴った華蓋の飾り）と「鼓吹」とに分けられるが（増田氏前掲書　三一〇頁参照）、

『晋書』『宋書』『南斉書』『梁書』『陳書』に於いて、「羽葆」が「鼓吹」とは別個に下賜される例は一例（『晋書』汝南王亮伝）のみである。「前部羽葆鼓吹」「前後部羽葆鼓吹」という呼称もあることから、「羽葆鼓吹」は「羽葆」を備えた「鼓吹」隊のことを指すのかもしれない。

（7）増田氏に拠れば、南北朝時代には前部鼓吹が後部鼓吹よりも重視され、天子から特に優遇された者だけが前部鼓吹を下賜されたと言う（増田氏前掲書第十一章「三　前部鼓吹と後部鼓吹の比重」）。

（8）増田氏前掲書第十二章「一　謝朓の鼓吹曲と沈約の鼓吹曲」参照。

（9）但し、これらの作品はいずれも劉裕軍の功績を直接讃えている訳ではなく、あくまでも東晋王朝下の一事件として描かれている。

（10）「朱路篇」の中間部には「三軍且莫喧、聴我奏鐃歌」と歌曲の歌い起こしによく用いられる表現が見られる。

（11）これらは、鼓吹が宮中の宴楽や葬列に於いても演奏されることに由来するのかもしれない。

（12）『宋書』何承天伝に「何承天、東海郯人也。従祖倫、晋右衛将軍。承天五歳失父、母徐氏、広之姉也、聡明博学、故承天幼漸訓義、儒史百家、莫不該覧。叔父肹為益陽令、随肹之官。」とある。

（13）但し、傅玄の「晋鼓吹曲」二十二曲の中で、「唐堯」「玄雲」「務成」「釣竿」の四曲は題名を基に制作しているようであり、何承天のそれと近い。この四曲は、西晋期には既に古曲が失われており、西晋の宮廷音律家によって、新しいメロディーが創作されたと考えられる（増田氏前掲書　七二～七四頁参照）。何承天が鼓吹曲制作に当たって、傅玄の作品を参考としたことは十分に考えられる。但しこの傅玄の四曲は、いずれも晋王室を称揚する内容となっており、何承天の新歌辞とは性格を異にする。

（14）同じように題名を変更している作品は、「朱路篇」（漢「朱鷺」）、「思悲公」（漢「思悲翁」）、「雉子游原沢篇」（漢「雉子班」）である。

（15）『宋書』楽志に拠れば、建国時、東晋王朝の宮廷には雅楽器や楽人が備わっておらず、宮廷音楽は壊滅状態にあり、漢の黄門鼓吹に由来する宮中での享宴に演奏される鼓吹を司る「鼓吹令」も廃されている。しかし東晋初期に既に陶侃、王敦らに鼓吹が下賜されており、鼓吹の一部は早い時期から、江南にもたらされていたようである。

（16）増田氏前掲書　三〇七頁。

（17）漢鼓吹鐃歌の難解さを指摘する歴代の評者の言は、吉川幸次郎氏「短簫鐃歌について」（『東方学』十　一九五五、後に全集巻六に収録）に紹介されている。

（18）何承天には斉言体の作品が多いが、傅玄「晋鼓吹曲」の中にも五言の斉言体の作品がある。これは、西晋期には既に古曲が亡失し、西晋の宮廷音律家によって、新しい曲調が創作されたと考えられる四曲の中の三曲である。

（19）『晋書』及び『宋書』楽志には、宮廷音楽に関する何承天の発言が引用されており、また何承天「三代楽序」には古代の声律に対する彼の見解が部分的ながら残されている。

（20）注（13）参照。但し、「鼓吹鐃歌」十五曲全てを漢鼓吹曲の題名に基づいて制作したのは、何承天が初めてである。

（21）楽府題を基にした制作は、岡村貞雄氏が夙に指摘されるように傅玄の楽府詩などに既に見ることができる（岡村貞雄氏「楽府題の継承と傅玄」〔『支那学研究』三十五　一九七〇、後『古楽府の起源と継承』白帝社　二〇〇〇収録〕）。しかし藤井守氏が既に指摘されるように、西晋期は未だ楽府詩と曲調との関係が保たれており、この傅玄の楽府詩が擬古楽府制作に大きな変化をもたらしたとは考えがたい（同氏「西晋時代の楽府詩―陸機を中心として」〔『広島大学文学部紀要』三十六　一九七六〕）。西晋期の擬古楽府制作に於いて、楽府題はさほど重要な役割を果たしておらず、それが特別な意味を持ち始めるのは、東晋の楽府断絶によって、楽府詩と曲調との関係が断たれた後、劉宋中期辺りからであると、論者は考える。

（22）総論第一章「六朝楽府詩の展開と楽府題」参照。

（23）何承天「鼓吹鐃歌」の序は、現在は一文しか残っていないが、本来はそこに制作の事情も記されていたのかもしれない。

第五章　崔豹『古今注』音楽篇について
——楽府解題書と擬古楽府制作——

はじめに

崔豹『古今注』は、趙宋・王応麟『玉海』巻四十八記注に「古今の名物を雑取し、各《おのおの》巧釈を為す。」と言う如く、魏晋以前の事物を取りあげ、その事物の名義を解説した書物である。この書の篇目は輿服・都邑・音楽・鳥獣・虫魚・草木・雑注・問答釈義の八篇、(1)本稿で問題とする音楽篇は、漢以前の楽府歌曲を挙げ、その楽府歌曲成立の由来、則ち本事を説く。この崔豹『古今注』音楽篇に関して、王運熙氏「漢魏六朝楽府詩研究書目提要」(『楽府詩述論』所載〔上海古籍出版社・一九九六修訂〕)は楽府歌曲の本事及び沿革を解釈した書物の中で現存する最も古いものであり、分量は少ないけれども、先人の重視する書物であると指摘する。では、この崔豹『古今注』音楽篇の解題(以下「崔豹解題」)は、どのように擬古楽府文学と関わってきたのか。

管見の及ぶ限り、崔豹『古今注』に関する専論はなく、また「崔豹解題」と楽府文学との関係を論じる研究もないようである。そこで、今、楽府文学研究の一環として、「崔豹解題」と楽府文学との関係について整理しておきたい。

第一節　作者崔豹と『古今注』音楽篇について

作者崔豹は、字を正熊、燕国出身で、西晋の武帝・恵帝の二代に仕えた人物である。『晋書』以下の史書には、彼の事跡を示す記述は見当たらない。ただ『世説新語』言語篇に次のような逸話が残されている。

崔正熊　都郡に詣る。都郡の将　姓は陳、正熊に問う。君　崔杼を去ること幾世ぞと。答えて曰く、民　崔杼を去ること、明府の陳恒を去るが如し。（崔正熊詣都郡。都郡将姓陳、問正熊。君去崔杼幾世。答曰、民去崔杼、如明府之去陳恒。）

崔豹がある郡城に赴いた時、陳という姓の郡太守に「君は崔杼から何代目かね。」と問われた。崔杼は春秋・斉の大夫で、君主の荘公を殺害した有名な人物。この郡太守の戯れに対して、崔豹は「私から崔杼までは、太守様から陳恒までと同じくらい離れております」と切り返したという。陳恒も崔杼と同じく春秋斉の大夫で、君主であった簡公を殺害した人物。崔豹自身の生涯について詳しいことはほとんど分からないので、この逸話の詳しい背景を知ることはできない。ただ、この崔豹の咄嗟の機転を示す逸話から、史実に通じた学者崔豹の姿が窺えよう。

崔豹という人物は、その事跡が史書に全く記されていないことからも分かるように、特に高い家柄の出でもなく、また政治的にも特筆すべき点のない、一介の学者に過ぎなかったと考えられる。『晋百官名』（『世説新語』言語篇劉孝標注所引）には「崔豹字正熊。燕国人。恵帝時、官至太傅丞。」と、彼が恵帝の時に太傅丞に至ったことが記されている。この「太傅丞」に関しては問題があり、「太傅」には丞は無いことから、清・李慈銘はこれを「太僕丞」の誤りとし（『世説新語箋疏』所引）、また近人余嘉錫氏は「太子太傅丞」の省文であろうと指摘する（『四庫提要弁証』）。余氏は「太子太傅」を「太傅」と省文する『世説新語』の例を挙げており、余氏の方が説得力はあるけれども、この両官は『通典』の晋百官表では共に八品官とされ、いずれにしても大した官職ではない。一体、彼は生涯低い品官の職にしか就けなかったようである。『隋書』経籍志一・経部・論語類に「論語集義八巻晋尚書左兵中郎崔豹撰。梁十巻」とあり、また洛陽より出土した「晋辟雍行礼碑」の題名には「典行王郷飲酒礼博士漁陽崔豹正雄」と、崔豹の官職に就いて記載がある。尚書左兵中郎は、尚書郎の一つであり、西晋・武帝が尚書郎を三十四人に増やしたときに新たに設けられている。次の碑文の「郷飲酒礼」とは、『儀礼』『礼記』に見える古礼で、本来諸侯の郷大夫が礼を以て賓客を遇し、共に飲酒する儀礼を言う。この儀礼は周末に廃れた後、後漢明帝永平二年（五九）に一度行われたが、その後久しく廃されていたのを、泰始六年（二七〇）十二月に晋武帝が再び復興し、晋代には他に咸寧三年（二七七）と恵帝の元康元年に行われている。先の碑文は咸寧四年の作とあり、恐らく咸寧三年の時に、崔豹がこの儀礼を司ったのであろう。この崔豹が任じられた尚書郎と諸博士は、いずれも七品官であり、やはり高い官職ではない(2)。

このように崔豹が政治的に目立った活躍した形跡は無く、その官職は生涯低かったようである。彼は『古今注』以外にも『論語集義』を著しており、また「郷飲酒礼」を司っていることからも、儀礼や論語などの古典に精通した学者であった。彼の生涯については不明であり、『古今注』が何時どのような経緯で作られたかは定かではない。しかし、恐らくは学者崔豹がその博学多識を披瀝した書であったのであろう。

この崔豹『古今注』は、後世の類書や史書の注に於いて、しばしば引用されるが、『四庫全書総目提要』は現在の刊本が後人の贋作ではないかと疑っている。この贋作説に対して、余冠英氏『四庫提要弁証』は詳細な考証に基づいて反論している。[3] 余氏は①明繙宋本『古今注』と百川学海本『中華古今注』を校閲すれば、馬縞「添注釈義」の跡が窺えること、②唐以前の類書や諸書の注に既に崔豹『古今注』が引用されていること、また③崔豹『古今注』は歴代の各書目類に見えることから、『四庫全書総目提要』の非を指摘している。

本章で問題とする音楽篇も全てではないが、『初学記』や『文選』李善注などに引用される。『初学記』は崔豹『古今注』として、「日重光・月重輪」（月部・星部・皇太子部）・「薤露」（露部）の二条を引き、『文選』李善注は「別鶴操」（嵇康「琴賦」注）・「長歌」（「長歌行」古辞題注）・「呉趨行」（陸機「呉趨行」題注）・「陌上桑」（陸機「日出東南隅行」題注）・「薤露・蒿里」（陸機「挽歌行」題注）の五条を引く。これらに引用される記事は、現刊本の記事とほぼ一致する。[4] 余氏は、結局の所現行本『古今注』は時に書写の誤りがあるものの、往事の姿を止めていると結論づけており、本章も余氏の結論に従い、以下論を進めることとする。

さて、この崔豹『古今注』音楽篇は「雉朝飛」「別鶴操」「走馬引」「武渓深」「淮南王」「箜篌引」「呉趨曲」「平陵東」「薤露・蒿里」「長歌・短歌」[5]「陌上桑」「杞梁妻」「釣竿」「董逃歌」「短簫鐃歌」「上留田」「日重光・月重輪」「横吹」の楽府歌曲に関する十八条と、蔡邕の九絃琴に関する一条とで構成されている。今、一例として、「雉朝飛」の条を挙げれば、以下のようである。[6]

①雉朝飛は、犢木子の作りし所なり。斉の処士にして泯宣「の時の人なり」。

②年五十にして妻無し。出でて野に薪するに、雉の［雄］雌　相随いて飛ぶを見る。意動き心悲しみ、乃ち雉

朝飛の操を作りて、以て自ら焉を傷み、其の声　中絶す。③魏武帝の時に、盧女なる者有り。故将軍の陰計の子なり。年七歳にして漢宮に入り琴を学ぶ。琴鳴を特《こと》にして余伎に異なる。善く新声を為し能く此の曲を伝う。盧女　明帝の崩後に至りて、出嫁して尹更生の妻と為る。（雉朝飛者、犢木子所作也。斉処士泯宣［時人也］。年五十無妻。出薪於野、見雉［雄］雌相随而飛。意動心悲、乃作雉朝飛之操、以自傷焉、其声中絶。魏武帝時、有盧女者。故将軍陰計之子。年七歳入漢宮学琴。琴特鳴異於余伎。善為新声能伝此曲。盧女至明帝崩後、出嫁為尹更生妻。）

「雉朝飛」の解題は、①作者犢木子について［作者］、②彼がこの曲を制作した背景［本事］、③この曲を善くした後漢末の盧女の事［後日談］の三つの要素で構成されている。この「雉朝飛」を含む「別鶴操」「走馬引」「杞梁妻」「箜篌引」の五つの琴曲の解題は、蔡邕の作と伝えられる『琴操』の解題にもほぼ同じ記事が見える。(7)但し、『琴操』には後日談は無い。もし通説通り『琴操』が蔡邕の作であったならば、崔豹は琴曲四曲に関しては、蔡邕の書に依拠し、それに後日談を付加したのかもしれない。

さて、この「雉朝飛」のように、「崔豹解題」は、作者・成立背景・後日談の三要素を備える場合が普通である。但し、中にはこの三要素を欠くものもあり、(8)また「呉趨曲」「長歌・短歌」は、解説が他に比べて簡潔である。特に「長歌・短歌」は、『文選』李善注（「長歌行」古辞題注）が指摘する如く、その解釈を誤っている。しかし、それ以外は、現存の古辞や題名だけでは類推できない本事や後日談を記しており、琴曲五曲が『琴操』に依拠するように、「崔豹解題」には何か依拠する資料が他にもあったのかもしれない。

崔豹以前、琴曲に関しては、『琴操』以外にも楊雄『琴清英』などがあり、「崔豹解題」はこの古曲解題の伝統を継承するものであろう。但し、崔豹がその著『古今注』に音楽篇を設け、琴曲に限らず漢代の古楽府にも解題を施したのは、当時の擬古風潮を反映してのこととも考えられる。

崔豹の活躍した西晋期には、「崔豹解題」に限らず、古楽府の解題を行う風潮があったようである。例えば、次の石崇「楚妃歎」の序文などが、そうである。

楚妃歎序　　石崇　（『文選』嵇康「琴賦」李善注所引）

楚妃歎は、由る所を知る莫し。楚の賢妃の、能く徳を立て勲を著わし、名を後に垂るるは、唯だ樊姫のみ。故に歎詠の声をして永世　絶えざらしむ。疑うらくは必ず爾《しか》らん。（楚妃歎、莫知所由。楚之賢妃、能立徳著勲、垂名於後、唯樊姫焉。故令歎詠声永世不絶。疑必爾也。）

この序文に拠れば、石崇は「楚妃歎」の由来を知らず、題名の「歎」を感嘆の意と解して、「楚妃歎」は楚・樊妃の功績を称えた曲だったのだろうと推定している。この他にも陸機「鞠歌行」の序文も、題名の解題を行い、古曲の背景を推論しており、更に潘岳「笙賦」の次の一節も、古曲解題の風潮を示すものと論者は考える。

笙賦　　潘岳　（『文選』巻十八）

子喬　軽く挙がり、明君　帰るを懐い、荆王　喟《なげ》きて長吟し、楚妃　歎きて悲しみを増す。（子喬軽挙、明君懐帰、荆王喟長吟、楚妃歎而増悲。）

この箇所は、笙の奏でる歌曲について述べる段であり、ここに挙げられる「王子喬」「王明（昭）君」「楚王吟」「楚妃歎」は、作者不詳の『歌録』に吟歎曲と称される四曲である。この四曲の中で、「王昭君」「楚妃歎」は、嵇康「琴賦」（『文選』巻十八）にも、「王昭楚妃、千里別鶴」と、琴によって奏でられる歌曲として引用されている。しかし嵇康が歌曲名のみを挙げるのに対して、潘岳「笙賦」では、その歌曲の内容まで説明している。

西晋期、古曲に取材し、古曲の歌辞を模擬する擬古楽府が盛行したことは周知のことであるが、当時はこの擬古楽府の盛行と共に、古曲の解題も行われていたようである。崔豹がその著『古今注』に音楽篇を設け、琴曲だけでなく、漢代の古楽府に関しても解題を施したことも、西晋期の楽府文学の動向を示していよう。(9)

しかし、西晋期の楽府解題は、石崇と嵇康の「楚妃歎」の解題が異なるように、その解釈は各人各様で一定しておらず、また古曲の解題は必ずしも擬古楽府実作と結びつかなかったようである。(10)同様に、「崔豹解題」も、西晋の擬古楽府制作に於いて何の効力も発揮しておらず、それは東晋の楽府断絶を経た後、劉宋以降に於いても同じである。ところが、盛唐以後の擬古楽府に於いて、「崔豹解題」は突然注目を浴びるようになるのである。

第二節　「崔豹解題」と擬古楽府制作

「崔豹解題」と西晋以降の擬古楽府制作との関係を示す例として、まず「上留田」を取りあげる。なぜなら、「上留田」は、古辞とされる作品が二首、そして魏・文帝、西晋・陸機、劉宋・謝霊運、梁・簡文帝、唐・李白、唐・僧貫休に同題の品が現存し、漢から唐に至る擬古楽府と「崔豹解題」との関係を把握するのに絶好の楽府題だからである。「崔豹解題」は、「上留田」について次のように説明する。

上留田は地名なり。其の地の人に父母の死して、兄の其の孤弟を字《やしな》わざる者有り。鄰人　其の弟の為に悲歌を作り以て其の兄を風す。故に曰く上留田の曲と。（上留田地名也。其地人有父母死、兄不字其孤弟者。鄰人為其弟作悲歌以風其兄。故曰上留田曲。）(11)

崔豹に拠れば、「上留田」とは地名であり、かつてその地に両親の死後、弟を養わない兄が居り、見かねた隣人が兄を諷諫する為に制作した作品だと言う。「上留田」の古辞は、『文選』陸機「予章行」李善注に引くものと、郭茂倩『楽府詩集』「上留田行」解題に引く『楽府広題』に引用されるものの、二首が現存する。

古上留田行　（『文選』陸機「予章行」李善注所引）

出でて是に独西門に上る、三荊　一根を同じくして生ずるも、一荊　断絶して長《そだ》たず。兄弟に両三人有り、小弟　塊摧として独り貧し。（出是上独西門、三荊同一根生、一荊断絶不長。兄弟有両三人、小弟塊摧独貧。）

上留田行　（『楽府詩集』「上留田行」解題所引『楽府広題』）

里中に啼児有り、親父の子に似類《に》たり。車を回らして啼児に問う、慷慨　止む可からず。（里中有啼児、似類親父子。回車問啼児、慷慨不可止。）(12)

この古辞に続く魏文帝の作品は貧賤な人物の苦悩を詠み、古辞やその本事に依拠するかどうかが今ひとつ明瞭ではないが、崔豹と同時代の陸機「上留田行」は、「崔豹解題」とも古辞ともまったくかけ離れている。(13)

上留田行　陸機

嗟行人之藹藹、駿馬陟原風馳
軽舟泛川雷邁、寒往暑来相尋
零雪霏霏集宇、悲風徘徊入襟
歳華冉冉方除、我思纏綿未紓
感時悼逝悽如

嗟《ああ》　行人の藹藹たる、駿馬は原を陟《わた》りて風のごとく馳せ
軽舟は川に泛びて雷のごとく邁《ゆ》く、寒さは往き暑さは来たりて相尋《つ》ぐ
零《ふ》る雪は霏霏として宇に集まり、悲風は徘徊して襟に入り
歳華は冉冉として方に除《のぞ》かるるも、我が思いは纏綿として未だ紓《の》びず
時に感じて逝《ゆ》くを悼むこと悽如たり

陸機「上留田行」は、異郷を旅する人物が、「我思纏綿未紓」と意を得ない自らの境遇を嘆き、時の推移を傷む作品である。この陸機の作品が、古辞も崔豹の解題も踏まえていないことは一目瞭然であろう。

これは、「上留田」に限ったことではない。例えば「日重光・月重輪」について、崔豹は当時太子であった漢明帝の徳を讃える為に、群臣が楽人に制作させた曲であると言う[14]のに対して、陸機「日重光」「月重輪」はこの解題とは全く関係なく、自己の懐才不遇の思いを述べる。陸機「日重光」は以下のようである。

日重光　陸機

日重光、奈何天廻薄　　日重光、奈何ぞ　天の廻り薄《せま》れる
日重光、冉冉其遊如飛征　　日重光、冉冉として　其れ遊《ゆ》きて飛ぶが如く征く
日重光、今我日華華之盛　　日重光、今　我が日華《ひかり》　華の盛なるは
日重光、倏忽過亦安停　　日重光、倏忽として過ぎ亦た安んぞ停まらん

日重光、盛往衰亦必来　　日重光、盛往けば衰亦た必ず来たらん
日重光、譬如四時固恒相催　　日重光、譬えば四時の固より恒に相催《せま》るが如し
日重光、惟命有分可営　　日重光、惟だ命には分の営む可き有り
日重光、但惆悵才志　　日重光、但だ惆悵す　才志あるも
日重光、身没之後無遺名　　日重光、身没するの後　名を遺す無きを

また陸機だけでなく、傅玄の擬古楽府も「崔豹解題」とは異なった内容を詠み込んでおり、[15] 崔豹の解題が、西晋擬古楽府の新歌詞制作にほとんど影響力を持っていなかったようである。そして、これは東晋の楽府断絶を経た後、劉宋以降の擬古楽府においても、ほとんど同じである。

東晋の楽府断絶後、劉宋に至り、再び文人たちが擬古楽府を制作し始め、劉宋中期以降、楽府題に基づく新たな擬古楽府制作が始まる。[16] その彼らの擬古楽府と崔豹の解題を比較すれば、彼らもやはり崔豹の解題をさほど重要視していなかったであろうことが確認できる。劉宋・謝霊運「上留田行」は、陸機の模倣作であるので、[17] 梁簡文帝「上留田」を挙げれば次のようである。

上留田　　梁簡文帝
正月土膏初欲発、天馬照耀動農祥　　正月　土膏　初めて発せんと欲し、天馬　照耀して　農祥　動く
田家斗酒群相労、為歌長安金鳳凰　　田家　斗酒して　群れて相労い、為に歌う　長安　金の鳳凰

二句目の「天馬」は房星のこと。天駟とも言う。『史記』天官書の張守節正義に拠れば、房宿と心宿の東北に位置する天市という星群があり、ここに星が多ければ豊作となり、少なければ凶作となるという。「農祥」は『国語』周語に見える語、これも房星を指す。立春の日にこの星が南方に現れれば、農事開始のしるしとされる。この詩は、冒頭二句に農事の始まりを告げる徴が現れたことを言い、後半二句は、農民が互いに酒を酌み交わして労をねぎらい、都では金の鳳凰が歌い、今世が太平であることを言う。この梁簡文帝「上留田」が、「崔豹解題」とも古辞や陸機などの前作とも異なっていることは明らかであろう。当時の文人は、楽府の題名を恣意的に解釈する場合が多く、特に簡文帝の楽府詩はその傾向が強い。これも梁簡文帝が「上留田」という題名から農事を連想したのではないかと予想される。

このように六朝期以前の「上留田」は、崔豹解題の本事と歌辞内容が異なっている。ところが、唐代に至り、李白と貫休の「上留田」になると、「崔豹解題」に説く「上留田」の本辞を踏まえるようになる。

上留田　李白

行至上留田、孤墳何崢嶸　行きて至る　上留田、孤墳　何ぞ崢嶸たる
積此万古恨、春草不復生　此の万古の恨を積み、春草　復た生ぜず
悲風四辺来、腸断白楊声　悲風　四辺より来たり、腸断す　白楊の声

李白「上留田」は、「行至上留田」と「上留田」を地名とする点がまず注目される。古辞も含めた前代の同題作品の中に「上留田」を地名とするものはなく、これは「崔豹解題」にある所の「上留田地名也。」を意識する

のであろう。この冒頭六句において、李白は上留田の孤墳周辺の悲涼漂う情景を描き、続いて土地の古老に質問を投げかける。

借問誰家地、埋没蒿里塋　　借問す　誰が家の地ぞ、蒿里の塋に埋没するは
古老向余言、言是上留田　　古老　余に向かいて言う、是れ上留田と言う
蓬科馬鬣今已平、昔之弟死兄不葬　　蓬科馬鬣　今已に平らかなり、昔の弟死して兄葬らず
他人於此挙銘旌　　他人　此に於いて銘旌を挙ぐと
…

古老は言う。ここは上留田と言い、かつては墳土が築かれていたが、いつしかそれは崩れ落ちて無くなってしまった。かつて、死んだ弟を葬らない非情な兄がおり、見るに見かねた近隣の人が葬式を行い、墓を作ってあげたのじゃ、と。ここに「昔之弟死兄不葬、他人於此挙銘旌」とあるのは、「崔豹解題」に言う「兄不字其孤弟者。鄰人為其弟作悲歌以風其兄」を意識した句であろう。そして、李白の後、晩唐・貫休の「上留田」も「崔豹解題」に言う本事を意識し、兄を諷する隣人の立場を借りて次のように言う。

上留田　　貫休
父不父、兄不兄、上留田、蟄族生　　父は父たらず、兄は兄たらず、上留田、蟄族生ず
徒陟岡、涙峥嵘　　徒らに岡に陟れば、涙　峥嵘たり

我欲使諸凡鳥雀、尽変為鶺鴒　我は諸の凡鳥雀をして、尽く変じて鶺鴒と為さしめんと欲す
我欲使諸凡草木、尽変為田荆　我は諸の凡草木をして、尽く変じて田荆と為さしめんと欲す
隣人歌、隣人歌、古風清、清風生　隣人歌う、隣人歌う、古風清く、清風生ず

六朝期においても、鮑照「代雉朝飛操」、王筠「陌上桑」、戴暠「月重輪」などは、「崔豹解題」に説く本事に沿うようであるが、李白や貫休の「上留田」のように、その本事を積極的に歌辞に取り込むことは、六朝期の作品には見あたらない。それに対して、盛唐以後の作品は、古楽府の本事を積極的に詩句に取り込もうとしている。それは「上留田」以外も同じであり、例えば李白「公無渡河」の「被髪の叟は狂にして癡、清晨に流れを徑りて奚をか為さんとす。旁人は惜しまざるも　妻　之を止む、公　河を渡る無きも　苦しみて之を渡る。（被髪之叟狂而癡、清晨徑流欲奚為。旁人不惜妻止之、公無渡河苦渡之。）」は、「崔豹解題」に「箜篌引は朝鮮津の卒霍里子高の妻麗玉の作りし所なり。子高　晨に起きて船を刺して擢ぐに、一白首の狂夫の被髪して壺を提げ流を乱ぎりて渡る有り。其の妻随い呼びて之を止むるも及ばず、遂に河水に堕ちて死す。是に於いて箜篌を援きて之を鼓し、公無渡河の歌を作る。…（箜篌引朝鮮津卒霍里子高妻麗玉所作。子高晨起刺船而櫂、有一白首狂夫被髪提壺乱流而渡。其妻随呼止之不及、遂堕河水死。於是援箜篌而鼓之、作公無渡河之歌。…）」とある本事を意識するのであろう。「箜篌引」は別名を「公無渡河」と言い、唐以前には「公無渡河」として、劉孝威、張正見に作例があり、唐代には「公無渡河」として李白、王建、温庭筠、王叡、「箜篌引」として、李賀に作例がある。劉孝威、張正見の作品も河を渡る夫に対する妻の思いを詠むが、李白のように「崔豹解題」に言う本事を積極的に歌辞に取り込むことはない。また李白に限らず、盛唐以降の作品は、いずれも「崔豹解題」に言う本事を踏まえ

て制作されており、[18]李賀「箜篌引」に「公乎、公乎、提壺将焉如」と言い、王叡「公無渡河」に「提壺看入兮中流入」と言うのも、「崔豹解題」の記事と一致する。

但し、「箜篌引」に関しては、『琴操』にも「崔豹解題」とほぼ同じ記事がある。「雉朝飛」なども盛唐以後、突如として古楽府の本事が意識されるようになるが、それも彼らが「崔豹解題」を意識していたのか、『琴操』を意識していたのか、定かではない。むしろ、問題は「崔豹解題」か『琴操』かというのではなく、この時期の擬古楽府が、突如として古楽府の本事を意識するようになったということにあろう。

盛唐以降の擬古楽府が、全て「崔豹解題」に言う本事を積極的に詩句に取り込む訳ではないが、[19]唐以前ほとんど顧みられることのなかった「崔豹解題」は、この時期以後突如として利用され始める。それは『琴操』に収録される歌曲に関してもほぼ同じようであり、当時の擬古楽府は、それ以前に比べて極度に古楽府の本事を踏まえ始めるようである。

この「崔豹解題」や『琴操』に言う本事が、突如として注目を集めたことと関連して注目されるのが、玄宗期の楽府解題書の出現である。玄宗期前後には、呉兢『楽府古題要解』をはじめとして、郗昂『楽府解題』(『新唐書』芸文志・楽類)や劉餗『楽府古題解』(『新唐書』芸文志・総集類)などの解題書が編纂されている。郗昂『楽府解題』は、郭茂倩『楽府詩集』「前渓歌」の解題に「前渓舞曲也。」と一条のみ引用されるだけで、その内容は不明だが、呉兢『楽府古題要解』及び劉餗『楽府古題解』は、古楽府を中心とした解題書であったようである。[20]六朝期にも劉宋・張永「元嘉正声伎録」、劉宋・王僧虔「大明三年宴楽伎録」、撰者不明の「歌録」、陳・釈智匠の「古今楽録」などの解題書があったが、現存する文章から判断する限り、前三者は曲調の類別、楽制やその流伝についての記録であり、古曲の解題は陳・釈智匠『古今楽録』に南朝民歌の解題と共に、先秦の古曲を中心とする解題が見えるのみである。

このように「崔豹解題」以後、琴曲などの古曲を除く、漢代の古楽府に解題を行うことはほとんど行われていなかったのが、再び玄宗期前後に行われるようになる。この古楽府の解題書の出現と「崔豹解題」と擬古楽府の関係から考えるに、この時期に古楽府の本事は、俄に文人たちの関心を集め始めたようである。唐以前の擬古楽府作家たちが、楽府題の恣意的な解釈によって新作を作っていた状況は、呉兢『楽府古題要解』序にも次のように言及されている(21)。

楽府の興るや、漢魏に肇まり、歴代文士の篇詠は実に繁し。或いは本章を覩ずして、便ち題を断ち義を取る。夫の利渉を贈るは、則ち公無度河を述べ、彼の再誕を慶待するは、乃ち烏生八九子を引き、雉斑を賦する者は、但だ繍頸錦臆を美とし、［天］馬を歌う者は、馳驟乱踏するを序ぶ。皆茲の若くして、載するに勝う可からず。遞に相祖習し、積用するを常と為す。後生をして何を以て正を取らしめんと欲するや。…（楽府之興、肇於漢魏、歴代文士篇詠実繁。或不覩於本章、便断題取義。贈夫利渉、則述公無度河、慶待彼再誕、乃引烏生八九子、賦雉斑者、但美繍頸錦臆、歌［天］馬者、序馳驟乱踏。皆若茲、不可勝載。遞相祖習、積用為常。欲令後生何以取正。…）

呉兢は歴代の文士たちが、或る者は古辞の本文を見ず、楽府題からその題義を解釈して新たな作品を制作していると言い、その例を具体的に示す。この擬古楽府制作の状況は、まさしくここまで示してきた「崔豹解題」と擬古楽府制作との関係と一致する。このように呉兢以前の擬古楽府作家たちは、古楽府の本事を軽視していた。

それが盛唐期に至って、俄に「崔豹解題」は注目を浴びるようになる。これ以後「崔豹解題」は、それまで注目されることのなかった「崔豹解題」は、諸書に引用されるようになる。(22) 例えば、中唐・王叡は、呉兢『楽府古題要解』に補注するに『琴操』と「崔豹解題」を用い、更に宋代に至り、郭茂倩『楽府詩集』は、各楽府題の解題に於いて必ず「崔豹解題」を引用する。このようにして「崔豹解題」は、早期の楽府解題の書として重宝されるようになったのである。

第三節　結　語

以上、本章では崔豹『古今注』音楽篇について、その解題と擬古楽府との関係を整理してきた。李白ら盛唐以後の擬古楽府が、古楽府の本事や古辞に基づき、それを発展させることによって、新たな作品世界を創り出していることは周知のことである。しかし唐以前の擬古楽府作家が、古楽府の本事を意識していたかどうかは、これまでさほど注意されていなかったのではあるまいか。唐以前の擬古楽府作家が、「崔豹解題」や『琴操』に記された古楽府の本事を知らなかった訳ではあるまい。ただ「崔豹解題」と当時の擬古楽府との関係に示されるように、唐以前の擬古楽府制作に於いて、古楽府の本事はあまり意識されていない。

そこで問題となるのが、何故盛唐期に至って俄に古楽府の本事は注目を浴びるようになったかということである。それは幾個の要因が複合し、また各楽府題それぞれについても個別的な原因が考えられるであろう。ただ擬古楽府制作の変遷から考えれば、擬古楽府が集団の文学遊戯から、再び個人に委ねられたことが、その要因の一つではなかったかと論者は考える。

本来、曲調を基に制作されていた楽府詩は、曲調の喪失に伴い、擬古楽府はしばらく前代作品の歌辞を模擬する作品が大半となる。その中で、楽府題を基にする比較的自由な擬古楽府制作が現れ、それは南斉期に集団の文学遊戯として採用される。そして、梁以後、擬古楽府は集団の文学と強く結びつくようになる。既引の序文に於いて、呉兢が「遞相祖習、積用為常。欲令後生何以取正」と言うのも、文学集団内の競作・唱和により、楽府題の解釈が踏襲され、そのような作品が蓄積されることによって、各楽府題のイメージが醸成されていったことを言うのであろう。このように集団の文学と深く結びついていた擬古楽府が、再び集団に属さない個人によって制作され始める時、そこに変化が起こったのではなかろうか。梁簡文帝「上留田」の如く、斉梁以後の擬古楽府は「断題取義」に拠る新義を用いることが多く、そのため先行する同題作品とは異なる新たなイメージが生まれ、また集団や時代の相違によって、解釈が異なる楽府題も現れる。呉兢が「欲令後生何以取正」と言うのも、そのような状況を踏まえての発言であろう。

文学集団内で擬古楽府が制作される場合は、共通の主題を設定し、作者はそれに従えば良かった。しかし、そのような集団に属さない個人が、擬古楽府を制作する場合はどうであろうか。特に擬古楽府制作に於ける「楽府題」の機能が、明確に意識されるようになれば、なおさら確固たる楽府題の解釈が必要とされたであろう。そこで注目されたのが、「崔豹解題」のような古書に記載された古楽府の本事だったのでなかろうか。

今回は、「崔豹解題」と古楽府解題書を中心として、六朝期から盛唐期の擬古楽府制作の状況について述べてきた。しかし、陳から隋、そして初唐に至る楽府文学の展開に関しては不明な点が多く、そのため盛唐以後の展開も今ひとつ明確ではないのが現状である。最後の仮説もいまだ立論の材料が不十分であり、今後は個々の楽府題の変遷を踏まえた上で、六朝期から唐代に至る楽府文学の展開について、更に検討していくつもりである。

注

(1) この中で「問答釈義」は後人が付加した可能性があると余冠英氏『四庫提要弁証』は言う。
(2)『晋書』職官志・『宋書』百官志・『通典』職官典に拠る。碑文は咸寧四年の作と記されていると余氏は言う。
(3) 四部叢刊『古今注』の張元濟跋文にも『四庫全書総目提要』に対する反論がある。
(4) 論者がみた刊本は、四部叢刊所載本・四庫全書所載本・畿輔叢書所載本・増訂漢魏叢書所載本である。
(5)「長歌・短歌」を、四庫全書本及び四部叢刊本は「薤露・蒿里」の末尾に附すが、『文選』「長歌行」の李善注、中唐・王叡『炙轂子雑録』(宛委山堂本『説郛』巻四三)所引呉兢『楽府題解』は独立した一条とする。
(6)『古今注』の本文は四部叢刊所載本を用いた。また［ ］内の字は四庫全書所載本に拠り補った箇所である。
(7)『琴操』の輯本は『漢魏遺書鈔』『平津館叢書』『漢学堂叢書』にあり、それらはいずれも蔡邕の作とするが、『琴操』は蔡邕の作ではないとする説もある(王謨『漢魏遺書鈔』「琴操」序録)。
(8) 作者、本事のみで、後日談を欠くものが「走馬引」「武渓深」「淮南王」「平陵東」「陌上桑」「杞梁妻」、由来のみのものが「呉趨曲」、内容の説明のみのものが「長歌・短歌」である。
(9) 西晋の擬古楽府盛行の原因について、蕭滌非氏『漢魏六朝楽府文学史』(人民文学出版社　一九八四年修訂)、王運熙・王国安両氏『漢魏六朝楽府詩』(上海古籍出版社　一九八六)は、当時の政治的社会的状況やそれに伴う文壇の趨勢によるとする。この他に、張国星氏は、西晋の楽府詩は古曲の曲調との調和を求めた為、歌辞内容が漢楽府の模倣となったという(「西晋楽府『擬古』論」(『華東師範大学学報〔哲学社会科学版〕』一九八二年第四期　一九八二)。これらに加えて、論者は魏末から始まる宮廷音楽改革における復古の姿勢―『宋書』『晋書』の楽志、『通典』楽典に拠る―が、擬古楽府盛行及び古楽府解題の風潮を導く一つの要因だったではないかと考える。
(10) 例えば、陸機「鞠歌行」はその序文に於いて鞠歌の解題を試みているが、作品自体は鞠歌とは関係がない。詳細は、総論第一章「六朝楽府詩の展開と楽府題」参照。
(11) 四部叢刊所載本は「兄不字」を「不自白」に作る。今、四庫全書所載本により改めた。
(12)「親父」を逯欽立は「親交」に作るべきとする。
(13) 以下に掲げる六朝の詩は、『先秦漢魏晋南北朝詩』をテキストとし、唐代の詩は『全唐詩』をテキストとした。

(14)「崔豹解題」は以下のようである。「群臣　漢明帝の為に作るなり。明帝　太子為りて、楽人　歌詩四章を作り、以て太子の徳を賛ふ。…（群臣為漢明帝作也。明帝為太子、楽人作歌詩四章、以賛太子之徳。…）」

(15)「董逃歌」について、崔豹はこれを後漢末の董卓の乱に関係する歌曲であるとするが、傅玄と陸機の「董逃行」は共に董卓とは一切関係がない。

(16)以下に述べる斉梁の擬古楽府文学の状況については、総論第一章「六朝楽府詩の展開と楽府題」及び同第二章「梁陳の文学集団と楽府題」参照。

(17)陸機「上留田行」と謝霊運「上留田行」との関係及び謝霊運「上留田行」の解釈については、森野繁夫氏「謝霊運の楽府（上）―「上留田行」を中心に―」（『中国学論集』九・一九九四）参照。

(18)唐代の「箜篌引」に関しては、岡田充博氏「李賀の『箜篌引』について」（『名古屋大学文学部研究論集』LXXXV・文学二十九　一九八三）参照。

(19)李白「陌上桑」においては、「崔豹解題」よりも古辞とされる作品に取材するといった方が良いであろう。

(20)増田清秀氏『楽府の歴史的研究』第三章「呉兢の楽府古題要解（原文と考証）」（創文社　一九七五）は、この盛唐期の解題書盛行について言及するが、それと楽府文学の展開とを関連させてはいない。

(21)増田氏前掲書の考証によれば、『説郛』巻四十三所載の王叡「炙轂子雑録」所引「楽府題解」が、呉兢「楽府古題要解」の原文に近いものであると言う。今増田氏の指摘に従い、王叡「炙轂子雑録」所引『楽府題解』を本文に用い、［　］内は、津逮秘書所載本に拠り補った。

(22)『北堂書鈔』『芸文類聚』では『古今注』の他の篇は引用されているが、音楽篇は引用されていない。それが『文選』李善注、『初学記』に至って、音楽篇も引用されるようになる。これも、盛唐期に「崔豹解題」本事が注目されるようになったことと関係があるかもしれない。

附論　中国古典文学に於ける「雪」
――東晋・劉宋期を中心として――

はじめに

中国の風土文物は南北によって自ずから趣を異にする。文学に於いては、例えば北方系の『詩経』と南方系の『楚辞』の間には、リズムや自然観などに大きな差異が有ることは、先達の指摘するところである。この中国文学の南北差は、時代によって濃淡はあるものの、中国文学の変遷を考える上で、常に念頭に置かれるべき問題の一つであろう。

小論で問題とする東晋期は、長らく北方に都を定めていた漢民族の王朝が南方に都を遷した時代であり、中国文学の南北差を考える上で、一つの重要な時期である。政治・文化の中心が北から南へと遷り、その土壌が江南地方へと遷った時、文学はどのように変化し、また展開していったのか。そのことを、小論では「雪」を一つの例として考えてみたい。

ここで、「雪」を素材とした理由は、第一に東晋期の詩賦には「雪」の使用例が比較的多いこと、そして第二に東晋期以後、雪に対する美意識が変化しているからである。小論では、この雪に対する美意識の変化に注目し、雪に対する人々の新しい感覚が、文学の世界にどのような変化をもたらし、そしてそれがどのように展開していったのかを考究する。そして、その結果から考え得る晋王朝南遷以後の文学の展開について、私見を提示したい。

第一節　西晋以前の文学における「雪」

中国文学に於いて、春と夏を題材とする詩に比べて、冬を題材とする詩は、夏と共に少ない。但し、冬の景物の中でも、「雪」だけは特別な存在であり、古来「雪」「雪景色」の美しさを詠む作品は多い。

このように「雪」が美しい自然物として描かれ始めるのは、六朝期からのようである。小尾郊一氏は「文学で雪が美しく描写されだしたのは、六朝時代からである。…雪景色が文学の世界でにわかに脚光を浴びたのは、五世紀始めの詩人、謝恵連の『雪の賦』からである。[1]」と指摘する。また近年、岩城秀夫氏は、雪が美しいものとして意識されるようになったのは、晋王室が温和な気候の地に南遷した東晋期以後であり、それは人々が「雪」を見ても北地での寒気を感じることが無くなり、雪景色の美しさのみが強く意識されるようになったからであろうと指摘している。[2]

実際に『詩経』から六朝までの詩賦に於ける「雪」の用例を調べてみると、「雪」または「雪景色」の美を描く作品が顕著に現れ始めるのは東晋期からであり、西晋以前に於いては、雪害の苦しみを詠む作品が圧倒的に多い。更に謝恵連「雪賦」以後、斉梁期からは、「雪」「雪景色」を美しく描く作品が増加し、逆に「雪」を否定的に描く作品は少なくなっている。

しかし、西晋以前にも「雪景色」の美を詠む作品が一例存在する。それが『文選』に収録される西晋・左思「招隠」第一首である。

左思「招隠」二首　第一首

杖策招隠士　荒塗横古今　策を杖きて隠士を招《たず》ね　荒塗　古今に横る
巌穴無結構　丘中有鳴琴　巌穴には結構無く　丘中には鳴琴有り
白雪停陰岡　丹葩曜陽林　白雪は陰岡に停まり　丹葩は陽林に曜く
石泉漱瓊瑤　纖鱗亦浮沈　石泉は瓊瑤を漱ぎ　纖鱗も亦た浮沈す
非必糸与竹　山水有清音　糸と竹とを必とするに非ず　山水に清き音有り
何事待嘯歌　灌木自悲吟　何ぞ事として嘯歌を待たん　灌木は自ら悲吟す
秋菊兼糇糧　幽蘭間重襟　秋菊は糇糧を兼ね　幽蘭は重襟に間《まじわ》る
躊躇足力煩　聊欲投吾簪　躊躇して　足力煩う　聊か吾が簪を投ぜんと欲す

この左思の作品は、隠者を尋ねて山林を訪れ、その地の美しさに心惹かれて、遂にそこに留まることを願う作品である。三句目の「巌穴」以下は、隠者が棲む地の美しさを述べており、その五句目に「白雪停陰岡」と、「雪景色」が詠まれている。対句の「丹葩」との色彩の対比も鮮やかに、北側の丘陵に残る「白雪」が描き出されている。

但しこの五句目にはテキストに異同があり、「白雪」を「白雲」に作るテキストもある。もし、本来ここが「白雲」であったならば、西晋以前には「雪景色」の美を描く作品は一例も無いこととなり、西晋以前と東晋以後の相違は、より明確となるであろう。

現在の所、本来どちらであったかを定める客観的な論拠は見出せないけれども、ただ東晋以後の詩文には、この左思「招隠」が、かなり早い時期から「雪景色」を描いた作品として認められていたことを示す資料が、幾つか見受けられる。

例えば、『世説新語』任誕篇には、東晋の王徽之が、雪の夜に四面を覆う白銀の景を見て、左思「招隠詩」を詠じ、友人の隠者戴逵のことを思い出して、彼を尋ねて行くという有名な逸話があり(3)、また招隠詩の流れを汲む東晋・庾闡の「遊仙詩」には、「神岳竦丹霄、玉堂臨雪嶺。」と、「丹霄」と「雪嶺」を対比させて仙境の景を描き、左思の句に倣うかのようである。この他にも「子夜呉歌・冬歌」の中には、「白雪停陰岡、丹葩曜陽林。非必糸与竹、山水有清音。」と、左思「招隠」の一部を切り取って、一つの作品とするものもあり、左思「招隠」は「雪景色」を描いた作品として、早い時期から注目されていたようである。

また『詩経』から西晋までの詩賦に於ける「雪」の用例から考えても、西晋の左思が丘陵に残る「白雪」の美を描く必然性は十分にあると、論者は考える。なぜなら、隠者が棲む地の美しい景物としての「白雪」は、西晋以前の「雪」に対する美意識が集約されていると考えることができるからである。

一、『詩経』における雪

中国文学に於ける雪の原初的イメージを知るために、本項ではまず『詩経』に於ける「雪」について検討を加えておきたい。『詩経』に於いて「雪」を描く作品は七例、これらを分類すると、次の三つのイメージに分類することができそうである。

①害悪・寒苦をもたらすもの　邶風「北風」・小雅「頍弁」・同「角弓」・(同「采薇」・「出車」(4))

②豊穣をもたらすもの　小雅「信南山」

③鮮潔な白色を有するもの　　曹風「蜉蝣」

まず①の「害悪・寒苦をもたらすもの」としての「雪」は、例えば邶風「北風」がこれに相当する。

『詩経』邶風・北風

北風其涼　雨雪其雱　　北風は其れ涼《つめた》く　雪雨《ふ》ること　其れ雱《さかん》なり
恵而好我　携手同行　　恵して我を好めば　手を携えて同《とも》に行かん
其虚其邪　既亟只且　　其れ虚　其れ邪　既に亟《きゅう》なり

肌を刺す北風、その上に雪が盛んに降りしきる。それは万物に害をもたらし、人々を苦しめる。鄭箋が、君主が暴虐で民を苦しめることを喩えると(5)解釈するように、「北風」とそれに伴う「雪」は、過酷な環境の象徴として、また害悪をもたらすものとして、否定的に捉えられている。

また、次の小雅「角弓」でも、「雪」は忌むべき存在として捉えられている。

『詩経』小雅・角弓

雨雪瀌瀌　見晛曰消　　雪雨《ふ》ること瀌瀌たれども　晛《けん》を見れば曰《ここ》に消ゆ
莫肯下遺　式居婁驕　　肯て下り遺《したが》い　式《もっ》て居りて驕を婁《おさ》むる莫し

雨雪浮浮　見晛曰流　　雪雨ること浮浮たれども　晛を見れば曰に流る
如蛮如髦　我是用憂　　蛮の如く　髦の如し　我　是に用て憂う

「瀌瀌」は雪の盛んに降るさま。「晛」は太陽の光。盛んに降り積もる雪も、太陽の光を浴びれば溶けてゆく。それと同じように、君主が善政を施そうとすれば、人々はそれまで幅を利かせていた小人たちを誅殺せんと言い始める。[6]「雪」は寒さをもたらし、万物に害を及ぼし、人々を苦しめる。中国に限らず、古代人にとって、「雪」は美の対象である以前に、忌むべき存在だったのであろう。『詩経』に於いても用例が多いのは、害悪・寒苦をもたらす雪である。

次の②「豊穣をもたらすもの」としての「雪」は一例のみ、『詩経』小雅「信南山」に見える。

『詩経』小雅・信南山

上天同雲　雨雪雰雰　　上天　雲同《あつ》まり　雪雨《ふ》ること　雰雰たり
益之以霢霂　既優既渥　　之を益すに霢霂を以てし　既に優に既に渥《あつ》し
既霑既足　生我百穀　　既に霑《うるお》いて既に足り　我が百穀を生ず

毛伝は「豊年の冬、必ず積雪有り。（豊年之冬、必有積雪。）」と、冬の積雪はその年の豊穣をもたらすことを指摘する。冬の雪と春の雨は、大地に潤いを与え、作物を実らせる。このように冬の雪は、古くから貴重な給水源として重要視され、また豊穣をもたらすものとして好意的に迎えられる存在でもあったのである。

最後に③「鮮潔な白色を有するもの」としての「雪」は、これも一例のみ、曹風「蜉蝣」に見える。

『詩経』曹風・蜉蝣

蜉蝣掘閲　麻衣如雪　　蜉蝣　掘閲《くつえつ》し　麻衣　雪の如し

心之憂矣　於我帰説　　心の憂うる　我に帰説《きぜい》せよ

「掘閲」は蜉蝣が土中から出てきたばかりのことと、鄭箋は言う。土中から出て殻を脱いだ蜉蝣は、白い麻の衣を着たようであり、その白さを「雪」に喩えたのであろう。毛伝に「雪の如しとは鮮潔なるを言う。（如雪言鮮潔。）」と言うように、「雪」の鮮やかな白さは、古くから美しきものとされていたようである。

以上の如く、『詩経』に於ける「雪」は、①「害悪・寒苦をもたらすもの」、②「豊穣をもたらすもの」、③「鮮潔な白色を有するもの」に分類可能であり、さらに①は雪に対する否定的なイメージ、②③は肯定的なイメージとすることができる。数量は①が最も多く、②③は各一例のみであり、ここから「雪」は本来否定的なイメージが先行する自然物であったことが分かる。但し③の例から窺えるように、既に「白雪」の美しさは、『詩経』の時代から人々の注目するところであった。

このような『詩経』に於ける「雪」の原初的イメージは、その後も、基本的に受け継がれてゆく。そして、③「鮮潔な白色を有するもの」としての「雪」のイメージが、西晋以前の「雪」に対する美意識の基底となっているようである。

二、「害悪・寒苦をもたらすもの」としての「雪」

前項の「雪」の三つのイメージの中で、『詩経』以後の辞賦及び詩歌に於いても、最も用例が多いのは、「害悪・寒苦をもたらすもの」というイメージである。今試みに『詩経』以後、西晋以前の詩賦に於ける「雪」の用例を抜き出して、その内容を検討してみると、実に三分の二近くが、「雪」を害悪をもたらす存在、または過酷な自然環境を象徴する存在として描いている。(7)

右の結果は、主観的な判断に拠るものであり、必ずしも厳密な数値ではないけれども、西晋以前の詩賦に於いて、「雪」は第一に害悪をもたらす存在、または過酷な自然環境を象徴する存在として、否定的に捉えられていたことは間違いない。以下に幾つかの具体的な例を示しながら、そのことを確認しておきたい。

まず『楚辞』に於いても、「雪」は害悪・寒苦をもたらすものとして、否定的に捉えられている。例えば、「九章・渉江」では、山中での苦難を描く部分に、限りなく降りしきる雪を次のように描く。

山峻高以蔽日兮　下幽晦以多雨　　山は峻高にして以て日を蔽い　下は幽晦にして以て雨多し
霰雪紛其無垠兮　雲霏霏而承宇　　霰雪紛として　其れ垠《かぎり》無く　雲霏霏として　宇《のき》に承く

この他にも、「九歌・湘君」では、氷雪に阻まれる舟行の苦難を「桂櫂兮蘭枻、斲冰兮積雪。」と言い、宋玉「招魂」では、北地の留まり難きを言うに「増冰峨峨、飛雪千里些。」と、千里の彼方まで飛びゆく雪を描く。

また漢魏の賦に於いても、馬融「長笛賦」では「秋潦漱其下趾兮、冬雪揣封乎其枝。」と笛の材料となる竹の枝を犯す雪を描き、張衡「西京賦」では「於是孟冬作陰、寒風粛殺、雨雪飄飄、冰霜惨烈。」と、初冬の寒さを「寒風」「雨雪」「冰霜」によって表現している。この他にも張衡「南都賦」、班彪「北征賦」、楊雄「蜀都賦」、蔡邕「青衣賦」「胡栗賦」、魏文帝「寡婦賦」など、枚挙に遑がない。更に西晋の賦に於いても、傅玄「大寒賦」は、「厳霜夜結、悲風昼起、飛雪山積、蕭條万里。」と、冬の厳しい寒さを表現し、潘岳「懐旧賦」では、「晨風凄以激冷、夕雪暠以掩路。轍含冰以滅軌、水漸軔以凝冱。」と、行路を阻む夕刻の雪を詠む(8)。

状況は詩に於いても同じである。例えば秦嘉「贈婦詩」は、独居の寂しく且つ厳しい環境を、次のように表現する。

秦嘉「贈婦詩」

曖曖白日　引曜西傾　　曖曖たる白日　曜を引きて西に傾く
啾啾雞雀　群飛赴楹　　啾啾たる雞雀　群れ飛びて楹に赴く
皎皎明月　煌煌列星　　皎皎たる明月　煌煌たる列星
厳霜悽愴　飛雪覆庭　　厳霜　悽愴にして　飛雪　庭を覆う
寂寂独居　寥寥空室　　寂寂たる独居　寥寥たる空室
飄飄帷帳　熒熒華燭　　飄飄たり帷帳　熒熒たり華燭
爾不是居　帷帳何施　　爾　是に居らず　帷帳　何ぞ施さん
爾不是照　華燭何為　　爾　是に照らされず　華燭　何為れぞ

この詩の前半四句は、日暮れから夜中へと移りゆく景物を描く。「皎皎…」「煌煌…」の二句は、『文選』所収の古詩十九首第七首「明月　皎として夜に光《かがや》き、促織　東壁に鳴き、玉衡　孟冬を指し、衆星　何ぞ歴歴たる。（明月皎夜光、促織鳴東壁。玉衡指孟冬、衆星何歴歴。）」に類する。ここで、古詩の作者は時節の移り変わりを言うが、白き月の光と、星の瞬きは、冷たさや寂しさをも感じさせる。秦嘉詩の「皎皎」「煌煌」の二句にも、更けゆく夜に独り居る作者の寂寥を読みとることができよう。そのような静かで寂しい夜に、霜は激しく降り、雪は庭を覆う。「厳霜悽愴、飛雪覆庭」は、作者の置かれた環境の厳しさを言うが、そればかりではなく、雪に覆われた庭は、積雪後の静寂をも感じさせる。(9)

この他にも、魏武帝「苦寒行」では、行路の苦難を「谿谷少人民、雪落何霏霏。」と言い、また王粲「七哀詩」では「冰雪截肌膚、風飄無止期。」と、辺域の寒苦がリアルに表現されている。また西晋詩では、陸機の「上留田行」「苦寒行」「飲馬長城窟行」他、傅玄、張華、張載なども、「雪」を「害悪・寒苦をもたらすもの」として描く。

以上のように、『詩経』から西晋に至る「雪」を描く作品の大半は、「雪」を害悪をもたらすもの、過酷な環境の象徴として描く。斉梁以後は、「雪」を美の対象として描く作品の方が多くなり、逆に「雪」を否定的に捉える作品は少なくなる。しかし西晋以前、「雪」は否定的なイメージが先行する自然物だったのである。

三、「豊穣をもたらすもの」としての「雪」

冬の積雪が豊年をもたらすとは、『詩経』「信南山」の毛伝が指摘する所だが、漢代には他にも、農業書や歴史書などに、冬の積雪と、豊穣又は旱害との関係を示す記事がある。例えば、前漢の『氾勝之書』（『斉民要術』巻一

「耕田」所引）には、「冬に雪雨りて止むごとに、輒ち以て之を蔺《ふ》み、地の雪を掩い、風をして飛び去らしむこと勿かれ。後雪も復た之を蔺《ふ》めば、則ち立春に沢を保ち、凍虫死し、来年宜しく稼なるべし。（冬雨雪止、輒以蔺之、掩地雪、勿使風飛去、後雪復蔺之、則立春保沢、凍虫死、来年宜稼。）」と、降雪後の処置を記しており、降雪の重要性が説かれている。また『漢書』及び『後漢書』には、次のような冬の降雪と政治との関係を示す記事が散見する。

『漢書』巻七十一　平当伝

朕選於衆、以君為相、視事日寡、輔政未久。陰陽不調、冬無大雪、旱気為災、朕之不徳、何必君罪。

（朕　衆より選びて、君を以て相と為すも、事を視ること日寡く、輔政　未だ久しからず。陰陽　調わず、冬に大雪無く、旱気　災を為すは、朕の不徳にして、何ぞ必ずしも君の罪ならん。）

右は、病を以て致仕せんことを乞う丞相平当に対して、哀帝が与えた書簡の一部である。ここで哀帝は、陰陽の調和が崩れ、冬に大雪無く、旱災を招いたのは、自らの不徳にあり、丞相平当の罪ではないとして、彼を慰留しようとしている。これと同趣旨の発言は、後漢の明帝、和帝、順帝にも有る（『後漢書』）。冬の降雪は天の恩恵とされ、その有無は為政者の徳に応ずるとする思想は、遅くとも漢代には定着していたようである。

但し、論者の調査に拠れば、『詩経』以後の詩賦に於いて、「雪」を豊穣をもたらすものとする作品はしばらく影を潜め、西晋に至って再び現れる。『芸文類聚』天部下・雪に収録される西晋・孫楚「雪賦」などがそうである。

孫楚「雪賦」

堯九載以山栖兮、湯請禱於桑林。罔二聖以済世兮、孰繁苑以迄今。嗟亢陽之踰時兮、情反側以寝興。豊隆灑雪、交錯翻紛。膏沢偃液、普潤中田、粛粛三麦、実獲豊年。

（堯　九載以て山栖し、湯　桑林に請禱す。二聖の以て世を済う罔《な》くんば、孰れか繁苑し以て今に迄《およ》ばん。亢陽の時を踰ゆるを嗟《なげ》き、情《おもい》　反側して以て寝興す。豊隆　雪を灑ぎ、交錯翻紛たり。膏沢偃液、普く中田を潤し、粛粛たる三麦、実に豊年を獲ん。）

西晋・孫楚「雪賦」は、現存する作品の中では、同時代の夏侯湛「寒雪賦」と共に、「雪」を主題とする早期の例として注目に値する作品である。前半は堯と殷湯王が旱害の世を救った故事と、長く続く現在の旱害に対する嘆きが、後半は盛んに降り注ぐ雪の様子と、当年の豊年を予祝する言葉が述べられている。

この『芸文類聚』所引の孫楚「雪賦」は分量が少なく、また所々文意が繋がらない箇所もあり、本来の形を完全には留めていないようではあるけれども、恐らくは当時の為政者又は或る人物の徳を讃えた作品だったのであろう。西晋期には他にも、左芬「元楊皇后誄」に、楊皇后の立后の時に、「甘雪」が降り、それが中国を潤して、長く豊年を得たとあり、当時或る人物の徳を讃えるのに、「降雪」が瑞応として用いられていたことが分かる。

「豊穣をもたらすもの」としての「雪」は、詩賦にこそ、その用例は稀であるが、詩経以後も「雪」の一つのイメージとして継承されていき、西晋頃には為政者の徳望を讃える作品も現れ始める。そして、これが後に六朝期に顕著となる「瑞祥としての雪」のイメージを導くのである。

但し孫楚「雪賦」と、左芬「元楊皇后誄」は、「雪」を豊穣をもたらすものとして好意的に捉えているけれども、未だ「雪」を美の対象とする意識は窺えない。後に南朝期の詩人は、瑞祥としての雪を、「花雪」（謝荘「瑞雪詠」・庾肩吾「詠花雪」など）と表現するが、西晋以前には、まだ「花雪」のような、豊穣をもたらす「雪」を美の対象とする表現は見当たらない。これは些細な表現の問題であるが、ここにも西晋以前の「雪」に対する美意識の一端が示されていよう。すなわち、左思「招隠詩」を除く、西晋以前の詩賦における「雪」は、それが自然の景物として詠物的に描かれる場合は、「害悪・寒苦をもたらすもの」、または「豊穣をもたらすもの」として描かれることはあっても、それを美の対象とする作品は見当たらないのである。そして、「雪」が美の対象として扱われる場合は、次節の「鮮潔な白色を有するもの」として「雪」が描かれる場合に、ほぼ限られているようである。

四、「鮮潔な白色を有するもの」としての「雪」

『詩経』「蜉蝣」のように、「雪」は古くから白色の比喩として用いられており、またそこには「雪」の鮮やかな白さに対する美意識が窺える。『詩経』以後も、宋玉「登徒子好色賦」が、「眉は翠羽の如く、肌は白雪の如し（眉如翠羽、肌如白雪）」と、美しい女性の肌の白さを「白雪」を以て喩えるのも、古くから雪の白さが、美の対象とされていたことを示している。[10]

この雪の白色を比喩表現として用いる作品は、後漢末から三国にかけて、数が増え始める。例えば、魏・文帝「大牆上蒿行」では、剣の白く輝く様を「白如積雪」と言い、劉楨「魯都賦」では、女性の顔（「顔若雪霜」）、塩の白さ（「素鹺凝結、皓若雪氛」）、三国・楊泉「蚕賦」では、蚕糸の白さ（「爾乃糸如凝膏、其白伊雪」）を、それぞれ雪を用いて表現している。また後漢・楊修「節遊賦」は、「中林を行きて以て彷徨し、奇樹の抽英を玩《め》ず。或いは素《しろ》き華は雪のごとく朗らかに、或いは紅《あか》き彩《はな》は頳を発く。（行中林以彷徨、玩奇樹之抽英。或素華而雪朗、或紅彩而発頳。）」と、白雪の如く美しく輝く白い花と、紅い花を対比させており、左思「白雪停陰岡、丹葩曜陽林」の「白雪」と「丹葩」との対比に類する。

そして、この「鮮潔な白色を有するもの」としての「雪」のイメージは、後に「雪」の代表的なイメージの一つとなる「高潔な心情のシンボル」としての「雪」へと連なっていく。高潔な心情の象徴としての「雪」のイメージは、或いは宋玉「諷賦」に於いて、「幽蘭」と並列される「白雪」の曲に、その淵源を求めることができるかもしれない。しかし、「白雪」の原曲は現存しておらず、その真偽は定めがたいので、ここでは、「高潔な心情のシンボル」としての「雪」の代表例と目される古楽府「白頭吟」を挙げておこう。

「白頭吟」　（『玉台新詠』巻一作「皚如山上雪」）

皚如山上雪　皎如雲間月　皚たること　山上の雪の如し　皎たること　雲間の月の如し
聞君有両意　故来相決絶　聞く　君に両意有りと　故に来りて相決絶す
…
願得一心人　白頭不相離　願わくは一心の人を得　白頭　相離れざらんことを
…

この作品は男性の「両意」を知り、男性と別れることを決意した女性の心情を詠んだ作品である。「皚」は雪や霜の白さを表現する時によく用いられる語であり、(11) 高き山上に積もる白雪は、高く且つ潔白な心情を示し、何時までも節を変えぬと誓った二人の、或いは女性の心情を示している。この他に後漢・班婕妤の作と伝えられる「怨詩」にも「新たに斉紈素の裂けば、鮮潔なること霜雪の如し。（新裂斉紈素、鮮潔如霜雪。）」と、節を変えぬ心情、貞節の象徴として、「雪」が用いられている。このように、輝く「白雪」の美しさは、かなり早い時期から注目されており、更にそこから「白雪」の高潔なイメージが生まれてくるのである。

五、小　結

さて、これまで西晋以前の詩賦に於ける「雪」について述べてきた。ここで以上の結果から、西晋以前の「雪」のイメージについてまとめておきたい。

西晋以前、「雪」は「害悪・寒苦をもたらすもの」というイメージが先行する自然物であった。故に左思を除く、西晋以前の「雪」は、それが自然の景物として詠物的に描かれる場合は、「害悪・寒苦をもたらすもの」、或いは「豊穣をもたらすもの」として描かれることはあっても、それが美の対象となることは無い。また「雪」が「豊穣をもたらすもの」として描かれる場合、「雪」は天の恩恵として好意的に描かれてはいるけれども、西晋以前はそれを美の対象とする意識は窺えないのである。

結局のところ、西晋以前の詩賦に於いて、「雪」が美の対象とされるのは、「白色」という属性が問題とされる場合にほぼ限られていると言える。僅かに、前漢・枚乗「梁王菟園賦」が「乃ち附巣蹇鷲の列樹を伝わるが若きは、欐欐《りり》たること　飛雪の弗麗を重ねたるが若きなり。（若乃附巣蹇鷲之伝于列樹也、欐欐若飛雪之重弗麗也。）」と、木々の枝を飛び回る鳥たちの様を、飛ぶ雪の麗しさに喩え、また後漢・張衡「観舞賦」では、「裾は飛ぶ鸞の似く、袖は迴れる雪の如し。（裾似飛鸞、袖如迴雪。）」と軽やかに舞う女性の姿を、舞う雪に喩える例[12]があり、これらは飛ぶ雪の美麗さや舞い散る「雪」の軽やかさという、「白色」という属性とは異なる「雪」の美に着眼している。しかし、これらはほんの数例に過ぎず、非常に例外的である。

つまり西晋以前、「雪」はその「白色」という属性が故に、美の対象とされていたのであり、そこから離れて、降る雪の美しさに着眼する作品は稀であり、また積雪後の雪景色の美を描く作品は無いのである。

そこで注目されるのが、「白雪」にしろ、また「降る雪」にしろ、それらが美の対象とされる場合は、いずれも比喩として用いられている点である。これは西晋以前にはまだ自然美に対する関心がそれほど高くなかったこともその原因の一つであるとも考えられよう。但し「雪」に限って考えれば、その原因は、西晋以前の人々にとって、「雪」が否定的なイメージの先行する自然物であったが為に、直接的に「雪」そのものの美を描こうとする意識が働かなかった、或いはそれが憚られたからではなかろうか。

故に西晋以前の文学に於いて、「雪」は、その属性から「白色」や「降る姿」のみを抽出して、比喩として用いる場合にのみ、その美しさに目が向けられている。現実の「雪」、自然物としての「雪」から離れ、それが喚起する否定的なイメージから特定の属性を抽出することによって、初めて「雪」は美の対象となり得た。極端な言い方をすれば、西晋以前の詩賦では、「雪」「雪景色」自体の美ではなく、「白色」の美が描かれているに過ぎなかったのである。

そして、西晋以前では唯一「雪景色」の美を描く左思「招隠」も、この「白雪」のイメージを継承している。左思「招隠」の「白雪停陰岡」は、南の林に咲く「丹葩」と対比されており、「雪」の「白色」が強く意識されており、またこの「白雪」には、隠者の高潔なイメージが重ね合わされているとも考えられよう。このように、左思「招隠」に描かれる「雪景色」の美は、当時の「白雪」に対する一般的な美意識を集約したものである。その点から推測すれば、ここに描かれる「雪景色」は、眼前の景を写実的に写し取ったというよりは、当時の一般的な「白雪」に対する美意識に依拠した、頭の中で描かれた観念的な風景であったのかもしれない。

西晋以前、「雪」は否定的なイメージが先行するものであり、「雪」または「雪景色」自体の美を描こうとする意識は薄く、「雪」が美の対象となるのは、「白色」という属性が問題とされる場合にほぼ限られている。それが東晋期になると、「雪」または「雪景色」自体の美を描こうとする作品が俄に現れる。そして、そこにはそれ以前にはなかった新たな表現が試みられるようになる。その試みは何処に始まり、またそれは西晋以前の伝統的な「雪」のイメージや表現とどのように関わっていくのだろうか。

第二節　東晋期の新しい傾向 ――「雪」「雪景色」自体の美を描く作品の登場――

西晋以前の詩賦に於いて、最も用例が多いのは、害悪・寒苦をもたらし、過酷な自然環境をもたらす「雪」であった。西晋以前の詩賦に於ける「雪」の全用例中、三分の二以上の作品が、これに当たる。そして、東晋期の作品に於いても、やはり最も用例数が多いのは、害悪・寒苦をもたらし、過酷な自然環境を示す「雪」である。(13)

しかし、僅かではあるが、民歌や詠物詩賦の中に、西晋以前には見ることができない「雪」「雪景色」自体の美を詠む作品を見出すことができる。

子夜四時歌・冬歌

寒雲浮天凝、積雪冰川波。連山結玉巌、脩庭振瓊柯。

（寒雲　天に浮かびて凝り、積雪　川波を冰らす。連山　玉巌を結び、脩庭　瓊柯を振う。）

連なる山を覆い、庭の木々に降り積もり、恰も瓊玉を飾り立てたかのような積雪後の雪景色。この後半二句のような銀世界の美は、西晋以前の作品には見出すことはできない。

郭茂倩『楽府詩集』は、この「子夜四時歌」を晋宋斉の歌辞としており、作品の制作時期を東晋期とは確定できないが、しかし、東晋期の文人の作品にも、この「子夜四時歌・冬歌」と同じように、銀世界の美を詠んだ作品や、積雪後の雪景色を描いた作品が有る。

李顒「悲四時賦」

雲黮䨴以時興、雪聯翩而驟密。枯林皦如瓊幹、空岫朗若玉室。

（雲は黮䨴として以て時に興《おこ》り、雪は聯翩として驟密たり。枯林　皦《しろ》きこと瓊幹の如く、空岫　朗かなること玉室の若し。）

庾粛之「雪賛」

百籟哀吟、広莫長揮。霰雨駁灑、皓雪其霏。軽質飄颻、与風迴散。望之凝映、浩若天漢。即之皎潔、色踰玉粲。

（百籟　哀吟し、広莫として長く揮う。霰雨　駁灑として、皓雪　其れ霏たり。軽質　飄颻として、風と与に迴散す。之を望めば凝映として、浩たること天漢の若し。之に即けば皎潔として、色は玉粲を踰ゆ。）

李顒「悲四時賦」は、四季折々の景物を詠んだ作品であり、詠物賦に類する。この作品では、積雪後の景を、「枯林皦如瓊幹、空岫朗若玉室。」と描き、林や峰を覆う雪、一面の雪景色を詠む。また庾粛之「雪賛」では、軽やかに舞う雪の姿を描いた後、「望之凝映、浩若天漢。即之皎潔、色踰玉粲」と、降りしきる雪に覆われる世界、白銀の世界が詠まれている。このような一面を覆う雪景色の美しさ、美麗な白銀の世界を描く作品は、西晋以前には見ることができない。

　また詩では、次のような作品がある。

　　曹毗「詠冬」

緜邈冬夕永、凛厲寒気升。離葉向晨落、長風振條興。夜静軽響起、天清月暉澄。寒冰盈渠結、素霜竟櫚凝。今載忽已暮、来紀奄復仍。

（緜邈として冬夕永く、凛厲として寒気升る。離葉は晨に向かいて落ち、長風は條を振いて興こる。夜静かにして　軽響起こり、天清くして　月暉澄む。寒冰は渠《みぞ》に盈ちて結び　、素霜は櫚《のき》に竟《わた》りて凝る。今載は忽ち已に暮れ、来紀は奄《すなわ》ち復た仍《よ》る。）

　　張望「蜡除」

玄霊告稔謝、青龍駕払軫。鮮冰迎流結、凝霤垂簷貫。人欣八蜡暢、詎知歳聿尽。

（玄霊は稔《とし》を告げて謝し、青龍は駕して軫《くるま》を払う。鮮冰は流れを迎えて結び、凝霤は簷《のき》より垂れて貫《お》つ。人は八蜡の暢びやかなるを欣ぶも、詎ぞ知らん　歳の聿《ここ》に尽くるを。）

曹毗「詠冬」では、「夜静軽響起、天清月暉澄」と、冬夜の静寂、冬の澄んだ空気が、張望「蜡除」では、「鮮冰迎流結、凝霤垂簷霣」と、水面に張る氷、軒の氷柱が描かれている。この二作品は「雪」という語は用いてはいないものの、このような冬夜の静寂や積雪後の景物を描く作品も、西晋以前には見当たらない。

また、次の羊孚「雪讃」、顧愷之「冰賦」は、それぞれ雪と氷の性質を詠んでおり、このような雪や氷の性質を説いた作品も西晋以前には未見である。

羊孚「雪讃」

資清以化、乗気以霏、遇象能鮮、即潔成輝。

(清きを資《う》けて以て化し、気に乗りて以て霏たり。象《かたち》に遇いては能く鮮かに、潔に即きては輝きを成す。)

顧愷之「冰賦」

爾乃連綿絡幕、乍結乍無。義剛有折、照壼則虚。託形超象、比朗玄珠。

(爾して乃ち連綿絡幕として、乍ち結び乍ち無《き》ゆ。義剛　折有り、照壼　則ち虚なり。形に託けば象を超え、朗きを玄珠に比す。)

このような積雪後の雪景色、雪夜の静寂、雪の性質など、「雪」或いは「雪景色」を多面的に捉える作品が、東晋期、もう少し時期を限定すれば、東晋中期以後に現れるのは(14)、先に提示したように、「雪」に対する意識が、この時期に変化し始めていたからであろう。

西晋以前にも、左思「招隠」の「白雪停陰岡」のように、「雪景色」の美に注目する作品は有った。しかし、それは『詩経』以来積み重ねられてきた「白雪」に対する特別なイメージに基づいたものであり、極端に言えば、それは雪の「白色」に対する美意識であった。西晋以前の人々にとって、現実の自然物としての「雪」は、害悪・寒苦をもたらす存在、忌み嫌われる存在であり、文学の世界でも、「雪」や「雪景色」自体が積極的に描かれることはなかったのである。

それが温暖な江南地方に遷ったことにより、「雪」に対する否定的な感情が薄れ、人々は「雪」に対して好意的な感情を抱き始める。このような「雪」に対する好意的な感情が、現実の「雪」や「雪景色」に観察の目を向けさせ、文学の素材としても採りあげられ始めたのであろう。

そして、この東晋期に新たに見出された素材——ここでは「雪」や「雪景色」の美——の表現や描写を開拓する役割を果たしたのが、詠物賦、詠物詩や物賛であった。現存する東晋期の詩賦に於いて、「雪」や「雪景色」の美やその性質などを詠む作品は、「雪」や「冬」をテーマとした詠物賦、詠物詩や物賛に集中して見られる。西晋以前、「雪」や「雪景色」の表現やその描写は画一的であり、それらを描く為には、表現や描写を新たに開拓する必要があった。その表現や描写を開拓する役割を果たしたのが、詠物詩賦や物賛だったのであろう。詠物詩賦や物賛などは、一般的に遊戯性・娯楽性が強い作品と見られがちである。しかし、これらは新しい素材を如何に捉え、そして如何に表現していくか、という文学表現の発展に一定の役割を果たしていたと言えるであろう。

更に、この点に関連して、もう一つ注意すべきことは、東晋期の新しい傾向の作品は、その作者の多くが、門地三品以下の寒士、或いは南方出身者であるということである。

まず李顒（生卒年不詳）は江夏の人、李充の子である。父李充は貧困の為に已むを得ず、褚裒の参軍（七品）となり、後に剡県の令となり、会稽の王羲之とも交流があった人物である。しかし、その息子である李顒の事跡はほとんど分からず、ただ『隋書』経籍志に「周易卦象数旨　六巻　東晋楽安亭侯李顒」とある。ちなみに楽安亭侯は五品官である。

庾粛之は、庾闡の子であり、文才を世に知られ、給事中（五品）、相府記室（七品）、湘東太守（五品）を歴任し、太元中に卒している。庾闡は東晋期でも有名な文人であるが、その子庾粛之の事跡ははっきりとしない。

曹毗（生卒年未詳・三四〇年以前～三七六年以後）は、曹休の孫に当たる魏王室の血筋であり、才能も豊かであった。しかし、東晋王朝では遇を得ず、『晋書』文苑伝に拠れば、尚書郎（六品）、鎮軍大将軍従事中郎（六品）、下邳太守（五品）を累選したが、思うような地位と名声を得られず、「対儒」を著して自ら慰めたと言う。更に文苑伝の末尾にも「曹毗　秘籍を沈研するも、下僚に踠足す。」とあり、彼は豊かな知識を抱きながら、官途では成功しなかった人物であったらしい。

次の張望（生卒年未詳）は、『玉燭宝典』の記述から桓温の参軍であったことが知れるだけで、その事跡は全く分からない。

顧愷之（三四五年?～四〇五年）、晋陵無錫の人、南方出身者。彼の父悦之は、尚書左丞（六品）である。顧愷之自身は、大司馬参軍（七品）に起家し、最終的には散騎常侍（三品）に至っている。

羊孚（?～四〇四年前後）は、桓玄にその才能を認められ、太尉参軍（七品）、州別駕（五品または六品）、太学博士（六品）などを歴任。父の綏は中書侍郎（五品）であった。

前掲の作品以外では、謝安・謝拠・謝道蘊らの「詠雪聯句」に於いて、降る雪の様を「柳絮」に喩えた謝道蘊の句も、新しい傾向の作品に入れることができる。このように全ての作品の作者がそうである訳ではないが、概して新しい傾向は、寒士や南方出身者の作品に多いのである。

まず南方出身者の作品に、「雪」や「雪景色」自体を詠む作品が見られることは、北方出身者に比べて、南方出身者の方が、「雪」に対してより好意的感情を抱いていたからであろう。

また詠物的作品は、個人的営為として作成されるよりは、集団の営為として、公的な場で制作されるべき性格の作品と考えて良いであろう。そのような公的な場で制作される作品は、貴族らにとっては遊戯に過ぎなかったであろうが、安定した地位を得ようとする寒士や南方出身者にとっては、自己の文才を顕示する絶好の機会ではなかったか。

謝安、謝道蘊らの聯句のように、貴族たちの作品にも新しい傾向の作品が、本来は有ったのかもしれない。しかし、現存作品に於いて、それらの作品が寒士や南方出身者の作品に集中していることは、彼らの方が、より多くの作品を制作し、また優れた作品を制作したからではなかろうか。

「雪」の作品に限って言えば、新しい傾向は名の有る貴族や文人ではなく、さほど高く評価されることのない寒士や南方出身者の作品によって切り開かれたのである。

第三節　東晋末・劉宋初期の「雪」

前節で述べた如く、東晋期の詩賦は、その大半が前代のイメージを継承しており、新しい傾向の作品は詠物詩賦や物賛に、集中して現れる。この状況は、東晋末・劉宋初期に至っても変わらない。そして、この状況を大きく転換させる契機となったのが、劉宋・謝恵連の「雪賦」である。

従来より指摘されるように、謝恵連「雪賦」以後、「雪」や「雪景色」が文学の世界で俄に注目を浴び、その美しさを詠む作品が次々と制作されるようになる。(15) 東晋期では一部の詠物詩賦や物賛で試みられるだけであった「雪」や「雪景色」の美が、これ以後は、中国文学の普遍的な素材として用いられるようになる。

しかし、この「雪」文学の転機となる謝恵連「雪賦」に先立つ陶淵明の作品に、伝統的な「雪」のイメージと新しい「雪」のイメージとが交代する過渡期となる作品を見出すことができる。それが、次の陶淵明「癸卯歳十二月中作与従弟敬遠詩」である。

陶淵明「癸卯歳十二月中作与従弟敬遠詩」

寝迹衡門下　迹を寝《や》む　衡門の下
邈与世相絶　邈として世と相絶ち
顧眄莫誰知　顧眄するに誰をも知る莫し
荊扉昼常閉　荊扉　昼　常に閉《と》ず
凄凄歳暮風　凄凄たり　歳暮の風
翳翳経日雪　翳翳たり　日を経し雪
傾耳無希声　耳を傾くるも　希声無く
在目皓已潔　目に在りては　皓として已に潔し
勁気侵襟袖　勁気　襟袖を侵し

簞瓢謝屢設　　簞瓢　屢しば設くるを謝す
蕭索空宇中　　蕭索たり　空宇の中
了無一可悦　　了《つい》に一の悦ぶ可き無し
歴覧千載書　　千載の書を歴覧し
時時見遺烈　　時時　遺烈を見る
高操非所攀　　高操は攀ずる所に非ず
謬得固窮節　　謬《あやま》りて固窮の節を得たり
平津苟不由　　平津　苟しくも由らず
棲遅詎為拙　　棲遅　詎《なん》ぞ拙と為さん
寄意一言外　　意を寄す　一言の外
茲契誰能別　　茲の契　誰か能く別たん

この作品は、世を避けて暮らす侘び住まいの貧苦、その貧しい生活の中で、己の信念を貫く作者の心情を詠んでいる。この作品の前半部分、自分の置かれた環境の厳しさを述べる部分は、例えば、西晋以前の「雪」のイメージを踏襲する東晋・孫綽「答許詢」の作品と、その設定が似ている。

孫綽「答許詢」

爾託西隅　　爾《なんじ》は西隅に託《たく》し

我滞斯畿　我は斯の畿《さかひ》に滞まる
寂寂委巷　寂寂たる委巷
寥寥閑扉　寥寥たる閑扉
凄風夜激　凄風　夜に激しく
皓雪晨霏　皓雪　晨に霏たり
隠机独詠　机に隠《よりかか》りて独り詠う
賞音者誰　音を賞する者は誰ぞ

陶淵明
顧盼莫誰知
荆扉昼常閇
凄凄歳暮風
翳翳経日雪
傾耳無希声
在目皓已潔

孫綽「答許詢」は、後漢・秦嘉の作と伝えられる「贈婦詩」の設定をほぼそのまま踏襲し、その表現にやや手を加えただけの型通りの作品である。

これに対して、陶淵明は迫り来る歳暮の風と連日降り続く雪について述べた後、傍点部を付した二句に積雪後の世界を描く。「傾耳無希声」とは、何の音も聞こえない雪夜の静寂を、「在目皓已潔」とは、目の前に広がる一面の銀世界を描く。この雪景色の描写は、東晋期の詠物的作品のそれと同じである。

前後の関係から、この二句は過酷な自然環境を言うのであろう。しかし、ここに描かれる銀世界は、彼の周囲を覆う過酷な環境であると同時に、彼の周囲に広がる美しい雪景色でもあり、東晋期の詠物的作品によって開かれた「雪景色」の美が、ここでは伝統的な雪のイメージ——過酷な自然環境としての「雪」——と混じり合っている。つまり、この作品は、過酷な環境という伝統的設定・イメージの枠の中に、雪日の静寂・銀世界の美という新しい描写を取り込んだ作品と言えるであろう。

清・沈徳潜は「愚《われ》漢人に於いて両語を得て曰く、前日風雪の中、故人此従《よ》り去ると。晋人に於いて両語を得て曰く、耳を傾くるも希声無く、目に在りては皓として已に潔し。宋人に於いて一語を得て曰く、明月積雪を照らす。千古詠雪の式為り。」（清・沈徳潜『古詩源』巻八）と、陶淵明の此の句を、雪を詠じた名句として高く評価している。

そして、沈徳潜が、劉宋の名句として引用する劉宋・謝霊運「歳暮」も、陶淵明と同じように、冷たくも且つ美しい雪景色を描き出している。

謝霊運「歳暮」

殷憂不能寐、苦此夜難頽。明月照積雪、朔風勁且哀。運往無淹物、年逝覚易催。

（殷憂寐ぬる能はず、此に苦しみて夜は頽《あ》け難し。明月は積雪を照らし、朔風は勁くして且つ哀し。運り往きて淹《ひさ》しき物無く、年逝きて催され易きを覚ゆ。）

このように謝恵運「雪賦」制作と同時期、或いはそれより少し前に、東晋期の「雪」「雪景色」の新しい描写と、伝統的な「雪」――過酷な自然環境――とが結びつき始める。

このように、東晋末・劉宋初期は、伝統的な要素と新しい要素、言い換えれば北方的要素と南方的要素が融合し、更に新しい南方的要素が伝統的な北方的要素へ移り代わってゆく過渡期だったようである。

第四節　結　語　――東晋期から劉宋初期に至る文学の展開――

以上、東晋期から劉宋初期の謝恵連「雪賦」に至る「雪」の変遷について述べてきた。では、この「雪」の変遷を基に、東晋から劉宋に至る文学の展開を考えると、どのような道筋が得られるのか。自然に考えれば、それは文学表現が時を経て発展していく当然の帰結であったのかもしれない。しかし、牽強付会の誇りを恐れず、もう少し踏み込んで、東晋期から劉宋期に至る文学の展開に関して、何らかの足掛かりをここから得ることができないであろうか。

そのことを考える一つの手がかりとなるのが、次の東晋・湛方生の「懐帰謡」である。

湛方生「懐帰謡」

…

雨雪兮交紛　　雨雪は交《こもご》も紛れ
重雲兮四布　　重雲は四に布く
天地兮一色　　天地は一色にして
六合兮同素　　六合は同に素《しろ》し
山木兮摧披　　山木は摧披せられ
津壑兮凝沍　　津壑は凝沍す

感羇旅兮苦心　羇旅に感じて心を苦しめ
懐桑梓兮増慕　桑梓を懐いて増《ます》す慕う
…

この湛方生の作品は、入り乱れて降る雪と天を覆う厚い雲という天空の様を描いた後、「天地一色、六合同素」と、陶淵明や謝霊運と同じように、周囲の厳しい環境を示す景物として、一面を覆う雪景色を描く。

湛方生は、曹道衡氏の論考[16]に拠れば、陶淵明とほぼ同時期の人物であり、また陶淵明と同じく江州を拠点として活動していた人物だったようである。更に曹氏は、東晋期、江州には、南方出身者を中心とした文人集団があり、彼らは北来貴族によって、中央政界では斥けられて、江州を拠点として、貴族とは異なった文学を生み出しており、陶淵明はその文人集団の雄であったと指摘する[17]。

ここで思い出されるのが、東晋期の新しい「雪」文学も、中央政界や文壇ではさほど高い評価を受けられなかった寒士や南方出身者が多かったということである。この東晋期の新しい「雪」文学の作者と、東晋末の陶淵明や湛方生らを直接的に結ぶ線は見出しがたい。しかし、新しい「雪」文学の作者が、政治的にも、文学的にも、当時それほど高い評価を受けていなかった人物や南方出身者の作品に見られること、そしてその発展的作品が、同じような境遇の陶淵明や湛方生らに見られることには、そこに何らかの関連があるのではなかろうか。

東晋期の寒士や南方出身者らの新しい試みが、東晋末の陶淵明や湛方生のような南方出身の寒士たちによって継承・発展されて行く。そして、それらを吸収し、その新しい要素を南朝貴族文学の流れへと組み入れていく役割を果たしたのが、謝霊運であり、そしてその従弟の謝恵連ではなかったか。

陶淵明と謝霊運の表現の類似性は、近年指摘されつつあり[18]、今回の「雪」においても、陶淵明と謝霊運の表現が類似していることは、先に示した通りである。このように「雪」の道筋を辿って行けば、東晋中期に寒士や南方出身者を中心として試みられ始めた要素を、東晋末の陶淵明や湛方生たちが継承・発展させ、それらを謝霊運や謝恵連ら貴族が吸収していくという流れが想定できるであろう。

この点に関連して附言しておきたいのは、東晋期から劉宋期にかけての南朝民歌受容の問題である。江南土着の民歌である南朝民歌は、東晋期より既に文人たちの好尚を得ていたとされるが、東晋期、貴族の間ではそれを卑俗なものとして排斥しようとする向きがあった。結局の所、南朝民歌の本格的な流行は、劉宋中期の大明年間以降に顕著となる[19]。

南朝民歌も東晋期に始まる新たな要素であり、その点に於いては、今回の新しい「雪」の作品と同じである。それらはいずれも伝統を重んじる東晋期の貴族たちにとっては、俄には受け入れがたいものではなかったか。それが変化し、東晋期から始まる新しい要素が、貴族たちにも受け入れられ、南朝貴族文学の流れに組み込まれ始めるのが、東晋末・劉宋初期だったのである。

今回、「雪」という限られた素材しか用いておらず、この東晋期から劉宋期にかけての流れを説明するには、論拠に乏しいことは否めない。今回提出した仮説を裏付けるべく、今後は更に対象を広げて、六朝文学に於ける東晋期から劉宋期にかけての文学の展開に関して、考察を深めてゆくつもりである。

注

（1）「中国文学にみる雪のこころ」（『研暇漫録』信濃毎日新聞社　一九七七）

（2）「柳絮と白雪」（『学林』二十八・二十九号　一九九八）。この他、中国文学に於ける「雪」に対する一般的な見解を知るために、黒川洋一氏他『中国文学歳時記　冬』（同朋舎　一九八九）、植木久行氏『唐詩歳時記―四季と風俗―』（明治書院　一九八〇、後「唐詩歳時記」講談社学術文庫　一九九五）、佐藤保氏『漢詩のイメージ』（大修館書店　一九九二）、松浦友久氏編『漢詩の事典』（大修館書店　一九九九）などを参考とした。また中国古典文学に於ける「雪」に言及する論文としては、菅野禮行氏「白居易の詩における『雪月花』の表現の成立について」（『日本中国学会報』三十集　一九七八）、三上英司氏「韓愈の『詠雪贈張籍』詩について」（『人文論究』五十一号　一九九一）、矢嶋美都子氏「豊作を言祝ぐ詩―『喜雨』詩から『喜雪』詩へ」（『日本中国学会報』四十九集　一九九七）、原田直枝氏「劉璠『雪賦』をめぐって」（『興膳宏教授退官記念中国文学論集』汲古書院　二〇〇〇）などを参考とした。

（3）劉孝標は、王徽之が詠じた左思の詩を、この『文選』所収の第一首とする。

（4）小雅「采薇」・同「出車」は、時間の経過を示す為に「雨雪」を用いており、必ずしも「雪」を否定的に捉えているとは言い切れない。

（5）鄭箋に「寒涼の風は、万物を病害す。興するは君の政教酷暴にして、民をして散乱せしむるを喩ふ。（寒涼之風、病害万物。興者喩君政教酷暴、使民散乱。）」とある。

（6）鄭箋に「雪を雨らすこと之れ盛にして、瀌瀌然たり。日の将に出でんとし、其の気始めて見るに至らば、人則ち皆称して曰く、雪今にして消釈せんと。小人　多しと雖も、王若し善政を興さんと欲すれば、則ち天下　之を聞きて、小人今誅滅せんと曰わざる莫きを喩う。（雨雪之盛、瀌瀌然、至日将出、其気始見、人則皆称曰、雪今而消釈矣。喻小人雖多、王若欲興善政、則天下聞之、莫不曰小人今誅滅矣。）」とある。

（7）用例の検索に用いた索引は以下の通りである。
『楚辞索引』竹治貞夫　徳島大学学芸学部漢文学研究室　一九六四
『先秦・両漢・三国辞賦索引』上下　富永一登・張健　研文出版　一九九六
『全漢詩索引』松浦崇　櫂歌書房　一九八四
『全三国詩索引』松浦崇　櫂歌書房　一九八五
『全晋詩索引』松浦崇　櫂歌書房　一九八七

西晋の賦は論者の調査に拠る。ちなみに西晋の賦に於いては、③の用例がそれ以前よりも増えるが、全用例の半数以上は①である。
(8) 西晋の賦では、他にも陸機「感時賦」「思親賦」、陸雲「歳暮賦」、傅咸「款冬花賦」、成公綏「木蘭賦」、庾儵「冰井賦」なども、「雪」を「害悪・寒苦をもたらすもの」として描いている。
(9) 司馬相如「美人賦」にも、「流風　惨冽として、素雪　飄零す。閑房　寂謐として、人声を聞かず。(流風惨冽、素雪飄零。閑房寂謐、不聞人声。)」という一節がある。これは、作者が美女に誘惑される場面の一節であり、この後には既に調えられた夜具の描写が続く。「流風惨冽、素雪飄零」とは、夕刻の寒冷さを表現するが、次句との関係から考えて、或いは雪夜の静けさを意識しているのかもしれない。
(10)『荘子』逍遥遊では、「肌膚は冰雪の若く、淖約たること処子の若し。(肌膚若冰雪、淖約若処子。)」と、姑射山に住む神人の肌を「冰雪」に喩える。
(11) 例えば劉歆「遂初賦」に「漂積雪之皚皚」とある。
(12) 魏・曹植「洛神賦」にも「髣髴兮若軽雲之蔽月、飄颻兮若流風之廻雪。」と洛神の軽やかさを風にめぐる雪に喩える。
(13) 例えば、孫綽「答許詢」では、寂しい僻地での生活の艱苦を、烈しく吹きつける風と降りしきる雪を描き、孫綽「贈謝安」、王胡之「答謝安」、江逌「竹賦」、周祗「枇杷賦」は、高潔さを保つものを襲う害物として「雪」を用いる。
(14) 後出の如く、新しい傾向の作品の作者は、晋王朝南遷後の第二、第三世代に当たる。
(15) 小尾氏前掲論文。
(16) 曹道衡氏「略論晋宋之際的江州文人集団」(『中古文学史論文集続編』文津出版社　一九九四)。
(17) 長谷川滋成氏「湛方生の詩」(『中国中世文学研究』二十三　一九九二、のち『東晋の詩文』[溪水社　二〇〇〇] 所収) は湛方生と陶淵明との間に何らかの交流が有った可能性を示唆している。また橘英範氏は、廬山の慧遠や陶淵明らの文学活動から、廬山文壇のようなものが形成されていた可能性を指摘されている。(「慧遠の唱和集」『岡村貞雄博士古稀記念中国学論集』白帝社　一九九九)

(18) 石川忠久氏「謝霊運に見る陶淵明の影」・佐藤正光氏「謝霊運と陶淵明の光彩・陰影表現について」(いずれも、『古田敬一教授頌寿記念中国学論集』汲古書院　一九九七所載)

(19) この南朝民歌受容の問題は、塚本信也「南朝楽府民歌受容について—顔延之と鮑照から」(『東北大学中国語学文学論集』二　一九九七)に詳しい。

後記

そもそも本研究は、広島大学教育学部在学中に在籍していた広島大学漢文研究会に始まる。そのころ同研究会では李白の楽府詩を研究していたが、そのときから六朝の楽府文学史には不明な点が多いと感じていた。その後、李白との関係から鮑照の楽府作品を読み進めると同時に、六朝の楽府文学史に関しても調べ始め、その考察の過程で、東晋期に楽府が一時断絶したことによって、楽府詩と楽曲との関係が絶たれたことが楽府文学の転機となり、失われた楽曲の代わりに、「楽府題」が楽府詩制作の新しい拠り所として注目されたということが見えてきた。この考察の結果をまとめたものが、「六朝楽府詩の展開と楽府題」（『日本中国学会報』第四十九集）であり、これが本書の基底となっている。

この東晋の楽府断絶と「楽府題」の役割に注目した拙稿を基に考察を進めた結果と、以前から研究を続けてきた鮑照の楽府に関する考察をまとめたものを、平成十年に「六朝楽府文学史研究～鮑照を中心として～」と題して、広島大学に学位請求論文として提出し、富永一登先生、狩野充徳先生、佐藤利行先生及び国文学の位藤邦生先生により審査を受けた。審査に当たっては、主査の富永先生をはじめとして、貴重なご教示を賜った。本書は、この学位請求論文に加筆訂正し、更にその後に学術雑誌等に発表した拙稿を一部加えたものである。

本書をまとめることができたのは、多くの方々のご指導とご教示のおかげである。特に森野繁夫先生、富永一登先生の両先生には、これまで数多くのご教授を賜った。森野先生は広島大学漢文研究会在籍中から、時には厳しく、時には暖かくご指導して頂き、常に指針を示して下さった。富永先生は、私の拙い発表の中からいつも僅かな良所を引き出して下さり、深い考察へと導いて下さった。私がここまで研究を続けてこられたのは、ひとえに両先生の導きが有ったからである。ここに厚く感謝申し上げたい。

また研究を進める過程では、広島大学漢文教育研究会及び広島大学中国文学研究室の先輩方、友人との議論からも多くの示唆を得た。この場を借りて感謝の意を申し上げたい。そして、今回は索引の作成にも協力してくれた妻の泰子と、これまで私を支えてくれた家族にも改めて感謝の思いを捧げたい。このような周囲の方々の恩に報いるには、本書の内容があまりにも稚拙ではあることを恥ずかしく思うが、広く諸賢に示すことで、厳しい叱正を頂ければ幸いである。

なお、本書の刊行に際しては、日本学術振興会の平成十四年度科学研究費補助金「研究成果公開促進費」の交付を受けた。出版の労を引き受けてくださった溪水社の木村逸司氏にも改めてお礼申し上げます。

平成十五年一月十二日

佐藤大志

初出一覧

総論　六朝楽府文学史考

第一章　六朝楽府詩の展開と楽府題　—東晋楽府断絶後の楽府文学—

「六朝楽府詩の展開と楽府題」　『日本中国学会報』四十九　一九九七年十月

第二章　梁陳の文学集団と楽府題

「梁陳の文学集団と楽府題」　『中国中世文学研究』三十二　一九九七年七月

第三章　楽府題変遷考　—楽府題「陌上桑」を中心として—

「陌上桑変遷考」（上）　『安田女子大学紀要』二十七　一九九九年三月

「陌上桑変遷考」（下）　『安田女子大学紀要』二十八　二〇〇〇年二月

各論　六朝楽府文学をめぐる諸問題　—鮑照を中心として—

第一章　鮑照楽府詩論

「鮑照楽府詩の特質」　『中国中世文学研究』二十八　一九九五年五月

第二章　鮑照と「俗」文学　—六朝における鮑照評価をめぐって—

「鮑照と『俗』文学—六朝における鮑照評価をめぐって—」　『国語教育研究』四十一　一九九八年三月

第三章　鮑照の文学とその制作の場

「鮑照の文学と制作の場」　『中国中世文学研究』三十　一九九六年七月

第四章　何承天「鼓吹鐃歌」について　―その六朝楽府文学史上に占める位置―
「何承天『鼓吹鐃歌』について―その六朝楽府文学史上に占める位置」
『安田文芸論叢　研究と資料』　二〇〇一年三月
第五章　崔豹『古今注』音楽篇について　―楽府解題書と擬古楽府制作―
「崔豹『古今注』音楽篇について」　『岡村貞雄博士古稀記念中国学論集』　一九九九年八月
附論　中国古典文学に於ける「雪」　―東晋・劉宋期を中心として―
「中国古典文学に於ける『雪』序説―左思『招隠』詩『白雪停陰岡』をめぐって―」
『山本昭教授退休記念中国学論集』　二〇〇〇年三月
「中国古典文学に於ける『雪』―東晋・劉宋期を中心に―」
『新しい漢字漢文教育』三十一　二〇〇〇年十二月

人名索引

あ行

網祐次　218,219
韋誕　59
石川忠久　110,293
岩城秀夫　262
殷仲堪　225
殷湯王　272
殷璠　112
殷謀　90,110,111
植木久行　175,291
慧遠　292
袁山松　214
袁淑　10,32,66,190,196,198,199
袁伯文　15,16,190
小尾郊一　111,262,292
王筠　30,85,87,110,254
王運熙　32,67,112,175,242,259
王叡　92,93,254,255,257,259,260
王応麟　242
王徽之　264,291
王羲之　282
王敬則　212
王訓　46,49
王建　254
王胡之　292
王国安　32,175,259
王瑳　62
王粲　270
王師翰　32
王昭君　49,60
王昌齢　92,97
王仁　73
王僧虔　14,15,16,109,255
王僧孺　57
王仲雄　212
王導　226
王敦　226,240
王台卿　30,87,110
王微　98
王褒　36,41,55,57,62,68,79,110
王融　25,42,44,60,113
応璩　59,111
大上正美　42
岡田充博　260
岡村貞雄　31,109,111,176,241
温庭筠　254

か行

何思澄　43,57,111
何承天　32,220-223,225-241
何遜　41,57,66
何長瑜　196
夏侯湛　59,272
賈誼　51
賀循　32,58
賀徹　104
賀力牧　62
霍去病　49
郭茂倩　23,44,91-93,104,109,110,112,
113,183,212,249,255,257,278
桓偉　225
桓温　222,225,226,282
桓玄　224-226,282
漢哀帝（劉欣）　271
漢順帝（劉保）　271
漢明帝（劉荘）　250,271
漢和帝（劉肇）　271
貫休　248,252-254
顔延之　6,32,113,154,180-183,
190-192,194,198,219
顔竣　33
魏三祖（魏三皇帝）　15,133,134,136,
151
魏武帝（曹操）　29,30,46,47,49,50,
84,110,133,134,136,137,175,184,
185,198,270

魏文帝（曹丕）　29,84,110,133,137,153,175,185,198,248,249,269,273
魏明帝（曹叡）　12,74,133,134,175
竟陵王　→　蕭子良
堯　46,272
虞羲　56
黒川洋一　291
恵休上人　→　湯恵休
嵇康　59,247,248
建安王　→　蕭偉
元稹　192
阮籍　172,195
厳可均　59
小西昇　128,175,177
顧悦之　282
顧愷之　280,282
顧野王　44,58,61,62,64,110
呉兢　51,92,93,255,256-260
呉均　29,30,36,41,52-54,57,67,85-87,89,90,93,98,99,101-103,109-113
呉邁遠　15,16,190
孔翁帰　43
孔欣　10,32,190
孔甯子　6-9,12,32,186,187,191,194
江淹　56
江総　44,52,54,58,59,62,63,97
江朝請　42
江逌　292
更贏　160
黄節　34
興膳宏　35,111,113
高允　110

さ行

左思　262-264,273-276,281,291
左芬　273
佐藤保　291
佐藤正光　293
崔杼　243
崔豹　34,36,73,74,90,91,112,242-251,257,260
斉藤功　54,67
蔡邕　95,245,246,259,269
司馬休之　222,224,226
司馬相如　292
始興王濬　16,125,197,202,205,206
謝安　282,283
謝拠　282
謝恵連　9,10,32,151,156,190,262,284,287,288,289,290
謝尚　34
謝燮　58,62,64
謝荘　16,33,34,273
謝朓　25,26,27,42,45,60,191,192,226,236,237,239
謝道蘊　282,283
謝霊運　9,10,32,59,75-77,110,150,151,156,176,180-182,190,192,198,214,218,248,251,260,287,289,290
車轂　62,63
釈智匠　74,91-93,109,233,255
朱乾　21,22
朱孝廉　42
朱思信　219
朱齢石　222,239
周祇　292
周公　231
秋胡妻　98,99,101
舜　46
荀昶　10,32,66,145,147,149,157,176,190
荀勗　74
荀万秋　33
諸葛長民　224
徐逵之　224
徐湛之　181
徐陵　52-54,62,63,83
徐伯陽　36,44,45,79,80,84,103,110
湘東王　45
鍾雅　35
昭明太子　57,66
蕭偉（建安王）　53
蕭子顕　30,36,41,43,77,79,80,82,83,101,110
蕭子範　110
蕭子隆（随郡王子隆）　226,236-238
蕭子良（竟陵王）　49

蕭滌非　32, 175, 259
鍾憲　180
鍾嶸　171, 180
常建　112
蜀王譙縦　222
岑参　102
晋安王　→　劉子勛　125
晋武帝（司馬炎）　212, 226, 243, 244
晋恵帝（司馬衷）　243
晋明帝（司馬紹）　35
沈炯　58
沈君攸　43
沈佺期　54
沈満願　57
沈徳潜　171, 287
沈約　6, 11, 24-31, 35, 37, 40, 41, 43, 45, 54, 56, 77, 79, 80, 82, 83, 110, 113, 183, 191, 192, 238, 239
秦嘉　269, 270, 286
秦羅敷　36, 67, 72-74, 70, 79, 85, 90, 93, 94, 96, 98-109, 111
任昉　56
随郡王子隆　→　蕭子隆
菅野禮行　291
鈴木修次　100, 109-112, 175, 218, 239
鈴木虎雄　112
成公綏　292
斉景公　227
斉明帝（蕭鸞）　212
石崇　19, 20, 22, 23, 145, 247, 248
薛濤　106
銭志熙　5, 11, 32
銭仲聯　33, 66
宋玉　268, 273, 274
宋子侯　112
荘公　243
曹休　282
曹植　10, 21, 22, 29, 34, 35, 66, 84, 100, 101, 102, 105, 108, 110, 111, 128, 132-134, 136, 138, 139-144, 157, 158, 163, 170, 175, 185, 189, 198, 199, 204, 214, 292
曹子父子　133, 134, 176
曹操　→　魏武帝
曹道衡　177, 183, 289, 292
曹丕　→　魏文帝
曹毗　279, 280, 282
曾子　229
蘇子卿　52
祖孫登　44
孫恩　214
孫皓　212
孫楚　59, 271, 272, 273
孫綽　286, 292

た行

戴暠　46, 49, 57, 61, 67, 254
戴逵　264
高木正一　176
竹治貞夫　291
橘英範　292
湛方生　288-290, 292
檀秀才　42
郗昂　92, 255
褚淡之　32
褚裒　282
張永　74, 109, 255
張華　35, 176, 270
張協　171
張健　291
張騫　124
張元濟　259
張衡　269, 275
張国星　259
張駿　35
張正見　41, 44, 46, 49, 52, 54, 58, 62, 63, 68, 82, 83, 102, 104, 109, 110, 254
張率　40, 41, 77, 79, 110
張載　270
張望　279, 280, 282
塚本信也　179, 180, 184, 193, 293
田子方　124, 125
陳恒　243
陳後主　41, 44, 52, 62, 79, 104, 110
戸倉英美　32
杜審言　102
陶延寿　225

陶淵明　284,286,287,289,290,292
陶侃　226,240
陶功曹　42
湯恵休　15,16,33,152,153,154,172,
180-183,190-192,194
董卓　260
犢木子　245,246
富永一登　291

な行

中津浜渉　112

は行

長谷川滋成　193,292
馬縞　245
馬戴　50
馬融　268
枚乗　275
梅陶　35
白居易　192
原田直枝　291
范雲　25,40,42,56
班婕妤　275
班彪　269
潘岳　59,157,191,247,248,269
樊妃　23,247
費昶　43,57,84,111
閔子騫　229
傅咸　292
傅玄　10,31,34,35,75,99,100,101,110,
145,157,176,237,240,241,251,260,
269,270
傅縡　104
藤井守　31,219,241
藤野岩友　111
伏知道　59
平当　271
鮑照（鮑明遠）　6,11,12,13,15-19,21,
22,24,28-35,37,52,54,60,66,67,
98,117,120,122,125-127,131,132,
138,142-144,151,157,158,161,162,
164-172,174-184,187-219,238,239,
254
鮑令暉　60

ま行

増田清秀　32,34,65,67,68,74,93,109,
112,236,237,239,240,260
松浦崇　291
松浦友久　5,31,111,175,291
松家裕子　112
松原朗　112
三上英司　291
向島成美　35,219
孟子　229
森野繁夫　67,176,193,218,260

や行

矢島美都子　291
柳川順子　176
庾徽之　15,16,190
庾肩吾　43,57,68
庾翛　292
庾粛之　278,279,282
庾信　44,58,61,63,64
庾闡　264,282
余嘉錫　244
余冠英　175,245,259
羊璿之　181
羊綏　282
羊孚　280,282
姚翻　113
楊皇后　272
楊修　273
楊泉　273
楊雄　246,269
吉川幸次郎　241

ら行

羅根沢　32
羅敷　→　秦羅敷
李延年　51
李賀　93,254,255

李顒　278,279,282
李蔡　124
李慈銘　244
李充　282
李爽　44
李端　50,66
李彦遠　105,106
李白　88,90,94-98,101,107,108,110-112,179,185,192,248,252-254,257,260
李雄　222
陸雲　292
陸機　6-10,12,23,28,32,34,35,38,40,59,75-77,83,109-111,134,136-145,150,151,156,157,176,185-187,191,193,194,198,214,247-252,259,260,270,292
陸亀蒙　107
陸系　44
陸瓊　62
陸展　196
柳惲　46,47,49,50,53,56,67
劉絵　25,42
劉懐栄　112
劉緩　43
劉毅　222,224,225,226,239
劉希夷　103-106,109
劉義恭　13-15,110
劉義慶（臨川王）　33,125,171,182,190,193,196,197,199,218
劉義真　218
劉向　99,111
劉歆　292
劉景素　218
劉虔之　224
劉孝威　41,43,57,61-63,66,254
劉孝綽　43,45,57
劉孝標　291
劉子勛（晋安王）　125
劉宋孝武帝（劉駿）　16,33,34,127,172,175,180,181,218
劉宋武帝（劉裕）　9,186,190,219,222,224-227,232,234,237,239,240
劉宋文帝（劉義隆）　9,33,34
劉宋明帝（劉彧）　16,180,190
劉鑠　15,33,151,152,190
劉遵　46,49,57
劉餗　92,255
劉長卿　97
劉楨　273
劉邈　113
劉方平　54
劉裕　→　劉宋武帝
梁簡文帝（蕭綱）　30,41,43,45-51,54,57,61,63,65,80,82,83,101,102,104,110,111,248,251,252,258
梁元帝（蕭繹）　43,55,62,63,65,59
梁武帝（蕭衍）　40,41,49,50,53,66
臨川王　→　劉義慶
盧思道　79,88,90,93
盧照鄰　54
逯欽立　9,32,42,56,59,66,260
盧女　246
魯宗之　222,224

書名・作品名索引

あ行

為我弾鳴琴詩（沈炯）　58
飲馬長城窟行　66
飲馬長城窟行（陸機）　270
飲馬長城窟行（沈約）　28
烏夜啼　45,54,67
烏夜啼（庾信）　58
烏夜啼変遷考（斎藤功）　54
雲中白子高行（傅玄）　34
慧遠の唱和集（橘英範）　292
詠懐詩（阮籍）　172,195
詠藿将軍北伐詩（虞羲）　56
詠花雪（庾肩吾）　273
詠雪聯句（謝安）　282
詠雪聯句（謝拠）　282
詠雪聯句（謝道蘊）　282
詠双燕（鮑照）　206
詠弾箏人詩（昭明太子）　57
詠冬（曹毗）　279,280
詠擣衣詩（王僧孺）　57
詠白雪（鮑照）　219
詠舞詩（庾肩吾）　57
詠舞詩（梁簡文帝）　57,61
越城曲（沈満願）　57
燕歌行　68
燕歌行（魏文帝）　137,153
燕歌行（陸機）　136
燕歌行（王褒）　55,57,68
艶歌何嘗行（古辞）　14
艶歌行　14,75,82-84,86-88,110
艶歌行（曹植）　21,22,189,204
艶歌行（劉義恭）　13,14
艶歌篇十八韻（梁簡文帝）　80,82,83,102
艶歌行（顧野王）　58
艶歌行（張正見）　82,83,102,109
艶歌羅敷行　→　陌上桑、日出東南隅行
艶歌羅敷行　日出東南隅行　→　陌上桑、日出東南隅行
艶歌考—附趨（岡村貞雄）　109
艶歌と艶（小尾郊一）　111
艶歌という民間歌謡について（鈴木修次）　109
艶詩の形成と沈約（興膳宏）　113
怨詩（班婕妤）　275
怨詩（劉孝威）　57,61
怨詩行（曹植）　66
怨詩行（梅陶）　35
怨詩行（湯恵休）　33
炎精缺（韋昭）　234
宛転歌（江総）　59
王子喬　248
王昭君　60,248
王明君　→　王昭君
横吹　245
横吹曲（江総）　58
懊儂歌　212
翁離　→　擁離

か行

河岳英霊集（殷璠）　112
歌録　23,248,255
笳賦（孫楚）　59
寡婦賦（魏文帝）　269
臥疾窮愁詩（庾信）　58
懐旧賦（潘岳）　269
懐帰謡（湛方生）　288
薤露　60,245,259
薤露行（張駿）　35
艾張曲　233
角弓（小雅）　264,265
楽未央（沈約）　56
楽府烏棲曲応令（蕭子顕）　43
楽府解題　→　楽府古今題解（郗昂）、楽府古題要解（呉兢）
楽府古今題解（郗昂）　92,255

楽府古題解（劉餗） 92,255
楽府古題要解（呉兢） 51,92,93,255,256,257,259,260
楽府広題 249
楽府詩集（郭茂倩） 23,44,66,75,87,91,92,93,104,109,110,111,112,113,183,194,212,221,225,233,239,249,255,257,278
楽府詩集の研究（中津浜渉）112
楽府正義 21,34
楽府題解 → 楽府古題要解（呉兢）
楽府題の継承と傅玄（岡村貞雄） 31,176,241
楽府の歴史的研究（増田清秀） 32,65,109,112,239,260
楽府「陌上桑」の源委（藤野岩友）111
楽府文学史（羅根沢） 32
漢魏遺書鈔（王謨） 259
漢魏詩の研究（鈴木修次） 109,112,239
漢魏六朝楽府詩（王運熙・王国安）32,175,259
漢魏六朝楽府詩研究書目提要（王運熙）112,242
漢魏六朝楽府文学史（蕭滌非） 32,175,259
漢詩のイメージ（佐藤保） 291
漢詩の事典（松浦友久） 291
漢書 271
漢代楽府の叙事性（小西昇） 128
関山月 51,62,63,64
関山月（梁元帝） 62
寒雪賦（夏侯湛） 272
款冬花賦（傅咸） 292
感時賦（陸機） 292
観舞賦（張衡） 275
韓愈の「詠雪贈張藉」詩について（三上英司） 291
杞梁妻 245,246,259
杞梁妻嘆 95
帰鴻詩（顔延之） 219
戯贈趙使君美人（杜審言） 102
儀礼 244
擬飲馬長城窟（王褒） 41
擬飲馬長城窟（張正見） 41
擬飲馬長城窟（陳後主） 41
擬楽府長相思（張率） 41
擬客従遠方来詩（鮑令暉） 60
擬軽薄篇（何遜） 41
擬古（呉均） 41
擬古（何思澄） 57,111
擬古（李白） 94,95,98,101,107
擬古応教（劉孝威） 41
擬行路難（鮑照） 17,117,120,122,175,184,214
擬行路難（費昶） 84
擬今日良宴会詩（陸機） 59
擬沈隠侯夜夜曲（梁簡文帝） 41
擬青青河辺草（荀昶） 66,176
擬青青河辺草（沈約） 41
擬青青河辺草（梁武帝） 41
擬青青河畔草（昭明太子） 66
擬青青河辺草転韻体為人作其人識節工歌詩（何遜） 66
擬相逢狭路間（荀昶） 66,145,147,149,157
擬長安有狭斜十一韻（梁武帝） 41
擬明月照高楼（梁武帝） 66
技録 → 大明三年宴楽技録
鞠歌行（陸機） 23,35,247,259
鞠歌行（謝霊運） 150,151
却東西門行（謝霊運） 10
九歌・湘君 268
九章・渉江 268
玉海（王応麟） 91,242
玉燭宝典 282
玉台新詠 36,41,42,43,44,66,67,69,75,83,84,91,110,111,113,176,274
玉台新詠成立考（興膳宏） 111
玉門関蓋将軍歌（岑参） 102
琴清英（楊雄） 246
琴操（蔡邕） 95,246,255,257,259
琴賦（嵆康） 59,247,248
苦寒行（魏武帝） 270
苦寒行（陸機） 270
箜篌引 245,246,254,255,260
箜篌引（李賀） 254,255

吁嗟篇（曹植）　132
旧唐書　91,94,97
遇長安使寄裴尚書詩（江総）　59
君子有所思行（陸機）　198
君子有所思行（沈約）　56
君馬黄　64
携手（呉均）　41
経陳思王墓詩（庾信）　58
景福殿賦（韋誕）　59
芸文類聚　21,43,44,69,79,92,93,110,
111,113,140,176,260,271,272
月重光（陸機）　250
月重輪　245,250
月重輪（戴暠）　254
建安詩人代表曹植（余冠英）　175
玄雲（傅玄）　240
元嘉技録　→　元嘉正声技録（張永）
元嘉正声技録（張永）　74,109,255
元楊皇后誄（左芬）　272,273
古楽府陌上桑行　→　陌上桑
古楽府陌上採桑　→　陌上桑
古今注（崔豹）　34,36,73,74,90,91,
112,242,244,245,247,248,257,259,
260
古今楽録（釈智匠）　74,91,92,93,109,
112,233,255
古詩源（沈徳潜）　171,287
古詩類苑　43,44,87,110
古詩十九首　95,270
古陌上桑羅敷行　→　陌上桑
古文苑　44
孤児行（古辞）　128,131,174
鼓吹曲（謝朓）　236,237
鼓吹鐃歌（何承天）　220,221,225-229,
232-234,236-239,241
朱路篇（何承天）　227,231,234,240
思悲公篇（何承天）　227,231,235,
240
雍離篇（何承天）　221-224,227,231,
232,235,240
戦城南篇（何承天）　221,224,227,
231,235
巫山高篇（何承天）　221,222,227,
231,235,236
上陵者篇（何承天）　227,231,232,
235
将進酒篇（何承天）　227,231,235
君馬篇（何承天）　235
芳樹篇（何承天）　228,235,237
有所思篇（何承天）　228,229,235,
237
雉子游原沢篇（何承天）　228,235,
240
上邪篇（何承天）　230,231,235
臨高台篇（何承天）　235
遠期篇（何承天）　235
石流篇（何承天）　235
胡栗賦（蔡邕）　269
呉歌　183
呉趨行（陸機）　245
呉趨曲　246,259
後漢書　271
江上聞笛（王昌齢）　97
江南　176
江蘺生幽渚（沈約）　28
效曹子建白馬篇（袁淑）　66,198,199
行田登海口盤嶼山詩（謝霊運）　60
公無渡河　254
公無渡河（張正見）　254
公無渡河（劉孝威）　254
公無渡河（李白）　254
公無渡河（王叡）　254,255
公無渡河（王建）　254
公無渡河（温庭筠）　254
蒿里　245,259
行路難　17,214
行路難（費昶）　57
国語　252
今鼓吹鐃歌　220,233

さ行

采薇（小雅）　264,291
採桑　104,110,113,201
採桑（鮑照）　98
採桑（梁簡文帝）　104
採桑（張正見）　104
採桑（賀徹）　104

採桑（陳後主）　104
採桑（傅縡）　104
採桑（李彦遠）　105,106
採桑（劉希夷）　103,105,109
採桑度　99
採桑伝説（鈴木虎雄）　112
“採桑”主題的文化淵源与歴史演変（劉懐栄）　112
採菱歌　60,183,201
採蓮（呉均）　41
歳暮（謝霊運）　287
歳暮賦（陸雲）　292
作蚕糸　99
雑詩（曹植）　111
雑詩（王微）　98
三代楽序（何承天）　241
散曲（王融）　60
蚕賦（楊泉）　273
蒜山被始興王命作（鮑照）　197
侍宴覆舟山（鮑照）　197
侍宴賦得起坐弾鳴琴詩（江総）　59
詩学纂聞（王師翰）　32
詩紀　39,66,89
詩経　34,112,261,262,264-268,270-273,281
詩品（鍾嶸）　28,171,180,182
史記　252
四庫全書総目提要　245,259
四庫提要弁証　244,245,259
思親賦（陸機）　292
思悲翁　240
子夜警歌（無名氏）　60
子夜呉歌（子夜歌）　184
子夜呉歌・春歌（李白）　94
子夜呉歌・冬歌　264
子夜四時歌・冬歌　277,278
紫騮馬（梁簡文帝）　43
字迷詩（鮑照）　218
爾汝歌　212
七哀詩（王粲）　270
七哀詩（曹植）　66
七月（豳風）　112
謝宣城詩集　24,42,43,45
謝霊運と陶淵明の光彩・陰影表現について（佐藤正光）　293
謝霊運に見る陶淵明の影（石川忠久）　293
謝霊運の楽府（上）「上留田行」を中心に（森野繁夫）　176,260
炙轂子雑録（王叡）　92,259,260
朱鷺　231,234,240
朱路篇　→　鼓吹鐃歌朱路篇（何承天）
寿陽楽　15
秋胡行　111
秋胡行（魏武帝）　113,175
秋胡行（顔延之）　113,194
秋胡行（謝恵連）　10
秋胡詩　→　秋胡行
秋胡妻　98,99,101,111,112
秋日新寵美人応令（江総）　59
秋夜詠琴詩（劉孝綽）　57
周書　55
従軍行（陸機）　38
従軍行（顔延之）　194
従軍行（沈約）　28,37,38,40
従軍五更転其三（伏知道）　59
従頓還城応令曲（劉遵）　57
従戎曲（謝朓）　236
出自薊北門行　21
出自薊北門行（庾信）　58,61,63,64
出車（小雅）　264,291
荀氏録（荀勗）　74
初学記　69,92,245,260
初之平　231,234
招隠（左思）　262,263,264,273,276,281
昭君辞（沈約）　56
昭君辞応詔（庾信）　44
紹古辞（鮑照）　60
昇天行　17
松柏篇（鮑照）　174,212
笙賦（潘岳）　59,247,248
傷韋侍読詩（張正見）　58
傷己賦（謝霊運）　59
傷離新体（梁簡文帝）　57
鍾嶸詩品（高木正一）　176
上邪曲　233
上声歌（無名氏）　60

上留田　245,248,249,250,252,254
上留田行（陸機）　137,138,144,176,
　249,250,260,270
上留田行（謝霊運）　251,260
上留田（梁簡文帝）　251,252,258
上留田（李白）　252,254
上留田（貫休）　252,253,254
蜀道難（梁簡文帝）　57
蜀都賦（楊雄）　269
晋鼓吹曲（傅玄）　237,240,241
晋書　35,226,240,241,243,259,282
晋百官名　243
晋辟雍行礼碑　244
新成安楽宮（梁簡文帝）　41
新唐書　255
秦王巻衣（呉均）　41
信南山（小雅）　264,266,270
神仙篇（張正見）　68
遂初賦（劉歆）　292
隋書　91,190,244,282
瑞雪詠（謝荘）　273
数詩（鮑照）　218
世説新語（任誕篇）　35,264
　　（排調篇）　212
　　（言語篇）　243
世説新語箋疏　244
青衣賦（蔡邕）　269
西京賦（張衡）　269
西晋楽府「擬古」論（張国星）　259
西晋時代の楽府詩―陸機を中心として
　（藤井守）　31,241
斉民要術　270
斉梁擬楽府詩賦題法初探―兼論楽府詩写
　作方法之流変（銭志熙）　32
蜡除（張望）　279,280
説郛　92,260
節遊賦（楊修）　273
折楊柳行（梁簡文帝）　43
雪賛（庾粛之）　278,279
雪讃（羊孚）　280
雪賦（孫楚）　271,272,273
雪賦（謝恵連）　262,284,287,288
戦国策　159
先秦漢魏南北朝詩（逯欽立）　9,32,42,
　56,59,66,259
先秦・両漢・三国辞賦索引（富永一登・
　張健）　291
全上古三代秦漢六朝文（厳可均）　59
全唐詩　66,259
全漢詩索引（松浦崇）　291
全三国志索引（松浦崇）　291
全晋詩索引（松浦崇）　291
善哉行（謝霊運）　10
楚王吟　248
楚辞　204,261,268
楚辞索引（竹治貞夫）　291
楚妃歎　23,60,248
楚妃歎（石崇）　22,247,248
楚妃歎序（石崇）　22,247
楚妃歎（嵇康）　248
楚妃歎（梁簡文帝）　41
双桐生空井（梁簡文帝）　41
相逢行（古辞）　145,147
相逢行（謝霊運）　10
相逢狭路間　113
宋書　15,28,32,33,36,66,69,73,74,83,
　91,109,110,175,183,184,193,220,
　221,233,238,239,240,241,259
送盛侍郎餞別侯亭（鮑照）　213
送鄭眉州（薛濤）　106
送別於建興苑相逢詩（庾肩吾）　57
驄馬（駆）　63
走馬引　245,246,259
荘子　292
曹操楽府詩論考（植木久行）　175
贈謝安（孫綽）　292
贈婦詩（秦嘉）　269,286
続晋陽秋　35,214

た行

大寒賦（傅玄）　269
大牆上蒿行（魏文帝）　273
大明三年宴楽伎録（王僧虔）　109,255
太平御覧　110
泰山吟（陸機）　59
代楽府美女篇（蕭子顕）　41
代楽府三首（梁簡文帝）　41

代空城雀（鮑照）　122,125,126,160,
175,213
代邽街行（鮑照）　175,212
代結客少年場行（鮑照）　120
代蒿里行（鮑照）　12,174,212
代出自薊北門行（鮑照）　19-22,24,
188,189,203,204,210
代春日行（鮑照）　161,200-202,215
代昇天行（鮑照）　17,216,217
代陳思王白馬篇（鮑照）　33,198,199
代雉朝飛操（鮑照）　12,254
代櫂歌行（鮑照）　11,12,19,22,162
代堂上歌行（鮑照）　17
代東武吟（鮑照）　17,122,125,132,
160,169,173
代東門行（鮑照）　19,158-160,163,
169,170,208
代白紵曲　201
代白紵舞歌詞（鮑照）　16,33,60,202,
205
代白紵舞歌詞啓（鮑照）　202
代挽歌（鮑照）　174,212
代悲哉行（鮑照）　33,212
代貧賤苦愁行（鮑照）　174,212
代辺居行（鮑照）　175,212
代放歌行（鮑照）　17
代北風涼行（鮑照）　34
代門有車馬客行（鮑照）　142,143
代鳴雁行（鮑照）　34
代陸平原君子有所思行（鮑照）　33,
194,197,198,204
代夜坐吟（鮑照）　17,18,168,169,170
代陽春登荊山行（鮑照）　174,212
短歌　245,246,259
短歌行（魏武帝）　133
短簫鐃歌　245
短簫鐃歌について（吉川幸次郎）　241
湛方生の詩（長谷川滋成）　292
雉子斑（古辞）　61,64,240
雉朝飛　245,246,255
置酒高殿上（張正見）　58
竹賦（江逌）　292
中華古今注　245
中興歌（鮑照）　183
中興書目　91
中国詩歌原論—比較文学の主題に即して
（松浦友久）　175
中国中世文学研究（網祐次）　218
中国文化叢書5文学史（鈴木修次他）
175
中国文学歳時記冬（黒川洋一）　291
中国文学にみる雪のこころ（小尾郊一）
290
長安道　51
長安有狭邪行（王褒）　57
長歌　245,246,259
長歌行　26,245,246,259
長歌行（魏明帝）　175
長歌行（陸機）　134,136
長歌行（沈約）　28
長笛賦（馬融）　268
釣竿　245
釣竿（傅玄）　240
聴笛歌　留別鄭協立（劉長卿）　97
陳書　240
通典　34,244,259
啼烏曲　61
丁督護　154-156
渡河北詩（王褒）　58
度関山　30,46,49-51
度関山（魏武帝）　46,47,49,50
度関山（梁簡文帝）　46,47,49
度関山（柳惲）　46,47,67
度関山（李端）　50,66
度関山（戴暠）　57,61
擣衣詩（柳惲）　56
櫂歌行（魏明帝）　12
櫂歌行（孔甯子）　6-9,186,191
櫂歌行（陸機）　7-9,186,187,193
櫂歌行（梁簡文帝）　57
東飛伯労歌（劉孝威）　66
東武吟　17
東門行（張駿）　35
唐会要　35
唐堯（傅玄）240
唐詩歳時記—四季と風俗（植木久行）
291
唐詩—その伝達の場（鈴木修次）　218

答許詢（孫綽） 285,286
答謝安（王胡之） 292
登城怨詩（范雲） 56
登徒子好色賦（宋玉） 273
当対酒（范雲） 25,42
董嬌饒詩（宋子侯） 112
董逃歌 245,260
董逃行（傅玄） 260
董逃行（陸機） 260
堂上歌行 17
同詠楽器・琴（謝朓） 60
同王主簿有所思（謝朓） 42,45
同郭侍朗採桑詩（姚翻） 113
同沈右率諸公賦鼓吹曲名 24,25,28,42,
45,67,238
同賦雑曲名「秋竹曲」（謝朓） 42
同賦雑曲名「陽春曲」（檀秀才） 42
同賦雑曲名「淥水曲」（江朝請） 42
同賦雑曲名「採菱曲」（陶功曹） 42
同賦雑曲名「白雪曲」（朱孝廉） 42
銅雀妓（何遜） 57
道路憶山中詩（謝霊運） 60

な行

南史（鮑照伝） 171,175,193
南史（顔延之伝） 154,182,198
南史（王敬則伝） 212
南斉書 15,34,181,240
南朝楽府民歌受容について一顔延之と鮑
照から（塚本信也） 293
南都賦（張衡） 269
日出行（李白） 93
日出行（李賀） 93
日出東南隅行 36,67,69,75,77,79,80,
82-84,86-88,90,91,93,110,111,113
日出東南隅行（陸機） 34,75,76,77,
83,109,110,245
日出東南隅行（謝霊運） 75,76,77
日出東南隅行（沈約） 28,77,80,82
日出東南隅行（蕭子顕） 77,79,82
日出東南隅行（張率） 77
日出東南隅行（王褒） 36,57
日出東南隅行（殷謀） 90,111
日出東南隅行（陳後主） 79
日出東南隅行（徐伯陽） 44,45,79,84,
103,110
日出東南隅行（盧思道） 88,90
日重光 245,250
日重光（陸機） 250

は行

梅花落 51,52,54,67
梅花落（鮑照） 52,54,66,175
梅花落（呉均） 67
梅花落（徐陵） 53
梅花落（江総） 59,97
陌上桑 29,30,36,45,67,69,73-75,84,
85,87-99,101,107-112,245,259
陌上桑（楚辞鈔） 84,110
陌上桑（呉均） 29,36,85,86,90,101,
102,103,111
陌上桑（王筠） 85,87,254
陌上桑（王台卿） 87
陌上桑（隋無名氏） 89,90
陌上桑（李白） 88-90,108,260
陌上桑（常建） 112
陌上桑（陸亀蒙） 107
陌上桑をめぐって（松家裕子） 112
白雲（鮑照） 219
白居易の詩における「雪月花」の表現の
成立について（菅野禮行） 291
白雪 274
白紵曲（劉鑠） 151,152
白頭吟 274
白馬篇（曹植） 198,199
挽歌（陸機） 59
挽歌（顔延之） 194
晩芝曲 233
氾勝之書 270
悲四時賦（李顒） 278,279
美女篇（曹植） 35,100,101,102,108,
110,132,134
美人賦（司馬相如） 292
枇杷賦（周祇） 292
百一詩（応璩） 59,111
冰井賦（庾儵） 292

冰賦（顧愷之） 280
諷賦（宋玉） 274
巫山高（古辞） 25
巫山高（劉絵） 25,42
巫山高（范雲） 25,42
巫山高（王融） 25,42
賦楽府得大垂手（梁簡文帝） 43
賦得遺所思（劉孝綽） 43
賦得威鳳棲梧詩（張正見） 58
賦得横吹曲長安道（庾肩吾） 43
賦得鶏鳴高樹巓（梁簡文帝） 43
賦得結客少年場行（庾信） 44
賦得江南可採蓮（劉緩） 43
賦得今日楽相楽（江総） 44
賦得晨鶏高樹鳴（張正見） 44
賦得紫騮馬詩（祖孫登） 44
賦得垂柳映斜谿詩（張正見） 58
賦得双燕離（沈君攸） 43
賦得双燕離（梁簡文帝） 43
賦得双桐生空井詩（梁簡文帝） 43
賦得置酒高殿上（張正見） 44
賦得置酒殿上詩（江総） 44
賦得長笛吐清気詩（賀循） 58
賦得日出東南隅詩 → 日出東南隅行（徐伯陽）
賦得泛舟横大江（張正見） 44
賦得飛来双白鶴（元帝） 43
賦得飛来双白鶴（陳後主） 44
賦得蒲生我池中詩（元帝） 43
賦得芳樹詩（李爽） 44
賦得有所思（費昶） 43
賦得有所思行（庾肩吾） 43
賦得有所思（沈約） 43,45
賦得有所思（顧野王） → 有所思（顧野王）
賦得有所思（張正見） 44
賦得有所思（陳後主） 44
賦得有所思（陸系） 44
舞馬歌（謝荘） 16,33
婦病行（江総） 58
文苑英華 38,41,67,68,110
蜉蝣（曹風） 265,267,273
武渓深 245,259
武陵 109
務成（傅玄） 240
平陵東 245,259
別鶴操 60,245,246
放歌行 17
豊作を言祝ぐ詩―「喜雨」詩から「喜雪」詩へ（矢嶋美都子） 291
鮑参軍集注（銭仲聯） 33,66
鮑参軍詩注（黄節） 34
鮑氏集 33
鮑照愛情詩初探（朱思信） 219
鮑照と南朝楽府民歌（向島成美） 219
鮑照の楽府（一）（藤井守） 219
鮑照の楽府について―周縁者の悲哀―（塚本信也） 193
鮑照集の成立について（向島成美） 35
芳樹（古辞） 25
芳樹（沈約） 25,43
芳樹（謝朓） 25,42
芳樹（王融） 25,42
彭城宮中直感歳暮詩（謝霊運） 60
奉和秋夜長（王融） 44
奉和湘東王教班婕妤（何思澄） 43
奉和湘東王教班婕妤（孔翁帰） 43
奉和随王殿下詩（謝朓） 60
奉和趙王詩（庾信） 58
望荆山詩（江淹） 56
匏有苦葉（邶風） 34
北上篇（曹操） 198
北征賦（班彪） 269
北堂書鈔 260
北風（邶風） 34,264,265
蒲坂行（劉遵） 57
蒲生曲 61

ま行

名都篇（曹植） 35,163
猛虎行（謝恵連） 10
毛詩 → 詩経
木蘭賦（成公綏） 292
木蘭詩 176,177
門有万里客（曹植） 139-142,144
門有車馬客行（陸機） 139-142,144
門有車馬客行（張正見） 58

文選　23,38,66,75,83,95,109,110,145,194,197,198,245,246,247,249,259,260,262,270

や行

野鵝賦（鮑照）　197
庾開府集　44
有所思（古辞）　26
有所思（劉絵）　25,42
有所思（王融）　25
有所思（顧野王）　44,58,61,64
遊仙詩（庾闡）　264
幽蘭　60,274
幽蘭（鮑照）　164-168,183,201
楊花曲（湯恵休）　152,154
楊柳歌（庾信）　58
陽春曲　60
陽翟新声（王融）　60
雍離　→　鼓吹鐃歌雍離篇（何承天）
擁離（漢鼓吹鐃歌）　231
夜聴笳賦（夏侯湛）　59
夜聴妓賦得烏夜啼（劉孝綽）　43
夜別張五（李白）　96-98,107
予章行（陸機）　249
与銭玄智汎舟詩（張正見）　58
与柳惲相贈答詩（呉均）　57
与伍侍郎別（鮑照）　213

ら行

羅敷　艶歌羅敷行　→　陌上桑（古辞）
羅敷古辞　69,70,73-77,79,80,82-94,96,98-108,110,111
羅敷行　75,87,88,90,110,111
礼記　244
落日泛舟東渓詩（任昉）　56
洛神賦（曹植）　292
洛陽道　51
洛陽道（梁簡文帝）　43
離騒（屈原）　166
李白研究―抒情の構造（松浦友久）　31,111
李白「梁甫吟」考（下）―楽府梁甫吟の系譜への位置付け―（松原朗）　112
李賀の「箜篌引」について（岡田充博）　260
六朝詩の研究（森野繁夫）　67,218
六朝詩に表れた女性美（石川忠久）　111
六朝声偶集　43
六朝〈賦得〉詩篇逯氏注記補遺（大上正美）　42
律詩への道―句数と対句の側面から―（興膳宏）　35
略論晋宋之際的江州文人集団（曹道衡）　292
劉璠「雪賦」をめぐって（原田直枝）　291
柳絮と白雪（岩城秀夫）　291
梁王菟園賦（枚乗）　275
梁鼓角横吹曲雑談（王運熙）　67
梁鼓吹歌　97
梁書　240
梁甫吟（沈約）　28,60
陸機楽府詩私論（柳川順子）　176
臨高台（古辞）　25,27
臨高台（謝朓）　25,26,42
臨高台（沈約）　25,26,43
霊之祥　234
列女伝（劉向）　99,111
魯都賦（劉楨）　273
弄琴詩（庾信）　58
隴西行（謝恵連）　10
隴西行（謝霊運）　10
隴頭吟　61
隴頭水　62,63,64
隴頭水（謝燮）　58,64
論語　151
論語集義（崔豹）　244
論鮑照詩歌幾個問題（曹道衡）　177,183

わ行

和王竟陵愛妾換馬詩（劉孝威）　43
和人愛妾換馬詩（梁簡文帝）　43

和蕭先馬子顕古意（呉均）　98,113
和湘東王横吹曲（梁簡文帝）　43
和南海王殿下詠秋胡妻詩（王融）　113
和班氏詩（傅玄）　99
淮南王　245,259

漢魏晋南北朝楽府関係論著目録

《和 文 篇》

前　言

本目録は1930年から2000年までに、日本国内で発表された漢魏晋南北朝期の楽府に関する図書及び研究論文を収録した文献目録である。

本目録作成に於いては、以下の目録類を参考とした。

1、『東洋史研究文献類目』1934年版～1962年版　京都大学人文科学研究所編

2、『東洋学文献類目』 1963年版～1999年版　京都大学人文科学研究所編附属東洋学文献センター編

3、『中国文学研究文献要覧1945～1977（戦後編）』 石川梅次郎監修 吉田誠夫 高野由紀夫 桜田芳樹編　日外アソシエーツ株式会社　1979

4、『文選研究論著目録』　牧角悦子編　九州大学文学部中国文学研究室 1986

5、『日本中国学会報』第一集～第五十三集「学会展望欄」　日本中国学会編

6、『中外六朝文学研究文献目録』（1983～1990）増訂版　洪順隆主編・漢学研究中心　1992

7、「中外六朝文学研究文献目録」（1992.7～1997.6）上・中・下　洪順隆主編　『漢学研究通訊』17-4（1998.11）・18-1（1999.2）・18-2（1999.5）

8、『中国通代文学論著集目正編（中国文学論著集目正編之一）』　王国良編　五南図書出版有限公司　1996

9、『中国通代文学論著集目続編（中国文学論著集目続編之一）』　王国良編　五南図書出版有限公司　1997

10、『先秦両漢文学論著集目正編（中国文学論著集目正編之二）』　韓復智編　五南図書出版有限公司　1996

11、『先秦両漢文学論著集目続編（中国文学論著集目続編之二）』　韓復智編　五南図書出版有限公司　1997

12、『魏晋南北朝文学論著集目正編（中国文学論著集目正編之三）』　王国良編　五南図書出版有限公司　1996
13、『魏晋南北朝文学論著集目正編（中国文学論著集目正編之三）』　王国良編　五南図書出版有限公司　1997
14、『中国関係論説資料』1964年版～1999年版　論説資料保存会
15、『雑誌記事索引―人文・社会編―　累積索引版「文学・語学」』1948～1954版、1955～1964版、1965～1969版、1970～1974版、1975～1979版、1980～1984版（以上、国立国会図書館参考書誌部監修　日外アソシエーツ株式会社）、1985～1989版（国立国会図書館逐次刊行物部編集）
16、『雑誌記事索引―人文・社会編―』第43巻～第48巻（1990～1995）　国立国会図書館編

文献の収集は、原則として論題に「楽府」或いは「楽府の作品名」が含まれるものに限っているが、論題には明記されてはいないものの、楽府研究に関係する内容であると作成者が判断した文献も一部加えている。

目録の構成は、「０、総論」「１、漢」「２、魏」「３、両晋」「４、南朝」「５、北朝」「６、南北朝民歌」と内容・時代別に六項目に分類し、更に閲覧の便を考慮して、各項目の下に作品・作者別に小目を設けた。各項目内の配列は単行本を先に挙げ、その後に研究論文を挙げ、それぞれ発表年代順に並べた。また複数の項目に属するもの（例えば漢から魏にかけての古楽府に言及するものなど）は、前代の項目にのみ挙げ、重出は避けた。

見出し語の配列は、単行本・論文タイトル、作者名、収録雑誌・図書、巻・号数、発行年月とした。

０、総論

【単行本】

『楽府の研究（各個研究および助成研究報告集録　哲・史・文学篇）』　目加田誠　1953.3

『漢魏詩の研究』　鈴木修次　大修館書店　1967.3

『楽府の歴史的研究』　増田清秀　創文社　1975.3

『註解漢詩歌謡楽府朗詠集』（上）　藤原楚水　省心書房　1977.12

『註解漢詩歌謡楽府朗詠集』（下）　藤原楚水　省心書房　1978.9

『古楽府』　小尾郊一・岡村貞雄訳注　東海大学出版会（東海大学古典叢書）　1980.12
『楽府　散曲』　田中謙二　筑摩書店（中国詩文選22）　1983.1
【論文】
楽府に現れたる支那詩人の伝統的思想　児島献吉郎　『斯文』12-1　1930.1
楽府に現れたる支那詩人の伝統的思想（二）　児島献吉郎　『斯文』12-2　1930.2
楽府の生成に於ける一考察　豊田穰　『漢学会雑誌』3-2　1935.10
楽府小論　高倉克巳　『立命館三十五周年記念論文集　文学篇』　1935.11
楽府詩集の本辞について　高倉克巳　『立命館文学』4-5　1937.5
古詩に於ける君不見の一考察　谷川英則　『中国文化研究会会報（東京文理科大)』1-2　1951.3
楽府についての一考察—民歌と文人の詩との問題—　目加田誠　『文学研究（九州大学)』45　1953.3
漢魏晋南北朝の物語詩について　竹田復　『東洋大学紀要』7　1955.3
六朝時代の長詩成立とその社会性について—孔雀歌の成立年代考—　根元誠　『史観』49　1957.12
遊俠とその歌曲　増田清秀　『大阪学芸大学紀要（A人文科学)』7　1959.3
七盤舞に関する諸説について　小西昇　『日本中国学会報』14　1962.10
楽府の研究　倉石武四郎　『内藤博士還暦記念支那学論叢』　1964
楽府の文学的性格　鈴木修次　『漢文教室』71　1965.5
中国文学における長篇叙事詩について　根本誠　『東洋学術研究』4-11　1966.3
楽府　伊藤正文　『中国文化叢書4　文学概論』(大修館書店)　1967.9
楽府少年行　岡村貞雄　『支那学研究』33　1968.1
箜篌引考　阿部正次郎　『東洋大学文学部紀要』22　1970.12
（書評)「ハンス・H・フランケル『楽府詩』」　小池一郎　『中国文学報』26　1976.4
楽府「怨」題詩考（1）—昭君怨と婕妤怨　阿部正次郎　『東洋学論叢（東洋大学文学部紀要)』30　1977.3
楽府題雑考—行・吟について—　山口為広　『漢文学会会報（國學院大学)』26　1980.11
楽府文学の特質　森瀬壽三　『立命館文学』430・431・432　1981.6

楽府、新楽府、歌行論—表現機能の異同を中心に—　松浦友久　『中国文学研究』8　1982.12
六朝の楽舞（Ⅰ）　川上忠雄　『千葉商大紀要』22-1　1984.6
行の本義　清水茂　『日本中国学会報』36　1984.10
六朝の楽舞（Ⅱ）　川上忠雄　『千葉商大紀要』22-3　1984.12
六朝の楽舞（Ⅲ）　川上忠雄　『千葉商大紀要』22-4　1985.3
楽府詩の歴史的解釈（一）芳樹篇　市川桃子　『明海大学外国語学部論集』10　1998.3
漢魏晋南北朝楽府研究文献目録《日文篇》　佐藤大志　『国語国文論集』31　2000.1

1、漢

【単行本】
『漢代楽府の研究』第一編　漢代楽府の研究　沢口剛雄　朋文社　1953.1
『中国の名詩鑑賞２　古楽府』　堀内公平　明治書院　1966.5
『楽府』　沢口剛雄　明徳出版社（中国古典新書）　1969.10
『標註楽府詩選』　山口為広　笠間書院　1973.4
『漢代楽府与謝霊運詩論集　小西昇中国文学論集』　小西昇　葦書房　1983.2
『古楽府の起源と継承』　岡村貞雄　白帝社　2000.7
【論文】
西漢の楽府　高倉克巳　『立命館文学』1-12　1934.12
文選李善注引古楽府逸句考　増田清秀　『大阪学芸大学紀要（Ａ人文科学）』1　1953.3
文選李善注所引古楽府考　横田輝俊　『支那学研究』11　1954.9
新声変曲家李延年と楽府　沢口剛雄　『学習院大学文学部研究年報』2　1955.11
漢代の七盤舞について　林謙三　『奈良学芸大学紀要』5-3　1956.3
西域音楽による漢楽府の生動　沢口剛雄　『学習院大学文学部研究年報』4　1957.3
廃帝海昏侯事蹟考—漢楽府研究の一資料　沢口剛雄　『学習院大学文学部研究年報』6　1960.3
後漢に於ける楽府詩流行の状況について　小西昇　『文学研究（九州大学）』

60 1961.3
楽府選釈（1）—朱鷺 小西昇 『中国文学評論』1 1962.1
楽府選釈（2）—思悲翁 小西昇 『中国文学評論』2 1962.12
漢代楽府詩における詩経の連想的表現方法の衰滅 小西昇 『文学研究（九州大学)』61 1963.3
漢代楽府詩における共感の性格と比喩的表現 小西昇 『九州中国学会報』9 1963.5
漢代楽府詩と遊侠の世界—南朝 文学放蕩論の発生— 小西昇 『日本中国学会報』15 1963.10
漢魏の詩歌に示された非情な文学感情 鈴木修次 『中国中世文学研究』3 1963.12
漢代楽府詩と神仙思想 小西昇 『目加田誠博士還暦記念中国学論集』 1964.11
漢代離別の表象の成立とその背景—漢代楽府詩の表現方法 その三— 小西昇 『九州中国学会報』11 1965.5
漢代楽府詩より観たる“棄婦”の条件について 阿部正次郎 『東洋学研究(東洋大)』1 1965.11
鄒子楽と五帝歌 増田清秀 『学大国文』9 1965.12
漢代楽府詩の敍事性 小西昇 『熊本大学教育学部紀要（人文科学)』14-2 1966.3
漢武の郊祀と郊祀歌 山口為広 『國學院雑誌』67-8 1966.8
漢の楽府における神仙道家の思想 沢口剛雄 『東方宗教』27 1966.9
漢魏楽府の声調・声色に関する一考察 沢口剛雄 『学習院大学文学研究年報』13 1967.2
『楽府詩集』所載の迎神歌と送神歌 山口為広 『漢文学会会報（國學院大学)』14 1968.4
漢魏楽府の表現詩形考 沢口剛雄 『学習院大学文学部研究年報』15 1969.2
楽府歌辞における古詩の引用 余冠英「楽府歌辞的拼奏和分割」批判 岡村貞雄 『支那学研究』34 1969.3
蔡琰の作品の真偽 岡村貞雄 『日本中国学会報』23 1970.10
漢魏楽府の伝承についての一考察 沢口剛雄 『学習院大学文学部研究年報』17 1971.3
〈長歌行〉と〈悲歌〉 中津浜渉 『漢文教室』100 1971.6

漢魏楽府の伝承についての一考察―承前―　沢口剛雄　『学習院大学文学部研究年報』18　1972.3
「瑟調曲」古辞に表れたる“孤児”の立場について　阿部正次郎　『東洋大学紀要（文学部篇）』26　1972.12
漢魏楽府の伝承についての一考察―承前―　沢口剛雄　『学習院大学文学部研究年報』19 1973.3
漢魏楽府における老荘道家の思想（上）　沢口剛雄　『東方宗教』42　1973.10
「東門行」雑考　西岡市祐　『漢文学会会報（國學院大学)』19　1974.2
漢魏楽府における老荘道家の思想（下）　沢口剛雄　『東方宗教』44　1974.10
叙事詩のこと　黎波　『中国語』212　1977.9
漢魏に於ける楽府観　山口為広　『文学と哲学のあいだ―中国文学の世界３』（笠間書院）　1978.10
漢代における楽府の神仙歌辞と鏡銘　玉田継雄　『立命館文学』430·431·432　1981.6
漢代の楽舞　川上忠雄　『千葉商大紀要』21-1　1983.6
古詩「上山采蘼蕪」考　松浦崇　『中国文学論集』12　1983.12
小西昇『漢代楽府謝霊運詩論集』索引　松浦 崇　『中国文学論集』12　1983.12
古楽府と古詩十九首　道家春代　「名古屋大学中国語学論集」4　1984.2
李延年と楽府　松岡栄志　『学芸国語文学』19　1984.3
前漢時代の五言歌謡について　松本幸男　『学林』18　1992.11
楽府と古詩十九首の成立について　大地武雄　『研究と批評　論究』37　1993.4
武帝時代の祭祀儀礼と「郊祀歌」制作　松本幸男　『学林』21　1994.7
歌謡としての古楽府：歌われた「場」についての一考察　狩野雄　『文化』60-3·4　1997.3
雅舞と雑舞―両漢魏晋の舞歌―　釜谷武志　『未名』16　1998.3

（楽府［官署]）

上林楽府　増田清秀　『学大国文』5　1962.1
漢武帝楽府創設の目的　釜谷武志　『東方学』84　1992

楽府成立年代考　釜谷武志　『未名』11　1993.3
漢初の礼楽祭祀と楽府（官署）の状況　松本幸男　『学林』20　1994.2

（孔雀東南飛）

【単行本】

『孔雀東南飛』　小林健志　志延舎　1951

【論文】

孔雀東南飛の文芸的性格（上）　鈴木修次　『漢文教室』27　1956.12
孔雀東南飛の文芸的性格（下）焦仲卿妻（巻三）に関連して―　鈴木修次　『漢文教室』29　1957.3
孔雀東南飛　倉田淳之助　『中国の名著』（勁草書房）　1961.10
古詩無人名為焦仲卿妻作（一）　藤井守　『親和国文』1　1970.3
古詩無人名為焦仲卿妻作（二）　藤井守　『親和国文』2　1970.12
古詩無人名為焦仲卿妻作（三）　藤井守　『親和国文』4　1971.3
『孔雀東南飛』と『心中宵庚申』～日中の夫婦心中劇～　向井芳樹　『同志社国文学』33　1990.3
孔雀東南飛の背景　松家裕子　『中国文学報』50　1995.4
漢代楽府詩『焦仲卿の妻』小考―棄婦をめぐって―　松崎治之　『筑紫女学園短期大学紀要』31　1996.1

（胡笳十八拍）

「胡笳十八拍」論争　入矢義高　『中国文学報』13　1960.10
敦煌出現の胡笳十八拍　小島祐馬　『中国文学報』13　1960.10
「胡笳十八拍」ノート　芝田稔　『関西大学文学論集』10-9　1961.1
楽府詩『胡笳十八拍』小考　松崎治之　『筑紫女学園大学短期大学国際文化研究所論叢』8　1997.7

（陌上桑）

陌上桑成立試論　西岡市祐　『國學院雑誌』71-1　1970.1
楽府「陌上桑」の源委　藤野岩友　『大東文化大学漢学会誌』14　1975.3
「陌上桑」をめぐって　松家裕子　『中国文学報』39　1988.10
漢代楽府詩『陌上桑』と『羽林郎』小考―その叙事性をめぐって―　松崎治之　『筑紫国文』20　1997

陌上桑変遷考（上）　佐藤大志　『安田女子大学紀要』27　1999.2
「陌上桑」日出東南隅行篇をめぐって　小田美和子　『岡村貞雄博士古稀記念中国学論集』（白帝社）　1999.8
陌上桑変遷考（下）　佐藤大志　『安田女子大学紀要』28　2000.2

（秋胡行）

中国の物語詩―おもに「秋胡行」について　高橋和巳　『無限』夏季号　1961.8
中国の叙事詩考―「魯秋潔婦」と「秋胡行」をめぐって―　松崎浩之　『筑紫女学園短期大学紀要』33　1998.1

（採蓮歌）

採蓮歌考　山口為広　『國學院雑誌』72-4　1971.4
古典詩の中のはす―楽府「江南」古辞の「蓮」について―　市川桃子　『竹田晃先生退官記念東アジア文化論叢』（汲古書院）　1991.6
楽府詩「採蓮曲」の誕生　市川桃子　『東方学』87　1994.1

（飲馬長城窟行）

飲馬長城窟行について―玉台新詠を中心に―　高志真夫　『小尾博士古稀記念中国学論集』（汲古書院）　1983.10
孟姜女物語・陳琳「飲馬長城窟行」・長城詩　副島一郎　『興膳教授退官記念中国文学論集』（汲古書院）　2000.3

（折楊柳行）

折楊柳考　岡村貞雄　『支那学研究』17　1957.6
折楊柳と江漢―漢詩の飛躍・省略法と知的構美―　太田青丘　『斯文』49　1967.8

（怨歌行）

楚調曲における怨歌について　阿部正次郎　『東洋大学紀要（文学部篇）』28　1974.12
「怨歌行」の作者について―曹植における〈詠史詩〉の手法を手掛かりとして　矢田博士　『中国詩文論叢』11　1992.10

中国女性文学の系譜—班婕妤論：「怨歌行」及び「自悼賦」をめぐって　西村富美子　『人文論叢（三重大学）』12　1995.3

（艶歌）

艶歌という民間歌謡について　鈴木修次　『漢文学会会報（東京教育大学）』17　1957.6
艶歌考—附趨—　岡村貞雄　『支那学研究』24·25　1960.10
艶歌と艶　小尾郊一　『広島大学文学部紀要』25-1　1965.12
楽府「大曲」に於ける「艶」「趨」について　山口為広　『漢文学会会報（國學院大学）』21　1975.5

（鼓吹曲・横吹曲）

漢の鐃歌に於ける二、三の問題について　豊田穣　『斯文』17-8　1935.7
匈奴の音楽としての鼓吹曲　瀧遼一講　『史学雑誌』48-7　1937.7
魏晋時代に於ける鼓吹楽について　瀧遼一　『史学雑誌』51-7　1940.7
三国時代の鼓吹楽の文学史的意義　瀧遼一　『加藤博士還暦記念東洋史集説』（冨山房）　1941.12
短簫鐃歌と横吹曲　鈴木修次　『漢文学会会報（東京教育大学）』14　1953.6
短簫鐃歌について　吉川幸次郎　『東方学』10　1955.4
短簫鐃歌についての試論　小西昇　『九州中国学会報』4　1958.5
箜篌および鼓吹・横吹考　沢口剛雄　『学習院大学文学部研究年報』5　1959.3
漢魏及び晋初における鼓吹曲の演奏　増田清秀　『日本中国学会報』17　1965.10
南北朝の鼓吹曲　増田清秀　『学大国文』10　1966.12
南北朝における鼓吹下賜の実状　増田清秀　『大阪学芸大学紀要』15　1967.3
六朝の楽舞（Ⅲ）　川上忠雄　『千葉商大紀要』22-4　1985.3
漢鐃歌「戦城南」集釈　丸山茂　『研究紀要（日本大学人文科学研究所）』38　1989.9

2、魏

【単行本】

『魏晋詩壇の研究』　松本幸男　朋友書店　1995.9

【論文】

三国時代の歌謡についての私見　瀧遼一　『東方学報（東京）』11-3　1940.11

魏晋時代の雅楽　瀧遼一　『東亜論叢』5　1941.11

魏晋の楽府（1）—宮廷音楽の立場から—　増田清秀　『学大国文』7　1964.3

魏晋の楽府（2）—宮廷音楽の立場から—　増田清秀　『学大国文』8　1965.2

魏晋の楽歌について　沢口剛雄　『鳥居久靖先生華甲記念論集中国の言語と文学』　1972.12

（曹操）

短歌行私見　石田公道　『語学文学（北海道教育大）』5　1967.3

人間曹操の一側面—その詩を手懸かりとして　竹田晃　『東京大学教養学部人文科学紀要（国文学・漢文学16）』55　1972.5

曹操論　井波律子　『中国文学報』23　1972.10

曹操楽府詩論考　植木久行　『目加田誠博士古稀記念中国文学論集』（龍渓書舎）1974.10

曹操…其人其詩　黄書璋　『京都外国語大学研究論叢』22　1982.3

曹操に於ける受命問題と「短歌行」周西伯昌詩　石其琳　『中国文学論集』16　1987.12

曹操の楽府　西紀昭　『熊本商大論集』40-3　1994.3

曹操の遊仙詩「精列」について　上野裕人　『語文と教育』8　1994.8

曹操「短歌行（対酒篇）」考　—歌われなかった「月明星稀」以下の四句を中心に—　矢田博士　『中国詩文論叢』13　1994.10

曹操の遊仙詩「陌上桑」について　上野裕人　『かながわ高校国語の研究』30　1994.10

曹操の遊仙詩「気出唱」について（一）　上野裕人　『かながわ高校国語の研究』31　1995.11

曹操の楽府詩「歩出夏門行」について　薄井俊二　『町田三郎教授退官記念中国思想史論叢』（中国書店）　1995.3
曹操の遊仙詩「気出唱」について（二）　上野裕人　『かながわ高校国語の研究』32　1996.11
曹操の遊仙詩「秋胡行」について　上野裕人　『かながわ高校国語の研究』33　1997.11
魏曹操の楽府：漢古楽との関連性について　平井徹　『芸文研究』75　1998.12
曹操の楽府詩と魏の建国　道家春代　『名古屋大学中国語学文学論集』12　1999

（曹丕）

曹丕とその詩　中川薫　『鳥取大学学芸学部研究報告（人文科学）』5　1955.12
曹丕とその詩歌　岡村繁　『鳥取大学学芸学部研究報告（人文科学）』5　1955.12
曹丕詩補注稿（楽府）　伊藤正文　『論集（神戸大学教養部）』23　1979.3

（曹植）

曹植の楽府—その抒情的特性について—　岡村貞雄　『中国中世文学研究』8　1971.9
曹植吁嗟篇考—転蓬・飛蓬の詩的心象をめぐって—　植木久行　『中国古典研究』20　1975.1
漢魏詩における寓意的自然描写—曹植「吁嗟篇」を中心に—　亀山朗　『中国文学報』31　1980.4
班固歌詩をめぐる問題—曹植の「精微篇」について　松本幸男　『学林』1　1983.1
曹植の神仙楽府について—先行作品との異同を中心に—　矢田博士　『中国詩文論叢』9　1990.10
曹植「泰山梁甫行」創作時期考—陳祚明「黄初元年説」の当否をめぐって　矢田博士　『中国詩文論叢』12　1993.10
門に万里の客有り—虚構を成り立たせるもの—　戸倉英美　『東京大学教養部人文科学紀要（国文学漢文学23）』97　1993.3

近年の曹植研究—「泰山梁甫行」の制作時期をめぐって— 後藤秋正 『東方』185 1996.8

曹植「鼙舞歌」小考 林香奈 『日本中国学会創立五十年記念論文集』（汲古書院） 1998.10

（燕歌行）

燕歌行について 沼口勝 『漢文教室』109 1976.4

3、両　晋

晋朝廃楽考 井上幸紀 『東南文化』1999-5（総127期） 1999

崔豹『古今注』音楽篇について 佐藤大志 『岡村貞雄博士古稀記念中国学論集』 1999.8

（傅玄）

楽府題の継承と傅玄 岡村貞雄 『支那学研究』35 1970.10

傅玄楽府詩初探 松家裕子 『東洋文化学科年報（追手門学院大学）』9 1994.1

傅玄の〈詠史楽府〉制作—魏晋文人楽府制作の一背景— 狩野雄 『集刊東洋学』82 1999.10

（石崇）

燉煌古鈔「石崇王明君辞一首并序」之校斠付陳氏校斠敦煌旧鈔王明君辞提要 波多野太郎・陳祚龍 『東方宗教』33·34 1969.11

（陸機）

西晋時代の楽府詩—陸機を中心として 藤井守 『広島大学文学部紀要』36 1976.12

陸機楽府詩私論 柳川順子 『文学研究』86 1989.2

陸機楽府詩訳注（1） 佐藤利行 『国語国文学論集』21 1991.3

陸機楽府詩訳注（2） 佐藤利行 『国語国文学論集』22 1992.2

陸機「百年歌」考 佐藤利行 『中国学論集』7 1994.3

陸機の楽府について 阿部正和 『中国中世文学研究』30 1996.7

陸機「呉趨行」について　佐藤利行　『中国学論集』20　1998.7

（陶淵明）

淵明の挽歌　大矢根文次郎　『早稲田大学教育学部学術研究』14　1965.12
淵明の楽府—怨詩楚調示龐主簿鄧治中詩注—　一海知義　『入矢教授・小川教授退休記念中国文学語学論集』　1974.10
陶淵明における虚構の在り方—「自祭文」「挽歌詩」を中心として　上里賢一　『琉球大学法文学部紀要国文学論集』23　1979.1
陶淵明「死去何所道　託体同山阿」考　志村良治　『小尾博士古稀記念中国学論集』（汲古書院）　1983.10

（挽歌）

文選挽歌詩考　一海知義　『中国文学報』12　1960.4
挽歌から情歌へ　西岡弘　『漢文学会会報（國學院大学）』13　1962.6
楽府挽歌考　岡村貞雄　『中国中世文学研究』6　1967.6
挽歌考　西岡弘　『國學院雑誌』70-11　1969.11
中国挽歌詩論　富士和子　『東京女子大学日本文学』87　1997.9

4、南　　朝

梁の武帝と楽府詩　岡村貞雄　『日本中国学会報』25　1973.10
「採菱歌」について　山口為広　『漢文学会会報（國學院大学）』29　1984.2
梁陳の文学集団と楽府題　佐藤大志　『中国中世文学研究』32　1997.7
六朝楽府詩の展開と楽府題　佐藤大志　『日本中国学会報』49　1997.10
南朝の文人楽府と声律論　長谷部剛　『中国文学研究』25　1999.12
沈約の楽府詩と声律論　長谷部剛　『早稲田大学大学院文学研究科紀要』第二分冊45　1999
梁の楽府と北方　松家裕子　『興膳教授退官記念中国文学論集』（汲古書院）　2000.3
何承天「鼓吹鐃歌」について—その六朝楽府文学史上に占める位置　佐藤大志　『安田文芸論叢　研究と資料』　2000.3
「雁門太守行」札記　森田浩一　『甲南女子大学研究紀要』36　2000

（謝霊運）

謝霊運の楽府詩　藤井守　『日本中国学会報』27　1975.10

謝霊運の楽府（上）—「上留田行」を中心に—　森野繁夫　『中国学論集』19　1994.11

謝霊運の楽府（下）　森野繁夫　『中国学論集』20　1995.5

（鮑照）

鮑照「擬行路難」訳解　長田夏樹　『神戸外大論叢』10-3·4　1960.3

鮑照の楽府（１）　藤井守　『中国中世文学研究』4　1965.3

鮑照「擬行路難」について　向島成美　『国文学漢文学論叢』15　1970.3

鮑照の擬行路難十八首について　藤井守　『支那学研究』36　1972.5

鮑照と南朝楽府民歌　向島成美　『加賀博士退官記念中国文史哲学論集』1979.3

鮑照「擬行路難」の構成について　中森健二　『学林』1　1983.1

鮑照「擬行路難」十八首の制作意図　佐藤大志　『漢文教育』17　1993.12

鮑照の楽府について—周縁者の悲哀—　塚本信也　『集刊東洋学』71　1994.5

鮑照楽府詩の特質　佐藤大志　『中国中世文学研究』28　1995.9

鮑照楽府論（上）　塚本信也　『東北学院大学論集　人間・言語・情報』112　1995.12

鮑照の連作楽府に関する一考察　佐藤大志　『藤原尚教授広島大学定年祝賀記念中国学論集』（溪水社）　1997.3

鮑照《擬行路難》の篇数について　井口博文　『中国詩文論叢』16　1997.10

鮑照雑言詩歌の形式的特徴について　井口博文　『中国文学研究』23　1997.12

鮑照の「代」をめぐって　釜谷武志　『興膳教授退官記念中国文学論集』（汲古書院）　2000.3

鮑照「代東門行」と古辞「東門行」—その「代」作の意図についての一考察—　土屋聡　『中国文学論集』29　2000.12

（庾信）

庾信について（３）—その郊廟歌に因んで—　『二松学舎大学論集』昭和41年度　1967.3

庾信の周五声調曲（正）　網祐次　『吉川博士退休記念中国文学論集』 1968.3
庾信の周五声調曲（続）　網祐次　『跡見学園短期大学紀要』7-8　1971.3
庾信の楽府　森野繁夫　『中国中世文学研究』33　1998.1

5、北　　朝

北朝の楽府―正史を中心として―　増田清秀　『支那学研究』13　1955.9

6、南北朝民歌

南北朝の民歌―唐詩成立の為に　小川昭一　『東京支那学会報』12　1953.3
清商曲の源流と呉歌西曲の伝唱　増田清秀　『大阪学芸大学紀要（A人文科学）』3　1955.3
南朝楽府詩の創作方法　小西昇　『玉藻』2　1967.3
南朝の恋歌―「西洲曲」を中心として―　小南一郎　『中国文学報』23 1972.10
南朝楽府詩と遊女娼妓の世界　小西昇　『目加田誠博士古稀記念中国文学論集』（龍渓書舎）　1974.10
六朝の楽府詩（1）　釜谷武志　『中国語』399　1993.4
六朝の楽府詩（2）　釜谷武志　『中国語』400　1993.5
六朝の楽府詩（3）　釜谷武志　『中国語』401　1993.6
南朝楽府民歌受容について―顔延之と鮑照から　塚本信也　『東北大学中国語学文学論集』2　1997.11

（子夜呉歌）

子夜歌と読曲歌―読曲歌の成立とその変遷―　藤井守　『中国中世文学研究』 1　1961.12
子夜の歌　志村良治　『中国文学研究』6　1962.6
子夜の呉歌　中村よう　『日本美術工芸』298　1963.7

（桃葉歌）

桃葉歌考～何限の解釈～　杤尾武　『成城文芸』151　1995.7

（石城楽）

石城楽をめぐって　志村良治　『集刊東洋学』5　1961.5

（懊儂歌）

懊儂歌の成立について　藤井守　『中国中世文学研究』6　1967.6

（烏夜啼）

烏夜啼の成立とその伝唱　藤井守　『支那学研究』29　1963.5
「烏夜啼」変遷考　齋藤功　『学林』1　1983.1
中国のアルバ―あるいは楽府「烏夜啼」について―　川合康三　『東北大学文学部研究年報』35　1986.3
琴曲「烏夜啼引」考　斎藤功　『学林』14・15　1990.7

（大堤曲）

大堤と大堤曲　増田清秀　『学大国文』2　1958.12

（隴上歌）

隴上歌小論―再び西流の水について考える―　後藤秋正　『高校通信東書国語』265　1986.9
「隴上歌」の注釈をめぐって　後藤秋正　『東方』82　1988.8

（木蘭詩）

中国史話―木蘭の話　志田不動麿　『天地人』11　1954.10

（勅勒歌）

勅勒の歌―その原語と文学史的意義―　小川環樹　『東方学』18　1959.6
勅勒の歌　小川環樹　『雅友』46　1960

［附記］
本目録の文献収集に当たっては、広島大学の武井満幹氏よりご助言を頂いた。ここに記して御礼申し上げます。なお、本目録は「平成十一年度安田女子大学学術研究事業」による研究成果報告の一部である。

《中 文 篇》

前　　言

本目録は1930年から2000年までに、中国（大陸、台湾、香港）で発表された漢魏晋南北朝期の楽府に関する論文（雑誌・紀要論文、新聞）を収録した文献目録である。

本目録作成に於いては、以下の目録類を参照した。

1、『東洋史研究文献類目』1934年版～1962年版　京都大学人文科学研究所編
2、『東洋学文献類目』 1963年版～1999年版　京都大学人文科学研究所編附属東洋学文献センター編
3、『復印報刊資料』「J2・中国古代、近代文学研究」1980～2001（中国人民大学書報資料中心）
4、『中国古典文学研究論文索引』（1949～1980）　中山大学中文系資料室編　広西人文出版社　1984
5、『中外六朝文学研究文献目録』（1900～1983）増訂版　洪順隆主編　漢学研究中心　1992
6、「中外六朝文学研究文献目録」（1992.7～1997.6）上・中・下　洪順隆主編　『漢学研究通訊』17-4(1998.11)・18-1（1999.2)・18-2(1999.5)
7、『中国通代文学論著集目正編（中国文学論著集目正編之一)』　王国良編　五南図書出版有限公司　1996
8、『中国通代文学論著集目続編（中国文学論著集目続編之一)』　王国良編　五南図書出版有限公司　1997
9、『先秦両漢文学論著集目正編（中国文学論著集目正編之二)』　韓復智編　五南図書出版有限公司　1996
10、『先秦両漢文学論著集目続編（中国文学論著集目続編之二)』　韓復智編　五南図書出版有限公司　1997
11、『魏晋南北朝文学論著集目正編（中国文学論著集目正編之三)』　王国良

編　五南図書出版有限公司　1996

12、『魏晋南北朝文学論著集目正編（中国文学論著集目正編之三）』　王国良編　五南図書出版有限公司　1997

文献の収集は、原則として論題に「楽府」或いは「楽府の作品名」が含まれるものに限っているが、論題には明記されてはいないものの、楽府研究に関係する内容であると作成者が判断した文献も一部加えている。

目録の構成は、【単行本】と【論文】に分け、それぞれ発表された年代順に並べた。当初は、《和文編》と同様に、時代別・内容別に分類することを企図していたが、多くの論文が未見であるので、類推による誤りを恐れ、年代順に並べることとした。

見出し語の配列は、タイトル、作者名、収録雑誌・図書・新聞名、巻・号数、発行年（月）とした。猶、発表月の不明なものが多いため、各年代内の順序は発行順ではない。

【単行本】

1932年

楽府文学史　羅根沢　文化学社　1932.1　※後、文史哲出版社［1974］から影印、東方出版社［1996.3］から再版

1933年

楽府通論　王易　上海神州国光社　1933.4　※後、中国聯合出版公司［1944.12］、中国文化服務社［1946.10］、広文書局［1961.1］から再版

1935年

中国音楽文学史　朱謙之　『上海商務印書館』　1935.10

1936年

楽府詩選　朱建新　正中書局　1936.9

1944年

漢魏六朝楽府文学史　蕭滌非　中国文化服務社　1944.10　※後、長安出版社

［1976.10］から再版、人民文学出版社［1984.3］から修訂版

1952年

漢魏六朝詩論叢　余冠英　棠棣出版社　1952　※後、上海文芸聯合出版社［1954.7］より再版

1953年

楽府詩選　余冠英　人民文学出版社（北平）　1953.12

1955年

六朝楽府与民歌　王運熙　上海文芸聯合出版社　1955　※後、古典文学出版社［1957］、中華書局［1961］、新文豊出版公司［1982］から再版

楽府古詩　徐澄宇選註　春明出版社　1955.6

1957年

楽府詩研究論文集　作家出版社　1957.4

1958年

漢魏楽府風箋　黄節箋釈　陳伯君校訂　人民文学出版社　1958.3　※後、学生書局［1958.3］より再版

楽府詩論叢　王運熙　上海古典文学出版社　1958.4

1959年

漢魏六朝民歌選　人民文学出版社編　人民文学出版社　1959.6

胡笳十八拍討論集　文学遺産編集部　中華書局　1959.11

1961年

楽府詩選註　龔慕蘭　広文書局　1961

1963年

楽府詩粋箋　潘重規　人民出版社（香港）　1963

1966年

漢魏南北朝楽府　李純勝　台湾商務印書館　1966.10

1969年

楽府新詩選　蕭而化　開明書店　1969

1970年

漢代楽府与楽府歌辞　張寿平　広文書局　1970.2
楽府詩研究論文集（２）　中国語文社（中国古典文学研究論文匯編３）1970.8

1974年

楽府詩校箋　潘重規　学海出版社　1974
楽府詩選　朱建新　正中書局　1974
楽府古辞鈔　汪中　学海出版社　1974
楽府古辭考　本館編審部編　台湾商務印書館　1974

1976年

漢魏六朝楽府研究　陳義成　嘉新水泥公司文化基金会　1976.10

1978年

楽府詩研究　江聡平　復文書局　1978.3
漢魏六朝詩論叢　余冠英　河洛図書出版社　1978

1979年

両漢楽府詩之研究　張清鐘　台湾商務印書館　1979.4
楽府相和歌与清商研究　胡紅波　天才出版社　1979
楽府詩選注　汪中　学海出版社　1979

1980年

両漢楽府研究　亓婷婷　学海出版社　1980.3
楽府詩（上）（下）　洪順隆評注　林白出版社　1980.7

1981年

大地之歌—楽府　伝錫壬編撰　時報文化公司　1981.1

1982年
中国音楽与文学史話集　黄炳寅　国家出版社　1982.10

1984年
楽府散論　王汝弼　陝西人民出版社　1984.11
漢楽府小論　姚大業　百花文芸出版社　1984

1985年
楽府詩史　楊生枝　青海人民出版社　1985.1
論呉歌及其他　天鷹　上海文芸出版社　1985.1
楽府詩選講　楊磊　北方婦女児童出版社　1985.12
楽府詩詞論叢　蕭滌非　斉魯書社　1985.5

1986年
六朝楽府詩選　張亜新選注　中州古籍出版社　1986.8
漢魏六朝楽府詩　王運熙・王国安　上海古籍出版社　1986.7
楽府詩紀　汪中　学生書局　1986.10

1987年
楽府故事　金大業　燕山出版社　1987

1988年
楽府詩名篇賞析　許逸民等編　北京十月文芸出版社　1988.2
歴代楽府詩選析　傅錫壬訳注　五南図書出版公司　1988
古典楽舞詩賞析　徐昌洲・李嘉訓　　黄山書社　1988

1990年
楽府詩鑑賞辞典　李春祥主編　中州古籍出版社　1990.3

1992年
漢楽府研究　張永鑫　江蘇古籍出版社　1992.6

中国古代楽府詩精品賞析　葉桂剛・王貴元　北京広播学院出版社　1992

1996年

楽府詩述論　王運熙　上海古籍出版社　1996.6

両漢南北朝楽府鑑賞　陳友冰　五南図書出版有限公司　1996.5

1997年

漢代的楽府詩　倪其心　大象出版社　1997

詩経楚辞漢楽府選詳解　靳根蒼　山西古籍出版社　1997

1998年

漢魏六朝楽府観止　趙光勇　陝西人民教育　1998.2

1999年

漢魏六朝楽府賞析　陳友冰　安徽文芸出版社　1999.4

楽府詩集導読　王運熙　巴蜀書社　1999.8

楽府詩三百首　劉筑琴　三秦出版社　1999.9

2000年

漢魏楽府的音楽与詩　銭志熙　大象出版社　2000.8

漢魏六朝楽府詩評注　王運熙・王国安　斉魯書社　2000.10

楽府詩選　曹道衡　人民文学出版社　2000.12

【論文】

1930年

漢代楽府的解釈　劉雲樵　『嶺南大学南風』3-4　1930.12

《胡笳十八拍》作于劉商考　羅根沢　『朝華』2-1·2　1930.11

清商曲辞研究　張長弓　『燕大月刊』6·3　1930.10

木蘭詩作于韋元甫考　羅根沢　『朝華』2-3　1930.12

1931年

介紹羅根沢著楽府文学史　王重民　『学文雑誌』1-2　1931.1

楽府概論　魏紹誠　『北平晨報学園』20·21　1931.1.16,17
評袁昌英著孔雀東南飛及其他　浩文　『新月』3-12　1931.10

1932年

楽府源流　黄穆如　『津逮季刊』1-2　1932.6

1933年

論楽府　朱建之　『文史学研究所月刊』1-3　1933.3
漢代楽府校积　王越　『文史学研究所月刊』1-4,5　1933.4,5
漢代楽府积音　王越　『中山大学文史所月刊』2-1,2　1933.10,11
両漢楽府的新分類　章楨　『光華大学半月刊』1933-11　1933.1
孔雀東南飛年代考　王越　『文史学研究所月刊』1-2,3　1933.2,3
楽府清商三調討論　黄節・朱自清　『清華周刊』39-8　1933.5
六朝恋歌的双関格　趙景深　『申報・自由談』1933.9.5
同一母題的六朝恋歌　趙景深　『申報・自由談』1933.9.16
南北朝的新楽府　黄沢浦　『厦大周刊』13;10-13　1933

1934年

楽府源流　黄穆如　『津逮季刊』1-3　1934.1
何謂楽府及楽府的起源　羅根沢　『安徽大学月刊』2-1　1934.10
孔雀東南飛韻譜　陳士群　『国学論衡』4下　1934.11
楽府古辞考　呉慧星　『中国文学（温州中学）』2　1934.12
梁鼓角横吹曲用北歌解　孫階第　『燕京学報』16　1934
六朝楽府中的双関語　呉瓊生　『青年界』6-4　1934

1935年

論漢代楽府　趙景深　『新文学』1　1935.4
楽府在中国文学上的地位　呉烈　『国民文学』2-2　1935.5

1936年

楽府之生成考　豊田穣著・張敬訳　『師大月刊』26　1936.4
張騫得胡曲李延年造新声事辨偽　彭仲鐸　『学芸』15-5　1936.6
歌謡不是楽府亦不是詩　林庚　『歌謡周刊』2-11　1936.6

黃晦聞漢魏楽府風箋　厲嘯桐　『武大文哲月刊』5　1936.6
述清商曲三調歌詞之沿革　彭仲鐸　『学芸』15-1　1936.2
漢鐃歌十八曲集解　譚献　『青鶴』4-20-22　1936.9,10
漢鐃歌十八曲集注　胡芝薪　『文学年報』1936-2　1936
宋書楽志相和歌十三曲校釈　夏敬観　『芸文』1-5,6　1936
南朝楽府中的故事与作者　羅根沢　『師大月刊』1936-6　1936

1937年

楽府詩集古辞校正　彭麗天　『清華学報』12-1　1937.1
楽府古辞考補　彭麗天　『大公報・図書副刊』165　1937.1.14
楽府始于漢武帝弁　彭麗天　『語言与文学』　1937
木蘭詩的時代　曲瀅生　『歴史与考古』4　1937.6

1940年

楽府詩箋　聞一多　『国文月刊』3,4,8,11,13,16,25　1940.10～1944.1

1941年

楽府与五言詩　孔祥瑛　『国文月刊』6,7　1941.2,5
東漢楽府与楽府詩　張長弓　『文学年報』7　1941.6

1942年

楽府詩中所見之民族精神　朱濬　『斯文』2-11　1942.4
楽府補題校記　冒広生　『同声月刊』2-9　1942
傅玄秦女休行本事考　陶元珍　『経世季刊』2-3　1942.4
楽府塡詞与韋昭　蕭滌非　『国文月刊』14　1942.4

1943年

略談楽府　呉世昌　『国文雑誌』2-2　1943.8

1944年

楽府之由来及其衍演　祝文自　『思想与時代』37　1944.11
談曹操《短歌行》　林庚　『国文月刊』27　1944.6
木蘭詩考　楊無恙　『学海』1-3　1944.9

1945年

楽府的詼諧性　蕭滌非　『国文月刊』36　1945.6
楽府詩研究談　邵祖平　『東方雜誌』41-22　1945.11
楽府臆説　楊無恙　『学海』2･3　1945

1946年

楽府歌辞的拼楽府的演変及其体制与命題　公方苓　『中央日報』1946.8.22～24
楽府的由来界説及類別　公方苓　『中央日報』1946.9.8,10
宋書楽志“今鼓吹鐃歌詞”考　孫楷第　『経世日報・文芸周刊３』　1946.9.1
漢魏南北朝楽府詩選序例　孫楷第　『新思潮月刊』1-4　1946.11
呉声歌曲与西曲歌　兪元桂　『福建文化』3-1　1946?～1950?
花木蘭従軍時地考釈　抱一　『中央日報』1946.12.7
木蘭従軍時地之商榷　栄鍾麟　『中央日報』1946.12.29

1947年

楽府之性質　許夢因　『中央日報』1947.5.2
鼓吹与鐃歌　汪世清　『申報・文史22』1947.5.8
論《陌上桑》　游国恩　『開明書店二〇週年記念文集』　1947.3
論陌上桑　蕭望卿　『国文月刊』60　1947.10
挽歌起于楚俗論—楽府挽歌之一　丘述堯　『文化先鋒』6-16,17　1947.1,2
挽歌的故事　邢慶蘭　『国文月刊』61　1947.11
河中之水歌作于曹魏考　胡念貽　『中央日報』1947.11.17
晋雑舞歌的章句　孫楷第　『経世日報・讀書周刊40』1947.5.21
宋書楽志“鐸舞歌詩二篇考”　孫楷第　『学原』1-5　1947
懊儂歌小考　雨亭　『中央日報』　1947.5.19
阿子頭及歓聞歌小考　雨亭　『中央日報』1947.6.2
六朝恋歌的廋辞　鄧懿　『経世日報・讀書周刊』47～49　1947.7,9,16,23
再論六朝恋歌的廋辞　鄧懿　『経世日報・讀書周刊』54　1947.8.27
楽府歌辞的拼湊和分割　余冠英　『国文月刊』61　1947.11
談《西洲曲》　游国恩　『申報・文史』3　1947.12.20
烏夜啼小考　雨亭　『中央日報』1947.12.31
木蘭歌的時代辨　祝本　『中央日報』1947.2.1

木蘭歌出処考　任鼐　『中央日報』1947.12.7

1948年

論漢楽府中的趙代秦楚之謳—読聞一多的什麼是九歌後　張長弓　『東方雑誌』44-10　1948.10
陌上桑本事辨證　何裕　『経世日報・読書周刊75』1948.1.21
陌上桑時代商榷　何裕　『経世日報・読書周刊80』1948.3.3
陌上桑異名考釈　何裕　『経世日報・読書周刊82』1948.3.17
陌上桑疑義詮釈　何裕　『経世日報・読書周刊83』1948.3.24
陌上桑的文芸価値　何裕　『経世日報・読書周刊86』1948.4.14
《孔雀東南飛》的賞析　許文雨　『新学生』5-1　1948.5
談呉声歌曲裏的男女贈答　余冠英　『文芸復興』上　1948.9
与游国恩先生論《西洲曲》　葉玉華　『申報・文報 16』1948.3.27

1949年

楽府　詹幼馨　『台湾新生報』1949.6.17
楽府指迷箋釈引言　蔡嵩雲　『学原』2-2　1949
曹孟徳《蒿里行》“初期会孟津乃心在咸陽”解　程会昌　『国文月刊』77　1949.3
楽府《前渓歌》雑考　王運熙　『国文月刊』75　1949.1
論《呉歌》《西曲》的産生時的社会基礎　張長弓　『国文月刊』75　1949.1

1950年

漢巾舞歌辞句読及研究　楊公驥　『光明日報』1950.7.19
両漢楽舞考　台静農　『文史哲学報』1　1950
論《孔雀東南飛》的思想性及其他　游国恩　『民間文芸集刊』1950-1　1950
孔雀東南飛答田湜　陳定山　『自由談』1-1　1950.4
漫談《孔雀東南飛》古詩的技巧　兪平伯　『光明日報』1950.4.16
孔雀東南飛一詩的人物及其思想　王汝弼　『光明日報』1950.4.26
呉声歌曲与西曲歌　兪元桂　『福建文化』3-1　1950

1951年

《楽府詩選》序　余冠英　『人民文学』3-4　1951.2

対于《楽府詩選序》的意見　張長弓　『人民文学』4-2　1951.6
答張長弓先生　余冠英　『人民文学』4-2　1951.6
説《陌上桑》　董毎戡　『文匯報』1951.6.10
羅敷不是労働人民　周玉紋　『文匯報』1951.7.15
説漢楽府詩《羽林郎》　兪平伯　『人民日報』1951.5.6
南朝楽府与当時社会的関係　廖蔚卿　『文史哲学報』3　1951.12

1953年

評兪平伯在漢楽府《羽林郎》解説中的錯誤立場　蕭滌非　『文史哲』1953-3　1953
怎麼解釈“喞喞復喞喞”　陳覚生　『語文学習』1953-11　1953.11
《木蘭辞》中“喞喞”的解釈　孫其芳　『語文学習』1953-11　1953.11
関于木蘭辞中“撲朔”“迷離”両詞的一個小実験　張木　『語文学習』1953-11　1953.11

1954年

楽府詩　王瑶　『文芸学習』8　1954.8
読《楽府詩選》　修古藩　『光明日報』1954.3.29
関于楽府詩選注釈的幾條修正　余冠英　『光明日報』1954.3.29
《楽府詩選》　惇　『文芸報』1954-1　1954
光輝燦爛的中国楽府詩歌—介紹余冠英選注《楽府詩選》　陳啓明　『文学書刊介紹』1954-1　1954
談黄門鼓吹楽　王運熙　『光明日報』1954.5.10
《陌上桑》的人物　王季思　『語文学習』1954-12（総第39期）　1954
談故事詩《孔雀東南飛》　唐弢　『解放日報』1954.3.28
介紹《孔雀東南飛》　余冠英　『文芸学習』1954-8　1954.8
辛延年《羽林郎》　卞慧　『語文学習』1954-7　1954.7
読余冠英先生《楽府詩選》注　宋毓珂　『光明日報』1954.7.18
《孔雀東南飛》是何時写定的　段熙仲　『光明日報』1954.9.7
従《孔雀東南飛》的地理背景談《孔雀東南飛》　孫望　『光明日報』1954.9.7
再説楽府詩羽林郎　兪平伯　『語文学習』1954-10　1954.10
対于談《羽林郎》的意見　静淵等　『語文学習』1954-10　1954.10
関于《羽林郎》解釈　卞慧　『語文学習』1954-10　1954

対于《再説楽府詩〈羽林郎〉》的意見　葛楚英　『語文学習』1954-12　1954
《羽林郎》解釈中的資産階級唯心論的“訓詁”　柳虞慧　『語文学習』1954-12　1954
所謂不能有“先入之見”—有関《羽林郎》　郭功照　『文芸報』1954-23·24　1954
辛延年羽林郎　卞慧　『語文学習』1954-7　1954
関于羽林郎的解釈　卞慧　『語文学習』1954-10　1954
関于楽府詩《羽林郎》的討論　兪平伯等　『語文学習』1954-10　1954
《木蘭詩》産生的時代和地点　羅根沢　『光明日報』1954.4.26
《木蘭詩》産生的時代和地点的討論　郭明忠・羅根沢　『光明日報』1954.7.18
漫談《木蘭詩》　張長弓　『天津日報』1954.10.31
従民歌形式看《木蘭辞》　蔡孝鑾　『語文学習』1954-12　1954.12

1955年

漢代楽府詩里所反映的社会生活　鄭孟彤　『光明日報』1955.2.27
漢代的俗楽和民歌－兼斥胡適白話文学史対楽府詩的歪曲和汚蔑　王運熙　『復旦大学学報（人文科学)』1955-2　1955.9
試論《陌上桑》　胡人龍　『光明日報』1955.3.13
関于《〈陌上桑〉的人物》的討論　任哲維・彭梅盛・王季思　『語文学習』1955-3　1955
《陌上桑》的“人物”和主題思想　彭梅盛　『語文学習』1955-3　1955
関于《〈陌上桑〉的人物》的討論　王季思　『語文学習』1955-3　1955
関于陌上桑的人物的討論　任哲維　『語文学習』1955-3　1955
関于任彭等同志対陌上桑的人物—文所提意見的答覆　王季思　『語文学習』1955-3　1955
《陌上桑》与壮族民間故事《劉三祖》之比較　楊寧寧　『民族文学研究』1955-3（総57期）　1955
評《孔雀東南飛》一篇考拠文章一並対文学遺産編者提一点意見　徐朔方　『光明日報』1955.1.9
関于詩経《伐檀》篇和楽府《孔雀東南飛》的一些問題　『文芸学習』1955-7　1955.7
対唐弢的《談故事詩〈孔雀東南飛〉》的幾点意見　孫殊青　『文学遺産増刊』

1　1955.9
論《孔雀東南飛》的人民性和芸術性　孫殊青　『新建設』87　1955.12
評兪平伯在漢楽府《羽林郎》解説中的錯誤立場　蕭滌非　『文史哲』1955-3　1955
南朝楽府民歌主要内容与分析　李嘉言　『文学遺産増刊』1　1955.9
呉声西曲中的“楊州”　王運熙　『文学遺産増刊』1　1955.9
談談怎様研究《木蘭詩》　江慰廬　『文学遺産増刊』1　1955.9
従杜甫、白居易、元稹詩看《木蘭詩》的時代　蕭滌非　『文学遺産増刊』1　1955.9
評羅根沢先生関于《木蘭詩》的両篇考拠文章　『文学遺産増刊』1　1955.9

1956年

批判胡適在評価漢楽府詩中的形式主義観点　蕭学鵬　『中山大学学報（社会科学)』1956-1　1956.3
評《楽府古詩》　劉射　『光明日報』1956.5.27
《評〈楽府古詩〉》的反批評　徐澄宇　『光明日報』1956.8.12
与徐澄宇先生商榷有関《楽府古詩》的問題　劉射　『光明日報』1956.8.26
西漢楽府歌辞和文人五七言詩的創作　游国恩　『教師報』1956.9.11
略談《楽府》　蕭滌非　『青島日報』1956.10.27
談楽府詩　彭蘭　『読書月報』1956-12　1956.12
写在《再談有関楽府古詩的問題》的後面　劉射　『光明日報』1956.12.2
再談有関《楽府古詩》的問題　徐澄宇　『光明日報』1956.12.2
漢楽府《陌上桑》的民主性何在　蕭滌非　『青島日報』1956.12.18
漢楽府《陌上桑》的民主性何在（問天的意見、蕭滌非的答覆）　胡人龍　『青島日報』　1956.12.18
与徐朔方先生商権《孔雀東南飛》問題　孫望　『文学遺産増刊』2　1956.1
対《〈孔雀東南飛〉是何時写定的》一文的商討　王冰彦　『文学遺産増刊』2　1956.1
《孔雀東南飛》的民間文芸風格　張志岳　『語文学習』1956-10　1956.10
対“新婦起厳妝”一段的理解　李平宝　『語文学習』1956-10　1956.10
論《孔雀東南飛》　羅竹風　『語文教学』1956-12　1956.12
《孔雀東南飛》的産生時代思想、芸術及其他問題　王運熙　『語文教学』1956-12　1956.12

関于“金錯刀”和“青玉案”的問題　李金彝等　『光明日報』1956.11.11
読南北朝楽府四篇—子夜歌、華山畿、隴頭歌辞、李波小妹歌　馮鍾芸　『語文学習』1956-12　1956.12
談西洲曲　余冠英　『漢魏六朝詩論叢』(上海古典文学出版社)　1956
《木蘭詩》的思想性　呉穎　『語文学習』1956-1　1956.1
従木蘭詩看“剪裁”　高瞻　『語文学習』1956-8　1956.8
《木蘭辞》的詞、語　任銘善　『語文教学』1956-6　1956.6
関于“扶将”一詞的不同解釈　梁積仁　『語文教学』1956-8　1956.8
“撲朔”和“迷離”　春元　『語文教学』1956-10　1956.10

1957年

関于楽府　蕭滌非　『光明日報』1957.1.13
楽府古詩的価値　金達凱　『民主評論』8-17　1957.9
漢代鼓吹曲考　王運熙　『復旦大学学報（人文科学)』1957-1　1957.7
談談《陌上桑》中的“日出東南隅，照我秦氏楼”　李翔　『語文教学』1957-8　1957.8
関于《孔雀東南飛》中幾句詩的解釈　孟晦　『天津日報』1957.4.5
従民歌角度来談《孔雀東南飛》中的幾個問題　李効庵　『西南師院学報』1　1957.5
試論《孔雀東南飛》的思想性及其他　李正午　『学生科学論文集刊（福建師院)』1957-1　1957
略論古詩焦仲卿妻　侯鏡昶　『南京大学教学与研究匯刊』1957-4　1957
談“守節情不移”　洪子端　『語文教学』1957-6　1957
試談《孔雀東南飛》中的焦仲卿　金楚瀟　『語文教学通訊』1957.12,13　1957
“東臨碣石有遺篇”　知漸　『天津日報』　1957.6.11
曹操《短歌行》試解　傅長君　『文史哲』1957-6　1957.6
処理古典詩詞的一点意見—以曹植《野田黄雀行》為例兼及蘇軾《念奴嬌》　詹安泰　『語文教学』1957-5　1957.5
南北朝楽府中的民歌　王運熙　『語文教学』1957-9　1957.9
華山畿中的華山究竟在哪裏　李伯勉・丁炳南　『語文教学』1957-4　1957.4
関于《談〈西洲曲〉》　卡戈　『文史哲』1957-12　1957.12
談木蘭詩的“唧唧復唧唧”　鮑幼文　『語文教学』1957-2　1957.2
論木蘭詩　羅竹風　『語文教学』1957-2　1957.2

漫談"漢末童謡"和勅勒歌　樺木　『草地』1957-4　1957.4
漫談《勅勒歌》　栄祥　『内蒙古日報』1957.4.13

1958年

漢与六朝楽府産生時的社会形態　田倩君　『大陸雑誌』17-9　1958.11
古歌辞中的和声与畳句　任二北　『文学遺産増刊』6　1958
従語言上推測《孔雀東南飛》一詩写定年代　徐復　『学術月刊』1958-2　1958.2
論文学批評的立場—評《略論古詩〈焦仲卿妻〉》　孫殊青　『南京大学教学与研究匯刊』1958-1　1958
対徐復的《従語言上推測〈孔雀東南飛〉一詩的写定年代》一文商権　徐銘延・馬和順　『学術月刊』1958-12　1958.12
漢楽府相和歌即漢清商説　王達津　『文学研究』1958-1　1958.3
漢魏六朝之民間詩歌　羅延信　『華国』2　1958.9
論南北朝楽府中的人民性和芸術性　楊学寿　『人文科学雑誌』1958-6　1958
《木蘭詩》里的一些問題　余冠英　『語文学習』1958-2　1958.2
木蘭考　彭国棟　『芸文掌故続壇』(正中書局)　1958.4
木蘭是怎様一個人物　張畢来　『語文学習』1958-3　1958.3
木蘭到底是怎様一個人物　戈百里　『語文学習』1958-8　1958.8

1959年

楽府民歌和作家作品関係　王運熙　『文匯報』1959.7.7
漢鐃歌十八曲新解　陳直　『人文雑誌』1959-4　1959.8
与蕭滌非先生商権《婦病行》的主題思想　斉明綱　『山東大学学報（語文)』1959-1　1959
談蔡文姫《胡笳十八拍》　郭沫若　『光明日報』1959.1.25
再談蔡文姫的《胡笳十八拍》　郭沫若　『光明日報』1959.3.20
蔡文姫和她的五言詩　林皋　『羊城晩報』1959.4.7
関于蔡琰的《胡笳十八拍》　劉大杰　『光明日報』1959.6.7
関于蔡文姫及其作品　劉開揚　『光明日報』1959.6.8
三談蔡文姫的《胡笳十八拍》　郭沫若　『光明日報』1959.6.8
《胡笳十八拍》非蔡琰作補証　王達津　『光明日報』1959.6.14
《胡笳十八拍》是蔡文姫的作品嗎？　李鼎文　『光明日報』1959.6.14

四談蔡文姫的《胡笳十八拍》　郭沫若　『光明日報』1959.6.21
從曹操問題談起兼論《悲憤詩》《胡笳十八拍》的真偽　『長江日報』1959.6.29
蔡琰与《胡笳十八拍》　王運熙　『光明日報』1959.7.5
《胡笳十八拍》不是蔡文姫作的嗎？　王竹楼　『光明日報』1959.7.12
蔡文姫与胡笳十八拍　高亨　『光明日報』1959.7.12
読郭著蔡文姫後　譚其驤　『文匯報』1959.7.27
有関《胡笳十八拍》争論種種　李栄　『人民日報』1959.7.28
再談《胡笳十八拍》　劉大杰　『文学評論』1959-4　1959.8
六談蔡文姫的《胡笳十八拍》　郭沫若　『光明日報』1959.8.4
関于《胡笳十八拍図》　傅孝先　『重慶日報』1959.8.13
《胡笳十八拍討論集》前言　文学遺産編集部　『光明日報』1959.8.16
再談《胡笳十八拍》　劉大杰　『光明日報』1959.9.3
五談蔡文姫的《胡笳十八拍》　郭沫若　『胡笳十八拍討論集』　1959.11
胡笳十八拍是董庭蘭作的嗎？　蕭滌非　『胡笳十八拍討論集』　1959.11
関于《胡笳十八拍》作者的争論問題　胡念貽　『胡笳十八拍討論集』 1959.11
從詩歌的角度談談胡笳十八拍的年代問題　黄誠一　『胡笳十八拍討論集』 1959.11
蔡文姫胡笳十八拍四論　葉玉華　『胡笳十八拍討論集』　1959.11
胡笳十八拍非蔡琰作商榷　熊徳基　『胡笳十八拍討論集』　1959.11
関于胡笳十八拍的一些問題　張徳均　『胡笳十八拍討論集』　1959.11
談《胡笳十八拍》非蔡文姫所作　劉盼遂　『胡笳十八拍討論集』　1959.11
関于《胡笳十八拍》的真偽問題　胡国瑞　『胡笳十八拍討論集』　1959.11
根拠蔡琰歴史論蔡琰作品真偽問題　王先進　『胡笳十八拍討論集』　1959.11
関于《胡笳十八拍》　祝本　『胡笳十八拍討論集』　1959.11
談蔡琰作品的真偽問題　卞考萱　『胡笳十八拍討論集』　1959.11
蔡文姫生年的一点小考証　王達津　『胡笳十八拍討論集』　1959.11
関于蔡文姫故里的資料　李村人　『胡笳十八拍討論集』　1959.11
《胡笳十八拍》的用韻　楊道経　『中国語文』1959-12　1959.12
談談《胡笳十八拍》的作者問題　李西成　『山西師院学報』1959-4　1959
中国画里的《胡笳十八拍》　劉凌滄　『文物』1959-5　1959
古琴曲中的《胡笳十八拍》　許建　『音楽研究』1959-6　1959
管窺"孔雀"片羽―読書札記　黄昭彦　『詩刊』1959-7　1959.7

曹操楽府詩初探　顧随　『天津師大学報』1959-1　1959
曹操的両首詩　余冠英　『文学知識』1959-4　1959.4
東臨碣石有遺篇—略談曹操楽府詩的怨、哀、壮、熱　顧随　『河北日報』1959.4.17
“東臨碣石有遺篇”　石　『河北日報』1959.11.21
略談中古時期的民謡　劉開揚　『人文雑誌』1959-6　1959.12
李白怎樣向漢魏六朝民歌学習　王運熙　『文学遺産増刊』7　1959.12
読《木蘭詩》　呉伯簫　『詩刊』1959-6　1959.6

1960年

関于“楽府”　蕭滌非　『文学遺産選集』3　1960.5
対《再談〈胡笳十八拍〉》的商兌　張徳鈞　『文学評論』1960-1　1960.2
為“拍”字進一解　郭沫若　『文学評論』1960-1　1960.2
再談《胡笳十八拍》　蕭滌非　『山東大学学報』1960.3,4　1960
関于改進古典文学作品教学的幾点意見—以《孔雀東南飛》為例　葉百年　『語文教学』1960-6　1960.6
読《古詩為焦中卿妻作》　振甫　『語言文学』1960-3　1960
曹操短歌行新解　梁容若　『大陸雑誌』20-5　1960.3
魏晋南北朝民間歌謡簡論　徐翰逢　『人文雑誌』1960-2　1960
談《木蘭詩》的情節結構　孫克恒　『延河』1960-2　1960.2
《木蘭詩》有没有愛国主義思想？　合肥師院中文系古典文学教研組　『学語文』1960-2　1960
関于《木蘭詩》一個註釈的商榷　張応美　『語文』1960-4　1960.4
《木蘭詩》有愛国主義思想嗎？　黎偉杰　『語文』1960-7　1960.7

1961年

略論我国古典叙事詩的芸術特点　安旗　『文芸報』1961-1　1961
《孔雀東南飛》疑義相与析　傅庚生　『文学評論』1961-1　1961.2
関于《孔雀東南飛》疑義　余冠英　『文学評論』1961-2　1961.4
漫談《孔雀東南飛》中的一些問題　陶彭沢　『広西日報』1961.5.29
略談《孔雀東南飛》　兪平伯　『文学評論』1961-4　1961.8
焦仲卿的性格懦弱麼—兼及如何評価古典作品的問題　李嘉言　『文匯報』1961.12.17

漢代的相和与清商　李純勝　『大陸雑誌』23-7　1961.10
陶淵明写《挽歌》　陳翔鶴　『人民文学』1961-11　1961.11
也談鮑照的《梅花落》　彭沢陶　『光明日報』1961.9.9
如何評価“丁督護歌”　陸侃如　『光明日報』1961.11.26
《木蘭辞》中的“燕山”和“黒水”　林庚　『文匯報』1961.4.1
“撲朔”“迷離”試説　張文斌　『光明日報』1961.7.15
《木蘭辞》的啓示　黄蓋庸　『文芸紅旗』1961-9　1961.9
解決了《木蘭辞》的疑難問題　丁力　『人民日報』1961.12.13
木蘭詩的“撲朔”“迷離”到底怎麼解？―読本注解還可以争鳴的又一例　傅東華　『文匯報』1961.12.28
《勅勒歌》歌唱者家族的命運　呉晗　『人民文学』1961-9　1961.9

1962年

漢魏六朝楽府詩研究書目提要　王運熙　見『楽府詩論叢』（上海中華書局）1962
楽府詩粋箋（一）～（七）　潘重規　『人生』24-2～8　1962.6～9
漢大曲管窺　丘瓊蓀　『中華文史論叢』1　1962.8
関于楽府的幾個問題　李純勝　『人生』24-9　1962.9
漢武帝設立楽府年代試測　李廷光　『楊州師院学報』1962-9（総15期）1962.9
漢魏両晋南北朝楽府官署沿革考略　王運熙　見『楽府詩論叢』（上海中華書局）　1962
再談《胡笳十八拍》的作者問題　段熙仲・金啓華　『南京師院学報』1962-1　1962.4
関于《孔雀東南飛》的一個疑難問題的管見　蕭滌非　『文匯報』1962.3.21
曹操的《観滄海》和《亀雖寿》　袁行霈　『解放軍文芸』1962-3　1962
曹操詩二首　袁行霈　『閲読与欣賞』1　1962.10
漢楽府与清商曲　陰法魯　『文史哲』1962-2　1962.4
一首古代女英雄的賛歌―読木蘭詩　朱光栄　『貴州日報』1962.9.6
掀起木蘭的面紗　周燕謀　『中央日報』1962.12.9～10

1963年

漢魏南北朝楽府之内容与価値　黎淦林　『文学世界』39　1963.9

漢〈房中〉〈郊祀〉二歌考　李純勝　『大陸雑誌』26-2　1963.1
試釈《孔雀東南飛》中“媒人去数日”一節　王煥鑣　『杭州大学学報』1963-2　1963
烈士暮年、壮心不已—読曹操“観滄海”　陳宏天　『吉林日報』1963.3.27
木蘭故事考証　雍叔　『中華日報』1963.11.1
関于《勅勒歌》的作者　何白松　『内蒙古日報』1963.4.3

1964年

漢楽府与游侠　李里　『台湾自立晩報』1964.2.6
必須正確運用階級分析方法—従《孤児行》課堂討論説起　金家揀　『揚州師院学報』1964-4　1964.4
孔雀東南飛的社会意義　徐正光　『社会導進』1-2　1964
試論《孔雀東南飛》　許世旭　『大陸雑誌』29-2　1964.7
曹操的“観滄海”和“亀雖寿”　余冠英　『光明日報』1964.1.18
読《亀雖寿》想起的　陳邦本　『文匯報』1964.6.17
也談《亀雖寿》　董代　『文匯報』1964.6.19
晋代楽舞考　廖蔚卿　『文史哲学報』13　1964
楽府王明君曲考　寥蔚卿　『大陸雑誌』28-1　1964.1
梁鼓角横吹曲　李純勝　『大陸雑誌』28-12　1964.6
木蘭従軍故事的時代背景　雍叔　『中華日報』1964.7.1

1965年

楽府歌辞類別考訂　張寿平　『大陸雑誌』31-12　1965.12
西漢楽府官署的采風　張寿平　『建設』13-8　1965.1
西漢《短簫鐃歌十八曲》釈義　張寿平　『大陸雑誌』30-10　1965.5
《陌上桑》不能全部肯定　張永鑫　『鄭州大学学報』1965-1·2　1965
《孔雀東南飛》描写的主要矛盾是什麼？　李嘉言・何法周　『光明日報』1965.8.15
《孔雀東南飛》的思想分析　師文古　『光明日報』1965.11.14
曹植的《美女篇》及其他　鍾祺　『中古詩歌論叢』（上海書局）　1965
神弦歌雑考　温俊超　『暢流』31-5　1965.4
漢末黒水軍的活動地区和名称的由来—与林庚同志商榷　高敏　『史学月刊』1965-2　1965.2

淺析木蘭辞　莫広詮　『新亜生活』7-15　1965.2
《木蘭詩》考　李純勝　『大陸雑誌』31-12　1965.12

1966年

又対《陌上桑》的評価　鄭桂富・王洪蘭・范慶祥　『中国青年報』1966.2.19
我是怎様重評楽府民歌《陌上桑》的　鄭桂富　『民間文学』1966-2　1966
重評《陌上桑》　鄭桂富・王洪蘭・范慶祥　『光明日報』1966.2.20
羽林郎“不惜紅羅裂，何論軽賤軀”解　黄振民　『大陸雑誌』33-8　1966.10
談木蘭辞用韻　許世瑛　『図書』1-6　1966.6
木蘭詩創作時代考論　陳中平　『建設』15-5　1966.10

1967年

漢楽府欣賞　糜文開・裴普賢　『文壇』82　1967.4
西漢楽府官署始末考述　張寿平　『大陸雑誌』34-5　1967.3
西漢楽府官署的造楽（上）（中）（下）　張寿平　『建設』16-3,4,5　1967.8～10
論孔雀東南飛用韻　許世瑛　『淡江学報』6　1967.11
曹操《短歌行》試解　傅長解　『文史哲』1967-6　1967
石崇的王昭君詩　邱燮友　『新天地』6-2　1967.4
論北朝楽府　汪中　『新天地』5・11　1967

1968年

漢代歌謡与音楽（下）　張書文　『中華文化復興』1　1968.6
建安楽府詩溯源　廖蔚卿　『幼獅学誌』7-1　1968.1

1969年

試探歴代楽府詩的社会性　陳淑女　『詩学集刊』　1969
南北朝両大民歌：孔雀東南飛与木蘭詩在中国文学史中的地位　顧敦鍒　『文苑闡幽』　1969.1
孔雀東南飛研討　梁容若　『国語日報』1969.11.1
南朝呉声歌曲与西曲歌浅探　劉昭仁　『詩学集刊』　1969
木蘭考辨　林柏在　『文風』14　1969.1

1970年

漢代楽府与古詩　胡純兪　『中国詩季刊』1-3　1970.9
魏晋南北朝之郊廟歌　陳煒良　『寿羅香林教授論文集』　1970
漢鼓吹鐃歌的両個問題　朱学瓊　『思与言』8-4　1970.11
魏晋楽府詩解題　方祖燊　『師大学報』15　1970.6
南北朝楽舞考　廖蔚卿　『国立台湾大学文歴史哲学報』19　1970.6
《木蘭詩》的表現　林鐘隆　『中華日報』1970.11.2

1971年

東臨碣石，以観滄海—略談曹操的詩及其対中国文化的貢献　陳鳳翔　『華僑日報』1971.5.5
南北朝楽府詩之淵源　周誠明　『中華詩学』5-3　1971
南北朝楽府詩之産生　周誠明　『中華詩学』5-5　1971.10

1972年

中国楽府詩簡介　菊韻　『今日中国』15　1972.7
漢楽府四首句法研究兼論其用韻　許世瑛　『文史季刊』2-2　1972.1
《飲馬長城窟行》及《琵琶行》的故事　陳訓章　『中央日報』1972.7.8
論陶淵明挽歌詩非絶筆之作　斉益寿　『幼獅月刊』35-3　1972.3
南北朝楽府詩之体制（1）　周誠明　『中華詩学』6-2　1972
南北朝民間楽府詩解題　周誠明　『台中商専学報』4　1972
呉歌西曲与梁横吹曲的比較　邱燮友　『台湾師範大学国文系国文学報』1　1972

1973年

漫談《楽府》　余青　『中華文芸』4-5　1973.1
両漢楽府古辞研究（上）　韓屏周　『崑山工専学報』1　1973.7
漢代歌謡与音楽（上）　張書文　『学術論文集刊』2　1973.12
漢魏六朝楽府研究　陳義成　輔仁中文博士論文1973　1973
漢魏六朝楽府之産出及其評価　周誠明　『台中商専学報』5　1973
呉歌西曲簡介　菊韻　『今日中国』30　1973.10
談《木蘭詩》　張震沢　『遼寧教育』1973-8　1973.8

1974年

圍繞“楽府”革新与復旧的一場闘争　洪途　『文匯報』1974.12.4
漢瑟和楚瑟調弦的探索　李純一　『考古』1　1974
漢鼓吹鐃歌的声辞分析及説解　朱学瓊　『中華文化復興月刊』7-4　1974.4
読曹操的《亀雖寿》詩　梁培鎮　『広州文芸』1974-5　1974
談曹操的詩《亀雖寿》　何大章　『北京日報』1974.7.5
談曹操詩《亀雖寿》　武鏃　『解放日報』1974.7.26
略談曹操的詩《亀雖寿》　夏放　『山東文芸』1974-8　1974.8
読曹操詩的《亀雖寿》　胡士軍　『浙江日報』1974.8.3
談曹操詩《亀雖寿》　胡鉄岩　『黒龍江日報』1974.8.11
烈士暮年、壮心不已—読曹操詩《亀雖寿》　沈陽第一機床廠房産科理論学習中心組　『遼寧日報』1974.8.28
曹操的《亀雖寿》　王振祥　『福建日報』1974.9.6
反“天命論”的戦闘詩篇—読曹操的詩《亀雖寿》　儲慧・華山・柳驥　『新華日報』1974.9.7
富于進取精神的詩篇—読曹操的《亀雖寿》　孫曼屯　『陝西日報』1974.10.12
雄偉的抱負、唯物的色彩—読曹操的詩《亀雖寿》　賈雲峰　『河北日報』1974.10.25
談曹操的《蒿里行》　史玉珍・郝鐙　『河北日報』1974.10.27
談曹操的詩《亀雖寿》　劉徳福　『大衆日報』1974.11.8
烈士暮年、壮心不已—読曹操詩《歩出夏門行》、《亀雖寿》　王田健　『青海日報』1974.11.25
東臨碣石有遺篇—読曹操詩《観滄海》　石亦鐘　『寧夏日報』1974.12.9
《観滄海》《亀雖寿》試析　王国璋　『語文自学講義（北京師院）』27　1974
呉歌西曲与梁鼓角横吹曲的比較　邱燮友　『中国詩季刊』5-1　1974.3
木蘭考　彭国東　『甘粛文献』3　1974.7

1975年

蔡文姫胡笳十八拍図巻　何洛　『明報』10-6　1975.6
胡笳十八拍画意与題識（上）（中）（下）　何洛　『明報』10.6～8　1975.6～8
《孔雀東南飛》的悲劇成因与詩歌原型探討　葉慶炳　『文学評論』2　1975.11
曹操的詩　紅戈　『安徽日報』1975.12.15

試談曹操的詩歌　符立木　『新化工』1975-1　1975
読《亀雖寿》—兼論曹操的法家思想　李更春　『哈爾浜師院学報』1975-1　1975
読《蒿里行》　申暢　『河南文芸』1975-2　1975
充満進取精神的戦闘詩篇—読曹操《亀雖寿》詩　周到　『河南文芸』1975-2　1975
碣石遺篇抒壮志—読曹操的詩《観滄海》　伍幼威　『新華日報』1975.2.19
読曹操的求賢詩　張山　『広東文芸』1975-4　1975
曹操《亀雖寿》浅析　蔡静超　『新教育』1975-5　1975
《亀雖寿》辨釈　趙開泉　『甘粛師大学報』1975-2　1975
談曹操的《蒿里行》詩　郭維森　『南京大学学報』1975-3　1975
歌以詠志—読曹操雑記　単洪根　『貴陽師院学報』1975-3　1975
曹操詩二首簡析《観滄海・亀雖寿》　中文系中学語文教学参考資料編写組　『山東師院学報』1975-4　1975
清商三調、唐楽及其他—中国音楽史補注—　張世彬　『明報』10-4　1975.4

1976年

漢武帝時期的楽府詩歌　中文系七三級乙班一組　『厦門大学学報』1976-1　1976
“壮心不已”的精神和“万事畢”的哀鳴—談曹操的《亀雖寿》和孔融的《臨終詩》　鍾樹青　『思想戦線』1976-1　1976
碣石考　譚其驤　『学習与批評』1976-2　1976
従薤露蒿里的欣賞再論曹操的社会詩　徐一鳴　『東呉大学中国文学系系刊』2　1976.6
曹操的長相和少年行径　葉慶炳　『中華日報』1976.8.24
論楽府詩－清商曲　汪中　『幼獅月刊』1976-9　1976
宋斉楽府詩解題　方祖燊　『国文学報』5　1976
南北朝楽府体制之研究　周誠明　『台北商専学報』14　1976

1977年

漢代民歌　広東師中文系「中国文学簡史」編写組　『新教育』1977-5・6　1977
用“経済社会学”欣賞《孔雀東南飛》　侯立朝　『郷土吾愛』(博学出版社)　1977.12

曹操《観滄海》《亀雖寿》注积、説明　　『語文函授（北京師大)』16　1977.9
曹植与白馬篇　林祖亮　『中華日報』1977.6.15
南北朝擬楽府詩作者評述　周誠明　『台中商専学報』9　1977
従《華山畿》説起　龔鵬程　『鵝湖』2-9　1977.3
楽府民歌《木蘭詩》注积、説明　佚名　『語文函授（北京師大)』16　1977.9
読詩小札《木蘭詩》　杭雨　『江蘇文芸』1977-9　1977.9

1978年

楽府詩的特性及其源流　邱燮友　『幼獅月刊』47-6　1978.6
穆護歌考―兼論火妖教入華之早期史料及其対文学、音楽、絵画之影響―　鐃宗頤　『大公報在港復刊』30　1978
秦楽府考略―由秦始皇帝陵出土的秦楽府編鍾談起　寇效信　『陝西師大学報』1978-1　1978
教人備発的一首楽府詩《長歌行》　欧嘉年　『南方日報』1978.10.29
陌上桑的道徳迫力　周伯乃　『国魂』396　1978.11
晩鳴軒愛読詩：羅敷自有夫（古詞：艷歌羅敷行）　葉慶炳　『中華日報』1978.12.7
蔡琰与《胡笳十八拍》　張耶　『北京日報』1978.6.20
《孔雀東南飛》評価中的両個問題　唐満先　『江西師院学報』1978-2　1978
選材与剪裁―読古詩《焦仲卿妻》所想到的　韋丘　『広州日報』1978.5.14
《秦女休行》本事探源―兼批胡適対此詩的錯誤推測　呉世昌　『文学評論』1978-5　1978
談談曹操的《観滄海》　張永鑫　『語文教学通訊』1978-3　1978
但為君故，沈吟至今―説曹操及其詩　呉壁雍　『文風』33　1978.6
南北朝楽府民歌　黄立業　『広西教育』1978-12　1978
六朝民歌是否徒歌？　孫致中　『天津師院学報』1978-4　1978
《木蘭詩》簡析　鄭念初　『語文教学参考（開封師院)』1978-1　1978
《木蘭詩》与南北朝民歌　中文系古代文学教研室　『中山文学学報』1978-1　1978
関于《木蘭詩》中的“東西南北”―和抗雨商榷　鄭敏・殷煌　『江蘇文芸』1978-1　1978
《木蘭詩》簡析　嘉甫　『宝鶏教育』1978-2　1978
《木蘭詩》簡析　焦文彬　『中学語文教学参考（陝西師大)』　1978.3,4

1978
《木蘭詩》的思想和芸術　山川　『河北師大学報』1978-3　1978
《木蘭詩》参考資料　宋安華　『語文教学参考（開封師院）』初中版　1978-3　1978
対《関于〈木蘭詩〉中的“東西南北”》的意見　周紅興等　『江蘇文芸』1978-4　1978.4
詩歌鑑賞浅談—従対《木蘭詩》中的“東西南北”的不同意見相到的　葉維四・徐栄階　『江蘇文芸』1978-4　1978.4
《木蘭詩》教学中的若干問題　竇忠文　『語文教学通訊』1978-4,5　1978
北朝民歌《木蘭詩》　劉子驤　『語文函授（華中師院）』1978-4　1978
古代人民英雄史詩—読《木蘭詩》　王弋丁　『広西文芸』1978-5　1978
論《木蘭詩》的主題思想　林春分　『開封師院学報』1978-5　1978
略談《木蘭詩》　黄日強　『語言文学』1978-5　1978
小議《木蘭詩》中的“唧唧”　許幼珊　『語言文学』1978-5　1978
“唧唧復唧唧”解　蔡国黄　『語文戦線』1978-6　1978
関于“当戸”的“戸”　徐光強　『語文戦線』1978-6　1978
略談《木蘭詩》的句式　竺柏岳　『語文戦線』1978-6　1978
《木蘭詩》試析　呉万剛　『語言文学広拡講座（天津）』1978-8　1978
《木蘭詩》試析　達浚　『甘粛師大学報』1978-3　1978
従教学角度談《木蘭詩》的一些問題　康甦　『山東師院学報』1978-6　1978
《木蘭詩》分析　武漢師院古文教研組　『中学語文（武漢師院）』1978-6　1978
《木蘭詩》注析　孫定遠　『教研資料（浙江金華師範）』1978.9-10　1978
《木蘭詩》非唐人作　游国恩　『文史』5　1978.12
土黙川和敕勒歌　洪用斌　『内蒙古日報』1978.10.22
略談《陰山敕勒歌》　洪用斌　『草原』1978-5　1978

1979年

楽府　李日剛　『中国詩季刊』10-1　1979.3
楽府、民歌　杜若　『台肥月刊』20-8　1979.8
別有天地非人間－読《漢楽府》小議　拾遺　『寧夏文芸』1979-5　1979.9
関于“楽府”的基礎知識　梁挙賢　『教与楽（黔陽）』1979-4　1979
両漢民歌的現実主義特色　劉福元　『河北師院学報』1979-4　1979

略談楽府詩的曲名本事与思想内容的関係　王運熙　『河南師大学報』1979-6　1979
楽府詩的一朵奇葩　談鳳梁　『人民教育』1979-11　1979
析《有所思》及《上邪》（上）（下）　周伯乃　『中華日報』1979.12.26,27
蔡文姫《胡笳十八拍》　方郷　『大衆電影』1979.6
蔡文姫和她的《胡笳十八拍》　張忠文　『遍地紅花』1979-2　1979
《孔雀東南飛》為何不能選做教材　程育生　『人民教育』1979-2　1979
従“用韻”推定《孔雀東南飛》詩的時代　方師鐸　『東海中文学報』1　1979.11
《孔雀東南飛》注釈異議　費秉勲　『陝西師大学報』1979-3　1979
《孔雀東南飛》試析　王玉　『西南民族学院学報』1979-2　1979
論《古詩為焦仲卿妻作》前為艶後為乱　徐仁甫　『中華文史論叢』1979-3　1979
《孔雀東南飛》旧注新探　李成蹊　『徐州師院学報』1979-4　1979
《孔雀東南飛》並不反封建　張玉奇　『語文教学（江西師院）』1979-5,6　1979
《孔雀東南飛》試析　顧植　『山西大学学報』2　1979
《孔雀東南飛》“序”質疑　張晋発・孫景梅　『学習与探索』1979-4　1979
抒情名篇《飲馬長城窟行》　王進珊　『南京大学学報（哲学社会科学）』1979-2　1979.5
也談曹操的《亀雖寿》　葆夫・王岳　『教学研究』1979-1　1979
開創一代新風―読曹操的詩歌　何深　『語文学習』1979-2　1979.2
陶詩与民歌―試論民歌対陶潜詩歌創作的影響　王向東　『語文教学（江西）』1979-5,6　1979
文心雕龍楽府第七会箋　廉永英　『女師専学報』11　1979.6
六朝楽府与仙道伝説　李豊楙　『古典文学』1　1979
中国古代史話　両漢南北朝楽府民歌　馬績高　『語文教学』1979-2　1979
南北朝与隋代民歌　林祖亮　『自由談』30-7　1979.7
《綿州巴歌》新解　竇盈才　『延辺大学学報』1979-3　1979
関于“双免傍地走”　銭文輝　『教学与研究』1979-1　1979
《木蘭詩》的主題思想是什麼？―与林春分商榷　任崇岳　『開封師院学報』1979-2　1979
《木蘭詩》的用韻芸術　姜光斗・顧啓　『紫琅』1979-3　1979

関于《木蘭詩》的“勲”“転”辨疑　陳宜民　『西南師院学報』1979-3　1979
《木蘭詩》注釈析疑　余瀆　『語文教学』1979-5,6　1979
略談《木蘭詩》　羅宜輝　『中学語文』1979-6　1979
《木蘭詩》前為艶後為趣説　徐仁甫　『中華文史論叢』3　1979
《唧唧復唧唧》究竟什麼声音？　劉伯倫　『語文教学通訊』1979-6　1979
《木蘭詩》分析　何世華　『中学語文教学参考（陝西師大)』1979-8　1979.8
須知木蘭是女郎—也談《木蘭詩》的主題思想　劉彬栄・華雪　『河南師大学報』1979-6　1979
詩味從何而來—談《木蘭詩》　蔡厚示　『福建文芸』1979-3　1979
《木蘭詩》的民歌特点　姜光斗・顧啓　『語文教学参考資料（臨沂)』1979-4　1979
浅談《木蘭詩》的芸術特色　姜光斗・顧啓　『教学与研究（商通)』1979-4　1979
《木蘭詩》的幾個問題　張声遠・楊墨　『語文学習』1979-6　1979.6

1980年

楽府詩総論　張草湖　『中華文化復興月刊』13-3　1980.3
漢代民歌的芸術分析　廖蔚卿　『文学評論』6　1980.5
楽府詩的特性　張国相　『中国文化月刊』8　1980.6
読漢代楽府民歌札記　周祜　『下関師専学報』1980-1　1980
略論楽府詩的芸術特色　王志剛　『四平師院学報』1980-1　1980
楽府漫議　鍾坤杰　『語文教研（曲靖)』1980-1　1980
楽府民歌的修辞美　程湘清　『語文教学（煙台)』1980-5　1980
立楽府不自漢武帝始論　劉方元　『江西師院学報』1980-3　1980.9
楽府詩《上邪》新探　楊振良　『中央日報』1980.7.22
不要以誤伝誤　王季思　『光明日報』1980.2.6
《東門行》並不存在“校勘”問題—答王季思先生　蕭滌非　『光明日報』1980.5.21
関于《東門行》的校勘問題—与王季思先生商榷　李増林　『寧夏大学学報』1980-2　1980.6
《東門行》的校点和評価問題—答蕭滌非先生　王季思　『光明日報』1980.8.27
関于《東門行》的読法質疑　段熙仲　『光明日報』1980.10.15

読《孤児行》与《僮約》札記一兼談胡適《白話文学史》有関論点　王進珊
　『徐州師院学報』1980-1　1980.3
卓文君与《白頭吟》疑案　祁和暉　『歴史知識』1980-1　1980
《白頭吟》和棄婦詩　陳小朗　『広州日報』　1980.10.14
楽府古詩《上山采蘼蕪》質疑　岳少峰　『宝鶏師院学報』1980-1　1980
《陌上桑》欣賞　劉建邦　『新疆日報』1980.5.4
积“五馬”　徐洪火　『西南師範学院学報』1980-1　1980
談《陌上桑》的思想和芸術　周恵泉　『説演弾唱』1980-10　1980
取譬引類、触物起情一試論《孔雀東南飛》開頭的起興　曙汎　『遼寧師院学報』1980-2　1980
《孔雀東南飛》是反封建的好作品　王衛国　『江西大学学報』1980-3　1980
孔雀東南飛的再研討（上）（中）（下）　東海大学中文研究所師生　『中国文化月刊』7～10　1980.5～8
関于《孔雀東南飛》的“序”一与張晋発、孫景梅二同志商榷　費秉勲　『学習与探索』1980-6　1980.11
《孔雀東南飛》是反封建的好作品　王衛国　『江西大学学報』3　1980.9
曲折斡旋，揺曳多姿一析《孔雀東南飛》的情節芸術　徐応佩・周溶泉　『雨花』1980-3　1980
翠羽絢麗，清囀哀婉一談《孔雀東南飛》的芸術成就　陸永涓　『南通師專教学与研究』1980-3　1980
解“蘭”　龔維英　『江淮論壇』1980-3　1980
“蘭”字補解　王傲蘭　『江淮論壇』1980-4　1980
“転頭向戸裏，漸見愁煎迫”別解　呉海発　『河南師大学報』1980-4　1980
中国古代民間文学的一顆明珠一談《孔雀東南飛》　李暉　『説演弾唱』1980-7　1980
民間文学的珍貴遺産一小談《孔雀東南飛》和民間文学　張成林　『黒龍江文芸』1980-9　1980
談《古詩為焦仲卿妻作》的人物描写　袁伯誠　『寧夏大学学報』1980-3　1980
説説我国古代“記事”的問題一従“奄奄黄昏後，寂寂人定初”談起　孫繁信　『山東師院学報』1980-5　1980
有関《孔雀東南飛》的一些評論情況　康儒　『語文戦線』1980-10　1980
《孔雀東南飛》的反封建主題　陸堅　『語文戦線』1980-10　1980
孔雀・磐石・蒲葦一《孔雀東南飛》教学拾零　蹇斎　『淮陰師專学報』1980-3

1980

《孔雀東南飛》疑点試析　尉遲華　『語文教学通訊』1980-12　1980.12
《孔雀東南飛》的教学設想　陳循南　『語文教学通訊』1980-12　1980.12
中国文学史上最早的長篇叙事詩—介紹漢楽府民歌《孔雀東南飛》　鄧忠強　『長江日報』1980.3.1
読《羽林郎》札記　胡中友　『凋泉』1980-3　1980
《飲馬長城窟行》本辞探実　費秉勲　『人文雑志』1980-3　1980.6
《〈秦女休行〉本事探源》質疑　兪紹初　『文学評論叢刊』5　1980.3
答兪紹初君的"質疑"　呉世昌　『文学評論叢刊』5　1980.3
曹操的《観滄海》《亀雖寿》　茅継平・張世標　『書評』1980-1　1980
試論曹操《短歌行》的基調　呉妙琪　『荷沢師専学報』1980-2　1980
曹操和他的《観滄海》《亀雖寿》　胡従曾　『教学与研究』1980-5　1980
談曹操《観滄海》《亀雖寿》　丁戊　『甘粛青年』1980-8　1980.8
曹操《苦寒行》注釈異議　張華儒　『昆明師院学報』1980-6　1980
晋南北朝楽府民歌詞語釈　樊維綱　『中国語文』1980-6　1980.11
浅談南北朝楽府民歌　芝霊　『喀什師院学報』1980-1　1980
関于《木蘭詩》的幾個問題　張如法　『函授通訊』1980-6　1980
関于《木蘭詩》中幾個問題　于国田　『語文教学与研究』1980-6　1980
《木蘭詩》的人民性　徐翰逢　『古典文学論叢』1　1980.8
《木蘭詩》裏的"互文"—従"雄兔"両句注釈的分岐説起　陸子権　『安徽師大学報（哲学社会科学)』1980-3　1980.9
伙伴原是戦友　宋玉珂　『北京晩報』　1980.7.11
木蘭住的是什麼奇怪房子－以"開我東閣門、坐我西閣床"為例談談"虚位"　康甦　『語文教学研究（山東師院聊城分院)』1980-3･4　1980
関于"喞喞復喞喞"　『昆明師院学報』1980-6　1980
"木蘭"新釈　龔維英　『昆明師院学報』1980-6　1980
関于《木蘭詞》的評価問題　劉興漢　『古典文学論叢』1　1980.8
《木蘭詞》的人民性　徐翰逢　『古典文学論叢』1　1980
漫談《木蘭詩》　孫連琦　『錦州師範学院学報』1980-1　1980
《木蘭詩》的芸術特色　金恩暉　『説演彈唱』1980-3　1980
談《木蘭詩》　王玉　『西南民族学院学報』1980-2　1980
談花木蘭形象的塑造　盛淑珠　『語文教学（台州師専)』1980-1　1980
《木蘭詩》裏的"互文"—従"雄兔"両句注釈的分岐説起　陸子権　『安徽師大

学報（哲学社会科学）』1980-3　1980.9
談《木蘭詩》的修辞芸術　楊開達　『昆明師院学報』1980-5　1980
関于《木蘭詩》的開頭和結尾質疑　胥克強　『語文教学研究（山東師院聊城分院）』1980-3･4　1980
木蘭的従軍与還郷－《木蘭詩》的思想傾向　王淑珍　『語文教学通訊』1980-12　1980.12
《木蘭詩》主題芻議　銭文輝　『昆明師院学報』1980-6　1980
《木蘭詩》浅析　劉世林　『黒龍江芸術』1980-12　1980
談《木蘭詩》的句式　許金榜　『語文学習』1980-12　1980
評《木蘭詩》的主題思想　唐満先　『語文教学（江西師院）』1980-6　1980
千古絶唱勅勒歌　劉先照　『文学評論』1980-6　1980.11
浅談《敕勒歌》　李杰生・呉継昌　『内蒙古日報』1980.1.27　1980
《勅勒歌》考略　寧昶英　『内蒙古師院学報』1980-3　1980
一件稀有的文学珍品—談匈奴族唯一的一首民歌　劉先照　『民間文学』1980-10　1980

1981年

従《詩経》、両漢楽府民歌看現実主義創作方法的基本特徴　蔡守湘・李進才　『武漢大学学報（哲学社会科学）』1981-1　1981.1
古楽府臆札—附：兪平伯先生来信　呉小如　『求是学刊』1981-1　1981.2
楽府詩体　褚斌杰　『文史知識』1981-3　1981.5
試論楽府民歌的語言美　程湘清　『古典文学論叢』2　1981.9
《白狼歌》歌辞校勘　鄧文峰・陳宗祥　『西南師範学院学報』1981-1　1981
読両漢楽府民歌札記　胥恵民　『新疆師範大学学報』1981-1　1981
民歌是詩作的源泉　張侠生　『今昔談』1981-3　1981
《通博南歌》辨略　趙櫓　『思想戦線』1981-3　1981
談楽府詩中的《予章行》　王運熙・楊明　『百花洲』1981-2　1981
漢代的楽府和民歌　陰法魯　『詞刊』1981-5　1981
漢楽府民歌中的婦女形象　殷海国　『語文学習』1981-6　1981
漢魏六朝軍楽—“鼓吹”和“横吹”　易水　『文物』1981-7　1981.7
《有所思》与《上邪》“当為一篇”嗎？　耿兆林　『天津師院学報』1981-3（総36期）　1981
《王昭君》漢歌曲与《上邪》　金建　『集萃』1981-3　1981

古詩《上山采蘼蕪》新探　周東輝　『新疆師専大学学報』1981-1　1981
《上山采蘼蕪》不是“写棄婦的詩”　劉心予　『学術論壇』1981-3　1981
応対《陌上桑》做出正確評価　孟繁樹　『欣賞与評論』1981-1,2　1981
《陌上桑》評注　張志善　『中学語文教学』1981-5　1981
説《陌上桑》　黄瑞雲　『中学語文教学』1981-5　1981
読陌上桑　高光復　『語文学習』1981-6　1981
富有生命力的古典歌辞—読《陌上桑》　呉金泰　『詞刊』1981-5　1981
《陌上桑》賞析　朱家馳　『中学語文教学』1981-12　1981
苦難与叙事詩的両型—論蔡琰悲憤詩与古詩為焦仲卿妻作（一）（二）（三）　柯慶明　『中外文学』10-4～6　1981.9～11
蔡琰作《胡笳十八拍》的一個佐証　顧平旦　『西南師範学院学報』1981-3　1981
也談《孔雀東南飛》“序”—与張晋発、孫景梅二同志商榷—　孟保青　『河北大学学報（哲学社会科学)』1981-1　1981.2
《孔雀東南飛》研究　譚戒甫　『文献』8　1981.6
婀娜多姿、哀婉動人—談楽府長詩《孔雀東南飛》　徐応佩・周溶泉　『昆明師院学報』1981-1　1981
劉蘭之形象的典型意義　朱思信　『新疆大学学報』1981-1　1981
《孔雀東南飛》主題浅議　鄧国泰　『四川師院学報』1981-1　1981
関于《孔雀東南飛》的写作年代浅見　袁伯誠　『固原師専学報』1981-1　1981
孔雀東南飛中“相”和“見”的用法　何平安　『四川師院学報』1981-2　1981
試談劉蘭之　鄧垣　『台州師専学報』1981-2　1981
小吏港与《孔雀東南飛》　李杏林　『芸譚』1981-3　1981
忠貞的愛情、不朽的詩篇—略談《孔雀東南飛》的芸術特色　陳源遠・尉展泰・高戈鋒　『山西師院学報』1981-3　1981
関于《孔雀東南飛》的教育作用和芸術特徴　郭預衡　『語文教学通訊』1981-3　1981
《孔雀東南飛》剖析　中文系古典文学教研組劉樹清執筆　『南寧師院学報』1981-4　1981
《孔雀東南飛》的芸術浅談　凌左義　『中学語文』1981-4　1981
対《孔雀東南飛》両條注釈的異議　馬国棟　『四川師院学報』1981-4　1981
《孔雀東南飛》芸術瑣談　宋連庠　『教学与研究』1981-5・6　1981
《孔雀東南飛》瑣談　黄慶発　『中学語文教学』1981-9　1981

“君既若見録”解　董志翹　『中学語文教学』1981-9　1981
読民間故事詩《孔雀東南飛》　王先沛　『陝西教育』1981-10　1981
《孔雀東南飛》的悲劇性主題　楊生枝　『陝西教育』1981-10　1981
関于《孔雀東南飛》幾個句子的理解　高景明　『陝西教育』1981-10　1981
《孔雀東南飛》的人物対話　党川貴　『陝西教育』1981-10　1981
《孔雀東南飛》的舖張手法　焦可強　『陝西教育』1981-10　1981
《孔雀東南飛》的序、開頭和結尾　張志岳　『陝西教育』1981-10　1981
関于《孔雀東南飛》幾個問題　劉国城　『河南教育（中学版）』1981-12　1981
《孔雀東南飛》中的十九個「相」　陳徳森　『語文教学』1981-12　1981
《孔雀東南飛》中説媒、迎娶的来龍去脈　池太寧　『語文教学』3　1981
対《孔雀東南飛》中両個句子的存疑与試析　鄧垣　『語文教学』3　1981
苦難与叙事詩的両型—論蔡琰悲憤詩与古詩為焦仲卿妻作1.2.3　『中学文学』10-6　1981
《羽林郎》新探　張慧博　『天津師院学報』1981-5（総38期）　1981.10
《秦女休》釈辯—与呉世昌先生商榷—　趙開泉　『甘粛師大学報（哲学社会科学）』1981-1（総27期）　1981.3
関于《秦女休行》討論的一封信　左溟　『文学評論叢刊』9　1981.5
《相和歌》与《清商三調》　曹道衡　『文学評論叢刊』9　1981.5
曹操的“理想国”—読《度関山》、《対酒》　楊偉立　『歴史知識』1981-1　1981
従“驥老伏櫪”談古書的異文　程毅中　『学林漫録』2　1981.3
曹操的《亀雖寿》　胡雨融　『語文学習』1981-7　1981.7
“短歌微吟不能長”—思旧賦賞析　高蓬洲　『語文学習』1981-8　1981
曹丕的燕歌行　邱英生　『語文学習』1981-7　1981.7
挽弓征戦賦浩歌—読曹植的白馬篇　呉越　『語文学習』1981-8　1981.8
“安能蹀躞垂羽翼”小議　方永耀　『泰安師専学報』1981-2　1981
試談鮑照《梅花落》的句読和命意　卞僧慧　『学林漫録』2　1981.3
南朝楽府中的“楊州”　冬子　『社会科学戦綫』1　1981
莫愁試考　夏振明　『南京師院学報』1981-3　1981
怎様理解和欣賞《西洲曲》　王季思　『中山大学学報（哲学社会科学）』1981-4　1981
《西洲曲》辨析　張徳鴻　『昆明師院学報』1981-2　1981
西洲曲作者考辨　王侯民　『文科教学』1981-4　1981

論北朝楽府民歌　陳進波　『蘭州大学学報』1981-2　1981
叙事与抒情相結合的典範—読《木蘭詩》　林冠夫　『詞刊』1981-3　1981
古代婦女的英雄形象　白雲　『解放軍報』1981.3.7
再探《木蘭詩》的主題思想　黄海鵬　『黄岡師専学報』1981-2　1981
《木蘭詩》的芸術特色　蔡介夫　『中小学語文教学』1981-1　1981
木蘭形象与"重男軽女"説　江慰廬　『貴州社会科学』1981-3　1981
両首《木蘭詩》的対比　趙仁珪　『中学語文（武漢師院）』1981-4　1981
関于《木蘭詩》的時代　許可　『北京師大学報』1981-5　1981.8
《木蘭詩》的主題是什麼？　張如法　『語文学習』1981-11　1981.11
関于《敕勒歌》的創作背景、作者及其他　呉庚舜・侯爾瑞　『河北師院学報』1981-1　1981
《敕勒歌》校注評考鈔略　梁洪訶　『内蒙古大学学報』1981-3　1981

1982年

楽府詩試論　張春栄　『鵝湖』7-9　1982.3
楽府与楽府詩　李稼麗　『華文世界』28　1982.10
楽府詩概説　邱燮友　『中国文学講話』（台北巨流図書公司）（一）概説之部　1982.12
現実主義在漢代楽府民歌中的発展及其特質　費秉勲　『文芸論叢』15　1982
"楽府"産生于何時？　宋万挙　『江寧師院学報』1982-6　1982
漢楽府民歌　周観武　『百花園』1982-7　1982
漢楽府民歌的叙事芸術　周育徳　『文史知識』1982-5　1982
漢楽府民歌関于婦女形象的描写　徐宗文　『南通師専・教学与研究』1982-4　1982
現実主義漢代楽府民歌中的発展及其特徴　費秉勲　『文芸論叢』15　1982.5
血泪的控訴、艱難的追求—浅論漢楽府民歌的女性形象　劉樹清　『江寧師院学報』1982-4　1982
漢鐃歌《戦城南曲》試析　周坊　『昆明師院学報（哲学社会科学）』1982-2（総61期）　1982.5
《上山采蘼蕪》中故夫形象的異議　方明光　『安慶師院学報』1982-1　1982
読《漢楽府・江南》　毛樹賢　『語文学習』1982-10　1982
漢楽府《陌上桑》注釈中的幾個問題　葉晨暉　『西南師範学院学報（哲学社会科学）』1982-1（総22期）　1982

《胡笳十八拍》的作者問題　黄瑞雲　『黄石師院学報』1982-2　1982
中国民謡《孔雀東南飛》　Frankcl, Hans, H. 著　張端穂訳　『東海文芸季刊』 2　1982.1
孔雀東南飛的創作意識与技巧　楊国娟　『書和人』443　1982.6
従詩律和語法来看《焦仲卿妻》的写作年代　梅祖麟　『中央研究院歴史語言研究所集刊』53-2　1982.6
《孔雀東南飛》注釈商榷　周霽　『湖南師院学報（増刊）』1982-12　1982.12
新探劉蘭芝被逼走的主要原因　趙新尉　『喀什師範学院学報』1982-1　1982
真的“没法解釈清楚”嗎？—談《孔雀東南飛》的一條注釈　蕭名壁　『江西師院語文教学』1982-2　1982
浅談《孔雀東南飛》人物的形象　李厚培　『語文教学与研究』1982-2　1982
純真愛情的絶唱—試析長篇叙事詩《孔雀東南飛》　江梅生　『集萃』1982-2　1982
《孔雀東南飛》中的蘭芝与仲卿　斉世昌　『中学語文教学』1982-2　1982
“自名”解　楊本祥　『四川師院学報』1982-3　1982
《古詩為焦仲卿妻作》浅議　鄭文　『西北民族学院学報』1982-4　1982
論建安詩歌《孔雀東南飛》　羅文博　『阜陽師範学院学報』1982-4　1982
古詩《為焦仲卿妻》詞語解釈　樊維綱　『昆明師院学報』1982-4　1982
精当的剪裁　劉本善　『華中師院語文教学与研究』1982-6　1982
焦劉為什麼一定要自殺—談《孔雀東南飛》悲劇的性格因素　許匡一　『華中師院語文教学与研究』1982-6　1982
応該怎様看待焦仲卿的性格？　黄仁先　『語文教学与研究』1982-6　1982
《孔雀東南飛》中的“麗妝”浅探　張家儀　『語文学習』1982-8　1982
関于焦仲卿、劉蘭芝之死　白盾　『教学通訊』1982-9　1982
従“飛来双白鵠”到《孔雀東南飛》—談《古詩為焦仲卿妻》作的起興　宋双印　『河北師院学報』　1982
《孔雀東南飛》質疑　戴光華・楊錫祺　『語文教学与研究』1982-11・12　1982
《孔雀東南飛》主要人物形象及其思想意義芻議　魯庭　『語文教学』1982-11　1982
《孔雀東南飛》不同注釈匯辨　周国瑞　『安陽師専学報』1982-3　1982
一曲反欺凌反迫害的賛歌—《羽林郎》賞析　沈継常　『徽州師専学報』1982-1　1982
民歌与相和清商曲的文学意境研究　文舲　『東海文芸季刊』 2　1982.1

“相和歌”曲調考　逯欽立　『文史』14　1982.7
略論曹魏父子対漢楽府民歌的継承和発展　呂美生　『安徽大学学報』1982-3　1982
試析曹操的《短歌行》　金舒年　『文史知識』1982-7　1982.7
老驥伏櫪　志在千里—読曹操詩《亀雖寿》　魏国強　『実践』1982-11　1982.11
《泰山梁甫行》応是曹植前期作品　張亜新　『貴州社会科学』1982-1（総10期）　1982.1
西晋楽府“擬古”論　張国星　『華東師範大学学報（哲学社会科学）』1982-4（総42期）　1982.8
論組詩《擬行路難》十八首的主題　王長発　『南京大学学報（哲学社会科学）』1982-2　1982
鮑照《梅花落》試解　王錫栄　『吉林大学社会科学学報』1982-3（総51期）　1982.5
俊逸鮑参軍—談鮑照及其楽府詩的思想内容芸術特色　王志民　『内蒙古師院学報』1982-2　1982
晋南北朝楽府民歌詞語札釈〔稱謂、名称部分〕　樊維剛　『湖南師院学報』1982-1　1982
南北朝楽府民歌　何権衡　『百花園』1982-9　1982.9
魏晋南北朝的清商楽和民歌〔詞史講話〕　陰法魯　『詞刊』1982-6　1982
南朝民歌中的双関語　襲放　『語文教学研究（錦州師院）』1982-1　1982
也談関于《西洲曲》的幾個問題　王師亭　『延安大学学報』1982-3　1982
談《西洲曲》的芸術手法　王偉民　『文学知識』1982-4　1982.4
《西洲曲》臆説　傅治同　『邵陽師専』1982-3　1982
也談《西洲曲》　蔡守湘・李進才　『古典文学論叢』3　1982.11
関于北朝楽府民歌　曹道衡　『学習与思考』1982-1（総７期）　1982.1
《木蘭詩》中的“唧唧”一詞当作何解？　鄧永福　『西南師範学院学報（哲学社会科学）』1982-1（総22期）　1982
釈“千里足”　梁杞林　『昆明師院学報（哲学社会科学）』1982-1（総60期）　1982.2
関于《木蘭詩》的著録及其時代問題　斉天挙　『文学遺産増刊』14　1982.2
古代叙事詩精煉的典範—浅談《木蘭詩》　朝暉・秋芒　『文苑縦横談』4　1982

《木蘭詩》新考　曹熙　『斉斉哈爾師院学報』1982-4　1982
両首《木蘭詩》的比較　熊任望　『河北大学学報』1982-4　1982
也談《木蘭詩》的時代和主題　許善述　『安慶師院学報』1982-1　1982
試論《木蘭詩》的主題思想　陽国亮　『広西師院学報』1982-4　1982
《木蘭詩》詞句弁釈　梁杞林　『寧夏大学学報（社会科学）』1982-1（総10期）　1982.3
孝女木蘭振古奇　荘練　『暢流』65-5　1982.4
《木蘭詩》中幾個地名考　佟延徳　『北京師範大学学報（社会科学）』1982-3（総51期）　1982.5
《木蘭辞》所反映的時代特徴　宋抵　『東北師大学報（哲学社会科学）』1982-3（総77期）　1982.5
労働人民人情美的賛歌—談《木蘭詩》　舒康楽　『語文教学（江西師院）』1982-10期　1982
草原風物入詩情—読《敕勒歌》　伍夫楹　『名作欣賞』1982-3（総10期）1982
牧場人中的《敕勒歌》　荘北　『春城晩報』1982.4.21
敕勒歌—維吾爾族的早期詩歌　夏啓栄　『新彊日報』1982.4.24
《敕勒歌》和斛律金　張国杰　『文史知識』1982-1　1982.1
《敕勒歌》教学設想　蒼茫　『語言文学』1982-1　1982
敕勒之歌—它的原来的語言与在文学史上的意義—　小川環樹　『北京大学学報（哲学社会科学）』1982-1（総89期）　1982.2
敕勒歌和敕勒族　曽愛水　『社会科学戦線』1982-2（総18期）　1982.4
《勅勒歌》賞析　劉文中　『東山師専学報』1982-3　1982
斛律金与《敕勒歌》　李景華　『中学語文教学』1982-5　1982
風光如画—読《敕勒歌》　趙慧文　『中学語文教学』1982-5　1982
草原風物人詩情—読《敕勒歌》　伍夫楹　『名作欣賞』1982-3(総10期)1982
談《敕勒歌》的芸術特色　蒼茫　『中学語文教学』1982-6　1982
《敕勒歌》与唐詩三百浅釈　洪静淵　『中学語文教学』1982-6　1982
《敕勒歌》浅説　羅立乾　『教学通訊』1982-7　1982.7
《敕勒歌》与蒙古族古代民歌　許志濤　『語文教学（江西師院）』1982-9　1982.9
《敕勒歌》説解　魏怡　『語文教学与研究（華中師院）』1982-10　1982.10

《敕勒歌》和《涼州詞》雑談　甘爲民　『語文教学（江西師院）』1982-11　1982.11

《敕勒歌》是我国最早的一首自由体詩歌嗎？　崔勝洪　『作品与争鳴』1982-11　1982.11

《勅勒歌》与《涼州詞》　陳倉　『語文戦線（杭州大学）』1982-12　1982.12

1983年

中国古典情詩散論：若生当相見、亡者会黄泉─両漢楽府詩中的愛情　李瑞騰　『文芸月刊』165　1983.3

漢代民歌的芸術分析（下）　廖蔚卿　『文学評論』7　1983.4

楽府民歌詞語釈　樊維綱　『杭州師範学院学報』1983-5　1983.5

漢楽府相和曲《東光》試解　周坊　『雲南民族学院学報』1983-1　1983

談漢楽府民歌的地位和影響　張兆鸞　『寧夏教育学院学刊』1983-2　1983

談談楽府民歌中的一些浪漫主義因素　王敦洲　『塩城範専』1983-2　1983

漢楽府民歌中的寓言詩　『語言文学』1983-2　1983.4

談楽府的“歌行”　孫民立　『芸譚』1983-4　1983

感于哀楽，縁事而発─漢代民歌欣賞　大刃　『晋陽文芸』1983-7　1983

漫話“楽府”　徐英　『語文月刊』1983-8　1983

楽府中的故事与作者　羅根沢　『師大月刊』6　1983

楽府的影響　陸侃如　『国学月報』2-2　1983

漢《郊祀歌》淺論　鄭文　『文史』21　1983.10

談《翁離》詩　崔新民　『文史』17　1983.6

最熾熱的情歌─析漢楽府《有所思》与《上邪》─　沈謙　『故宮文物月刊』1-9　1983.12

“《上邪》与《有所思》当為一篇”異議　范能船　『零陵師専学報』1983-1　1983

《十五従軍征》主題淺議　崔子恩・富立波　『北方論叢』1983-2（総58期）1983.3

民生疾苦的忠実写照─談漢楽府民歌《十五従軍征》　宛兆平　『文学報』1983.11.24

作者情生文，読者文生情─《十五従軍征》賞析　張利　『蓼花』1983-5　1983

関于《上山采蘼蕪》的標点問題　龔維英　『安陽師専学報』1983-1・2　1983

“江南”古辞析疑　周坊　『昆明師院学報』1983-1　1983

比喩的妙用—談楽府民歌《長歌行》的芸術特点　源流　『斉斉哈爾師院学報』1983-3　1983

催人自醒、促人自新—読漢楽府《長歌行》　魏怡　『武漢師院中学語文』1983-6　1983

勧君惜取少年時—《長歌行》賞析　甘久生　『中学語文教学参考』1983-5　1983

談楽府詩《長歌行》　葉輝　『語文戦線』1983-4　1983

楽府歌辞《長歌行》浅析　周冰人・秦兆基　『北京師院中学語文教学』1983-1　1983

少壮当努力、老大不傷悲—漢楽府《長歌行》賞析　高徳強　『幼芽』1983-3　1983

評析《陌上桑》　蕭正雄　『中国語文』53-5　1983.11

《陌上桑》芸術特色随筆　王朝忠　『教学研究』1983-2　1983

羅敷与海倫的聯想（小議間接描写）　郭超　『広州文芸』1983-2　1983

《陌上桑》一得　張成徳　『晋陽学刊』1983-2　1983

秦羅敷—美的女性　労恵儀　『布穀鳥』1983-3　1983

《陌上桑》比較談　劉徴　『教学通訊』1983-4　1983

漢代楽府的傑作—《陌上桑》芸術成就浅析　呉憲軍　『語文月刊』1983-6　1983

論蔡文姫被虜与《胡笳十八拍》　楊宏峰　『寧夏大学学報（社会科学）』1983-1(総14期)　1983.3

五篇《胡笳十八拍》　彭海　『内蒙古大学学報』1983-3　1983

《孔雀東南飛》疑義試釈　丁戊　『西北師院学報（社会科学）』1983-4（総38期）　1983.10

釈“寂寂人定初”　李丹　『陝西師大中学語文師大中学語文教学参考』1983-4　1983

《孔雀東南飛》芸術談　鄧忠強・陳遵武　『芸叢』1983-1　1983

読《孔雀東南飛》札記三則　胡諸偉　『荊州範門学報』1983-1　1983

“腰若流紈素”新解　朱金其　『江西師院語文教学』1983-1　1983

従婚齢推測《孔雀東南飛》的写作年代　李丹　『広州師院学報』1983-1　1983

関于“幸復得此婦”的“復”字　麗春正　『揚州師院学報（社会科学）』1983-1　1983.3

建安詩歌《孔雀東南飛》札記六則　羅文博　『阜陽師範学院学報』1983-2

1983
蕭声音面目、伝心曲隠微—試論《焦仲卿妻》詩中劉蘭芝語言描写的特点和成就　劉上生　『湖南教育学院院刊（社会科学）』1983-3　1983
《孔雀東南飛》注釈辨補　尚登賢・李慶軍・謝雲秋　『煙台師専語文教学』1983-4　1983
古詩《焦仲卿妻》難句索解　龔維英　『阜陽師専学院学報（社会科学）』1983-4　1983
《孔雀東南飛》的民間伝説及詩義新探　陳友冰　『語文月刊』1983-4　1983
《孔雀東南飛》詞語新解二則　楊本祥　『遼寧師院学報（社会科学）』1983-4（総30期）　1983.7
〈小姑始扶床〉別解　李一方　『山西師院語文教学通訊』1983-11　1983
縝密完整、天衣無縫—談《孔雀東南飛》的芸術結構　郭維森　『文史知識』1983-12　1983
“自名”是“自称其名”嗎？　陳斌・何世英　『陝西師大中学語文教学参考』1983
弱女傲骨強項歌—漢楽府詩《羽林郎》欣賞　徐克強　『名作欣賞』1983-4　1983.8
青青河畔草的遇潤情思—析楽府古辞《飲馬長城窟行》（上）（中）（下）　沈謙　『中華日報』1983.8.20～22
楽府詩《箜篌引》研究新探　許輝勲　『延辺大学学報（社会科学）』1983-2（総42期）　1983.6
試論“三曹”楽府在中国歌曲史上的地位　宋士傑　『淮北煤炭師院学報』1983-2　1983.3
胸中積憤如山、筆下悲涼画巻—介紹阮瑀詩《駕出北郭門行》　楊巍然　『中岳』1983-1 1983
曹操的《観滄海》評解　蕭雨生　『語文教学之友』1983-1　1983.1
曹操其人及其楽府詩　胡守仁　『江西社会科学』1983-1　1983
関于曹操《短歌行》的両個問題　李仁守　『湖南教育学院分院論文選刊（文科版）』2　1983
気雄力堅—曹操《亀雖寿》《観滄海》詩賞析　浦之秋　『集美師専学報』1983-1　1983
読曹操《観滄海》　燕林　『教学通訊』1983-2　1983
《歩出夏門行》訓訳　陳君謀　『塩城師専学報』1983-4　1983

秋風滄海図千古情—読《観滄海》　顧啓　『教学与研究』1983-2　1983
曹操的感慨—“当”字辨析　張建業　『北京晩報』1983.3.21
東臨碣石有遺篇—《観滄海》考析　劉道恩　『中学語文』1983-5　1983
読《観滄海》　門永平　『中学語文教学参考』1983-5　1983
釈“嘉賓”“烏鵲”—談曹操《短歌行》的創作時間　呉玖華　『阜陽師院学報』1983-2　1983
“老驥伏櫪、志在千里”—談曹操詩歌中的積極進取精神　徐衛躍　『杭州師院学報』1983-2　1983
曹操的《歩出夏門行》写于何時？　唐満先　『語文教学』1983-6　1983
《観滄海》簡析　曹培根・李建邡　『語文教学』1983-6　1983
《観滄海》疏解　張若晞　『中学語文教学参考』1983-6　1983
曹操《短歌行》為誰而作　知漸　『重慶師院学報』1983-3　1983
従曹操《蒿里行》的写作背景看曹操的写作動機　詹福瑞　『語文教学之友』1983-10　1983.10
詩中有画　画中含情—《観滄海》浅析　董徳松　『語文戦線』1983-11　1983.11
愛国之心、与日月同輝—介紹曹操的《観滄海》　佳明　『河南日報』1983.11.20
情理相生　慷慨激昂—談曹操《亀雖寿》　葉幼明　『長沙晩報』1983.11.24
慷慨悲涼　気韻沈雄—談曹操《短歌行》　黄建宏　『錦州師院学報』1983-6　1983
従《白馬篇》的雄壮到《贈白馬王彪》的憤懣—試談曹植前後期史家的不同風格　劉剣康　『益陽師専学報』1983-1　1983
《白馬篇》“宿昔秉良弓…”八句新解　韓玉生　『中州学刊』1983-4　1983
晋代寧夏文学家和音楽家—傅玄　霍升平　『寧夏芸術』1983-3　1983
鮑照《擬行路難》雛論　凌迅　『芸文志』2　1983.10
浅論鮑照《擬行路難》的思想特色　姜頤　『大連師専学報』1983-1　1983
関于呉声西曲的和送声　陳孟成　『東方雑誌』17-6　1983.12
呉声，西曲和、送初探　李雨豊　『昭通師専』1983-1　1983
《西洲曲》的人称　滄海　『広州師院学報』1983-1　1983
声情揺曳　紆回婉轉—読南朝楽府民歌《西洲曲》　戴聰生・劉崇国　『語言文学』1983-2　1983.4
夢裏相思曲中尋—《西洲曲》通釈　李文初　『文史知識』1983-7　1983.7

木蘭决非黄陂人—与談古及諸位同士商権　呉洪激・石雪峰　『黄岡師専学報』1983-1　1983
“当戸理紅妝”辨　宋球勲・郭士華　『遼寧師院学報（社会科学）』1983-3　1983.1
“傍地走”是“身体彼此貼近著跑”嗎？　江慰廬　『徐州師院学報』1983-1　1983.3
也談《木蘭詩》与男尊女卑問題　馬子　『天津日報』1983.2.1　1983
談《木蘭詩》産生的歴史背景—兼与劉興漢同志商榷　于正　『廣西師院学報』1983-1　1983
“唧唧復唧唧”新解　呉根水　『蕪湖師専学報』1983-2　1983
浅談《木蘭詩》中木蘭形象的塑造　金耕晨　『語文教学之友』1983-12　1983
是誰誤解了木蘭？　夏逸　『中学語文教学参考（陝西師大)』1983-1　1983
《勅勒歌》：其原語与文学史的意義　小川環樹著　呉密察訳　『中外文学』11-1　1983.3
渾金璞玉、槩溢古今—《勅勒歌》賞析　翟玉珂　『朝陽師専学報』1983-1　1983
《勅勒歌》小辨　王達津　『光明日報』1983.4.12
也談《勅勒歌》的原来語言　刑丙彦　『光明日報』1983.7.26
談《勅勒歌》　朱安義　『昭通師専学報』1983-3·4　1983
北国風光如画図—淺析《勅勒歌》　卓琴・玉仁　『名作欣賞』1983-1　1983
有関《敕勒歌》的幾個問題　崔炳楊・屈家恵　『四川師院学報（社会科学)』1983-1(総36期)　1983.1
《勅勒歌》　徐濤　『布穀鳥』1983-2　1983
関于《勅勒歌》的創作背景及其作者　呂庚舜・侯爾瑞　『少数民族文学論集』1　1983

1984年

“脱糸履”及其它　王粉龍　『語文教学与研究』　1984.1
関于“感于哀楽，縁事而発”—読漢楽府民歌札記　富立波　『牡丹江師院学報』1984-1　1984.1
漢楽府詩与古詩十九首所反映的時代精神　楊翠　『史苑』38　1984.1
漢代楽府詩中反映的婦女生活　傅錫任　『中山学術文化集刊』31　1984.3
漢楽府民歌婦女形象浅析　孫豊傑　『佳木斯師専学報（社会科学)』1984-3

1984.3
楽府詩臆解二題　秋楓　『貴州民族学院学報』1984-4　1984.4
従《詩経》到楽府—瑣談楽府詩対于《詩経》的継承和発展　魏司賢　『上海広播電視文科月刊』1984-5　1984.5
楽府詩中的歌辞成分　王文顔　『古典文学』6　1984.12
論漢楽府叙事詩的発展原因和表現芸術　葛暁音　『社会科学（上海）』1984-12（総52期）　1984.12
漢楽府民歌的悲劇意義　劉斌　『塩城師専学報（社会科学）』1984-4　1984
楽府　范寧　『百科知識』1984-11　1984
東漢的音楽官署与民歌　姚大業　『求是学刊』1984-4（総41期）　1984.8
漢武帝初立楽府説研議　陳鴻森　『幼獅学誌』18-1　1984.5
楽府設置時間考辨　胡澍　『学術月刊』1984-10　1984.10
釈《朱鷺》　孟祥魯　『山東大学文科論文集刊』1984-1　1984
莫争城外地、城里有閑土—析《戦城南》　黎暁　『運城師専学報』1984-1　1984
《戦城南》中的“梁築室”与“良臣”辨　李安綱　『運城師専学報』1984-3　1984
精凝凄切，韻長旨遠—《十五従軍征》浅析　崔子思　『文史知識』1984-6　1984.6
論《陌上桑》的民歌特色　李徳身　『連雲港教育学院学報（社会科学）』1984-1　1984
《陌上桑》的審美意義　章濤　『昆明師院学報（哲社版）』1984-2　1984.2
《陌上桑》異解辨生　楊本祥　『教学与研究』1984-3　1984.3
一曲“陌上桑”千秋楽府詩—従《陌上桑》看漢楽府叙事詩的特点　『上海広播電視文科月刊』1984-5　1984.5
少女、還是少婦—《陌上桑》質疑　温安仁　『語文月刊』1984-6　1984.6
《陌上桑》注釈辨析　石宏寛　『語文教学与研究』1984-6　1984.6
釈“鬑鬑頗有須”　朱千波　『遼寧師大学報（社会科学）』1984-4（総36期）　1984.7
略説《陌上桑》的来龍去脈　艾蔭范　『潘陽師範学院社会科学学報』1984-3（総31期）　1984.9
古代叙事詩中的一朶奇葩—漢楽府《陌上桑》浅説　郝詩仙　『寧夏日報』1984.12.7

《陌上桑》和《羽林郎》　景剛　『滁州師専学報（社会科学）』1984-3　1984
論長詩《焦仲卿妻》的主題　趙文増　『瀋陽教育学院学刊』1984-1　1984.1
浅議《孔雀東南飛》中的両個細節―与游国恩諸先生商榷　何会文　『許昌師専学報』1984-1　1984.1
劉蘭芝被遣的主要原因　顧永華　『嘉興師専学報』1984-1　1984.1
《孔雀東南飛》詞義瑣記　王光宇　『南充師範学院学報』1984-1　1984.1
関于《孔雀東南飛》的札記　何志云　『上海広播電視文科月刊』1984-5　1984.5
対《孔雀東南飛》注釈質疑　侍問樵　『昆明師院学報』1984-2　1984.5
工于描摹声情妙于剪裁情節―略談《孔雀東南飛》的芸術特色　王国安　『上海広播電視文科月刊』1984-5　1984.5
無害文意言之成理―試談《孔雀東南飛》一節詩的解釈　孫永森　『南京師大学報』1984-2　1984.6
掩泪悲千古―《孔雀東南飛》漫評　周致中　『上海師範学院学報（社会科学)』1984-2（総20期）　1984.6
談《孔雀東南飛》　楽承忠　『東海文学月刊』1984-6　1984.6
読《孔雀東南飛》―巴爾特語碼読文学法的応用　古添洪　『記号詩学』（東大図書公司）　1984.7
《孔雀東南飛》中的“自”字　王枳慶　『語文教研』1984-11　1984.11
《孔雀東南飛》与古代婚姻習俗　孫続恩　『孝感師専学報』1984-1　1984
古詩《焦仲卿妻》詞語解釈　樊維綱　『杭州師範学院学報』1984-1　1984
《孔雀東南飛》的結構特色　朱振琪・許学東　『語文学刊』1984-1　1984
無害文意、言之成理―試談《孔雀東南飛》一節詩的解釈―　孫永森　『南京師大学報（社会科学)』1984-2（総42期）　1984
《孔雀東南飛》的一処錯簡　郭錫良　『文史』23　1984
弱女傲骨強項歌―漢楽府詩《羽林郎》欣賞　徐克強　『青年文摘』1984-8　1984
楽府詩《羽林郎》析賞　王久烈　『東方雑誌』18-5　1984.11
左延年《秦女休行》本事新探　葛曉音　『蘇州大学学報（哲社版)』1984-4　1984
“三曹”楽府的音楽特色　沈念慈　『芸譚』1984-2　1984
建安詩歌民歌化探索　張亜新　『貴州社会科学』1984-4（総25期）　1984.7
“老驥伏櫪”辨析　宋今　『社会科学輯刊』1984-6（総35期）　1984.11

悲涼慷慨的“漢末詩史”—読曹操《蒿里行》　成韻　『文学報』1984.2.23
悲涼慷慨論曹公—読《歩出夏門行・観滄海》札記　李蹊　『名作欣賞』1984-3　1984
曹操的《歩出夏門行》　郭仁昭　『語言文学』1984-5　1984
対曹操的《歩出夏門行》的一些新的理解　徐艾　『成都大学学報（社科板）』1984-2　1984
曹操《短歌行》試析　周祜　『下関師専学報』1984-2　1984
曹操的《短歌行》賞析　楊誠徳　『臨沂師専学報』1984-3　1984
求賢若渴　慷慨激昂—談曹操的《短歌行・対酒当歌》　徐宗璉　『中文自修』1984-6　1984
“対酒当酒”新解　楊本祥　『社会科学輯刊』1984-2（総31期）　1984.3
慷慨激昂 直抒胸臆—曹操《短歌行》賞析　程潔銀　『寧夏日報』1984.12.21
掩抑低回　傾声傾色—読曹丕的《燕歌行》　韓兆琦　『文史知識』1984-1　1984.1
情景交融　如泣如訴—浅談曹丕《燕歌行》的心理刻劃　何瑋　『佳木斯師専学報』1984-1　1984
談曹丕《燕歌行》的句読和詩意　南石　『名作欣賞』1984-5　1984
曹丕詩歌与楽府　章新建　『安徽大学学報（哲社版）』1984-2　1984
捐軀赴国難、視死忽如帰—読曹植《白馬篇》　牟世金　『名作欣賞』1984-1　1984
曹植詩与漢楽府民歌　万国強　『宜春師専学報』1984-2　1984.2
従《陌上桑》到《美女篇》　張亜新　『広西大学学報（哲社版）』1984-2　1984.2
托物引喩、意在言外—説曹植詩《野田黄雀行》　李厚培　『語文教学報研究』1984-6　1984
試論傅玄的楽府詩　趙以武　『社会科学（蘭州）』1984-3（総25期）　1984.6
一曲慷慨悲歌—説劉琨《扶風歌》　徐公持　『北京晩報』1984.1.9
由詩歌与歴史的関係論傅玄《鼓吹曲辞二十二首》的叙事詩性格　洪順隆　『木鐸』10　1984.6
鮑照《梅花落》主題之我見　李平　『塩城師専学報』1984-2　1984
談鮑照《梅花落》　唐海濤　『明報』19-10（総226期）　1984.10
談談鮑照的《梅花落》詩兼与卞僧慧同志商権　彭沢陶　『廣西師大学報』1984-2　1984

梅花落的賛歌—読鮑照的《梅花落》　文風　『文学報』1984.9.27
南北朝民歌不同特色之原因初探　高欣　『文科教学』1984-1　1984
魏晋南北朝民歌簡論　張亜新　『貴州文史叢刊』1984-2（総13期）　1984.6
呉歌的襯字和畳句試探　姜彬　『民間文芸集刊』5　1984.2
曲里相思夢裡逢—読《西洲曲》　張永鑫　『名作欣賞』1984-5　1984
吟到《西洲》句亦香—読《西洲曲》　何丹尼　『上海広播電視文科月刊』1984-8　1984.8
北朝民歌的社会風俗史研究　李徳芳　『北京師範大学学報（社会科学）』1984-5（総65期）　1984.9
浅議北朝民歌対唐代辺塞詩的影響　張亜新　『貴州文史叢刊』1984-4　1984
愛国女英豪的賛歌—関于《木蘭詩》　徐公持　『北京晩報』1984.1.16
木蘭城、木蘭碑、木蘭詩考略　劉応謙　『論文選集』　1984
《木蘭詩》的著録及時代問題続證　斉天挙　『文学遺産』1984-1　1984.3
《木蘭詩》結構質疑　斉天挙　『河北師院学報（哲学社会科学）』1984-1　1984
木蘭故里在何処？　陳鴻深　『文匯報』1984.12.10
鮮卑族詩人花木蘭　李書一　『鴻雁』1984-2　1984
関于花木蘭和《木蘭詩》　佚名　『郷音』1984-3　1984
花木蘭芸術形象的産生和発展　王永寛　『文科教学』1984-3　1984
《木蘭詩》及其文人続作　張社、張偉　『語文教研』1984-11　1984
関于《木蘭詩》的若干問題　張景奎　『教学通訊』1984-10　1984
《木蘭辞》的真人真事　佚名　『布穀鳥』1984-1　1984
一曲天籟，千古雄奇—談《敕勒歌》　賀聖遂・駱玉明　収録雑誌不明　1984.6.21
試論《勅勒歌》的作者及其産生年代　王曙光　『新疆社会科学』1984-4　1984
《勅勒歌》及其歌者　楊金祥　『新疆民族文学』1984-3　1984
斛律金詠唱敕勒歌　李書一　『鴻雁』1984-2　1984

1985年

読《漢魏六朝楽府文学史》　王運熙　『中国古典文学論叢』3　1985.12
漢楽府雑考　費秉勲　『西南師範学院学報（哲学社会科学）』1985-1（総第35期）　1985
秦漢民歌和楽府詩　王廷珍・袁家浚　『音楽探索（四川音楽学院学報）』1985-

1　1985

論漢楽府新詩体的産生　竇永麗　『信陽師範学院学報（哲社板）』1985.2　1985

"丈人"新議　陳漢　『文学遺産』1985-4　1985.4

《漢楽府》民歌中禽言詩的芸術特色　張秉光　『佛山師専学報』1985-1　1985

《漢安世房中歌》試論　鄭文　『社会科学（蘭州）』1985-2（総30期）1985.4

漢《房中祠楽》的時代作者辨　黄紀華　『湖北師範学院学報（哲社版）』1985-3　1985

"短章中神品"―説《上邪》与《枕前》　桑建中　『山西師大学報（社会科学）』1985-3　1985

漢楽府《東門行》分析　楊樹増　『文科教学（内蒙古烏盟師専）』1985-3　1985.3

析漢楽府古辞《婦病行》　沈謙　『明道文芸』113　1985.8

涙痕血点綴成的《孤児行》　沈謙　『明道文芸』107　1985.2

満紙血泪、一腔憤怨―漢楽府《孤児行》賞析　程潔銀　『寧夏日報』1985.4.12

応該同情誰―評古詩《上山釆蘼蕪》　丁身瑋　『韓山師専学報（社会科学）』1985-1　1985.1

説《江南》　王景林　『常徳師専学報（哲社版）』　1985.2.22,23,27

談《陌上桑》在典型形象塑造上的貢献　楊旭　『唐山師専学報』1985-1　1985

《陌上桑》芸術浅析　婁元華・謝国平　『寧夏教育学院学報』1985-2　1985

羅敷之美新探　呂紅　『安慶師範学院学報（社会科学）』1985-4　1985.4

境険身不卑、凛然正気存：比較分析胡姫和羅敷性格異同　周新安　『和田師専教学与研究』1985-9　1985.9

従《陌上桑》談芸術烘托手法　解欣欣　『名作欣賞』1985-4　1985

由用韻看《胡笳十八拍》的写作時代　李毅夫　『語文研究』1985-3　1985

孔雀東南飛写作的時代与技巧　王久烈　『中山学術文化集刊』32　1985.3

従《孔雀東南飛》的人物形象看該詩的悲劇意義　郭精鋭　『中山大学学報（哲学社会科学）』1985-3（総96期）　1985

《孔雀東南飛》産生時代補証　孫続恩　『湖北師範学院学報（哲社版）』1985-2　1985

劉蘭芝、焦仲卿愛情悲劇原因管窺　劉文品　『青海師専学報』1985-2　1985

焦母和劉蘭芝婆媳間何以会産生矛盾：読《孔雀東南飛》札記　久行　『石家庄教育学院学報』1985-2　1985
《孔雀東南飛》中的劉兄到底是什麼様的人？　李恩恵・孫嫦燕　『綏化師専学報（社会科学）』1985-3・4　1985
劉蘭芝被休進一解　陸子建・宗文　『淮陰師専学報（哲学社会科学）』1985-4　1985.4
談《孔雀東南飛》的結尾　張亜新　『語文学刊』1985-6　1985
《孔雀東南飛》在塑造女性形象方面的開拓　張継紅　『語文教学』1985-5　1985
試論羅敷形象　于男　『大慶師専学報（哲社版）』1985-3　1985
双璧、顕示著人性美的真諦―《孔雀東南飛》《木蘭詩》比較賞析　譚学純　『名作欣賞』1985-6　1985.6
焦母驅遣蘭芝的原因到底是什麼　温安仁　『語文月刊』1985-12　1985.12
中国文学中第一個少数民族婦女的光輝形象：読《羽林郎》　『語文学刊（内蒙古師大）』1985-2　1985.2
《同声歌》簡論　鍾来因　『貴州文史叢刊』1985-3（総18期）　1985
《梁甫吟》弁　李従軍　『社会科学研究』1985-3（総38期）　1985
簡論《観滄海》之“観”　周建忠　『潘陽師範学院社会科学学報』1985-1（総33期）　1985
志深筆長　梗概多気―説曹操的《短歌行》　蔡厚示　『漢魏六朝詩鑒賞集』（人民文学出版社）　1985.7
《善哉行》小辨　王達津　『蕪湖師専学報（哲社版）』1985-1　1985
古直　悲涼―読曹操《苦寒行》　龔克昌　『漢魏六朝詩鑒賞集』（人民文学出版社）　1985.7
叱咤風雲　呑吐宇宙―曹操《観滄海》析　閻璞・陳容　『漢魏六朝詩鑒賞集』（人民文学出版社）　1985.7
曹丕《燕歌行》賞析　張可礼　『漢魏六朝詩鑒賞集』（人民文学出版社）　1985.7
一幅令人触目驚心的図書―曹植《梁甫行》浅説　馬寧甲　『寧夏日報』　1985.2.8
曹植《美女篇》賞析　牟世金　『漢魏六朝詩歌鑒賞集』（人民文学出版社）　1985.7
曹植《白馬篇》賞析　牟世金　『漢魏六朝詩歌鑒賞集』（人民文学出版社）

1985.7
攬弓鳴鏑何所用、斗酒十千恣歓謔—曹植《名都篇》賞析　李春芳　『漢魏六朝詩歌鑒賞集』（人民文学出版社）　1985.7
慷慷対嘉賓、凄愴内傷悲—曹植《箜篌引》賞析　呂美生　『漢魏六朝詩歌鑒賞集』（人民文学出版社）　1985.7
別開生面的軍人之歌—読鮑照《代東武吟》　高章采　『漢魏六朝詩鑒賞集』（人民文学出版社）　1985.7
豪気充溢的壮士賛歌—読鮑照《出自薊北門行》　楊鍾　『寧夏日報』1985.9.23
一首遒勁剛健的辺塞詩—鮑照《代出薊北門行》　袁行霈　『漢魏六朝詩鑒賞集』（人民文学出版社）　1985.7
呉歌研究的歴史和現状　呂洪年　『語文導報』1985-9　1985
南朝楽府民歌及其芸術特色　王運熙・王国安　『語文学習』1985-10　1985
唱自古代城市婦女的心声—浅論《呉歌》《西曲》的思想性　韓晶　『沈陽教育学院学刊』1985-3　1985
纏綿細膩，揺曳迂回—南朝民歌《西洲曲》浅賞　郝詩仙　『寧夏日報』1985.8.2
《西州曲》三題　張亜新　『貴州文史叢刊』1985-2（総17期）　1985
《西洲曲》臆解　呉小如　『名作欣賞』1985-4　1985
因風致意、托夢奇情　《西洲曲》賞析　宋道基　『大学文科園地』1985-5　1985
《慕容垂歌辞》中的“慕容”究竟是誰？　趙世璜　『成都大学学報（社会科学）』1985-1　1985
“平羌三峡”弁　凌樵　『唐代文学論叢』6　1985
質朴剛健的北朝楽府民歌　沈輝　『語文学習』1985-10　1985
《木蘭詩》中的“将軍”是誰？　王基林・王海濤　『文科通訊』1985-3　1985
《木蘭詩》的著録及其時代問題　趙従仁　『中州学刊』1985-5　1985
木蘭辞与木蘭山　周兆鋭　『春秋』1985-1　1985
穹廬一曲本天然—《勅勒歌》考論　周蒙　『内蒙古師大学報（哲社版）』1985-2　1985
《勅勒歌》二題　李裕民　『学林漫録』1985-10　1985.5

1986年

試探漢楽府民歌的棄婦詩　張秉光　『仏山師専学報（社会科学）』1986-1　1986.1
略論漢楽府中的愛情婚姻詩　羅庚嶺　『教与学（綏化師専中文科）』1986-1　1986.1
楽府詩的特性及其源流之研究　林文端　『中華文化復興月刊』19-6　1986.6
楽府和楽府詩　王運熙　『文史知識』1986-12　1986.12
論漢魏六朝詩教説的演変及其在詩歌発展中的作用　葛曉音　『中国古典文学論叢』4　1986
漢武帝之前楽府職能考　李文初　『社会科学戦線』1986-3　1986.3
驚人的相似、本質的不同―漢楽府《上邪》与敦煌曲子詞《菩薩蛮》"枕前発尽千般願"的比較探討　祝誠　『徐州師範学院学報（哲学社会科学）』1986-2　1986.2
漢楽府詩《江南》賞析　王思寧　『文史知識』1986-11　1986
羅敷是民間女子嗎？　侍問樵　『文科通訊』1986-1　1986.1
漢楽府《陌上桑》中的"使君"形象別義―兼談《陌上桑》的主題―　桑建中　『山西師大学報（社会科学）』1986-3（総52期）　1986
一曲胡笳弄　千秋怨恨声―琴曲歌辞《胡笳十八拍》読後　南山　『詞刊』1986-3　1986
関于《胡笳十八拍》作者問題的討論　陳書録・胡臘英　『文史知識』1986-12　1986.12
《孔雀東南飛》的語言特色　陳材信　『語文教学与研究』1986-1·2　1986
劉蘭芝出身略考　王若谷　『大慶師専学報（哲学社会科学）』1986-1　1986.1
関于《孔雀東南飛》的主題和時代的争鳴　兪原　『語文導報』1986-2　1986.2
劉蘭芝芸術形象二題　趙志成　『錦州師院学報（哲学社会科学）』1986-2　1986.2
《孔雀東南飛》悲劇的社会根源　白本松　『許昌師専学報（社会科学）』1986-4　1986.4
劉蘭芝自請遣帰説辨偽　陳一平　『学術研究』1986-5　1986.5
《孔雀東南飛》疑義析解　曹文心　『淮北煤師院学報』1986-4　1986
"孔雀東南飛"錯簡初探　張滌雲　『運城師専学報』1986-3/4　1986
試論楽府民歌与建安文学的関係　秋楓　『貴州民族学院学報（社会科学版）』1986-2　1986
古詩十九首和漢楽府及建安詩歌　范能船　『江淮論壇』1986-4　1986.4

挽歌及其影響―先秦至南北朝― 黄景進 『中華学苑』34 1986
曹操短歌行研究 唐文徳 『逢甲学報』19 1986.11
釈《歩出夏門行》古辞 周坊 『雲南民族学院学報』1986-2（総11期） 1986.6
曹丕楽府詩小議 高慶浜 『内蒙古民族師院学報』1986-2 1986
七哀―楽府本辞与曹植作品的関係研究 （法）桀溺著 銭林森訳 『文学研究参考』1986-12 1986.12
論詩人筆下的王昭君 賈錫信・楊桂森 『荊州師専学報（哲学社会科学版）』 1986-1
鮑照的《擬行路難》上 唐海濤 『国立中央図書館館刊』19-2 1986.12
論鮑照楽府詩歌的芸術成就 曹景魁 『遼寧大学学報』1986-3 1986
南朝楽府民歌雑談 施裕 『語文園地』1986-1 1986
南朝楽府民歌研究 金庠澔 『中国文学』4 1986
南朝詩歌発展原因初探 張明非 『中国古典文学論叢』4 1986
南朝楽府民歌与巫風 王以憲 『古典文学知識』1988-6 1986
釈北楽府 管汀 『文学遺産』1986-2 1986
中古北方民族的社会風情図画―北朝民歌的民族社会学研究 李徳芳 『聊城師範学院学報（哲社版）』1986-4 1986
《木蘭詩》題注源流辨 陳従仁 『信陽師院学報』1986-1 1986
両首《木蘭詩》的比較 徐徳鄰 『牡丹江師院学報』1986-4 1986
《木蘭詩》補証 唐長孺 『江漢論壇』1986-9（総73期） 1986.9
《勅勒歌》本事釈 金啓華 『光明日報』1986.1.14
《勅勒歌》同斛律金無関 阿爾丁夫 『内蒙古大学学報』1986-2 1986
天然璞真 気魄雄偉 北朝民歌《敕勒歌》賞析 李爾豊 『昭通師専学報（哲学社会科学版）』1986-2 1986

1987年

楽府詩中的幾個問題 王文顔 『古典文学』9 1987.4
試談楽府情歌的美感教育作用 王愛瑩 『西北民族学院学報（社会科学）』 1987-4 1987
《楽府詩集》楽舞詩述略 于平 『舞踏論叢』1987-3 1987
論秦漢魏晋南北朝楽府民歌中的女性形象（上） 黄景魁 『遼寧広播電視大学学報（社会科学版）』1987-1 1987

真摯熱烈　曲折回環：《有所思》賞析　趙洪奎　『商丘師専学報（社会科学）』1987-3　1987
怒之初、正望之深：漢楽府《有所思》析　王思宇　『文史知識』1987-8　1987
漢楽府《陌上桑》新探　趙敏俐　『江西社会科学』1987-3　1987
略談《陌上桑》与《琵琶行》的差異　何友宝　『寧波師院学報（社会科学）』1987-4　1987
従《陌上桑》《羽林郎》説到《節婦吟》　楊景龍　『大学文科園地』1987-6　1987
琴曲歌辞《胡笳十八拍》新考　王小盾　『復旦学報（社会科学）』1987-4　1987.7
釈《孔雀東南飛》中的“蘭家女”及其他　石泉長　『遼寧広播電視大学学報（社会科学版）』1987-1　1987
劉蘭芝被遣和焦仲卿性格質疑　呉常鑫　『貴州師範大学学報（社会科学版）』1987-2　1987
論劉蘭芝形象的美学意義　鄧鑒坤　『江漢大学学報（社会科学）』1987-3　1987
蘭家女是誰家女：《孔雀東南飛》疑析　王群　『天津教育学院院刊』1987-3　1987
封建家長制対愛情幸福的干預破壊―《孔雀東南飛》和《棄絶》的比較　明貴　『玉林師専学報（社会科学）』1987-3　1987
一出優美的詩劇―《孔雀東南飛》浅析　徐寒玉　『長沙水電師院学報（社会科学）』1987-4　1987
美、在荘厳地走向毀滅―“関于《孔雀東南飛》中‘厳粧別’的芸術思考”　李竟成　『西部学壇（哲社版）』1987-4　1987
試論音楽対三曹詩歌的影響　張亜新　『中国古典文学論叢』6（中青年専号）　1987
高気蓋世、英武自露：曹操《短歌行》賞析　江徳羞　『古典文学知識』1987-4　1987
《短歌行・対酒》并非賓主酬唱之辞：与万縄南先生商榷　張智通　『安徽教育学院学報（社会科学）』1987-3　1987
曹植対民間文学理論的一点重要貢献　張亜新　『貴州社会科学（文史哲）』1987-8（総56期）　1987
伝統主題、各有千秋―読徐陵、李白、陸游的《関山月》　郭象　『名作欣賞』

1987-6　1987
鮑照的《擬行路難》下　唐海濤　『国立中央図書館館刊』20-1　1987
論鮑照及其楽府詩　劉長耿　『殷都学刊』1987-3　1987
楽府民歌表現手法対唐詩影響論　朱炯遠　『潘陽師範学院学報（社会科学）』1987-1（総41期）　1987.1
結論応来自可靠的材料—就《木蘭詩》的著録及時代問題再答趙従仁　斉天挙　『信陽師範学院学報（哲学社会科学）』1987-1　1987
木蘭従軍其人其時其地考　葉有仁　『東方雑誌』20-9　1987.3
談《木蘭詩》中両処被当作“互文”的句子　侍問樵　『衡陽師専学報（社会科学）』1987-3　1987
《敕勒歌》新論　汪泛舟　『殷都学刊（安陽師専学報）』1987-2　1987
民族大融合的瑰宝—関于《敕勒歌》的産生和流伝　『文学遺産』1987-6　1987

1988年

楽府与漢魏五言詩　斉文挙　『文学遺産』1988　1988
虚構的世界—論楽府詩歌的一個重要特性—　賈晋華　『遼寧大学学報（哲学社会科学）』1988-5（総93期）　1988.9
談漢魏六朝楽府詩的修辞芸術　李笙　『貴州民族学院学報（社会科学）』1988-2　1988
楽府民歌詞語釈　樊維綱　『杭州師範学院学報（社会科学版）』1988-5　1988
西漢楽府考略　趙生群　『中国音楽学』1988-1　1988
荒誕形式与悲劇内涵的有機融合—漢楽府《十五従軍征》結構分析　皇甫修文　『名作欣賞』1988-3　1988
漢楽府《東門行》新解、向余冠英、王季思、蕭滌非諸先生指教　李固陽　『許昌師専学報（社会科学）』1988-2　1988
漢楽府《婦病行》中“丈人”考釈　蕭振宇　『張家口師専学報（社会科学）』1988-1　1988
《上山采蘼蕪》主題質疑　路映　『南都学壇（社会科学）』1988-4　1988.4
永遠煥発芸術光彩的典型形象—《陌上桑》賞分析　李崧　『北京科技大学学報（哲学社会科学）』1988-2　1988.2
衆志紛呈、栩栩如生—試論《孔雀東南飛》的人物性格特点　汪文碧　『黔東両民族師専学報（哲学社会科学）』1988-2　1988.2
論《孔雀東南飛》的局限及改編作品的失誤　陳徳滋　『中国人民警官大学学報

（哲学社会科学）』1988-3　1988.3
《孔雀東南飛》解詁　孫雍長　『中国文学研究』1988-4　1988.4
《孔雀東南飛》産生地辨正　李杏林　『安慶師院学報（社会科学）』1988-4　1988.4
浅談《孔雀東南飛》中畳詞的妙用　別業清　『語文学習与研究』1988-1　1988
《孔雀東南飛》注釈四辨　華元林　『語文教学与研究』1988-7　1988
《麗人行》与《羽林郎》——一个改道伝統的示例　謝思煒　『名作欣賞』1988-4　1988
魏晋文人与挽歌　盧葦菁　『復旦学報（社会科学）』1988-5　1988.9
挽歌考　斉天挙　『文史』29　1988.1
対酒当歌　思賢若渇—曹操《短歌行》且説　丁鼎　『昌濰専学報（社会科学）』1988-2　1988
曹植《名都篇》新証　呉朝義　『西南民族学院学報』1988-4　1988
曹植詩歌芸術淵源粗探　虞徳懋　『揚州師院学報（社会科学）』1988-3（総72期）　1988
簡論曹植対楽府民歌的継承和発展　羅凌　『華節師専学報（社会科学）』1988-1　1988
明徹達観　新奇真実—読陶淵明《挽歌詩》三首　呉小如　『文史知識』1988-7　1988.7
略論陶淵明的挽歌　丘述堯　『文史』32　1988
梁陳辺塞楽府論　閻采平　『文学遺産』1988-6　1988
“五丁鑿山、開人世之所未有”—浅談鮑照楽府詩題材方面的開拓　王利華　『語文学刊』1988-6　1988
鮑照組詩《擬行路難》写作年代考証　侯安国　『貴州大学学報』1988-2　1988
南朝政局与“呉声歌”“西曲歌”的興盛　曹道衡　『社会科学戦線』1988-2（総42期）　1988.4
《木蘭詩》作者考　黄震雲　『徐州教育学院学報（哲社版）』1988-4　1988
花木蘭其人其事　陸家驥　『中央日報』1988.7.27
“雄兎脚扑朔、雌兎眼迷離”新解　頼太品　『貴州文史叢刊』1988-1（総44期）　1988.3
読詩苑奇葩《木蘭詩》　張光富　『九江師専学報』1988-3　1988
也談《敕勒歌》—兼与王曙光同志商権　閔和順　『新疆社会科学』1988-3　1988

従北魏内遷敕勒民族的命運看《敕勒歌》　閔和順　『求索』1988-4（総44期）　1988.8

1989年

漢代楽府詩的社会功能　元婷婷　『国文学報』18　1989.6
楽府中的烈女子　林啓屏　『中央日報』1989.7.24
古楽府艶歌之演変　斉天挙　『陰山学刊（社会科学）』1989-1　1989
説《隴西行》中的“好婦”　余如忠　『台州師専学報（社会科学）』1989-1　1989
試談楽府的浪漫主義　王増文　『黄淮学刊（社会科学）』1989-3　1989
風吹葉落去，何当還故処—楽府詩《十五従軍征》賞析　卜安淳　『古典文学知識』1989-4　1989
一首以正勝邪的凱歌—《陌上桑》　康永輝・趙春英・亢潤東　『西北師大学報（社会科学）』1989-6　1989
《焦仲卿妻》賞析　王運熙　『名作欣賞』1989-1　1989.1
《孔雀東南飛》是漢代楽府嗎？　王劉莉　『江漢大学学報（社会科学）』1989-2　1989
《孔雀東南飛》的悲劇与父系社会家庭結構形式的瓦解　湯斌　『文学遺産』1989-6　1989
由《飲馬長城窟行》説到相和三調歌的解、艶和趨　斉天挙　『文学評論叢刊』31　1989.3
読漢魏楽府小札　艾蔭范　『遼寧大学学報（哲学社会科学）』1989-6（総100期）　1989.11
曹操《短歌行》旧訓中幾個問題的探討　李成蹊　『徐州師範学院学報（哲学社会科学）』1989-4（総60期）　1989.12
不戚往年　憂世不活—読曹操《秋胡行》二首　許逸民　『国文天地』5-3　1989.10
顧盼揺曳　掩映動人—説曹丕《燕歌行》其二　魏耕源　『文史知識』1989-1　1989.1
清商三調音階調式孝索　丁承運　『音楽研究』1989-2　（総53期）　1989.6
鮑照楽府詩初探　房聚棉　『瀋陽師範学院学報（社会科学）』1989-1（総49期）　1989.1
鮑照《擬行路難》詩的内容　宋永程　『中国学研究』1989-5　1989

呉歌、西曲及其模擬之風気　金恵峰　『中国語論叢』2　1989
淳朴的焦慮和呼声—説両首南朝民歌　顧農　『語文月刊』1989-11　1989
論艶体詩与南朝楽府之関係及其産生之背景　明紅英　1989?
声情揺曳　意味無窮—南朝民歌《西洲曲》賞析　柴剣虹　『国文天地』4-11 1989.4　1989
北朝楽府民歌的南流及其対南朝文壇的影響　閻采平　『湘潭大学学報（社会科学）』1989-1　1989
“笑文”探秘二題，用喜劇美学分析《木蘭詩》《孔乙己》　周国雄　『浙江師範大学学報（社会科学）』1989-2　1989
《木蘭詩》賞析　張高評　『国文天地』4-12（総48期）　1989.5
“笑文”“探秘”二題—用喜劇美学分析《木蘭詩》《孔乙己》　周祖維　『浙江師範大学学報』1989-2　1989
試論《敕勒歌》的伝統及其語言変化　王曙光　『新疆社会科学』1989-3　1989
雄渾質朴　率真自然—《敕勒歌》論析　周蒙・馮宇　『蒲峪学刊』1989-3 1989

1990年

漢楽府的娯楽職能及其対芸術表現的影響　潘嘯龍　『中国社会科学』1990-6（総66期）　1990.11
楽府詩鑑賞辞典前言　李春祥　『河南大学学報（哲学社会科学）』1990-2（総113期）　1990.3
論楽府詩　（美）漢斯・弗蘭克著　勾承益訳　『成都大学学報』1990-2　1990
浅析漢楽府民歌与古詩十九首的異同　孫洪明・李愛華　『東岳論叢』1990-3 1990
両漢楽府初探　楊蒓　『曲靖師専学報』1990-1　1990
漢楽府札記　樊維綱　『杭州師範学院学報（社会科学）』1990-5　1990
漢楽府的娯楽職能　潘嘯龍　『中国社会科学』1990-6　1990
漢郊廟歌評価商榷　傅彪強　『杭州大学学報（哲学社会科学）』1990-2 1990.6
《上山采蘼蕪》新探　邱叔健　『石油大学学報（社会科学）』1990　1990
羅敷的“夫壻”是什麼？　王寧　『学習与探索』1990-3（総68期）　1990.5
使君夫婿諧謔見情緒—《陌上桑》別解　蔡鴻恩　『恩茅師専学報（総合版）』1990-2　1990

《孔雀東南飛》的産生時代、文化意蘊和影響　黄震雲　『恩茅師専学報（総合版）』1990-2　1990
也談劉蘭芝被休的原因　晏銀川　『新疆師範大学学報（哲社版）』1990-3　1990
《孔雀東南飛》焦母形象新探　龔維英　『江淮論壇』1990-5（総122期）　1990
《孔雀東南飛》的結構　辛保平　『語文学刊』1990-5　1990
略論陶淵明的挽歌　丘述堯　『文史』32　1990.3
一曲気呑宇宙的楽章—曹操《観滄海》賞析　羅昌奎　『佳木斯教育学院学報』1990-1　1990
曹操《短歌行》中“明明如月，何時可掇（輟）”解　蕭振宇　『張家口師専学報（社会科学）』1990-4　1990
用筆入化，曲尽思情：曹丕《燕歌行》賞析　重而已　『万県師専学報（哲社版）』1990-1　1990
“細看来,不是楊花,点点是離人泪”説曹植《吁嗟篇》　魏耕原　『文史知識』1990-3　1990
論西晋詩人張華　曹旭　『上海師範大学学報（哲学社会科学）』1990-4（総46期）　1990
戚而能達、婉而益真—説陶淵明《擬挽歌辞三首》　鄭祥・徐克強　『牡丹江師院学報（哲社版）』1990-4　1990
莫愁重考　夏振明・胡鳳英　『徐州師範学院学報（哲社版）』1990-4　1990
《西洲曲》論箋　孫秋克　『民明師専学報（哲学社会科学）』1990-2　1990
一巻絢美的歴史図画—読北朝楽府民歌《木蘭詩》　江山　『江漢大学学報（総合版）』1990-5　1990

1991年

漢代楽府之研究　陳万鼐　『芸術評論』3　1991.10
試論文学史研究方法体系的完善（下）—兼評漢代楽府民歌　李意清　『中国人民警官大学学報（哲社版）』1991-2　1991
漢楽府詩的“解”与“乱”　張永鑫　『無錫教育学院学報（社会科学）』1991-2　1991
読漢楽府小札　楊俊才　『麗水師専学報（社会科学）』1991-3　1991
周詩振雅曲、漢鼓発奇声—《漢鼓吹鐃歌十八曲》新解之一　易健賢　『貴州教

育学院学報（社会科学)』1991-2　1991
《江南》四題　朱鑑珉　『北京師範大学学報（社会科学)』1991-2（総104期）1991.10
読《陌上桑》札記　胡少兆　『徽州師専学報（哲社版)』1991-1　1991
《孔雀東南飛》主題、人物争議論略　潘嘯龍　『安徽師大学報（哲学社会科学)』1991-1（総76期）　1991.2
《孔雀東南飛》主旨新探　季寿栄　『華東師範大学学報（哲学社会科学)』1991-2(総94期)　1991.3
究竟応当怎様評価焦仲卿？―評幾部《中国文学史》対焦仲卿形象的論述―　劉継才、閔振貴　『文学遺産増刊』17　1991.9
両個命運相同的古代東方女子―従劉蘭芝的悲劇看沙恭達羅的結局　胡啓泰『外国文学研究』1991-3（総53期）　1991.9
"孔雀東南飛"考辨　伍慶楽　『中国文学研究』1991-3　1991
《孔雀東南飛》主題別議　王軍　『職大学刊』1991増刊　1991
対《孔雀東南飛》中焦仲卿形象的再認識　黄大宏　『漢中師院学報（哲社版)』1991-3　1991
《孔雀東南飛》悲劇的文化価値関係辨析　黄震雲　『徐州教育学院学報（哲社版)』1991-3　1991
《孔雀東南飛》五題　顧農　『徐州教育学院学報（哲社版)』1991-4　1991
驚采絶艶的的愛情悲劇：《孔雀東南飛》主人公悲劇性格簡析　丁一　『語文学刊』1991-4　1991
《孔雀東南飛》潜存的"精神悲劇"暗流　彭桓　『思茅師専学報（総合版)』1991-5　1991
"劉蘭芝無子被休"説質疑　彭桓　『思茅師専学報（総合版)』1991-12　1991
関于諸葛亮"好為《梁甫吟》"一事的辨析　余明侠　『徐州師範学院学報（哲学社会科学)』1991-2（総66期）　1991
曹操《短歌行》新解　楊宝林　『遼寧大学学報（哲学社会科学)』1991-6（総112期）　1991.11
曹操何処"観滄海"　傅金純・紀思　『遼寧師範大学学報（社会科学)』1991-4（総78期）　1991.7
鮑照《擬行路難十八首》新探　王秀明　『楽山師専学報（社会科学)』1991-1　1991
鮑照《擬行路難》十八首組詩探述　方玫芳　『国民教育』31　1991.4

晋南北朝楽府民歌詞語校釈　樊維綱　『杭州師範学院学報（社会科学）』1991-2　1991
謝恵連体和《西洲曲》　王運熙　『江海学刊』1991-1（総151期）　1991.1
《西洲曲》賞析　廖化津　『信陽師範学院学報（哲社版）』1991-3　1991
北朝楽府中的婦女形象　尚瑞蜂　『職大学刊』1991増刊　1991
《木蘭詩》"唧唧"釈義　林延君　『社会科学戦綫』1991-4（総56期）1991.10
試論《木蘭詩》的文化背景　王之江　『社会科学輯刊』1991-1（総72期）1991.1
花木蘭並不姓"姓"　黄燦章　『人民日報（海外版）』1991-4　1991
《木蘭詩》主旨辨　張光富　『九江師専学報（哲社版）』1991-2　1991
《敕勒歌》的篇題、作者及産生年代　曹文心　『淮北煤師院学報（社会科学）』1991-2　1991

1992年

漢楽府民歌与《詩経》民歌之比較　崔康柱　『渭南師専学報（社会科学）』1992-2　1992
関于漢楽府民歌《江南》的主題：与王富仁先生商榷　魏文華　『名作欣賞』1992-2　1992
比喩与像征—就《江南》詩的解読答魏文華先生　王富仁　『名作欣賞』1992-5　1992
漢楽府詩《江南》臆説　王魯昌　『文史知識』1992-10　1992
幽黙—《陌上桑》的審美品格　斉蒸　『徳州師専学報』1992-3　1992
《孔雀東南飛》中"東南飛"含義考辨　伍慶東　『東南文化』1992-3,4　1992.9
主題的重建—《孔雀東南飛》賞析　王富仁　『名作欣賞』1992-4　1992
《孔雀東南飛》疑案破釈　馬国龍・何国鼎・張溢　『駐馬店師専学報（社会科学）』1992-4　1992
《孔雀東南飛》的審美意義　郭暘　『青年思想家』1992-5,6　1992
試論《怨歌行》　游適宏　『中華学苑』42　1992.3
相和歌，清商三調，清商曲　王運熙　『文史』34　1992.5
談《亀雖寿》、《短歌行》的生命意識　王克明　『南都学刊』1992-1　1992
試析曹操《亀雖寿》的理性意蘊　呉光坤　『唐都学刊』1992-2　1992

浅談北朝民歌的美学思想　菅芙蓉　『北朝研究』1992-4（総９期）　1992
從《木蘭詩》看北朝民族文化精神—兼談《木蘭詩》的主題—　王菊艶　『北朝研究』1992-3（総８期）　1992
《木蘭詩》産生年代考　高加堯・劉志国　『牡丹江師範学報（哲社版）』1992-1　1992
女性英雄的賛歌—説《木蘭詩》　徐公持　『文史知識』1992-9　1992
悲劇意識与中国古代忠孝観—以《木蘭詩》為例　王之江　『遼寧大学学報（哲社版）』1992-5　1992
也説“喞喞復喞喞”　李貴良　『淮北煤師院学報』1992-2　1992

1993年

漢楽府民歌今論　羅慶生　『許昌師専学報（社会科学版）』1993-1　1993
漢楽府民歌的戯劇審美創造　李伯敬・朱洪敏　『江蘇社会科学』1993-3　1993
漢楽府新析（三題）　顧農　『徐州教育学院学報（哲学社会科学）』1993-3　1993
論郊祀歌与儒家楽論的関係　胡曉明　『文芸理論研究』1993-4（総69期）　1993
清歌一曲、千載流音—漢楽府民歌《江南》浅析　呉小平　『中文自修』1993-6　1993
“桑中故事”与《陌上桑》　黄崇浩　『黄岡師専学報（文科版）』1993-4　1993
対《孔雀東南飛》一段文字的梳理　王彦坤　『暨南学報（哲学社会科学）』15-3（総107期）　1993.7
是楽府民歌、還是文人古詩？—《孔雀東南飛》辨難　王緒霞　『河南師範大学学報（哲学社会科学）』1993-2　1993
劉蘭芝被遣原因補説　謝文権　『貴州教育学院学報（社会科学）』1993-2　1993
《孔雀東南飛》一个疑難問題的討論及我見　胡凡英　『中国古典籍与文化』1993-3　1993
論用虚詞考訂〈焦仲卿妻〉詩写作年代的若干問題　魏培泉　『中央研究院歴史語言研究所集刊』62-3　1993.4
焦仲卿論　何承恩　『北京師範大学学報（社会科学）』1993-5（総119期）　1993.9

《孔雀東南飛》成詩年代雛議　祝宗武　『宜春師専学報』1993-6　1993
曹操《薤露行》《蒿里行》新詮　顧農　『天津師大学報』1993-5（総110期）1993
骨勁気猛的四言絶唱―説曹操《歩出夏門行》　李景琦　『文史知識』1993-7　1993
曹操楽府詩哀情臆説　許善述　『安慶師院学報（社会科学）』1993-3　1993
曹操和楽府　姚漢栄　『上海大学学報（社会科学）』1993-5　1993
曹操《薤露行》《蒿里行》新詮　顧農　『天津師大学学報（社会科学）』1993-5　1993
也談曹操的《短歌行》　徐献添　『嘉応大学学報（哲学社会科学）』1993-4　1993
陸機及其詩文略論　劉忠恵　『学習与探索』1993-2（総85期）　1993
関楽府文学研究開啓―浅議劉勰的楽府論　単書安　『南京社会科学』1993-5　1993
南北朝楽府情歌婦女形象比較　房聚棉　『江寧教育学院学報』1993-4　1993
論南朝楽府民歌与宮体詩　李希躍　『広西大学学報（哲学社会科学）』1993-4　1993
《西洲曲》研究述評　楊伯南　『曲靖師専学報（社会科学）』1993-1　1993
北朝民歌考辨二題　丁夫　『内蒙古電大学刊（哲学社会科学）』1993-4　1993
《木蘭詩》賞析及其文化闡釈　王富仁　『名作欣賞』1993-3　1993
《木蘭詞》産生時代考辨　任化程　『哈爾濱師専学報』1993-1　1993

1994年

古楽府与古詩十九首―関于中国古代抒情詩成熟的研究　（日）道家春代著　李寅生訳　『河池師専学報』1994-4　1994
関于楽府民歌的産生和写定　曹道衡　『文史知識』1994-9　1994
漢代楽府民歌的成就及其影響　陳忠升・李鳳蘭　『沈陽教育学院学報』1994-4　1994
漢《巾舞歌詩》試解　葉桂桐　『文史』39　1994.3
楽府民歌中的新詞新義―兼論新旧、詞的特点―　劉翠　『安徽師大学報（哲学社会科学）』22-3（総90期）　1994.8
関于楽府詩歌的幾個問題　曹道衡　『斉魯学刊』1994-3　1994
楚歌・楽府・古詩―漢詩発展的道路　黄瑞雲　『湖北師範学院学報（哲学社会

科学)』1994-5　1994

試論“鐃歌”演変　曹道衡　『中国社会科学院研究生院学報』　1994-3（総81期）　1994

《上邪》—漢代民間情歌中的神品　李大東　『語文函授』1994-6　1994

《陌上桑》的社会意義与人物描写的芸術特点　王原賛　『名作欣賞』1994-5　1994

試析《焦仲卿妻》一処難解之謎　林延君　『東北師大学報（哲学社会科学）』1994-1（総147期）　1994.1

《孔雀東南飛》主題新探　解国旺　『殷都学刊』1994-1　1994

簡論《孔雀東南飛》叙事芸術的創新　賀陶楽　『延安大学学報』1994-1　1994

《孔雀東南飛》主題異義　鄒国愛　『邵陽師専学報』1994-3　1994

楽府詩《孔雀東南飛》与漢代婚姻風格　李暉　『淮北煤師院学報（社会科学)』1994-3　1994

也談《孔雀東南飛》悲劇之因　陳恒恕　『台州師専学報』1994-3　1994

《孔雀東南飛》故事発生地新考　黄龍　『江海学刊』1994-4　1994

《孔雀東南飛》今釈　丘良任　『長沙水電師院社会科学学報』1994-4　1994

因形換歩随類賦采—談《陌上桑》的芸術美　張永鑫　『文史知識』1994-9　1994

従楽府詩的選録看《文選》　曹道衡　『文学遺産』1994-4　1994

論長篇叙事呉歌中的性意識　蔡利民　『東南文化』1994-1（総101期）　1994

六朝民歌映現的原始阿注婚残迹　洪順隆　『社会科学戦線』1994-6　1994

《西洲曲》考証与解読　曹文心　『淮北煤師院学報（社会科学)』1994-4　1994

対《木蘭詩》的鑒賞和理解—与王富仁同志討論　黄震云　『名作欣賞』1994-1　1994

《木蘭詩》的産生時代、本事和作者考辨　王増文　『河南教育学院学報（哲学社会科学)』1994-3　1994

試析木蘭形象及《木蘭詩》的芸術手法　孫鷗　『連運港教育学院学報』1994-4　1994

《敕勒歌》辨誤　縦横　『内蒙古大学学報（哲学社会科学)』1994-3（総86期）　1994.7

1995年

楚歌・楽府・古詩（続）―漢詩発展的道路　黄瑞雲　『湖北師範学院学報（哲学社会科学）』1995-1　1995
楽府詩二題　曹道衡　『斉魯学刊』1995-1　1995
論《文選》中楽府詩的幾個問題　曹道衡　『国学研究』3　1995
両漢楽府民歌中所体現的人性精神　胡暁明　『斉魯学刊』1995-1　1995
楚声流変与漢楽府的成熟　王小蘭　『社科縦横』1995-2　1995
漢楽府和楽府詩歌　費振剛　『神州学人』1995-9　1995
試析漢楽府民歌所繁栄的婦女問題　李虹　『淮北煤師院学報（社会科学）』1995増刊　1995
論漢郊廟詩的宗教情緒与人生意蘊　阮忠　『華中師範大学学報（哲学社会科学）』34-2（総114期）　1995
劉宋鼓吹鐃歌三首解読　葉桂桐　『文献』1995-3（総65期）　1995
再読《陌上桑》　裴俊齢　『張掖師専学報』1995-1　1995
漢楽府《陌上桑》新探　張琦　『蘭州商学院学報』1995-3　1995
《陌上桑》与壮族民間故事《劉三祖》之比較　楊寧寧　『民族文学研究』1995-4　1995
《陌上桑》解読―作者意図・叙述結構・読者接受　李杜教　『湖北師範学院学報（哲学社会科学）』1995-5　1995
《胡笳十八拍》和琴歌　王小盾　『古典文学知識』1995-5　1995
《孔雀東南飛》神話考　李明劼　『雲南民族学院学報』1995-1（総46期）　1995
試談焦仲卿的性格転化過程及其悲劇意義　劉羽廷　『昭烏蒙族師専学報（漢文哲学社会科学版）』1995-2　1995
四言詩与曹操的《短歌行》（其一）　王富仁　『名作欣賞』1995-3　1995
横槊賦詩、充満覇気―読曹操《短歌行》　劉躍進　『古典文学知識』1995-5　1995
采桑女―美女―読曹植《美女篇》兼論詩歌闡釈的一種模式　于翠玲　『名作欣賞』1995-3　1995
従両首《折楊柳行》看両晋間文人心態変化　曹道衡　『文学遺産』1995-3　1995
斉梁擬楽府詩賦題法初探―兼論楽府詩写作方法之流変　銭志熙　『北京大学学報（哲学社会科学版）』1995-4　1995.7
説南北朝民間楽府　黄瑞雲　『衡陽師専学報（社会科学）』1995-4　1995

1996年

漢楽府叙事詩的戯劇性　阮忠　『南都学壇（哲学社会科学）』1996-1　1996
析漢楽府民歌中的労働婦女形象　石遠忠　『吉首大学学報（社会科学）』1996-1　1996
漢楽府詩文芸性質浅談　銭志熙　『古典文学知識』1996-1　1996
感于哀楽、縁事而発―漢楽府民歌戯劇矛盾特質審視　盧瑞芬　『大慶高等専科学校学報』1996-2　1996
略論漢楽府的特性　景明　『遼寧商専学報』1996-2　1996
論漢楽府民歌中婦女形象的塑造　王増文　『中華女子学院学報』1996-3　1996
漢《鐸舞歌・聖人制礼楽篇》解読　葉桂桐　『古籍整理研究学刊』1996-4　1996
漢楽府三題　于迎春　『晋陽学刊』1996-5（総98期）　1996
漢代《郊祀歌十九章》的游仙長生主題　張宏　『北京大学学報（哲学社会科学）』1996-4（総176期）　1996.7
漢《郊祀歌》与讖緯之学　葉崗　『紹興師専学報（哲社版）』1996-1　1996
漢楽府民歌《東門行》雑談　張承鵠　『貴州師範大学学報（社会科学）』1996-1　1996
中国封建社会婦女児童苦難生活的縮影：《漢楽府・婦病行》評析　張宏義　『天中学刊』1996-2　1996
《陌上桑》中羅敷形象性格辨正　孫玉生　『牡丹江師学院学報（哲学社会）』1996-1　1996
秦羅敷―漢代那最美的女子―我読《陌上桑》　楊志学　『名作欣賞』1996-2　1996
名誉之管窺―浅析楽府詩《陌上桑》　鄭伝道　『阜陽師範学院学報（社会科学）』1996-2　1996
《陌上桑》与《羽林郎》比較研究　樹成贏　『佳木斯教育学院学報』1996-4　1996
《孔雀東南飛》女主人公性格論析　姜学林・周緑林　『鎮江師専学報（社会科学）』1996-1　1996
《孔雀東南飛》注釈商榷　王昱新　『貴州文史叢刊』1996-2（総67期）　1996
浮雲西北起、孔雀東南飛《孔雀東南飛》疑団別解　黄崇浩　『黄岡師専学報（社会科学）』1996-3　1996
従《焦仲卿妻》八病説　劉毓慶　『文芸研究』1996-4　1996

《孔雀東南飛》的幾処注釈　林廉　『語文建設』1996-10　1996
読漢楽府相和、雑曲札記　王運熙　『中華文史論叢』55　1996
試論《文選》所収陸機《挽歌》三首　傅剛　『文學遺産』1996-1　1996
天下意識的投射—曹操《観滄海》賞析　孫明君　『文史知識』1996-2　1996
生命意義的追尋—曹丕《大墻上蒿里行》賞析　孫明君　『古典文学知識』1996-2　1996
《劉宋鼓吹鐃歌三首解読》商榷　卿三祥　『文献』1996-4　1996
論南北朝唐宋時期文人楽府詩《関山月》　董連祥　『昭烏達蒙族師専学報（漢文哲社版）』1996-4　1996
論顔延之的《秋胡行》—兼談中国的叙事詩（節訳）　高橋和己著　王則遠訳　『斉斉哈爾師範学院学報（哲学社会版）』1996-2　1996
“呉歌”“西曲”文人擬作考　翁其斌　『上海師範大学学報（哲学社会科学）』1996-3（総69期）　1996
略論《西洲曲》的双重結構　王太閣・趙民杰　『殷都学刊』1996-1　1996
《西洲曲》—南朝楽府民歌的夢幻傑作—関于《西洲曲》的新審視和新結論　傅正谷　『名作欣賞』1996-5　1996
試論《木蘭詩》的時代背景　任芬　『中華女子学院学報』1996-4　1996

1997年

論漢楽府的文学思想及其理論価値　劉懐栄・苑秀麗　『貴州文史叢刊』1997-3　1997
《西門行》—末世風雨与士人心態　王敦洲・劉玉娥　『黄海学壇』1997-3　1997
論楽府古題《燕歌行》的発展演変　江艶華　『雲南師範大学学報（哲社版）』1997-4　1997
漢楽府“采詩娯楽説”質疑：楽府采詩縁由浅深　洛保生　『河北大学学報（哲社版）』1997-4　1997
漢楽府民歌叙事芸術探幽　張来芳　『江西社会科学』1997-10　1997
秦楽府新義　周天游　『西北大学学報（哲学社会科学）』27-1（総94期）　1997
《陌上桑》中的“調情主義”　閻紅　『随筆』1997-2　1997
読《陌上桑》札記二則　金文偉　『文史知識』1997-2　1997
《陌上桑》人物形象新鋭　王乖紅・劉宝寧　『宝鶏文理学院学報（人文社会科

学)』1997-3 1997

《陌上桑》与《羽林郎》之比較　成建明・王建霞　『塩城師専学報（人文社会科学)』1997-4　1997

浅析《孔雀東南飛》結局産生的社会心理及其文学影響　王広橋　『東疆学刊（教育版)』1997-1　1997

《孔雀東南飛》中家庭悲劇的心理析解　趙紅娟　『南京師大学報（社会科学)』1997-2（総94期）　1997

《孔雀東南飛》的時代烙印：析焦劉婚姻悲劇成因　郭全芝　『淮北煤師院学報（社会科学)』1997-2　1997

論劉蘭芝及焦仲卿的悲劇性格　吉照遠　『黄海学壇』1997-4　1997

《孔雀東南飛》風俗事項考釈　劉慶芳　『山東師大学報（社会科学)』1997-5　1997

《孔雀東南飛》中焦、劉婚姻悲劇探源　陳金文・黄観萍　『語文函授』1997-6　1997

琵琶：漢代弦楽器六種及「相和歌」敷衍研究（1）　陳万鼐　『故宮文物月刊』15-6（総174期）　1997

琴、筝：漢代弦楽器六種及「相和歌」敷衍研究（2）　陳万鼐　『故宮文物月刊』15-7（総175期）　1997

箜篌、筑：漢代弦楽器五種及「相和歌」敷衍研究（3）　陳万鼐　『故宮文物月刊』15-8（総176期）　1997

漢代相和歌的敷衍：漢代弦楽器五種及「相和歌」敷衍研究（4）　陳万鼐　『故宮文物月刊』15-9（総177期）　1997.12

《輓歌考》弁（上）　丘述堯　『文史』43　1997.8

曹操《短歌行》写作年代　范垂新　『遼寧教育学院学報』1997-1　1997

曹丕楽府詩本事系年総論　易健賢　『貴州教育学院学報（社会科学)』1997-3　1997

陶潜《挽歌詩》与魏晋仏教“三世之辞”　丁永忠　『九江師専学報（哲社版)』1997-4　1997

従鮑照楽府詩看其複雑矛盾的心態　李宗長　『江蘇社会科学』1997-5　1997

南朝楽府《子夜四時歌》賞析　孫孟明　『修辞学習』1997-2　1997

《西洲曲》辨析　饒少平　『文史知識』1997-2　1997

“唧唧復唧唧”考辨　蘄喜来・楊宗文　『許昌師専学報（社会科学)』1997増刊　1997

《敕勒歌》非鮮卑民歌　王盛恩　『人文雑誌』1997-1　1997

1998年

論西漢雅楽与俗楽的互動関係　郜積意　『福建師範大学学報（哲社版）』1998-1　1998

楽府古辞的経典価値—魏晋至唐代文人楽府詩的発展　銭志熙　『文学評論』1998-2　1998

上古采詩与漢楽府民歌　洛保生　『河北学刊』1998-3　1998

漢哀帝罷撤楽府的前因后果　張斌栄　『中国典籍与文化』1998-3　1998

《郊祀歌》考論　張強　『淮陰師範学院学報（哲社版）』1998-3　1998

漢鼓吹鐃歌《巫山高》試解　王建緯　『四川文物』1998-2　1998.4

《陌上桑》新探　万志海　『華夏文化』1998-1　1998

試論《陌上桑》的喜劇性内涵　崔向栄　『広東教育学院学報』1998-8　1998

双壁交輝　名富神采：《陌上桑》与《孔雀東南飛》芸術比較　張鵬程　『山東師大学報（社会科学）』1998増刊　1998

《孔雀東南飛》婚姻悲劇原因探析　楊寧寧　『思想戦線』1998-2（総140期）1998.2

関于《孔雀東南飛》中“厳妝”一詞訓釈的商榷　王小莘・張舸　『広東社会科学』1998-3（総71期）　1998

劉蘭芝悲劇探疑　廖建干　『龍岩師専学報（社会科学）』1998-3　1998

劉蘭芝悲劇形象意義的二重性　楊満忠　『固原師専学報（社会科学）』1998-5　1998

《戯作焦仲卿詩補》与《孔雀東南飛》比較研究　王人恩　『社科縦横』1998-6　1998

《孔雀東南飛》疑案破釈　馬国龍　『語文学習』1998-8　1998

《孔雀東南飛》“反封建礼教説”質疑　葛崇烈　『揚州大学学報（人文社会科学）』　1998

被誤解了的“厳妝”　馮汝漢・周建成　『語文学習』1998-8　1998

略論《孔雀東南飛》中劉蘭芝“被駆遣”的原因　王文清　『山東師大学報（社会科学）』1998増刊　1998

相和歌与清商曲　王運熙　『中国文学研究』1998-2　1998

建安楽制及擬楽府詩形態考述　呉懐東　『江淮論壇』1998-2　1998

曹氏父子与楽府民歌　洛保生　『承徳民族師専学報』1998-1　1998

《輓歌考》弁（下）　丘述堯　『文史』44　1998.9
論魏武楽府詩旨的三対矛盾交績　陳子源　『浙江師大学報（社会科学）』1998-4　1998
《燕歌行》的断句分解及其他　倪祥保　『蘇州大学学報（哲社版）』1998-4　1998
陳思情采源於騒：論曹植在実現漢楽府向文人抒情五言詩転化過程中対屈賦継承　呉相洲　『首都師範大学学報（社会科学）』1998-4（総123期）　1998.8
詩壇天馬早行空：鮑照《擬行路難》（二首）鑒賞　蔡義江　『文史知識』1998-2　1998
《玉台新詠》与楽府詩　昝亮・姜広強　『聊城師範学院学報（哲社版）』1998-1　1998
閨中怨曲、七言律祖―読庾信《烏夜啼》　陳慶元　『古典文学知識』1998-2　1998
詩壇天馬早行空―鮑照《擬行路難》（二首）鑒賞　蔡義江　『文史知識』1998-2　1998
論楽府民歌《桃葉歌》―兼談宋詞詠金陵桃葉波　高国藩　『塩城師専学報（哲社版）』1998-2
従六朝民歌看原始阿注婚残迹（上）　洪順隆　『許昌師専学報（社会科学）』1998-3　1998
従六朝民歌看原始阿注婚残迹（下）　洪順隆　『許昌師専学報（社会科学）』1998-4　1998
論王公貴人対南朝楽府民歌的接授　陳橋生　『北京大学学報（哲学社会科学）』1998-3（総187期）　1998.5
《西洲曲》疑点弁析　劉洪生　『黄淮学刊（哲社版）』1998-3　1998
《西洲曲》的叙述角度　胡斌　『写作』1998-5　1998
《木蘭詩》種種　方舟子　『文史知識』1998-11　1998

1999年

楽府詩語“両走馬”新解　馬国強　『雲夢学刊（社会科学）』1999-1　1999
略論漢魏楽府詩的史料価値　龐天佑　『湛江師範学院学報（哲社版）』1999-2　1999
漢武帝拡建楽府与西漢俗楽的興盛　張斌栄　『広東社会科学』1999-5（総79期）　1999

《陌上桑》文化原型新探　魏宏燦　『済寧師専学報』1999-1　1999
“採桑”新解—兼談《陌上桑》的主題　崔際銀　『河北師範大学学報（社会科学）』1999-3　1999
《陌上桑》中羅敷所説之丈夫辨析　厳依龍　『求索』1999-5　1999.9
遞相祖述復先誰、転益多師是汝師—従《陌上桑》《羽林郎》到《美女賦》的演進談文学的継承和発展　王人恩　『社科縦横』1999-6　1999
無嗣的悲劇—《孔雀東南飛》中劉蘭芝被遣考　葉通賢　『貴州教育学院学報（社会科学）』1999-1　1999
戯曲与詩—従《孔雀東南飛》談起　陳力　『劇作家』1999-2　1999
焦仲卿的“徘徊”辨　劉宝璽　『河南教育学院学報（哲社版）』1999-2　1999
試論魏晋文人挽歌詩及“死亡”主題　黄亜卓　『柳州師專学報』1999-2　1999
従《短歌行》看曹操思想基本傾向及其在漢魏之際文学転変中的作用　左浩坤・杜波　『西南民族学院学報（哲社版）』　1999増刊　1999
論傅玄的文体観与楽府詩創作　朱家亮・呉玉蘭　『求是学刊』1999-6（総133期）　1999
論蕭衍的楽府詩　楊徳才　『文学遺産』1999-3　1999
試論楽府詩中擬楽府現象的雕塑与再造—以遊俠詩《劉生》系列創作為例　林香伶　『中国古典文学研究』2　1999.12
北魏宮廷音楽機構考　李方元・李渝梅　『音楽研究』1999-2（総93期）　1999
南北朝楽府民歌比較分析　高建新　『内蒙古社会科学』1999-2　1999
浅談北朝民歌的美学特色　管芙蓉　『晋陽学刊』1999-3　1999.5
《木蘭詩》是十六国時期陝北地区的民間叙事詩　李雄飛　『西北民族学院学報（哲社版）』　1999

2000年

浅談楽府詩的発展演変及分類　陳紅　『滄州師範専科学校学報』2000-3　2000
西漢楽府考論　張強　『淮陽師範学院学報（哲社版）』2000-2　2000
漢楽府詩的名義、分類及体制特徴　林文華　『中国古典文学研究』2000-3　2000
《漢楽府・枯魚過河泣》解　陳松青　『民俗研究』2000-2　2000
《詩経》、漢楽府棄婦詩発微　楊抱朴　『社会科学輯刊』2000-4　2000
漢楽府民歌—生命的悲歌　蕭曉陽　『唐都学刊』2000-3　2000
《安世房中歌》教化思想考論　張強　『江蘇社会科学』2000-4　2000

《白頭吟》的著作権　羅文博　『阜陽師範学院学報（社会科学）』2000-6　2000
《陌上桑》芸術新探　趙沢学　『青海師専学報（社会科学）』2000-1　2000
《陌上桑》研究回顧与思考　袁金吾・鐃恒久　『寧夏大学学報（人文社会科学版）』2000-2　2000
気盛言宜、文質兼美：析《陌上桑》的人格精神美和芸術含蓄美　董憶貧　『伊犁教育学院学報』2000-2　2000
《陌上桑》中女主人公的身分問題　楊志学　『名作欣賞』2000-5　2000
従詩歌的角度看羅敷　高建民　『運城高等専科学校学報』2000-4　2000
《孔雀東南飛》―従古代到現代，従詩到劇――個典型文学現象的剖析　朱偉華　『文学評論』2000-6　2000
《孔雀東南飛》“小姑如我長”解　賈雯鶴　『江海学刊』2000-2　2000
論《孔雀東南飛》為文人賦　葉桂桐　『中国韻文学刊』2000-2　2000
談劉蘭芝被逼走　湛正坤　『遵義師範高等専科学校学報』2000-4　2000
怎様看待劉蘭芝這一人物形象：対《無情・生情・殉情》一文的質疑　魏東河　『名作欣賞』2000-5　2000
劉蘭芝性格之我見　孫傑軍　『殷都学刊』2000-1　2000
焦仲卿―悲劇人物的悲劇性格　陳少年・陸桂風　『安慶師範学院学報（社会科学）』2000-4　2000
曹操詩歌的民歌特色和文人性　孔瑞明　『名作欣賞』2000-3　2000
《七哀》解題及申論　朱曉海　『学術集林』17　2000
六丁文人挽歌詩的演変和定型　王宜瑗　『文学遺産』2000-5　2000
民歌升降与劉宋后期詩風　呉懐東　『寧夏大学学報（人文社会科学版）』2000-1　2000
鮑照《代苦熱行》主旨辨　史鉄良　『西江大学学報』2000-1　2000
論鮑照楽府詩的抒情特質　張春麗　『信陽師範学院学報』2000-1　2000
鮑照与七言歌行　陳斌　『古典文学知識』2000-5　2000
上追漢魏　不染時風：鮑照擬古楽府詩述論　劉則鳴　『内蒙古大学学報（人文社会科学）』32　2000
心中有便処処有―南朝民歌《西洲曲》賞析　李偉　『古典文学知識』2000-3　2000
従叙事学角度証《西洲曲》乃男子思念女子之説　陳晶　『湖北三峡学院学報』2000-4　2000

妙趣天成，摇曳生姿—南朝民歌《西洲曲》的語言魅力　張曉宏　『烏魯木斉聖人教育学院学報（総合版）』2000-3　2000

“坐明堂”“旧時裳”“十年帰”及其它：《木蘭詩》創作年代漫議　張永鑫　『無錫教育学院学報』2000-1　2000

南北文化同化的結晶—従民族融合的角度読解《木蘭詩》　朱家亮　『綏化師専学報』2000-2　2000

《木蘭詩》所写真実事迹初考　車宝仁　『西安教育学院学報』2000-2　2000

《敕勒歌》辨誤　縦横　『中文自学指導』2000-2　2000

《敕勒歌》的語言、性質和風格　周建江　『西江大学学報』2000-1　2000

［附記］

本目録は、平成十四年度日本学術振興会科学研究費補助金基盤研究（B）「六朝の楽府と楽府詩」（研究代表者：釜谷武志）の研究成果の一部である。

著者略歴

佐　藤　大　志（さとう　たけし）

1970年　大分県大分市生。
1993年　広島大学教育学部卒。
1997年　広島大学文学研究科博士課程後期修了。博士（文学）。
現在、安田女子大学文学部講師。

主要論文

「鮑照楽府詩の特質」（『中国中世文学研究』28　1995）
「六朝楽府詩の展開と楽府題」（『日本中国学会報』49　1997）
「中国文学に於ける『雪』——東晋・劉宋期を中心に——」
（『新しい漢字漢文教育』31　2000）

六朝楽府文学史研究

2003年2月20日　発行

著　者　佐　藤　大　志

発行所　株式会社　溪　水　社
広島市中区小町1-4（〒730-0041）
電　話（082）246－7909
FAX（082）246－7876
E-mail:info@keisui.co.jp

ISBN4－87440－738－2　C3098
平成14年度日本学術振興会助成出版